Le Retour du Lion

DU MÊME AUTEUR
CHEZ LE MÊME ÉDITEUR

La Nuit des mirages

Opération Wildfire

Le Domaine

Nelson Demille

Le Retour du Lion

Traduit de l'anglais (États-Unis)
par Jean-Pascal Bernard

Michel Lafon

Titre original
The Lion

7-13, boulevard Paul-Émile-Victor – Ile de la Jatte
92521 Neuilly-sur-Seine Cedex

www.michel-lafon.com

À ma petite famille : Sandy, Lauren, Alex et James.

Note de l'auteur

La Force fédérale d'action antiterroriste (ATTF, Antiterrorist Taskforce) dépeinte dans ce roman est directement inspirée de la Joint Terrorist Task Force (JTTF), bien réelle celle-là.

La JTTF regroupe des hommes et des femmes dévoués, compétents et durs à la tâche, qui sont en première ligne dans la guerre contre le terrorisme aux États-Unis.

Les méthodes de mon ATTF, tout comme celles des autres services de police ou de renseignement évoqués dans ce livre, sont soit véridiques, soit basées sur des faits réels, même si je me suis accordé quelques libertés de mise en scène. Par ailleurs, j'ai travesti certains faits ou procédures qui m'avaient été relatés sous le sceau du secret.

I

New York et New Jersey

Chapitre 1

J'étais donc là, carré dans un 4 × 4 Chevrolet sur la 3e Avenue, à guetter ma cible, un certain Khomeyni-Q'ta-mère ou quelque chose dans ce goût, troisième vice-machin de la mission iranienne à l'ONU. Tout cela est dûment précisé dans mes documents de travail, mais je restitue de tête.

De tête, également, mon CV simplifié : John Corey, agent de l'ATTF (Force fédérale d'action antiterroriste), ex-flic de la Crime de New York déchargé pour invalidité (blessures par balle) – à quoi mon épouse ajouterait « pour déficience mentale » – et reconverti comme agent spécial sous contrat auprès des fédéraux qui, avouons-le, ont du mal à faire bon usage de tout le fric antibarbus qu'ils reçoivent.

L'ATTF étant essentiellement une émanation du FBI, j'officie au 26, Federal Plaza, dans le sud de Manhattan, au sein d'une unité dont fait aussi partie ma femme. La place est plutôt bonne, et la tâche non dénuée d'intérêt, bien que bosser pour le gouvernement fédéral – et en particulier pour le FBI – n'ait rien d'une sinécure.

À propos de FBI et de sinécures, j'étais aujourd'hui le passager d'une dénommée Lisa Sims, fraîche émoulue de Quantico et originaire d'un trou perdu du style Iowa. Le plus haut gratte-ciel qu'elle eût vu jusque-là était un silo à grains, et je ne la sentais pas très à l'aise dans le trafic de l'île. Mais elle avait à cœur de progresser, et c'est pourquoi je lui avais cédé le volant.

– On va l'attendre combien de temps, ce type ? a-t-elle soupiré.

– Jusqu'à ce qu'il sorte de son immeuble.

– Et c'est quoi, son programme ?

– On est ici pour le découvrir.

– D'accord, mais pourquoi lui ?

– Contrôle au faciès, tu connais ?

Elle n'a rien répondu.

Pour ne pas être chien, j'ai expliqué :

– Ce gars est un agent du renseignement militaire iranien qui agit sous couverture diplomatique. Comme tu le sais, on a appris qu'il avait convoqué son chauffeur pour 13 heures. C'est tout ce qu'on a pour le moment.

– OK.

La jeune Lisa Sims semblait suffisamment futée pour savoir quand arrêter le moulin à questions. Elle avait aussi pour elle un physique agréable et une mise très soignée, bien qu'elle eût revêtu pour la circonstance un jean, des chaussures de footing et un tee-shirt vert citron qui cachait très mal le Glock calibre .40 fixé à sa ceinture. J'étais moi aussi en jean et en baskets – on ne sait jamais quand il faudra courir – avec un tee-shirt noir et une veste bleue abritant mon Glock 9 mm ainsi que ma radio, un peigne de poche et des bonbons à la menthe. Je trouve ça bien plus pratique que de trimballer un sac à main, mais, bon, chacun son truc.

C'était une belle journée de mai et la grande horloge qui dominait le trottoir d'en face indiquait 3 h 17. Cela faisait plus de deux plombes que nous attendions notre bonhomme.

La mission iranienne à l'ONU occupe les étages supérieurs d'un immeuble de bureaux de la 3e Avenue, entre les 40e et 41e Rues Est. Du fait de la présence de l'ONU, Manhattan héberge plus d'une centaine de missions et consulats, sans compter les résidences privées. Or ces pays ne sont pas tous nos potes. Sous l'étiquette « diplomate » sévissent quantité d'éléments nuisibles qu'il faut tenir à l'œil, et c'est une vraie corvée. Dans l'idéal, il faudrait délocaliser l'ONU dans l'Iowa. D'un autre côté, ça paie le loyer, de surveiller les méchants.

Aujourd'hui c'était moi qui dirigeais l'équipe – une garantie de succès –, laquelle équipe comprenait quatre agents à pied et quatre véhicules : le nôtre, un deuxième 4 × 4 Chevrolet et deux monospaces Dodge. Chaque voiture transportait un agent du New York Police Department (NYPD) et un du FBI, il y avait donc au moins une personne compétente à bord.

Méchanceté gratuite, j'en conviens.

Pour finir sur la question du barda, chaque véhicule arborait la panoplie complète : gyrophares intégrés à la calandre, sirène, vitres teintées… À l'intérieur, nous avions des appareils Nikon 35 mm à zoom, des caméras Sony 8 mm, des radios, une imprimante portable, et ainsi de suite. Chaque agent disposait d'une tenue de rechange, d'un gilet pare-balles en Kevlar, d'une carte de métro, d'un téléphone Nextel faisant aussi talkie-walkie, et parfois même d'un fusil à lunette, et divers autres équipements selon la nature de la mission – un détecteur de radioactivité, par exemple, pour ne citer que le plus flippant. Bref, nous étions parés à toutes les éventualités, et ce depuis le 11 septembre 2001. Il n'empêche que parfois ça merde, bouclier antimerde ou pas. En vérité, aucun joujou high-tech ne vaudra jamais un esprit alerte et un flingue.

Pour avoir beaucoup pratiqué lorsque j'étais flic de terrain, je connaissais l'art de la planque sur le bout des doigts. Contrairement à l'agent spécial Sims, qui commençait à avoir des fourmis dans le jean.

– On l'aurait loupé ? a-t-elle émis.

– Ça m'étonnerait.

– Il a peut-être changé ses projets.

– Ça arrive.

– Je suis sûre qu'ils le font exprès pour nous embêter.

– Ça arrive aussi.

Un autre quart d'heure s'est écoulé, durant lequel ma jeune camarade a étudié un plan de Manhattan.

– Tu habites où, John ?

J'ai planté mon doigt sur la carte.

– Ici, sur la 72e Rue Est.

Elle a relevé les yeux.

– On est tout près, en somme.

– Si on veut. Allez, à ton tour. Sors-nous la carte de Ploucville, Iowa.

Elle a pouffé. Puis, cinq minutes plus tard :

– C'est quoi cette boutique derrière nous, Au Bon Pain[1] ?

– Une chaîne qui vend du café et des viennoiseries.

– Et tu crois que j'aurais le temps de foncer là-bas choper un muffin ? a-t-elle demandé.

Certes, elle était chaussée pour. Certes, au cas où Khomeyni-Q'ta-Mère choisirait ce moment-là pour montrer le bout de son nez, ce serait pour moi la parfaite occasion de reprendre le volant et de me débarrasser d'elle. Mais c'était quand même non.

– John ? a-t-elle fait devant mon silence.

– Eh bien, comment dire…

C'est alors que ma radio s'est mise à crachoter :

– La cible quitte l'immeuble par la cour, a annoncé l'un des gars à pied.

Je me suis tourné vers la Sims :

– OK, va t'acheter ton muffin.

– Mais… il ne vient pas de dire que… ?

– Chut !

Dans la cour d'immeuble en question, deux de mes piétons faisaient mine d'œuvrer pour la propreté des rues de New York.

Nouveaux grésillements de talkie :

– La cible part vers l'est en direction de la 3e, a murmuré Balayeur Un.

Notre individu est enfin apparu. Grand et filiforme, costume à rayures tennis. Il est d'usage de donner des surnoms à nos clients ; comme celui-ci avait un long pif et remuait la tête à la manière d'un oiseau, j'ai décrété sur les ondes :

---

1. En français dans le texte. (*N.d.T.*)

– La cible s'appellera Tête-de-Piaf.

À peine arrivé sur le trottoir, Tête-de-Piaf a été rejoint par un deuxième larron dont j'ai immédiatement pu établir le profil moyen-oriental. Je ne l'avais jamais vu de ma vie, mais Tête-de-Piaf semblait le connaître, et ils ont paru à la fois ravis et surpris de tomber nez à nez, pure comédie bien sûr. Lorsqu'ils se sont serré la main, j'ai cru voir quelque chose passer de l'un à l'autre. Mais peut-être que non. Ce n'est jamais très net. Et, comme ils savent qu'on les espionne, ils sont facilement taquins.

Quoi qu'il en soit, Tête-de-Piaf jouissant de l'immunité diplomatique, pas question de l'arrêter pour serrage de paluche avec un congénère. Aussi cette rencontre ne changeait-elle rien, si ce n'est que nous avions désormais deux zouaves à surveiller. Puis ils se sont séparés et l'inconnu est reparti vers le nord, tandis que Tête-de-Piaf restait planté devant son immeuble. Comme tout cela était soigneusement photographié et filmé, on pouvait toujours espérer qu'un collègue du 26, Fed' Plaza remettrait le visage du deuxième gars.

J'ai repris la radio :

– Unités 3 et 4, suivez l'inconnu et tâchez de l'identifier.

– Je pense que cette rencontre n'avait rien de fortuit, a lâché Lisa Sims.

Je me suis abstenu de tout sarcasme. N'ai même pas levé les yeux au ciel.

– Je crois que tu as raison, Lisa.

La journée s'annonçait longue.

Une minute plus tard, une grosse Mercedes grise s'est rangée devant Tête-de-Piaf. Ses plaques diplomatiques bleues et blanches présentaient quatre chiffres suivis d'un DM – ce qui, pour une raison qui m'échappe, désigne la République d'Iran – puis d'un deuxième D pour « diplomate », ce qui est déjà plus logique.

Le chauffeur, iranien lui aussi, a jailli de la voiture et contourné le capot comme s'il avait le Mossad aux fesses. Il s'est incliné très bas – j'aurais dû exiger la même chose de ma conductrice – avant d'ouvrir la portière pour que la grande volaille se case à l'arrière.

– Tête-de-Piaf est mobile, ai-je signalé aux autres.

J'ai décrit le véhicule et lu les plaques à haute voix à l'intention d'unité 2. Unité 2 était le monospace Dodge conduit par Mel Jacobs, un spécialiste du renseignement que j'avais côtoyé au NYPD. Jacobs possédait quelques rudiments d'hébreu dont il aimait se servir pour interroger les suspects de langue arabe. Combiné à l'étoile de David qui ne quittait jamais son cou, le procédé mettait les clients dans des états assez rigolos.

Mel Jacobs avait aujourd'hui pour partenaire George Foster, un agent spécial du FBI avec qui j'avais également bossé et que j'appréciais car il savait combien j'étais fortiche.

Voyant la Mercedes s'ébranler vers le haut de l'avenue, l'agent spécial Sims a demandé :

– Qu'est-ce que je fais ? Je les suis ?

– Ce pourrait être une bonne idée.

Elle a démarré et nous nous sommes faufilés dans le trafic. Les automobilistes new-yorkais se divisent en deux catégories, les bons et les mauvais, et cette loi darwinienne ne laissait à Miss Sims que deux possibilités : évoluer ou s'éteindre. Installé à la place du mort, j'allais apprécier le résultat en direct.

Le chauffeur iranien, que j'avais déjà dû suivre auparavant, avait une conduite des plus erratiques. Je n'arrivais pas à déterminer s'il roulait comme ça pour nous semer, ou juste parce qu'il était nul. Il avait dû passer son permis sur un chameau.

Pour sa part, l'agent spécial Sims broyait le volant de ses poings exsangues, le buste penché vers le pare-brise. Son pied voletait entre le frein et l'accélérateur, comme si elle souffrait d'un début de Parkinson.

La Mercedes a brusquement tourné à gauche sur la 51e, et nous l'avons imitée.

Unité 2 a continué tout droit : elle prendrait la 53e et nous suivrait en parallèle, selon mes instructions. La queue leu leu n'est jamais une bonne méthode de filature. Dans ce domaine-là comme dans d'autres, mieux vaut s'éparpiller.

Nous roulions à présent vers l'ouest. Nous avons bientôt dépassé la cathédrale Saint-Patrick et traversé la 5e Avenue. J'ai informé unité 2 que nous suivions toujours le même cap. J'ignorais où Tête-de-Piaf se rendait, mais nous approchions de Times Square et du quartier des théâtres, là où ces gars adorent s'abreuver de culture américaine. (Le pays des Sables est réputé pauvre en boîtes de strip-tease et en bars topless.)

La Mercedes a traversé la 7e Avenue à l'orange, de sorte que nous nous sommes retrouvés bloqués au feu derrière trois voitures. J'ai fait jouer la sirène et les gyrophares le temps que les civils s'écartent et que Miss Sims coupe les quatre files de l'avenue.

L'obstacle franchi, l'élève m'a regardé, fière comme un paon. Alors j'ai marmonné :

– Bien joué.

J'ai transmis notre position à unité 2, et confirmé que nous avions toujours la cible en vue. Nous avons ensuite parcouru le quartier de Hell's Kitchen, la « Cuisine de l'Enfer », un ancien cloaque devenu infréquentable avec l'arrivée des yuppies. Je ne savais toujours pas quelle était la destination de Tête-de-Piaf, mais nous nous rapprochions inexorablement du fleuve Hudson.

– Il va peut-être dans le New Jersey, ai-je dit à ma collègue, qui a hoché la tête d'un air grave.

En réalité, quatre-vingt-dix-neuf pour cent de nos filatures n'aboutissaient nulle part. Abdul avait juste envie de faire un tour, ou bien il cherchait à détourner notre attention pendant que ses copains faisaient les cons ailleurs. Ou alors le chauffeur nous baladait pour s'exercer à la contre-surveillance. Il nous arrivait néanmoins de faire mouche, par exemple lorsqu'un de ces diplomates allait fricoter avec un bandit notoire. Voilà pourquoi nous passions plus de temps à les observer qu'à les interpeller ou les interroger : ils nous en apprenaient davantage en vaquant à leurs occupations qu'en se taisant dans une salle aveugle. De toute façon, nous n'avions même pas le droit de les questionner. Quant à les expulser du pays, c'était réservé à des huiles autrement mieux payées que moi.

En tout cas, les rares fois où nous arrêtions un de ces clowns, j'étais toujours partant pour le cuisiner. C'était beaucoup plus drôle qu'une filature, dans la mesure où eux ne rigolaient plus du tout.

Le but de tout cela était bien entendu d'éviter un nouveau 11 septembre, voire pire encore, et jusqu'ici les digues avaient tenu. Mais dix-huit mois après la catastrophe il régnait un calme suspect. Étions-nous efficaces, ou juste chanceux ? Une seule certitude : les méchants n'avaient pas dit leur dernier mot.

La Mercedes poussait jusqu'à la 12e Avenue, celle qui longe l'Hudson et marque la limite de la civilisation. Je ne dis pas ça pour vexer le New Jersey : c'est juste que je n'avais pas encore eu mon rappel annuel antimalaria.

La circulation était moins dense dans cette zone d'entrepôts et de quais. La Mercedes a pris de la vitesse et ignoré la bretelle d'accès au tunnel Lincoln pour continuer vers le sud de Manhattan.

– Tu crois qu'ils vont où ? a demandé la Sims.

– Peut-être sur les docks. Peut-être qu'un yacht saoudien doit leur livrer un engin nucléaire.

– Seigneur !

– Ne jure pas, s'il te plaît.

– Merde alors !

– C'est déjà mieux.

Nous enfilions l'avenue à fond de train et j'apercevais unité 2 dans mon rétro. Le chauffeur iranien aurait dû se rendre compte qu'il était suivi, mais ces gars-là seraient incapables de remarquer leur propre tronche dans un miroir.

Enfin, je l'avais peut-être sous-estimé car tout à coup il a freiné, sans raison apparente, et nous nous sommes retrouvés à quelques centimètres de son pare-chocs. Je voyais Tête-de-Piaf sur sa banquette, le téléphone collé à l'oreille. Puis le chauffeur a dû lui dire un truc, car il s'est retourné et nous a souri en dressant son majeur.

Le sale connard. Je lui ai rendu la politesse tandis que la Sims reprenait du champ.

– Désolée, a-t-elle fait.

– Un bon truc, Lisa : surveille leurs feux stop.

– D'accord.

Bah ! Se faire repérer, ce n'est pas la fin du monde. Cela arrive une fois sur deux en filature mobile, et un peu moins à pinces. Et puis nous avions un plan B. J'ai expliqué à unité 2 que nous étions grillés et elle nous a relayés en visuel. Nous l'avons suivie à distance, loin des rétroviseurs iraniens.

J'aurais pu appeler un troisième véhicule en renfort, mais, vu qu'il n'y avait ni tentative de fuite ni course-poursuite, c'était superflu. Les Iraniens n'avaient de toute façon aucune chance de nous semer ; et si j'avais pu contrarier leurs plans du jour, c'était toujours ça de gagné.

Alors que nous longions le quartier de West Village, unité 2 nous a prévenus que le client bifurquait sur Houston Street. Et Jacob d'ajouter :

– Je crois qu'on est cramés, nous aussi.

– Dans ce cas, remonte à sa hauteur et fais-lui un doigt.

– Tu peux répéter ?

– Ce con m'a fait un doigt d'honneur !

Jacobs s'est esclaffé, avant de nous signaler que la cible prenait la bretelle du tunnel Holland.

– Reçu, unité 2.

Quelques secondes plus tard, nous abordions le tunnel à notre tour. Il n'est payant que dans l'autre sens, mais j'en ai tout de même profité pour instruire Miss Sims :

– Les diplomates n'aiment pas les badges de télépéage, parce que ça laisse des traces. Alors il font la queue pour payer en liquide. Du coup, si toi tu te sers de ton badge, tu te retrouves devant eux, et ce n'est pas le but recherché.

Elle a hoché la tête et nous nous sommes enfoncés dans le boyau aux murs carrelés.

– Tu crois qu'ils vont où ? a-t-elle demandé pour la énième fois.

– Dans le New Jersey. Là où débouche le tunnel.

– Je te demande ça parce que les diplomates iraniens doivent rester dans un rayon de quarante kilomètres autour de Manhattan.

– Oui, je suis au courant.

Les tunnels sous-marins autour de l'île de Manhattan constituent des objectifs de choix pour nos amis moyen-orientaux, mais je doutais que Tête-de-Piaf soit ici pour se faire exploser. Il n'aurait pas revêtu un aussi beau costume. Et puis il faudrait plutôt un camion d'explosifs pour éventrer ce tunnel.

De retour à l'air libre, il m'a fallu un moment pour accommoder mes yeux au soleil. Je ne voyais pas la Mercedes, mais unité 2 était bien là. Et elle avait toujours la cible en vue.

Nous traversions maintenant Jersey City par la voie rapide Pulaski, d'où nous avions une vue imprenable sur des cheminées industrielles.

– Tu crois qu'ils vont où ? ai-je demandé à la gamine.

– Que veux-tu que j'en sache ! s'est-elle exclamée.

Peu avant l'échangeur de l'Interstate 95, j'ai lancé :

– Dix billets qu'ils prennent la direction sud. Celle de l'aéroport de Newark.

– Et au nord, il y a quoi ?

– L'Arctique. Allez, on parie ?

Elle a réfléchi :

– Eh bien, c'est vrai qu'on descend vers le sud. En même temps, le Piaf n'a pas de bagages – à moins qu'ils ne soient dans le coffre.

– Alors tu choisis le nord ?

– Non. Je choisis le sud, mais pas l'aéroport. Atlantic City, plutôt.

J'avais du mal à suivre son raisonnement, mais peu importe.

– OK. Dix dollars ?

– Cinquante.

– Tope là.

Unité 2 avait du neuf :

– La cible vient de prendre la sortie pour l'I-95, direction sud.

– Reçu.

La partie restait donc ouverte. Aéroport ou casinos ? Le pronostic de Sims était sensé quand on connaissait le faible de ces types-là pour Atlantic City, paradis du jeu, de l'alcool et de la baise. Je ne comptais plus les fois où Abdul m'avait conduit là-bas.

Unité 2 reprit :

– La cible a ignoré la sortie pour Newark.

– Tu me dois cinquante dollars ! a jubilé la miss.

– Pas si vite, collègue. Ils se dirigent peut-être vers Fort Dix. Pour espionner nos installations. N'oublie pas que Tête-de-Piaf est un agent du renseignement militaire.

– Ah ouais ? Et la limousine avec chauffeur, c'est pour passer inaperçu ?

OK, un point pour elle.

Nous avons continué sur l'I-95, avec des pointes à 130 kilomètres-heure.

– Ils viennent de dépasser les quarante bornes réglementaires, a relevé Miss Sims.

– Et donc ? On les rattrape et on les tue ?

– C'était une simple remarque, John.

– Enregistré.

Un peu plus loin, j'ai dit :

– On devrait peut-être passer par les airs.

Comme elle ne réagissait pas, j'ai précisé ma pensée :

– On a un hélico. Ça facilite la tâche.

Voyant que je cherchais déjà la fréquence de l'héliport, la Sims a déclaré :

– Il a réservé une chambre au casino Taj Mahal.

J'ai retiré ma main de la radio.

– D'où tu tiens ça ?

– On a eu un tuyau.

– Et tu comptais m'en faire part un jour ?

– Oui, après mon muffin.

J'étais abasourdi, et un peu fumasse. Pour ne pas dire beaucoup.

Quelques minutes ont passé.

– Ben alors, John, tu ne dis plus rien ?

C'était finement observé, alors je n'ai rien ajouté.

– On va le suivre pour s'assurer qu'il va là-bas, a expliqué la traîtresse. Mais nous avons déjà une équipe sur place. Dès qu'ils l'auront cueilli, on pourra rebrousser chemin. Ne t'inquiète pas, John, je te fais grâce des cinquante dollars. Je vais même t'offrir un verre.

Ça ne servait à rien de bouder, alors j'ai dit merci. Mais c'était typique des fédéraux : vous auriez le feu au cul qu'ils resteraient muets comme des carpes. Ces agents spéciaux, comme Miss Sims ou mon épouse, ont tous une formation de juriste, et à mon avis ça explique beaucoup de choses.

Enfin, bref.

J'ai répercuté l'info de Lisa auprès de Mel et de George, tout en leur conseillant de maintenir la filoche au cas où le tuyau serait percé et où Tête-de-Piaf se rendrait ailleurs.

– Et comment tu sais qu'il va là-bas ? s'est enquis Mel.

– Je te raconterai plus tard.

Lisa s'est agitée sur son siège et s'est étiré le cou.

– Il y a encore deux heures de route, a-t-elle calculé. Soit le temps d'un cours magistral. Allez, John, fais-moi bénéficier de tes quarante années d'expérience.

Quarante ? Toute fédé qu'elle soit, la môme n'était pas

dénuée d'humour. Pour me montrer beau joueur, et résumer l'état d'esprit des opérations mixtes FBI-NYPD, j'ai répondu :

– OK. Je parle, tu écoutes. Et si tu as des questions, tu les gardes pour toi.

– Il y aura une interro à la fin ?

– Tous les jours, ma belle.

Elle a hoché la tête et je me suis lancé dans un long exposé entrecoupé d'anecdotes et d'exemples vécus, des glorieux comme des foireux.

Si les criminels que je traquais à l'époque du NYPD formaient un ramassis de débiles, j'ai découvert en intégrant l'ATTF que les diplomates et terroristes avaient déjà un peu plus de cervelle. Sans être vraiment intelligents, ils tiraient profit de leur paranoïa : étant pour la plupart ressortissants d'États policiers, ils savaient que les murs avaient des yeux et des oreilles.

Fidèle à sa parole, Miss Sims s'est gardée d'interrompre mon édifiant récit. J'ai horreur de me vanter, mais comment s'en empêcher quand on tient le rôle du prof ? Et puis, comme je le disais, je ne lui ai pas caché mes échecs.

À propos d'échecs, et de méchants futés, je n'ai croisé, en trois années d'ATTF, que deux génies maléfiques. Un Américain et un Libyen hyper remonté contre les États-Unis. Ce dernier n'était pas seulement fanatique et rusé : c'était une véritable machine à tuer. Nos rapports tenaient moins de la surveillance que de la chasse, même si par moments je ne savais plus très bien lequel des deux tenait le rôle du gibier.

Cet épisode n'avait pas connu de dénouement heureux. Il y avait sans doute des leçons à en tirer, mais l'affaire était classée top secret. Je n'avais pas le droit d'en parler, et somme toute ça m'allait très bien.

J'étais néanmoins persuadé qu'il y aurait une revanche. Il me l'avait promis.

Chapitre 2

Environ trois heures après que Lisa Sims eut été privée de muffin, nous avons atteint la longue allée bordée de fontaines du Trump Taj Mahal. L'édifice était boursouflé de dômes et de minarets, à se demander si l'Iranien ne l'avait pas pris pour une mosquée.

Miss Sims avait annoncé aux copains sur place que le colis arrivait. Elle leur avait décrit ses vêtements et précisé son blase :

– Le nom de code est Tête-de-Piaf.

Unité 2 s'était garée à cinquante mètres de l'entrée. Je l'ai autorisée à rentrer au bercail, mais Mel Jacobs et George Foster préféraient rester.

– Vous faites ce que vous voulez de votre temps libre, leur ai-je répondu.

L'une des grandes forces de notre Force, c'est la confiance mutuelle. Il y a des règles à respecter, bien sûr, mais chacun prend ses responsabilités, ça nous évite de nous perdre en procédures bureaucratiques. À mon avis, cependant, le secret de notre réussite tient surtout à ce que la moitié d'entre nous sont retraités du NYPD, notre carrière est donc déjà faite. N'ayant plus rien à prouver, nous pouvons improviser sans craindre de franchir la ligne blanche. Et puis nous avons une précieuse expérience du terrain. Il y a parfois des ratés, mais dans l'ensemble on assure.

La Mercedes est repartie tandis que Tête-de-Piaf pénétrait dans l'hôtel-casino, muni d'un petit sac de voyage. Refusant de confier le 4 × 4 bourré de matos au voiturier, nous l'avons garé tout près de l'entrée, les portières verrouillées.

– Gardez un œil sur ce véhicule, ai-je dit à l'employé tout en brandissant ma plaque.

Accompagnée d'un billet de vingt.

En pénétrant dans le grand hall, j'ai repéré l'oiseau à l'accueil VIP. J'ai aussi reconnu deux collègues des Opérations spéciales – familièrement appelées Op-spé. Ils m'ont signifié d'un regard qu'ils étaient déjà sur le coup.

Parfait. Allons boire un verre.

J'ai entraîné Lisa Sims vers le cœur du palace. Nous sommes passés tout près de l'Iranien, mais je doutais que notre bref échange d'amabilités digitales sur la route lui eût permis de mémoriser nos têtes. Il regardait droit devant lui, nullement inquiété d'avoir les autorités aux basques. Il n'était pas censé traîner aussi loin de la 3e Avenue, mais, sauf demande expresse de Washington, nous évitions d'en faire un plat. Les diplomates sont libres de se déplacer sur tout le territoire américain, excepté quelques mauvais éléments qui restent consignés dans la ville de New York, comme les Cubains, ou dans un rayon un peu plus large, tel notre Iranien ci-présent. Si ça ne tenait qu'à moi, je vous cantonnerais tout ça dans l'Iowa, mais passons. Concernant l'Iran, nous n'avons plus de relations diplomatiques avec ce pays depuis que les barbus ont pris d'assaut notre ambassade et retenu le personnel en otage. Toutefois, comme l'ONU siège ici, nous tolérons leur délégation – que nous pouvons asticoter sans craindre de représailles là-bas. Mais patience, j'y viens.

Lisa Sims et moi nous sommes séparés le temps d'une petite vidange, avant de converger vers la salle de jeu.

– Je t'offre un muffin ? ai-je proposé.

– Je te dois d'abord un verre.

Je l'ai emmenée s'asseoir au bar de l'Ego Lounge, qui tard le soir prenait plutôt des allures de Libido Lounge.

– Tu étais déjà venu ? a demandé Miss Sims.

– Dans le cadre du travail, oui.

La barmaid, qui avait une sacrée paire de… mirettes, a pris notre commande. La Sims a opté pour un verre de blanc et moi pour un whisky-soda, comme d'habitude.

– Je ne comprends pas ce qu'on fiche ici, a dit Lisa après avoir trinqué.

– On s'assure que Tête-de-Piaf est venu jouer et non rencontrer des gens.

– Mais on a déjà une équipe sur place. Et il pourrait très bien rencontrer des gens dans sa chambre, à notre insu.

– Les gars des Op-spé seraient au courant. Mais je préfère quand même rester un peu, au cas où il y aurait un os. Se trouver au bon endroit au bon moment n'est jamais le fruit du hasard, tu sais. Tu as écouté mes souvenirs de guerre ?

– De A à Z.

– Et tu as un meilleur endroit à proposer ?

– Non.

– Parfait. On reste une heure et on remballe.

En réalité, rien ne nous retenait ici, sinon ma soif. Et ma colère contre Tête-de-Piaf, qui avait osé me faire un doigt, geste antidiplomatique s'il en est. Merde, à la fin ! Nous étions dans mon pays, pas dans le sien. Lui n'était qu'un invité, et je n'étais même pas son hôte.

Lisa a claqué des doigts.

– Tu m'écoutes, John ? Je te disais que j'étais désolée de t'avoir fait des cachotteries. Mais il fallait que la filature reste aussi naturelle que possible, pour ne pas montrer au Piaf qu'on connaissait sa destination. J'étais la seule au courant, au cas où il nous aurait semés.

– OK. Pas de souci.

Je ne savais pas qui avait échafaudé ce plan brillant, mais cela ressemblait fort à du Tom Walsh, l'agent spécial en charge de l'ATTF, c'est-à-dire notre boss. Walsh était à mi-chemin entre le génie et l'idiot, ce qui, au fond, ne lui laissait pas beaucoup de marge. Une sorte d'intrigant-né qui ne comprenait rien aux méthodes policières de base. On ne m'aurait jamais fait un coup pareil au temps où j'étais simple flic. Mais, bon, le monde avait changé, le boulot aussi, alors inutile de se vexer.

– Appelle donc les Op-spé, Lisa. Qu'ils nous fassent un point sur le Piaf.

Comme je l'indiquais plus haut, nos téléphones Nextel disposent d'une fonction talkie-walkie. La Sims a actionné le sien pour transmettre notre position et demander à être prévenue dès que la cible ressortirait de la chambre.

Dans cette attente, Lisa et moi avons bavardé. Elle m'a confié ses impressions sur New York. En gros, elle adorait y bosser mais détestait y vivre. À bien des égards, elle me rappelait mon épouse, Kate Mayfield, que j'avais connue trois ans plus tôt lors de l'affaire citée plus haut, celle du fanatique libyen. Kate venait de la cambrousse, elle aussi, et elle avait fait grise mine en apprenant sa mutation à New York – même si, depuis notre rencontre, elle ne pouvait s'imaginer vivre ailleurs. Au lendemain du 11 septembre, elle avait voulu prendre le large, mais ça lui était passé. Tant mieux, car ç'aurait été sans moi.

J'ai repris un whisky tandis que la Sims passait au soda – je venais de lui notifier qu'elle conduisait aussi au retour. Puis les Op-spé ont rappelé et elle a écouté leur rapport.

– OK, les gars. John et moi allons repartir. (Elle a reposé l'appareil.) Tête-de-Piaf s'est installé à une table de roulette. Seul.

– Et il se démerde bien ?

– Je n'ai pas demandé.

Elle a réglé l'addition.

Comme nous nous dirigions vers la sortie, j'ai dit :

– J'aimerais quand même voir l'animal de près.

Lisa semblait sceptique, mais puisque c'était moi le professeur…

Nous avons pénétré dans le vaste espace de jeu. Lisa a demandé aux Op-spé la position exacte du Piaf et nous l'avons localisé, perché sur un tabouret, un verre à la main. Qu'un officiel iranien s'adonne au vice était le cadet de mes soucis – en fait, ces scènes-là étaient filmées, et parfois bien utiles –, mais quand même, quelle schizophrénie !

– C'est bon ? a soupiré Lisa. On peut rentrer, maintenant ?

– Satan s'est emparé de son âme.

– Tant pis pour lui.

– Il a besoin d'aide.

– John…

– Allons chercher des jetons pour les machines à sous.

– John…

Je l'ai entraînée vers les caisses et j'ai acheté pour cent dollars de jetons avec ma carte de crédit professionnelle – j'entendais d'ici la crise de rire à la compta. Puis nous avons choisi deux machines à poker d'où nous pouvions voir Tête-de-Piaf.

– Tu as déjà joué ? ai-je demandé à Lisa.

– Non.

– Mais tu connais le poker ?

– Bien sûr.

Je lui ai filé la moitié des jetons argentés et lui ai expliqué le principe de la machine. Nous avons raflé deux verres d'alcool sur le plateau d'une serveuse ambulante, mes poumons ont recyclé la fumée de tabac de mon autre voisine, une grosse baleine catatonique, et enfin nous avons glissé nos piécettes dans les fentes. Lisa s'est vite prise au jeu, rêvant déjà d'empocher le jackpot à sept chiffres. Pendant ce temps, Tête-de-Piaf poursuivait sa lente descente aux enfers, sombrant un peu plus à chaque lancer de roulette. Il fallait que je le tire de là.

Au bout d'une demi-heure, le Piaf a ramassé son pécule et quitté la table. Il a erré quelques instants devant les tables de black-jack, puis il a tourné les talons.

Lisa venait d'obtenir quatre rois. La machine a sifflé quelques notes et vomi une cascade de ferraille.

– Tête-de-Piaf lève le camp, ai-je annoncé. Prends ma machine et dis aux Op-spé que je m'occupe de la cible.

Elle a cligné des yeux, le temps de se rappeler où elle était.

– D'accord, a-t-elle murmuré.

J'ai traversé la salle en espérant que le Piaf gagnait les ascenseurs, les toilettes, la promenade extérieure, ou n'importe quel autre endroit propice à un petit aparté.

Sa démarche semblait suggérer une vessie pleine, et il prenait bel et bien la direction des gogues. Je l'ai suivi dans le couloir, vers la section des hommes.

Ces gars-là ne sont pas du genre à se contenter d'un urinoir. Ils ont besoin d'intimité pour sortir leur kiki.

Il y avait trois autres clampins dans la pièce : deux aux pissotières, un aux lavabos. Mon badge à la main, je leur ai discrètement demandé de débarrasser le plancher, et j'en ai placé un en faction derrière la porte.

Seul face à la glace, j'ai vu Tête-de-Piaf quitter sa cabine – sans tirer la chasse, ni même se laver les mains. Je me suis retourné et nos regards se sont brièvement croisés. À l'évidence, il ne me remettait pas. Puis soudain, sans crier gare, voilà que ce fumier m'a sauté dessus, et il a réussi à s'éclater les noix contre mon poing. J'ai battu en retraite tandis qu'il amorçait le coup suivant – tomber à genoux en proférant des gémissements hostiles. Ses yeux roulaient telles les vignettes d'une machine à sous, et il a fini par s'écrouler face contre terre, le souffle rauque, prêt à m'achever. N'ayant aucune envie de créer un incident diplomatique, je me suis excusé d'un sobre « enculé », avant de m'éclipser.

J'ai libéré mon planton à la porte et j'ai regagné la salle de jeu. Lisa est venue à ma rencontre, munie d'un gobelet plein de jetons.

– Où étais-tu passé, John ?

– Toilettes pour hommes.

– Et Tête-de-Piaf ?

– C'est l'heure de rentrer, ai-je dit en la poussant vers le hall.

– Mais qu'est-ce que je fais de ces jetons ?

– Tu les fileras à la compta.

Sitôt dehors, elle est revenue à la charge :

– Réponds-moi, John. Où est l'Iranien ?

Moins elle en saurait, mieux elle se porterait.

– Il est aux toilettes.

– Mais qui le surveille ? Il est toujours en mouvement ?

– Je ne dirais pas ça, non.

– John…

– Transmets donc sa position aux Op-spé, au lieu de faire des histoires.

De retour au 4 × 4, j'ai décidé que j'allais conduire. Lisa m'a filé les clefs et j'ai démarré tandis qu'elle signalait aux autres que la cible était restée aux toilettes.

– Ils étaient déjà au courant, a-t-elle dit en reposant son Nextel. Il semblerait que Tête-de-Piaf ait fait une mauvaise chute.

– Attention, carrelage humide…

Après quelques minutes d'autoroute, elle a demandé :

– Vous avez eu une altercation, tous les deux ?

– Au fait, on a gagné combien ?

Elle a considéré le gobelet calé à ses pieds.

– À peu près dix dollars.

– Pas mal, pour une heure de boulot.

Lisa s'est tue un instant, puis :

– Remarque, dans sa situation, il peut difficilement porter plainte…

Elle avait tout compris.

Deux cents bornes nous séparaient de New York, soit deux petites heures si je mettais la gomme. Le soleil avait franchi l'horizon et le ciel s'assombrissait à vue d'œil.

– Rassure-moi, John : nous ne sommes pas en cavale ?

– Nous sommes la cavalerie, tu veux dire.

– Je vois. Ils n'avaient pas tort quand ils disaient que j'apprendrais beaucoup avec toi.

– Ah ouais ? Je suis une légende ?

– Seulement dans ta tête. Tu m'as l'air d'un type bien, et tu es très malin. Mais tu as aussi un côté sombre…

J'ai attendu qu'elle développe.

– L'esprit revanchard, a-t-elle lâché.

– Tu crois ? J'ai choisi la bonne branche, alors.

Le silence est revenu. Puis elle a déclaré :

– Si on nous demande des comptes, je dirai que tu n'as jamais quitté mon champ de vision.

– Rassure-toi, personne ne nous demandera rien. Mais j'apprécie, Lisa.

– C'est normal. Un jour, c'est peut-être toi qui me couvriras.

– Sans hésiter.

Fixant la route des yeux, elle a murmuré comme pour elle-même :

– C'est un métier difficile.

– Oui. Et il l'est de plus en plus.

Elle a hoché la tête.

– Super, alors.

Je me suis arrêté sur une aire de repos. Un muffin pour Lisa, le plein d'essence pour moi et du café pour tous. Puis, sur le chemin du retour, nous avons à nouveau parlé de New York. De la vie dans la Grosse Pomme, essentiellement, mais aussi de ma présence au World Trade Center le jour du double attentat. Vous n'êtes plus le même quand vous avez vu mourir d'un coup des milliers de gens, et cette expérience m'a changé à jamais.

Nous avons repris le tunnel Holland, dans le sens payant, et j'ai déposé Lisa au 26, Fed', où elle avait quelques bricoles à régler.

– N'oublie pas de filer le butin à la compta, lui ai-je rappelé par la vitre ouverte.

Sur ce, j'ai poussé jusqu'à la 72e Rue et retrouvé mes pénates.

Il était un peu plus de 22 heures. Kate regardait les infos du soir.

– Comment ça s'est passé ? a-t-elle demandé.

– La routine. La cible nous a emmenés à Atlantic City.

– Je te sers un verre ?

– Volontiers.

Kate a rempli deux godets, on a fait « tchin, slurp, smack », puis on a regardé ensemble la fin du journal télévisé. Je m'attendais à ce qu'on nous parle d'un diplomate iranien retrouvé dans les chiottes du Taj Mahal avec les couilles dans la gorge, mais visiblement les médias n'avaient pas eu vent de l'incident.

Nous avons éteint le poste pour nous raconter nos journées respectives au service de la guerre contre le terrorisme, après quoi Kate m'a rappelé que nous passions le week-end dans le nord de l'État, pour un stage de parachutisme.

Quelle barbe.

Outre que je déteste les arbres, les bois, les ours et tout ce qui se situe au-dessus du Bronx, je n'éprouve aucun plaisir à sauter d'un avion en vol. Je n'ai pas peur du vide, ni même de mourir, mais je ne vois pas ce qu'il y a d'amusant à risquer sa vie pour rien. Mon métier est bien assez dangereux comme ça. Et bien assez poilant. Comme vous avez pu le constater.

Seulement, Kate adore ça. Alors, comme je suis un bon bougre doublé d'un bon mari, je me suis mis au parachutisme, en échange de quoi elle s'est convertie à l'alcool et au sexe oral.

Gagnant-gagnant, comme on dit.

Avant de me coucher, je suis sorti sur notre balcon du trente-troisième étage pour regarder l'île s'étirer jusqu'à la jonction des deux fleuves. La vue était époustouflante, même amputée des Twin Towers. J'ai fermé un œil et placé mes doigts en V dans l'axe de Ground Zero, un V de victoire et de paix. L'armistice n'était pas pour demain, mais qui sait ? Un jour, peut-être…

D'ici-là, comme l'avait pigé Lisa Sims, le mot d'ordre était Revanche.

II

Californïe

Chapitre 3

Asad Khalil, terroriste libyen muni d'un faux passeport égyptien, emprunta d'un pas décidé la passerelle reliant le 777 d'Air France au terminal 2 de l'aéroport international de Los Angeles.

Le vol Le Caire-Paris avait été aussi tranquille que le Paris-Los Angeles, et l'embarquement en Égypte un jeu d'enfant grâce aux complicités qu'il détenait dans la place. Arrivé à Paris, il avait patienté deux heures dans une zone de transit, ce qui lui avait épargné un nouveau contrôle d'identité. Plus que quelques mètres à parcourir, et il serait officiellement en territoire américain.

Khalil se rangea dans la queue de l'Immigration. La foule se composait en majeure partie de citoyens français – dont nombre de musulmans – et pour un quart d'Égyptiens qui avaient comme lui fait escale à Roissy-Charles-de-Gaulle. Ainsi son visage ne détonnait pas, et ses amis d'Al-Qaida lui avaient garanti qu'il parviendrait jusque-là sans encombre. C'était maintenant que se jouait le succès du voyage : faire avaler ses faux papiers à l'administration américaine. Le passage en douane serait ensuite une simple formalité, puisqu'il n'avait rien à déclarer. Son principal bagage était sa haine de l'Amérique… facile à dissimuler.

Il n'y avait pas moins de dix guichets ouverts. Sa montre réglée à l'heure locale indiquait 17 h 40. Débarquer en pleine affluence faisait partie du plan.

Asad Khalil arborait un blazer bleu marine, un pantalon beige, des mocassins de marque et une chemise en oxford blanc – l'accoutrement type d'un homme de la classe moyenne supérieure qui aurait fréquenté les bonnes écoles et ne représenterait une menace pour personne, sauf peut-être pour ses copains de beuverie ou son conseiller financier. Pour parfaire son rôle de Moustafa Hachim, Égyptien occidentalisé venant séjourner au Beverly Hills Hotel, Khalil avait glissé dans son sac un guide touristique de la cité des Anges – rédigé en anglais, langue qu'il parlait couramment.

Il observa les agents postés derrière leurs comptoirs, en espérant qu'aucun d'entre eux ne soit d'origine arabe. Un Arabe pourrait lui demander quel quartier cairote il habitait, l'entreprendre dans sa langue et remarquer son léger accent libyen.

Quand vint son tour, Asad Khalil fondit sur le guichet qui venait de se libérer, calquant sa hâte sur celle des autres voyageurs. Le quadragénaire latino qui le reçut semblait se morfondre, mais on sentait qu'un rien lui mettrait la puce à l'oreille. Il examina le passeport, le visa, la déclaration de douane du visiteur, puis compara la photo d'identité avec la tête devant lui. Comme les autres, Khalil sourit.

– Quel est le but de votre visite, monsieur ?

Tuer.

– Tourisme, répondit Khalil.

Le gars reporta son regard sur la déclaration de douane.

– Et donc, vous descendez au Beverly Hilton ?

– Au Beverly Hills Hotel, corrigea Khalil.

– Pour deux semaines ?

– Exact.

– Et ensuite, où irez-vous ?

À la maison ou au paradis.

– Ensuite, je rentre chez moi.

– Vous avez déjà votre billet de retour ?

Oui, il en avait un, qui ne lui serait d'aucune utilité.

– Absolument.

– Et votre chambre est déjà retenue, au Beverly Hills ?

– Tout à fait.

Khalil était prêt à brandir sa feuille de réservation, mais seulement si on la lui réclamait. À se justifier trop vite, on ne faisait qu'éveiller les soupçons.

L'homme le dévisagea en silence. On sentait poindre un doute dans l'esprit de ce fonctionnaire aguerri, un doute qui ne demandait qu'à enfler. Puis il détourna les yeux pour entrer dans l'ordinateur les références du passeport. Celui-ci ressemblait à n'importe quel autre, la couverture légèrement râpée et les pages frappées de divers timbres européens. Mais les informations personnelles étaient mensongères, et si les faussaires d'Al-Qaida en savaient long sur la sécurité dans les aéroports américains, ils ignoraient ce que les bases informatiques américaines étaient capables de savoir ou de détecter. Comme toujours, tout dépendait sur qui on tombait.

L'agent regarda de nouveau le touriste égyptien. Après une seconde d'hésitation, il abattit son tampon et parapha la déclaration de douane.

– Bienvenue aux États-Unis, monsieur Hachim. Je vous souhaite un agréable séjour.

– Merci.

Khalil rassembla ses papiers et se dirigea vers les carrousels à bagages. Plus que quelques mètres avant la douane et la sortie.

Il s'arrêta devant le tapis roulant et attendit qu'il démarre. C'était souvent ici que les criminels se faisaient repérer, lorsqu'ils oubliaient que des caméras de surveillance restaient braquées sur eux. Pour s'en prémunir, Asad Khalil adopta la pose lasse de ses compagnons de vol.

En dépit des apparences, son rythme cardiaque avait accéléré lors du passage devant l'Immigration, ce qui l'avait à la fois surpris et agacé. Khalil était formé à garder son sang-froid en toutes circonstances, et dans l'ensemble son corps lui obéissait : sa peau ne transpirait pas, sa bouche ne se desséchait pas, son visage et ses muscles ne trahissaient aucune émotion. Néanmoins il ne savait toujours pas dominer son cœur, et il eût suffi de lui prendre le pouls pour comprendre que ce soi-disant Égyptien n'était pas net. Mais, à la réflexion, cette sensibilité cardiaque avait aussi du bon : dût-il soudain se battre, ou tuer, la pompe était déjà amorcée. Le mécanisme fin prêt. Tel un fusil armé.

Il y eut un grésillement, suivi d'une lumière rouge, et le tapis à bagages se mit en mouvement. Cinq minutes plus tard, Asad Khalil tirait sa valisette vers la douane. Il put choisir son guichet et son contrôleur, ce qui, sur le plan de la sécurité, constituait une faille sévère. Il se présenta devant un jeune homme – ne jamais choisir une femme, surtout si elle est belle – et tendit son formulaire.

– Rien à déclarer ? demanda l'agent.

– Non.

Le gars posa les yeux sur le bagage noir aux pieds de Khalil.

– Si je fouillais là-dedans, je ne trouverais rien d'illicite ?

– Non.

C'était la vérité.

– Pas de haschich ? insista l'autre sur le ton de la plaisanterie.

– Non, sourit Khalil.

– Très bien. Vous pouvez y aller.

Le terroriste reprit son chemin. Plus qu'une dizaine de mètres avant la sortie. C'était là qu'on lui tomberait dessus si on suspectait quoi que ce soit. Mais même désarmé, Khalil savait neutraliser un agresseur, et il se trouvait assez près des portes pour fuir dans le terminal bondé. Il ne serait pas sûr d'atteindre l'air libre, mais s'il réussissait à s'emparer du pistolet d'un policier, il pourrait toujours en abattre quelques-uns – ainsi que deux ou trois voyageurs, pour faire bonne mesure. Asad Khalil n'avait pas peur de mourir, seulement d'être capturé. Car s'il échouait dans sa mission, que deviendrait son âme ?

Il s'arrêta, lâcha sa valise et palpa ses poches comme pour vérifier s'il avait toujours ses papiers. Il évitait ainsi de donner l'image d'un homme pressé de s'esquiver, et cette pause lui permit de surveiller ses arrières. Il savait que les Américains, et notamment le FBI, donnaient très peu dans les arrestations préventives. Ils préféraient vous suivre quelque temps. Pour voir qui vous fréquentiez, où vous alliez, à quoi vous occupiez votre temps. Ils attendaient une semaine ou un mois avant de vous passer les menottes, en vous remerciant d'avoir coopéré.

Asad Khalil franchit enfin les portes derrière lesquelles patientaient les proches des voyageurs, ainsi qu'une ligne de chauffeurs de maître portant de petites pancartes. Khalil traversa la cohue en suivant le fléchage de la station de taxis. La file d'attente n'était pas bien longue, et bientôt il quittait l'aéroport à bord d'une voiture jaune et noir.

– Beverly Hills Hotel, dit-il au chauffeur.

Renversant la nuque contre l'appuie-tête, il s'aperçut qu'il faisait un temps magnifique. C'était la deuxième fois que le Libyen venait dans cette ville, et le soleil semblait y briller tous les jours de l'année. Il fallait bien ça, pour s'installer dans un endroit pareil.

– Vous connaissez L.A. ? lui lança le conducteur.

– Oui, je suis déjà venu.

– Pour le boulot ou pour le plaisir ?

Puisque tuer M. Chip Wiggins relevait des deux, Khalil répondit :

– Les deux.

– Dans ce cas, je vous souhaite de prendre du bon temps et de gagner un max de blé !

– C'est très gentil à vous.

Khalil ouvrit son guide de conversation et scruta le trafic à l'aide d'un miroir de poche. Ils venaient d'entrer sur l'autoroute menant à Beverly Hills, et il ne vit personne à leurs trousses.

Une demi-heure plus tard, le taxi longeait une rangée de palmiers menant à un hôtel de stuc rose. La végétation était luxuriante, les fleurs flamboyaient par milliers. C'était sans doute à cela que ressemblait autrefois le jardin d'Éden – si ce n'est qu'ici les serpents pullulaient et que la nudité ne gênait personne.

Khalil régla sa course, laissa le portier emporter sa valise – mais pas son sac de voyage – et se présenta à la réception sous son nom d'emprunt. La jeune employée confirma que tous ses frais, y compris les à-côtés, avaient été réglés d'avance par sa société cairote. Il précisa de son côté qu'il n'était pas certain de regagner l'hôtel le soir même, et qu'il ne souhaitait ni service de couverture, ni réveil téléphonique, ni journal du matin. Bref, il ne voulait être dérangé sous aucun prétexte.

On le conduisit au premier étage du bâtiment principal, jusqu'à une suite spacieuse et ensoleillée qui dominait la piscine. Depuis le balcon, Asad Khalil contempla l'étalage de chair bronzée autour du bassin. Que des femmes s'exhibent de la sorte ne l'étonnait guère. La femme est impudique par nature. Mais que des hommes laissent leurs épouses montrer leurs appas au tout-venant, cela dépassait son entendement.

Le spectacle de ces baigneuses n'en était pas moins émoustillant, et lorsque la sonnette retentit, il dut placer sa veste devant son entrejambe avant d'ouvrir. Sur ce plan-là aussi, il manquait de maîtrise.

Le groom déposa sa valise dans le vestibule, demanda au client s'il trouvait les lieux à son goût et s'il lui fallait autre chose. Khalil le congédia poliment avant d'accrocher à la poignée de la porte l'écriteau NE PAS DÉRANGER. Puis il défit sa valise et s'assit devant le téléphone avec une bouteille d'eau.

L'appel ne tarda pas.

– Hachim, fit Khalil à la première sonnerie.

– Ici Gabbar, lui répondit-on en anglais. Tout se passe bien, monsieur ?

– Très bien. Comment va votre père ?

– Ça va, merci pour lui.

Les phrases clés ayant été prononcées, Khalil dit :

– Cinq minutes. J'ai une fleur pour madame.

– Bien, monsieur.

Khalil raccrocha et retourna sur le balcon. Il y avait une forte proportion d'obèses parmi les hommes vautrés en bas, et la plupart étaient accompagnés de jeunettes. Des serveurs acheminaient des cocktails vers les transats et les tables, car c'était l'heure de s'embrumer l'esprit. Songeant aux ruines romaines de sa Libye natale, Khalil imagina des patriciens replets barbotant dans des thermes, abreuvés de vin par de jolies esclaves.

– Des porcs, cracha-t-il. Des porcs qui courent à l'abattoir.

Chapitre 4

Asad Khalil préleva une fleur dans un vase et quitta sa chambre. Dans le hall, il croisa quelques Arabes occidentalisés. Ceux-là faisaient encore plus de tort à l'islam que les infidèles. Mais leur tour viendrait, et la sentence serait implacable.

Comme il posait le pied dehors, un portier lui demanda s'il avait besoin d'un taxi. Lors de son précédent séjour, trois ans plus tôt, Khalil avait constaté que personne ne se déplaçait à pied dans cette ville. Même pour se rendre au coin de la rue, il fallait une automobile. C'était tout juste si l'hôtel ne proposait pas des chaises à porteurs pour conduire les porcs romains à la piscine !

– Une voiture va passer me prendre, répondit-il.

À cet instant, une Ford Taurus qui patientait un peu plus bas s'avança jusqu'à l'entrée. Au signe du chauffeur, Khalil monta à l'avant, et ils redescendirent la longue allée.

– Bonsoir, monsieur, dit en arabe le dénommé Gabbar.

Khalil resta muet.

– J'ai réservé une chambre sous mon vrai nom au Best Western de Santa Barbara.

Khalil hocha la tête.

– Et comment vous appelez-vous ? demanda-t-il.

– Farid Mansour, répondit Gabbar sans oser retourner la question à son passager.

– Et que faites-vous dans la vie, monsieur Mansour ?

– Je livre des colis.

– Je vois. Vous avez les miens ?

– Absolument, monsieur. Dans ma chambre d'hôtel, comme convenu. Deux valises verrouillées et sans clefs, c'est bien ça ?

Khalil confirma de la tête.

– Et les deux autres objets que j'ai demandés ?

– Dans le coffre, monsieur.

– Et le badge ?

Sans un mot, Mansour lui remit une carte magnétique blanche marquée d'une série de chiffres. N'y figurait aucun nom d'aéroport ni aucun numéro de portail.

– Comment avez-vous obtenu ce pass ? demanda Khalil.

– Par notre ami commun, répondit Mansour. Lui-même le tient d'un homme de notre confession qui n'en aura pas besoin avant deux jours. (Par mesure de précaution, il ajouta :) J'ignore à quel aéroport cette carte permet d'accéder, monsieur, mais je suppose que vous le savez.

– Qui vous a parlé d'un aéroport ?

Mansour se mordit la langue.

– Notre ami commun aura lâché ce mot dans la conversation… ou alors j'ai mal compris, ou bien…

– C'est sans importance.

Khalil glissa le badge dans sa poche.

En bas de l'allée, Farid Mansour demanda :

– Souhaitez-vous aller directement à Santa Barbara ?

– Oui.

Mansour mit son clignotant pour s'engager sur Sunset Boulevard, mais au dernier moment Khalil ordonna :

– Prenez tout droit.

Mansour traversa le boulevard pour continuer sur Canon Drive, une artère bordée de villas cossues. Khalil regarda dans son rétroviseur, sans rien déceler d'anormal.

– C'est une voiture de location, n'est-ce pas ?

– Oui, monsieur. Je l'ai louée pour trois jours, conformément à vos instructions.

– Parfait.

En d'autres termes, personne ne chercherait ce véhicule avant lundi.

Voyant Khalil se tourner vers la vitre, Mansour commenta :

– C'est ici que vivent les riches. Les stars et les barons de l'industrie du cinéma.

– Le vice paie, dirait-on.

Mansour comprit qu'on lui tendait une perche.

– Ils riront moins en enfer, assura-t-il.

Khalil changea de sujet :

– Alors vous aussi, vous venez de Libye ? D'où, exactement ?

– De Benghazi, monsieur.

– Et pourquoi les États-Unis ?

Mansour hésita.

– Je voulais gagner de l'argent pour mes parents restés là-bas, ainsi que pour ma belle-famille. Mais je rêve de rentrer au pays un jour.

– Vous y arriverez.

– J'espère, monsieur.

– Et votre épouse ? Elle vit ici avec vous ?

– Oui, ainsi que nos quatre enfants.

– Sont-ils élevés dans le respect de la foi ?

– Bien sûr. Ils étudient le Coran à la mosquée.

– Parfait. Et avez-vous prévenu madame que vous vous absentiez deux ou trois jours ?

– Oui, monsieur.

Un ange passa. Farid Mansour était très mal à l'aise. Il avait déjà croisé ce genre d'homme en Libye, et même à la mosquée. Des hommes ayant une vision radicale de la foi. Mais celui-ci était encore plus inquiétant, avec sa voix glaciale, ses gestes félins, ses yeux noirs comme l'abîme…

Ayant compris que « M. Hachim » craignait d'être suivi, Mansour quitta Canon Drive pour louvoyer dans les rues adjacentes. Ils atteignirent ainsi une avenue bordée d'enseignes prestigieuses.

– Nous sommes sur Rodeo Drive, monsieur. Seuls les plus fortunés peuvent fréquenter ces boutiques.

Au bout de l'avenue, Khalil dit :

– Santa Barbara.

– Oui, monsieur.

Mansour tourna à droite sur Wilshire Boulevard, face au soleil couchant.

– C'est l'heure des bouchons, soupira-t-il.

– Toutes ces voitures sucent le sang de la terre, maugréa Khalil.

– Mais elles y mettent le prix, osa Mansour avec un petit sourire.

– Certes, répondit l'autre. Depuis combien de temps vivez-vous ici ?

– Huit ans, monsieur. C'est beaucoup trop.

– Comme vous dites. Alors vous étiez encore à Benghazi quand les Américains ont bombardé la ville ?

– Oh oui. Je m'en souviens très bien. Le 15 avril 1986, en pleine nuit. J'étais encore gamin.

– Et vous avez eu peur ?

– Et comment !

– Au point de mouiller votre pantalon ?

– Pardon ?

– Moi, oui. J'ai fait dans mon slip.

Mansour garda le silence.

– Comme vous, je n'étais qu'un enfant, poursuivit Khalil. Nous habitions El Azizia, au sud de Tripoli, et l'un des bombardiers américains a lâché une bombe sur notre toit. Je n'ai pas été blessé, mais j'ai souillé mon pantalon.

– Allah vous a épargné, monsieur.

– Oui. Contrairement à ma mère, mes deux frères et mes deux sœurs qui sont montés au paradis cette nuit-là.

– Puissent-il reposer avec les anges pour l'éternité, murmura Mansour.

– Je suis sûr que c'est le cas.

Après un nouveau silence, Khalil lança :

– Pourquoi m'aidez-vous, monsieur Mansour ?

Pris au dépourvu, l'intéressé chercha ses mots. Dire qu'il agissait pour son pays ou pour son dieu revenait à admettre qu'il faisait davantage qu'assister un coreligionnaire dans ses déplacements. Or il n'avait aucune envie d'enfreindre la loi. Si ce Hachim préparait un mauvais coup, il préférait ne rien savoir.

– Farid ? Je vous ai posé une question.

– Eh bien, on m'a demandé de rendre service à un compatriote, alors…

– Avez-vous déjà eu maille à partir avec les autorités ?

– Jamais, monsieur. Je mène une vie parfaitement rangée.

– Et votre épouse, que fait-elle dans la vie ?

– Elle prend soin du foyer et des enfants, comme il se doit.

– Autrement dit, une petite gratification soulagerait les finances du ménage…

– En effet, monsieur.

– Avec le prix de l'essence qui ne cesse de grimper…

– À qui le dites-vous !

– Notre ami commun vous a versé mille dollars, je crois ?

– C'est ça.

– Je vous en donnerai mille de plus.

– C'est très généreux de votre part.

– Avec cette fleur pour votre femme, dit Khalil en jetant l'oiseau de paradis sur la planche de bord.

– Merci, monsieur.

La voiture s'engagea sur l'autoroute du Pacifique.

– En principe, nous atteindrons votre hôtel dans moins de deux heures, dit Mansour.

Khalil consulta la pendule de la voiture. Il était 19 h 30 et le soleil s'enfonçait dans la mer – un spectacle quotidien pour les villas perchées sur la colline.

– Je passe par la côte pour la vue, expliqua Mansour. Mais si vous préférez, dimanche, nous rentrerons par les terres. C'est un peu plus rapide.

Khalil n'avait que faire de la vue, et ni l'un ni l'autre ne regagneraient Beverly Hills dimanche. Mais inutile d'affoler le chauffeur.

– Comme vous voudrez, répondit le terroriste. Je m'en remets à vous et à Dieu.

Mansour, lui, serait remis à Dieu d'ici à deux petites heures. Son pénible exil allait s'achever plus tôt que prévu. Le veinard.

Asad Khalil s'occuperait ensuite de Chip Wiggins, l'un des pilotes qui avaient bombardé Tripoli dix-sept ans plus tôt. Celui-ci rôtirait en enfer avant le lever du jour.

Puis il irait à New York régler d'autres affaires en souffrance.

Chapitre 5

Quelques kilomètres avant Santa Barbara, Farid Mansour quitta la route pour le parking d'un motel Best Western. Asad Khalil descendit de voiture et se fit ouvrir le coffre. Celui-ci renfermait une longue valisette en toile de jute. Khalil en vérifia le contenu : un pied-de-biche et une scie de boucher. Il eut un sourire ravi en tâtant la lame acérée.

Il referma le coffre, dit à Mansour de verrouiller la voiture, puis il lui prit la clef des mains et le suivit vers l'hôtel. Il entrèrent par l'arrière avec une carte magnétique et remontèrent le couloir jusqu'à la porte 140 où pendait un écriteau NE PAS DÉRANGER. Mansour glissa la carte dans la serrure et s'écarta pour laisser passer son hôte. Mais Khalil préféra entrer en dernier, afin de tourner le verrou derrière eux. Cela fait, il réclama la carte et la mit dans sa poche.

La pièce était agréable et soignée, avec deux grands lits parallèles. Sur l'un d'eux reposaient deux bagages de couleur noire : une valise et un sac polochon.

– Quand avez-vous pris possession de cette chambre ? s'informa Khalil.

– À 15 heures, monsieur. Je l'ai retenue pour deux nuits. Nous devons la rendre après-demain avant 13 heures.

– Et vous avez porté les bagages tout seul ?

– Absolument. De la voiture jusqu'au lit. J'étais garé à la même place.

Khalil sortit de son portefeuille deux petites clefs qu'on lui avait remises au Caire. Il ôta le cadenas du sac marin dont il tira la glissière. Le matériel qu'il avait commandé était bien là, caché sous quelques tenues de rechange.

Planté à la fenêtre, Farid Mansour scrutait le parking.

Khalil referma le sac, remit le cadenas puis ouvrit la valise. Il y trouva argent liquide, cartes de crédit, faux passeports, faux documents. Un jeu de cartes routières, une paire de jumelles, un téléphone portable avec son chargeur. Un coran, bien sûr, ainsi qu'un sac à bandoulière contenant le matériel d'exécution : un calibre .45 semi-automatique, des balles, un grand couteau de boucher, quelques autres plus petits, une paire de gants de cuir, une corde de piano transformée en garrot, un pic à glace.

Tout était là, prêt à l'emploi.

Surveillant Mansour du coin de l'œil, Khalil enfila les gants et se munit du garrot.

– Fermez les rideaux, dit-il.

Mansour obéit, sans se détourner de la fenêtre.

Khalil se glissa derrière lui, lui passa la boucle métallique autour du cou et tourna la poignée en bois. Farid Mansour porta les mains à sa gorge et poussa une plainte aiguë. Il se balançait de côté et d'autre tandis que son agresseur continuait de serrer le fil, puis il s'écroula face contre terre, le cou entaillé par le câble. Il agita les jambes, regimba encore un instant sous le poids de Khalil puis se figea, inerte.

Khalil compta une minute avant de relâcher le garrot.

– Puissent les anges te conduire aux cieux, murmura-t-il.

Il lâcha les épaules de l'homme, lui prit son portefeuille puis le retourna sur le dos. Le défunt le fixait d'un regard vide, la bouche pétrifiée en un cri muet.

En lui fouillant les poches, Khalil s'aperçut que Mansour avait mouillé son pantalon – et pas seulement mouillé, à en juger par l'odeur aigre qui emplissait la pièce.

Khalil récupéra le garrot, poussa le cadavre sous l'un des lits, puis sortit un réveil et le mit à sonner à 2 h 30. Quatre heures de sommeil lui suffiraient amplement.

Il prit ensuite le revolver, inspecta le magasin, plaça une balle dans la chambre et le glissa dans sa ceinture.

Il éteignit la lumière, alluma la lampe de chevet, et s'allongea avec le Coran. Il dédia un verset à l'homme qui gisait sous le sommier : « Où que vous soyez, Dieu vous ramènera tous à Lui. »

Puis il lut deux sourates pour lui-même avant d'éteindre et de fermer les yeux.

Quelques instants plus tard, il crut percevoir du bruit sous le lit. Sans doute des gaz s'échappant du cadavre.

Le Libyen songea à son précédent séjour aux États-Unis. À son attentat manqué contre Wiggins, le seul pilote des raids sur Tripoli qui fût encore en vie. Et à John Corey, le flic qui l'avait privé de cette vengeance.

Ce coup-ci, il les aurait.

L'un et l'autre, tous.

Asad Khalil ne dormit pas. Tel un lion, il reposait son corps mais gardait tous ses sens en alerte.

« Le jour de la victoire, nul n'est fatigué », dit un vieux proverbe arabe.

Chapitre 6

À défaut de le réveiller – puisqu'il ne dormait pas –, l'alarme lui signala qu'il était 2 h 30.

Khalil sauta du lit, passa à la salle de bains, but un verre d'eau et quitta la chambre en laissant la pancarte NE PAS DÉRANGER sur la porte. Le temps que la femme de ménage ou le client suivant découvrent le cadavre de Mansour, lui serait déjà loin.

Dehors, la nuit était fraîche. Khalil monta en voiture et quitta le parking. Tout en conduisant, il ôta l'argent du portefeuille de Mansour et jeta le reste dans un fossé, en même temps que la fleur restée sur le tableau de bord.

La route était quasi déserte, et il ne lui fallut pas plus de dix minutes pour atteindre la zone nord-est de l'aéroport de Santa Barbara, celle dévolue aux jets privés, aux compagnies de charters et au fret. On l'avait mis en garde contre les rondes de la patrouille de l'aéroport, mais il ne détecta aucun mouvement derrière le grillage. Il s'engagea sur un parking étroit et longea les bâtiments bas qui donnaient sur l'aire de trafic. Si la plupart étaient plongés dans le noir, sur l'un d'eux se détachait une enseigne lumineuse, STERLING AIR CHARTERS. Ce serait sa seconde destination.

S'enfonçant dans le parking, il ne dénombra que trois voitures en stationnement et ne croisa pas un chat. Jusqu'ici, les indications fournies par Al-Qaida en Amérique se révélaient exactes. Non qu'elles fussent indispensables, comme le croyaient les informateurs, mais elles lui facilitaient la tâche.

Voilà pourquoi, après des années d'opérations en solo en Europe ou aux États-Unis, Khalil avait accepté le concours de l'organisation terroriste. Pour prix de ce soutien, il devait accomplir une certaine mission à New York, mais il ne s'en acquitterait qu'après s'être occupé de ses ennemis intimes.

Deux cents mètres après les néons de Sterling brillaient ceux du transporteur Alpha Air Freight où l'ex-lieutenant Chip Wiggins officiait désormais. Un 4 × 4 Ford Explorer noir était garé devant l'entrée, le même que sur les photos étudiées à Tripoli. Pas de doute, Wiggins était bien de service cette nuit-là. En principe, il devait ensuite se reposer jusqu'au dimanche soir, mais dans les faits son week-end serait autrement long. Sans le savoir, le pilote vivait là ses dernières minutes de travail. Ses dernières minutes tout court.

Khalil gara la Ford à côté du véhicule de Wiggins. Tout en ouvrant le coffre, il vérifia d'un coup d'œil l'immatriculation de l'Explorer. C'était la bonne. Il accrocha à son épaule le sac contenant la scie et le pied-de-biche, verrouilla la voiture et se dirigea vers la clôture reliant Alpha au bâtiment suivant. À l'aide du pass fourni par Farid Mansour – puisse le sacrifice du brave homme être récompensé là-haut… –, Khalil franchit le portail et alla s'accroupir derrière une benne à ordures.

Ici n'évoluaient que des avions de petite taille. Sur les emplacements d'Alpha Air Freight dormaient deux petits bimoteurs à hélices aux couleurs de la compagnie – ceux qui, toujours d'après Al-Qaida, rentraient au bercail chaque soir entre minuit et 1 heure. Quant au troisième appareil, un bimoteur Cessna blanc piloté par M. Wiggins, il ne terminait sa tournée quotidienne que vers 3 ou 4 heures du matin.

Khalil consulta sa montre : 2 h 58. Avec un peu de chance, Wiggins n'allait plus tarder.

Les lumières du terminal principal brillaient au loin, ainsi que les balises du tarmac. Bientôt, dans un ciel désert, un petit avion amorça sa descente sur la piste la plus proche. Il se posa, ralentit, puis chemina sur le taxiway, guidé par ses phares blancs.

Asad Khalil resta caché derrière la benne, l'oreille dressée. Si quelqu'un le surprenait ici, deux solutions : le pied-de-biche ou le pistolet. Pas question de fuir si près du but.

Le bimoteur s'approchait d'Alpha Air Freight. Comme en réponse aux prières de Khalil, sa queue arborait le logo de la compagnie.

Le Libyen ouvrit le sac et empoigna le pied-de-biche.

Le Cessna s'arrêta à dix mètres et le pilote coupa les circuits. Il y eut quelques grincements dans la carlingue, puis la porte-escalier s'abaissa sur la gauche du fuselage. Un homme descendit. L'obscurité empêchait de distinguer ses traits, mais il ne pouvait s'agir que de Wiggins. C'était sa voiture, son avion, son horaire. Il fallait cependant redoubler de prudence, car tuer la mauvaise personne ne servirait qu'à faire fuir Wiggins – et à avertir les autorités du retour d'Asad Khalil.

Le pilote avait les bras chargés. De cales en bois. Il se baissa pour en placer une première derrière la roue gauche de l'appareil.

La barre à mine dans une main et l'étui dans l'autre, Khalil fondit sur Wiggins tandis que celui-ci posait une deuxième cale devant le pneu gauche. Alerté par le bruit, le pilote se redressa et tourna la tête.

– Mais qui êtes… ?

Reconnaissant le visage des photos, Khalil lâcha son sac, empoigna le pied-de-biche à deux mains et l'abattit sur l'épaule de l'homme.

La clavicule brisée, Wiggins poussa un hurlement et tomba à la renverse.

Khalil lui fractura ensuite la rotule droite puis le tibia gauche, enfin l'épaule droite.

Les cris de Wiggins diminuèrent. Il perdait connaissance.

Le Libyen lança un regard circulaire autour d'eux puis jeta son attirail dans l'avion. Il hissa sur son dos la victime à demi inconsciente et la monta à bord. Puis, la porte refermée, il traversa la cabine de fret et adossa le pilote contre la cloison du fond. Il sortit la scie de boucher, cassa sous le nez de Wiggins une ampoule d'ammoniac, et acheva de le réveiller avec une paire de gifles.

L'homme releva les paupières en gémissant.

– Bonjour, monsieur Wiggins. C'est moi, Asad Khalil, celui que vous attendiez depuis trois ans.

Les yeux du pilote s'écarquillèrent mais il resta muet.

Khalil lui souffla à l'oreille :

– C'est vous, ou l'un de vos défunts compagnons d'escadrille, qui avez assassiné ma mère, mes frères et mes sœurs. Vous connaissez donc le motif de ma présence.

Il se redressa pour observer sa réaction. Le pilote regardait droit devant lui, le visage ruisselant de larmes.

– Je vois que les remords t'assaillent. Ou est-ce seulement la douleur physique ? Dis-toi que ce n'est rien comparé à la souffrance que je porte en moi depuis ce jour maudit. Ou à ce que l'on doit éprouver quand on meurt écrasé sous sa propre maison.

Wiggins ouvrit la bouche mais n'émit rien d'intelligible. Khalil le gifla de plus belle pour le tirer des limbes.

– Écoute-moi ! aboya-t-il. Ce coup-ci je te tiens, et je t'ai concocté une mise à mort de première classe. Alors, évite de t'endormir.

Wiggins referma les yeux. Ses lèvres tremblaient.

Khalil lui remit une claque et brandit la scie.

Relevant les paupières, le pilote considéra l'outil sans comprendre. Puis ses yeux s'exorbitèrent et sa mâchoire se décrocha.

– N… non ! mugit-il.

Khalil lui enfonça un mouchoir dans la gorge.

– Si, si, il s'agit bien d'une scie de boucher. Puisque tu n'es qu'un animal !

Wiggins voulut se débattre, mais ses membres disloqués ne répondaient plus. Il secoua la tête avant que Khalil lui empoigne les cheveux et lui applique la scie sur la gauche du cou. Il fit aller et venir la lame dans la chair et le muscle, sous les cris étouffés de sa proie.

Le sang jaillit par la plaie, imprégnant la chemise blanche de Khalil et formant une flaque sur le plancher. Les mouvements et les cris de Wiggins faiblirent, comme si la terreur lui ôtait ses derniers moyens. Khalil prenait soin d'orienter la scie vers la nuque pour éviter de sectionner l'artère carotide ou la veine jugulaire, sous peine d'achever la bête trop vite.

Lorsque Khalil sentit les dents d'acier entamer les vertèbres, il sut que les prochains coups de lame seraient fatals. Il avait déjà décapité un homme, un humanitaire occidental, sous les yeux d'un instructeur taliban. Mais le coutelas afghan lui avait donné du fil à retordre, surtout dans l'os. C'était bien plus confortable avec une scie – sauf, évidemment, pour M. Wiggins.

Khalil s'interrompit et regarda le pilote dans les yeux. L'homme affichait un teint de craie et des prunelles vitreuses, sans vie.

Le plaisir étant passé, Khalil se hâta de conclure. Il trancha la carotide et la jugulaire gauches, qui lui aspergèrent les poignets, puis sectionna la trachée-artère, la carotide et la jugulaire droites.

Seule la colonne vertébrale retenait encore la tête au corps. Le cœur de Wiggins expulsa un ultime jet rouge, pour l'honneur, avant de s'éteindre à jamais.

Khalil lui scia le rachis et détacha la tête du corps.

– Bienvenue en enfer, monsieur Wiggins, dit-il au crâne oscillant sous son poing. Ma famille vous adresse ses bons baisers du paradis !

Khalil jeta la scie, se releva et posa la tête coupée sur les genoux du pilote. Puis il ramassa le pied-de-biche et le planta dans le cou béant.

Après avoir quitté l'avion et rabattu la porte, il plaça les deux cales restantes autour de la roue droite pour éviter que l'appareil n'attire l'attention. En théorie, le Cessna ne devait plus bouger du week-end, jusqu'au retour du pilote le dimanche soir. M. Wiggins vivait seul, et le temps qu'on s'inquiète de son absence et qu'on décide d'inspecter l'appareil, Asad Khalil aurait traversé le continent et rayé d'autres noms sur sa liste. Ni vu ni connu.

Khalil s'éloigna d'un pas vif, franchit le portail avec son pass et reprit la route. De retour à son hôtel, il fourra ses vêtements ensanglantés sous le lit, à côté de la dépouille de Farid Mansour. Il se doucha, passa un pantalon, une chemise et une veste propres, puis il se plongea pour quelques heures dans la lecture du Coran. À 6 heures du matin, il s'agenouilla en direction de La Mecque pour réciter le Fajr, la prière de l'aube.

Ensuite il rassembla ses affaires et quitta l'hôtel par l'arrière. La valise et le sac polochon dans le coffre, le sac de voyage sur le siège passager, il regagna l'aéroport en dix minutes. Entre-temps les lieux s'étaient animés et le parking était moins vide. Khalil se gara devant Sterling Air Charters et se présenta à l'accueil.

Un jeune homme releva le nez de son ordinateur.

– Bonjour. Que puis-je pour vous ?

– Je suis monsieur Demetrios. J'ai réservé un avion pour New York.

L'employé se leva de son siège.

– Oui, monsieur. L'appareil est prêt et les pilotes vous attendent.

– Très bien, allons-y.

III

État de New York

Chapitre 7

Le parachutisme.

J'ai commis beaucoup d'idioties dans ma vie, et je serais bien incapable de les classer par ordre de stupidité. Je sais toutefois laquelle occuperait la première place : le parachutisme. Mais qu'est-ce qui m'avait pris, bon sang ? Et là je ne pouvais même pas incriminer ma queue !

Ma queue, peut-être pas, mais mon adorable femme, ça oui. J'avais épousé Kate, trois ans plus tôt, sans savoir qu'elle avait jadis pratiqué la chute libre. Et lorsqu'elle m'avoua la chose, voilà environ six mois, je crus qu'elle évoquait là quelque passé d'alcoolique, ce dont, bien entendu, je ne lui avais nullement tenu rigueur. Ce que je ne lui pardonnais pas, en revanche, c'était de m'avoir converti malgré moi à ce prétendu « sport ».

Nous voici donc, M. et Mme John Corey, plantés comme deux cons sur l'aérodrome du comté de Sullivan, ce qui correspond grosso modo au trou du cul de l'État de New York, à perpète de mon Manhattan chéri. J'admets cependant que les Catskill sont ravissantes pour les fanas de nature, et c'était sans conteste un très beau dimanche de mai. Une vingtaine de degrés au mercure, un ciel sans nuage, pas un pet de vent. Bref, les conditions idéales pour tomber d'un avion en vol.

Sexy en diable dans sa combinaison argentée, Kate m'a lancé :

– Je suis excitée comme une puce.

– Super, ai-je répondu. Rentrons à l'hôtel.

– C'est que je n'ai encore jamais sauté d'un Douglas DC-7B.

– Moi non plus, figure-toi.

– Ça va drôlement enrichir notre carnet de sauts.

– Drôlement, tu dis ?

– Tu sais que c'est le tout dernier DC-7B en service dans le monde ?

– Ça ne m'étonne pas, ai-je répondu en me tournant vers le quadrimoteur à hélices qui s'étalait sur le tarmac.

Apparemment, personne n'avait jamais songé à peindre cet avion, sauf pour l'orner d'un éclair orange entre le nez et la queue. L'aluminium nu du fuselage avait pris une patine bleu-gris et les hublots étaient condamnés, ce qui donnait à cet ancien long-courrier de luxe des airs de vieille cafetière italienne. Ou, si vous aimez mieux, d'épave.

– Et il a quel âge, ce coucou ?

– Il est encore plus vieux que toi !

Kate était de quinze ans ma cadette, et un tel écart se ressent forcément de temps à autre. Comme là, lorsqu'elle a ajouté :

– Je suis sûre que tu en as déjà vu voler.

De fait, je me rappelais vaguement avoir admiré ce type d'appareil à l'aéroport d'Idlewild – rebaptisé depuis JFK – lorsque j'étais gamin et que nous allions en famille raccompagner des invités à leur avion. Une ère bénie, sans attentats, où l'on pouvait regarder les avions décoller depuis de grandes baies vitrées, à vingt mètres du sol.

– Oui, je me souviens. C'était sous Eisenhower.

– Qui ça ?

La Kate que j'avais rencontrée trois ans et demi plus tôt ne manifestait aucun penchant pour le sarcasme. Elle m'avouerait plus tard avoir contracté ce vice à mon contact – puisque, bien entendu, c'est toujours la faute du mari. La demoiselle n'était pas non plus portée sur les jurons et la boisson, mais là encore mon influence lui fut des plus bénéfiques, même si, en contrepartie de sa conversion, elle exigea que je fasse moi-même quelques efforts de sobriété et de bienséance. Cela m'a rendu obtus et quasi mutique, mais elle semble y trouver son compte.

Fille d'un agent du FBI, Kate est née Katherine Mayfield dans un de ces États désolés du MidWest que les gens normaux se contentent de survoler en dormant. Elle a conservé son nom de jeune fille pour le travail, et pour les fois où elle feint de ne pas me connaître. Comme je le disais plus haut, elle exerce le même métier que moi, au sein de la Force fédérale d'action antiterroriste, ce qui fait de nous des partenaires à la scène comme à la ville. Ce qui nous distingue, sur le plan professionnel, c'est qu'elle est agent du FBI, comme son papa, et juriste, comme sa maman, tandis que moi je suis un flic. Enfin, plus exactement un flic déchargé pour une invalidité de trois quarts qui, à défaut d'être vraiment invalidante, m'assure une appréciable rente mensuelle. Pour ceux que ça intéresse, j'ai reçu trois balles dans le buffet sur la 102e Rue Ouest, voici bientôt quatre ans. Je n'en ai gardé aucune séquelle, sauf quand je force sur la bouteille et que le whisky pisse par les trous.

Kate m'a tiré de mes pensées en déclarant :

– Je trouve que l'ATTF devrait nous verser une prime de saut, comme dans l'armée.

– Eh bien, rédige une note.

– Sérieusement, c'est une compétence précieuse !

– Ah bon ? Pour quoi faire ?

Ignorant ma question, Kate s'est tournée vers la soixantaine d'autres parachutistes qui fourmillaient sans but dans leurs ridicules combinaisons bariolées. Pour tuer le temps, ils vérifiaient et revérifiaient leurs équipements réciproques, en se montrant des pouces guillerets. Personnellement, je ne laisse personne toucher à mon matériel, pas même mon épouse. Je lui voue une confiance aveugle, mais les femmes sont si versatiles…

– Ma théorie, a fini par répondre Kate, c'est que la maîtrise de disciplines ardues comme le parachutisme ou l'alpinisme nous rend plus forts, même si elles ne sont pas d'une utilité immédiate.

Ma théorie à moi, c'était que le FBI aurait mieux fait de travailler les techniques policières de base comme se repérer dans le métro ou filer un suspect sans passer sous les roues d'un taxi. Mais à quoi bon polémiquer ?

Le principe de notre cellule était de créer des synergies entre, d'un côté, les fédéraux – qui semblaient tous venir de l'Iowa comme cette brave Lisa Sims, et qui pensaient que l'expression « transports en commun » désignait certaines pratiques sectaires de groupe – et, de l'autre, le NYPD qui connaissait Manhattan comme sa poche et se tapait le gros du travail de terrain. Bizarrement, le mélange fonctionnait plutôt bien, même si le choc des deux cultures engendrait son lot de tensions et d'incompréhensions – lesquelles, par la force des choses, se répercutaient dans notre couple, voire parfois dans mon attitude.

Pendant que mon épouse s'assurait que les copains étaient correctement harnachés, j'observais le pilote qui se tenait sous l'aile du Douglas, à examiner l'un des moteurs. Je déteste quand ils font ça.

– Ce gars paraît encore plus vieux que l'avion, ai-je glissé à Kate. Mais qu'est-ce qu'il regarde de cette façon ?

– Un souci, John ? a-t-elle répondu d'un air narquois. Aurais-tu les…

– Je te défends de remettre en cause ma virilité !

C'était déjà comme ça qu'elle m'avait convaincu de prendre des leçons de parachutisme.

– Je reviens tout de suite, ai-je dit en me dirigeant vers le pilote.

L'homme avait une épaisse barbe grise assortie à son zinc, et plus je me rapprochais de lui, plus il me paraissait décati. À tous les coups, sa casquette des Yankees dissimulait un crâne chauve. TÉLÉPORTATION, SCOTTY ! pouvait-on lire sur son tee-shirt.

– Vous cherchez quelque chose ? m'a-t-il lancé.

– Vous ne seriez pas mieux à l'hospice ?

– Pardon ?

– Vous avez perdu un bout d'hélice ?

– Non, non, je regardais un truc. Je me présente : Ralph. Et vous, vous allez sauter ?

Je me demandais bien ce qui avait pu le mettre sur la voie. Mon déguisement noir et bleu ? Le parachute dans mon dos ? Le casque dans ma main ?

– Eh bien, à vous de me le dire, Ralph.

Ma mine crispée l'a fait sourire :

– Ne vous laissez pas impressionner par l'aspect du vieil oiseau.

Parlait-il de l'avion, ou de lui-même ?

– Vos moteurs perdent de l'huile, ai-je dit en indiquant les flaques luisantes sur le tarmac.

– C'est rien, ça. Ces vieux moteurs à hélice baignent littéralement dans l'huile. Pour refaire les niveaux, il faut des fûts de deux cents litres. C'est quand ils n'en perdent pas que c'est inquiétant.

– Vous vous fichez de moi ?

– Mais pas du tout. N'oubliez pas que c'est vous qui avez les parachutes. Moi, si je veux redescendre entier, je dois réussir mon atterrissage.

– Pas faux.

– Cet appareil appartenait à la flotte de prestige d'American Airlines, vous savez.

– Difficile à croire.

– Je l'ai racheté pour une bouchée de pain et je l'ai converti en cargo.

– Pas bête.

– C'est la première fois que j'embarque des parachutistes.

– Bonne chance, alors.

– Oh ! vous êtes moins lourds que des colis. D'un autre côté, les colis posent moins de questions.

– Et ils ne se font pas la malle à 14 000 pieds d'altitude.

Le pilote s'est marré, puis un encore plus croulant est venu l'entretenir de choses diverses. Je n'y comprenais goutte, mais ça n'avait pas l'air folichon. Le vieillard reparti, Ralph m'a expliqué :

– Lui, c'est Cliff. Mon mécanicien de bord. Comme rien n'est informatisé dans cet avion, il faut trois gus pour le faire voler. Un qui tient le manche et… deux qui agitent les ailes !

Je me suis fendu d'un sourire. Il a poursuivi :

– En fait, Cliff s'occupe des gaz, de la carburation et ainsi de suite. C'est une espèce en voie d'extinction !

Ne restait plus qu'à prier pour qu'il ne s'éteigne pas en plein vol.

Avant que j'aie pu demander à Ralph si lui et son acolyte avaient pensé à recharger leurs pacemakers, une jeune fille en jean et sweat-shirt s'est amenée vers nous. Elle devait avoir dans les douze ans.

– C'est bon, Ralph. Cliff et moi avons terminé l'inspection visuelle. R.A.S.

– Parfait. Aujourd'hui, je te confie le décollage.

Quoi ?

Retrouvant ses bonnes manières, Ralph m'a présenté la gamine :

– Elle, c'est Cindy. Ma copilote du jour.

J'avais dû mal entendre. Mais, dans le doute, j'ai préféré me réfugier auprès de Kate, qui était en grande discussion avec Craig, un sauteur qui semblait surtout rêver de la sauter, elle. Son sourire de blaireau n'a pas survécu à mon arrivée.

– Craig et moi discutions du programme des semaines à venir, a dit Kate.

– Ah ouais ? C'est donc pour ça, ces rires baveux ?

Craig s'est raclé la gorge.

– En réalité, Kate m'expliquait que vous aviez quelques craintes quant aux performances de l'avion.

– C'est vrai, ai-je grogné, mais je peux toujours alléger la cargaison en t'envoyant à l'hosto.

Craig a soupesé la menace, avant de tourner les talons.

– Mais qu'est-ce qui te prend ? s'est étranglée Mme Corey.

– Pourquoi tu lui as dit que j'avais les chocottes ?

– Mais je... Il se demandait de quoi vous causiez avec le pilote, alors j'ai... Bon, OK, je m'excuse.

Comme j'étais très en colère, j'ai répondu :

– On en reparlera après le saut.

– Regarde, chou, on va embarquer.

Le groupe commençait en effet à se diriger vers le cercueil volant. À leur place, des militaires auraient affiché la mine sombre de circonstance. Mais ceux-ci étaient des civils, et ils gloussaient comme des idiots. C'est toute la différence entre mission et amusement.

Comme je ne m'amusais pas, je me suis dit que j'étais en mission. Je portais d'ailleurs mon arme, un Glock 9 mm, dans une poche à fermeture Éclair. Kate aussi avait la sienne, un Glock .40. Il faudra qu'on m'explique un jour pourquoi les flics et les fédés n'ont pas droit aux mêmes calibres. Imaginez seulement que je tombe à court de munitions pendant une fusillade :

– Je peux t'emprunter quelques balles, chérie ?

– Désolée, John, les miennes sont plus grosses que les tiennes. Mais je peux t'offrir un chewing-gum.

Les flingues ne servent à rien dans le parachutisme civil, seulement nous ne pouvions pas les laisser à l'hôtel, ni même dans le coffre de la voiture, car paumer ou se faire gauler son pétard nuisent fortement à la carrière. Mieux valait donc rester enfouraillés. Des fois que nous croiserions des ours en retrouvant la terre ferme.

Tandis que nous suivions le troupeau, Kate m'a pris la main.

– Si tu veux, on fait ce saut-là et on sèche les deux suivants, a-t-elle offert.

– On a payé pour les trois, ma puce.

– OK. Voyons déjà comment se passe le premier. Mais après, j'irais bien chiner dans les brocantes.

– Pitié ! Je préfère encore me jeter dans le vide.

Elle a souri, m'a pressé la main, et ma colère est retombée.

– Entendu, chérie. On saute et on avise.

Au pied du Douglas, un des moniteurs du club nous a répartis en plusieurs groupes. Si j'avais bien compris, deux gros contingents allaient sauter ensemble et s'arrimer d'une manière très précise. Ils concouraient pour je ne sais plus quel record. Le plus grand nombre de cinglés se tenant par les chevilles, je crois. Kate était suffisamment chevronnée pour se joindre à l'une ou l'autre équipe, mais elle préférait me tenir compagnie au sein d'un groupe mêlant sauteurs individuels, binômes et trinômes. En théorie je n'avais plus besoin d'instructeur, mais Kate allait jouer ce rôle afin que nous puissions travailler quelques figures de vol relatif durant la phase de chute libre. Le but étant qu'un jour je puisse moi aussi m'intégrer au napperon volant.

En vérité, je préférais chuter peinard, sans avoir à me tortiller pour attraper des mains étrangères. Dans un vent relatif de plus de 150 kilomètres-heure, la résistance de l'air me permettait de moduler ma vitesse, d'exécuter des loopings et des tonneaux, et en définitive j'avais moins l'impression de tomber que de voler. Je me sentais encore plus superman que d'habitude.

Le mono se tenait à présent en bas de l'escalier mobile, à l'arrière du fuselage. Il cochait les noms sur une écritoire à pinces à mesure que les voyageurs passaient devant lui.

– On est en première classe ? ai-je demandé à Kate.

– Oui, jusqu'à ce qu'on plonge.

– M. et Mme Corey, ai-je annoncé au gars.

Il a consulté sa liste.

– Un saut à deux, troisième niveau ? Vous pouvez embarquer. Deuxième rangée, tout à l'avant.

– Et… est-il prévu une collation ? Un plateau déjeuner ?

Le gus m'a dévisagé sans se donner la peine de répondre.

– Je vous souhaite un bon saut, monsieur Corey.

Et un bon atterrissage, ce serait trop demander ?

J'ai suivi Kate sur l'escalier métallique puis dans la cabine caverneuse.

Lorsque je prends un avion de ligne, la présence de religieuses ou de prêtres m'aide toujours à me détendre. Là, nous avions des parachutes, ce n'était déjà pas si mal. Il n'empêche, j'avais un mauvais pressentiment. Après vingt ans de métier, un flic sait flairer le danger. Et là mon nez piquait très fort.

Chapitre 8

Comme je le mentionnais plus haut, les fenêtres latérales étaient obturées, soudées à la feuille d'aluminium. La lumière du jour n'entrait qu'aux deux extrémités de l'appareil – le cockpit et la porte de chargement –, et les faibles loupiotes fixées aux parois n'auraient même pas permis de faire un tarot. Rien ne séparait le poste de pilotage du reste de la cabine. À l'instar des sièges, la réglementaire porte antidétournement avait été supprimée, mais après tout à quoi aurait-elle servi ? En cas d'attaque par des pirates, il nous suffisait de sauter.

Pour le décollage et les turbulences, nous pouvions nous agripper à des cordelettes de Nylon fixées aux boucles d'acier du plancher. L'appareil ne mesurait que trois mètres de large, ce qui paraissait pourtant immense dans les années cinquante et quelques. Les quatre premiers parachutistes étaient assis en rang d'oignons, le dos au cockpit, sous le « 1 » scotché au mur.

Avant de s'asseoir sous le « 2 », Kate m'a demandé :

– Bâbord ou tribord ?

– Bâbord. Je te laisse la fenêtre. N'oublie pas d'attacher ta ceinture.

– Très drôle.

– Et de relever ta tablette.

Les deux camarades montés juste après nous – une fille et un gars – ont pris place à notre droite, puis le reste de l'appareil s'est peu à peu rempli. J'ai alors constaté qu'en fait de porte arrière il y avait juste une ouverture béante. Quand je m'en suis ému auprès de Kate, elle m'a expliqué qu'il avait fallu démonter le hayon car celui-ci ne s'ouvrait que de l'extérieur, et la seconde porte ne permettait de larguer qu'un individu à la fois.

– Mais on va cailler ! me suis-je récrié. Et ce sera hyper bruyant !

– Tant mieux. Je ne t'entendrai plus.

– Rapproche-toi, mon cœur.

L'embarquement m'a paru interminable. Mes seize kilos de corde et de toile me pesaient sur le dos, et mon séant qui n'accuse pas un gramme de graisse commençait à trouver le sol dur. Finalement, le parachutisme est très proche du ski : de longues heures de route, un barda lourd et coûteux, des heures et des heures d'attente au milieu de neuneus hilares puis, enfin, quelques minutes d'adrénaline – ou de pure terreur – et c'est déjà fini. Un peu comme le sexe.

Ma première épouse, Robin – encore une avocate, comme quoi je dois avoir un faible pour cette engeance –, était une mordue de ski. Mais notre mariage de néophytes fut de courte durée, et je n'en étais qu'aux pistes bleues lorsque cette folle a glissé hors de ma vie. Maintenant que j'ai une relation stable, je fais du parachutisme. Comme si mes semaines, et celles de Kate, n'étaient pas assez dangereuses comme ça.

– John ?

– Oui, trésor ?

– Un saut, et on rentre.

– Mais enfin, chérie, nous sommes dans un DC-7B ! Pense à notre carnet !

– Si tu veux, je me foule la cheville à l'atterrissage. Un secouriste t'aide à me hisser dans la voiture et on disparaît.

– Je t'assure, ça va aller. On va passer un bon moment.

– Alors tiens-toi tranquille. Tu m'as fichu la honte tout à l'heure avec Craig.

– C'est qui, Craig ? (*Ah oui, le mec qui en pince pour toi.*) Si tu veux, je lui présenterai mes excuses ce soir, au pot de fin de journée. (Je le coincerai dans les chiottes, ma grande spécialité.) Je me fais une joie à l'idée de trinquer tous ensemble, Kate. Cette joyeuse bande est tellement sympathique…

Tandis qu'elle cherchait dans mes yeux une trace d'ironie, j'ai vu ledit Craig remonter la cabine au milieu des autres sauteurs. Il faisait plus ou moins partie de la direction du club, ce qui lui conférait certaines charges comme veiller à ce que tout le monde soit content, bien placé, et muni d'un parachute.

Afin de me racheter auprès de lui et de Kate, j'ai beuglé :

– Allez, Craig ! Fais décoller le coucou ! Ça va être le saut du siècle, mon pote !

Il m'a adressé un sourire crispé avant de pénétrer dans le cockpit.

Kate a détourné la tête vers le hublot condamné. J'ai noté dans mon calepin mental : *Mettre Craig sous surveillance. Profil de terroriste.*

Là-dessus, le premier moniteur est passé de rang en rang pour refaire l'appel et vérifier notre agencement.

– Ça donne quoi, Joe ? lui a demandé Craig en ressortant du poste de pilotage.

– Deux défections et une inscription de dernière minute, ce qui nous fait un total de soixante-trois personnes.

– OK. On en perdra sûrement quelques autres d'ici le deuxième saut.

Hein ? Quoi ?

– Le pilote n'attend plus que notre feu vert, a conclu Craig.

Joe ne portait ni combi ni sac à dos. J'en ai déduit qu'il resterait au sol, avec les documents de bord, dans l'éventualité d'un pépin. Je l'imaginais biffer soixante-trois noms en voyant l'appareil tomber en vrille – un comble de malchance pour l'inscrit de dernière minute. Pendant que l'avion achèverait sa descente fatale, l'un des absents se pointerait, hors d'haleine :

– J'étais coincé dans les bouchons. Je n'arrive pas trop tard ?

Le sort. Le destin.

Joe redescendu, Craig est allé s'installer parmi les sauteurs collectifs. Avant de s'asseoir, il m'a envoyé :

– Alors, John ? Prêt à enchaîner trois sauts ?

– Je veux, mon neveu ! Et après je t'offre une bière !

Il a cherché le regard de Kate, puis pris sa place près de l'ouverture. Il n'avait pas mis son casque et le sommet de son crâne était glabre comme un gland. Cela dit, très peu portaient encore leur casque, à ce stade. Juste une poignée de flippés, ou de frileux. L'un d'eux était même monté à bord avec une visière noire sur les yeux, en lieu et place des lunettes. En temps normal, les visières fumées et les cagoules de ski me font immédiatement tiquer, mais je n'étais plus vraiment en mode flic.

La cabine bourdonnait de bavardages et de rires, et Craig devisait avec sa très jolie voisine. Ce porc avait dû composer l'ordre de saut de façon à lui tenir la main pendant toute la phase de chute libre. J'avais moi-même connu de longues années de célibat, et je n'en gardais aucune nostalgie. Ou alors un tout petit peu, de temps en temps. Mais pour rien au monde je n'aurais voulu me couler dans les baskets de Craig, le genre de mec qui, même dans un bordel, les mains remplies de billets, serait infoutu de faire une touche. Kate avait rendu ma vie tellement… incroyablement… totalement…

– John ?

– Oui ?

– Je t'aime.

– Moi aussi, je t'aime.

Je lui ai serré la main très fort.

N'ayant jamais été mariée auparavant, Kate n'avait aucun moyen de savoir si j'étais un conjoint normal, et notre couple ne s'en portait que mieux.

J'ai entendu un premier moteur s'allumer, puis un deuxième, puis les deux restants.

Je voyais d'ici la petite Cindy déclarer derrière son manche : « Donc, là, il y a les espèces d'hélices qui se mettent à tourner très très vite… » Et Ralph qui la féliciterait : « Excellent, fillette !

Maintenant, il s'agit de rouler jusqu'à la piste. Retire tes pieds du frein, tu veux ? »

Il faut croire que je voyais juste, car juste à cet instant l'appareil s'est ébranlé. Le bruit était assourdissant et ça grinçait de tous les côtés. Mais j'étais suffisamment près du cockpit pour entendre Cindy demander :

– C'est bon, Ralph, je peux décoller ?

– Pas encore, fillette. Attends d'être sur la piste.

Ou bien n'était-ce que mon imagination ?

Nous avons roulé au pas pendant une ou deux minutes avant de braquer pour nous positionner en début de piste. Cindy a poussé les gaz – sans lâcher la pédale de frein – et le vieux zinc s'est bandé comme un sprinter sur son starting-block.

C'était quoi, ça ? ai-je sursauté. *Un raté dans le moteur ? Un retour de flamme ? Rallume ton Sonotone, Cliff, je te jure que j'ai entendu un truc !*

Puis la radio a grésillé et Cindy a dit :

– Salut, tour de contrôle. J'ai le droit d'utiliser toute la longueur de la piste ?

Non, là, je déconne.

Enfin le Douglas s'est élancé, a pris de la vitesse. Je l'ai senti s'alléger, et soudain nous quittions le sol, cramponnés à nos cordelettes.

– J'ai réussi ! J'ai réussi ! jubilait Cindy. Et maintenant, Ralph, qu'est-ce que je fais ?

Se tenant d'une seule main, Kate a passé un bras autour de mes épaules.

– J'adore partager des trucs avec toi ! m'a-t-elle crié dans l'oreille.

Tant mieux, poupée. La prochaine fois, on partagera un de mes cigares.

Le DC-7B a viré sur l'aile droite pour s'élever en spirale. La zone de saut, une grande prairie que j'espérais sans ours, était très proche de l'aéroport, en conséquence de quoi nos trente-cinq minutes de vol seraient essentiellement verticales, jusqu'à ce qu'on atteigne les 14 000 pieds.

Assis près de la sortie, le chef largueur tenait sur ses genoux une sorte d'Interphone. Sans doute pour avertir les pilotes quand tout le monde aurait sauté. Mais au fait, avait-on prévenu Cindy qu'elle transportait des parachutistes ? Qu'allait-elle penser, l'innocente, en venant se dégourdir les jambes dans la cabine ?

Ralph ! Cliff ! Tous les passagers sont tombés !!!

Kate a ramené ses lèvres contre mon oreille.

– Ça fait plaisir de te voir sourire, John.

Je l'ai récompensée d'un bécot.

Maintenant que nous étions en l'air, j'avais hâte de me jeter dans le vide, de savourer la chute, puis la lente descente sous voile. C'était une expérience incomparable – et bien plus sûre, en termes statistiques, que le métier de superflic.

Chapitre 9

Il faisait maintenant très froid, et plus personne ne boudait le casque et les gants.

J'ai soufflé un nuage blanc vers Kate, qui me l'a rendu en souriant.

Le Douglas poursuivait sans trêve son ascension en tire-bouchon.

– John ?

– Oui, chérie ?

– Essaie de visualiser l'enchaînement que nous avons prévu. Si tu as des questions, c'est le moment de me les poser.

– Ton parachute est de quelle couleur ?

– Quand tu te stabilises, n'oublie pas de me regarder.

– J'adore te regarder.

– Mais tu ne le faisais pas, la dernière fois.

– Ah bon ? Parce qu'il y a eu un précédent ?

– Il faut éviter de se percuter pendant la chute libre.

– Tu m'étonnes.

– Après les exercices de vol relatif, c'est moi qui déclencherai la séparation.

Comme avec mon ex, en somme. Divorce au bout de six mois.

– On ouvrira les parachutes à 2 500 pieds. Garde un œil sur ton altimètre. Et n'oublie pas de maintenir un minimum de trente mètres entre nos deux voilures. Pour éviter de s'emmêler.

J'ai tapoté le coupe suspentes fixé à mon harnais :

– J'aurai de quoi te rendre ta liberté.

Malgré mes guignolades, Kate a ajouté quelques points supplémentaires, toujours sur le thème de la sécurité et du refus de mourir. C'était courageux de sa part de sauter avec un novice. Les novices provoquent des accidents, et dans ce sport les accidents conduisent à une mort certaine. Aussi ai-je tenu à la rassurer :

– Oui, oui, j'ai compris.

Enfin, nous nous sommes tus. L'avion grimpait inexorablement ; l'altimètre électronique à mon poignet gauche indiquait 10 000 pieds.

La peur m'a rattrapé. Mais qu'est-ce que je fichais là ?

Eh bien, pour commencer, j'avais pris des cours de parachutisme. Première erreur. Je m'y étais mis en novembre dernier, après que Kate et moi avions neutralisé Bain Madox, l'un des deux génies maléfiques que j'évoquais précédemment. Un homme charmant, au demeurant, mais qui avait eu le tort de vouloir déclencher une guerre nucléaire. Pour nous remercier d'avoir sauvé le monde – et nous éloigner des journalistes affriolés par cette affaire ultrasensible –, nos patrons nous avaient accordé quelques semaines de congés exceptionnels. Kate avait alors suggéré la Floride, et j'avais aussitôt empaqueté mon maillot de bain. Puis le mot « parachutisme » avait surgi dans la discussion, et un battement de cils plus tard je découvrais le Holiday Inn de Deland, Floride, dont les fenêtres donnaient en plein sur une école de chute libre.

Comme tout ce qui touche de près ou de loin à ce sport de malades, Deland est un trou paumé, sans plages ni palmiers. Kate s'est inscrite à un stage de remise à niveau de dix jours, et c'est là que j'ai appris que ma moitié était titulaire d'un brevet C, ce qui l'autorisait à jouer les monitrices. Le genre de détail que j'aurais préféré connaître avant de l'attirer au pieu.

De mon côté, j'ai suivi une formation de deux semaines. Par bonheur, les premières leçons se déroulaient dans une salle de classe, mais très vite nous nous exilions à 14 000 pieds du sol pour découvrir les joies de la « chute libre accélérée », qui consiste à sauter d'un avion avec deux balèzes, Gordon et Al, accrochés à vos basques. Ces salopiots m'ont délivré soixante secondes d'instructions, pas une de plus, avant de s'écarter et de me laisser tomber dans le vide comme une vieille chaussette.

Suite à ces deux semaines de rêve en Floride, j'ai accompli une dizaine de sauts, ce qui m'a permis d'obtenir mon brevet A. Je peux désormais sauter en solo, mais aussi m'initier au vol relatif avec un moniteur – aujourd'hui ma femme.

Soudain, le bruit des moteurs a changé. J'ai consulté l'altimètre : 14 000.

– Ça y est, ai-je dit à Kate. On est en vitesse de croisière. Le chariot de boissons va passer.

– On aura sauté bien avant, a-t-elle répliqué.

Comme pour abonder dans son sens, le chef largueur a crié au premier groupe de se préparer. Les vingt sauteurs postés le plus près de l'ouverture se sont levés comme un seul homme, ont rajusté leur équipement et piétiné vers l'ouverture, ainsi qu'ils l'avaient répété au sol. L'avion a paru ralentir, le chef de groupe a crié un ordre, et ils se sont tous rués dehors. Avalés par le néant – ou accueillis par le ciel bleu, c'est selon.

Tandis que l'avion rebroussait chemin vers la zone de largage, la deuxième fournée de sauteurs s'est levée pour plonger à son tour.

L'arrière de l'appareil s'est vidé en un clin d'œil, comme si quelqu'un avait tiré la chasse. Ne restaient plus que le chef largueur et nous, le menu fretin.

– Il y a un cameraman au sol, plus un dans chaque groupe, m'a rappelé Kate. Je suis impatiente de voir leurs images.

Pas autant, à mon avis, que les avocats des blessés.

Nous sommes restés assis le temps que l'appareil amorce son troisième passage. Bientôt le chef nous a donné le signal des deux minutes, et nous nous sommes dirigés vers l'ouverture.

Les yeux dans les yeux, le largueur nous a montré un doigt. Par chance, ce n'était pas le majeur.

Kate et moi fermions le ban des duos et trios, juste avant les quatre solos. Nous avons tous chaussé nos lunettes et vérifié une dernière fois le matos.

À ce moment, les deux grosses équipes avaient déjà dû toucher terre. Elle ramassaient leurs voiles, se donnaient l'accolade et poussaient des cris victorieux, puis elles iraient s'empiler dans les bus pour regagner l'aéroport en vue du second saut. Comme j'attendais sagement mon tour à l'orée du vide, j'ai ressenti une brusque bouffée d'empathie pour les copains. J'espérais sincèrement qu'ils avaient décroché leur obscur record de tricot, et tous retrouvé le plancher des vaches en un seul morceau. Oui, même Craig. Tu entends ça, là-haut ?

Soudain, le chef a gueulé :

– Prêts ?

Puis :

– *Go !*

Nos prédécesseurs ont plongé par deux ou par trois, à quelques secondes d'intervalle. Talonnant le couple qui avait partagé notre rangée, j'ai senti le vent tourbillonner et vu les champs s'étendre quatre kilomètres plus bas. Le coup à attraper le vertige, et à tomber de l'avion.

Main dans la main, le couple a basculé d'un même pas, tels deux amants maudits voués aux abîmes de… d'une piscine, mettons.

En m'avançant dans l'ouverture, j'ai vu quelques silhouettes disparaître en chute libre. Puis j'ai vu éclore des voiles colorées, et l'envie m'est revenue d'un coup. L'envie de m'abattre comme un aigle pour ensuite flotter doucement vers le sol.

Sentant une main sur mon épaule, je me suis retourné pour trouver le sourire de Kate. J'ai alors remarqué que le sauteur suivant la serrait d'un peu trop près. L'appréhension, peut-être.

Le chef largueur a aboyé : je retardais tout le monde. J'ai donc plongé. Sans réfléchir. La tête la première.

Ça y est, je trouais les cieux ! Quel panard, tout de même.

Tandis que je dégringolais à une vitesse exponentielle, deux pensées m'ont effleuré. Primo, Kate avait poussé un cri étrange à l'instant où je plongeais. Secundo, le type qui la collait – le gars à la visière noire – avait voyagé devant nous. Alors, que faisait-il derrière elle ?

Chapitre 10

Même avec un casque sur les oreilles, le vent rugissait tel un train de marchandises lancé à toute blinde dans ma tête. Bon élève, j'ai cambré le dos et déployé mes membres pour me stabiliser dans le courant d'air. Je chutais à présent à quelque 180 kilomètres-heure, ma vitesse limite dans cette position.

À ce stade, j'aurais dû apercevoir Kate sur ma droite, mais il n'y avait personne, et en me dévissant le cou je ne suis parvenu qu'à déséquilibrer mon aérodynamisme. J'ai commencé à rouler sur moi-même, dans le sens inverse. Je me suis rétabli *in extremis* en redressant la tête, et là je n'ai plus bougé.

Où était ma femme, bon sang ?

Comme j'allais jeter un nouveau coup d'œil par-dessus mon épaule, Kate est enfin apparue dans mon champ de vision, mais bien trop loin pour nos exercices. Elle avait dû repousser son saut d'une seconde ou deux, pour une raison qui m'échappait. Elle flottait à une cinquantaine de mètres sur ma droite, en compagnie du gus en noir qui l'avait collée juste avant mon saut, et quand je parle de compagnie… il était littéralement accroché à elle ! Collé contre son ventre, le bras droit autour de sa taille, la main gauche sur son harnais, leurs jambes enlacées comme des lianes. En raison de leur poids et de leur traînée réduite, ils tombaient plus vite que moi et eurent tôt fait de me doubler.

Je n'en croyais pas mes yeux, et mon cœur s'est mis à tambouriner. Pourquoi ce type tenait-il ma femme de cette façon ? Un ennui de parachute ? Une réaction de panique ? Une erreur sur la partenaire ?

Je les voyais déjà rapetisser, plusieurs centaines de mètres en contrebas, à une vitesse toujours plus grande. Et soudain j'ai pensé qu'il s'agissait peut-être d'un suicide, et que ce fêlé avait décidé de s'adjoindre une passagère, histoire de ne pas s'écraser seul.

Puis j'ai vu s'ouvrir l'extracteur de Kate. Sa voile principale a aussitôt quitté le conteneur pour se gonfler le plus normalement du monde.

Dieu soit loué !

Le parachute blanc à motifs rouges a brusquement freiné les deux corps, ramenant leur vitesse aux alentours de 1 000 pieds par minute. Notre écart diminuant, je les voyais à présent osciller sous la voilure, lui toujours cramponné à elle.

Je les ai dépassés en trombe avant de consulter mon altimètre : 8 400 pieds. Pourquoi avait-elle ouvert si tôt ? J'ai attrapé ma poignée, cambré ma carcasse, et après m'être assuré qu'aucune autre voile ne flottait dans les parages, j'ai tiré d'un coup sec.

Comme on me l'avait enseigné, j'ai décompté les pieds – 1 000, 2 000… – pour voir s'il fallait recourir au parachute de secours. Mais ce n'était pas nécessaire : en regardant brièvement par-dessus mon épaule, j'ai vu l'extracteur gicler de mon dos. Son ouverture a provoqué une première secousse, suivie d'une deuxième à la sortie de la voile principale, et à mon tour j'ai décéléré.

Le parachute déployé, j'étais à présent maître de ma descente. Kate et son cavalier évoluaient à une cinquantaine de mètres de moi, mais sensiblement plus haut. Toutefois notre écart se réduisait, puisqu'ils étaient aussi plus lourds.

Maintenant que le vent s'était tu, ils pouvaient peut-être m'entendre.

– Kate !

Le gars m'a observé. Mais ma femme me tournait le dos.

– Hé ! Kate !

Je souhaitais me rapprocher avant que leur poids les éloigne de nouveau, mais le vol relatif à voile ouverte est une discipline risquée où le moindre faux mouvement peut mettre en torche l'ensemble des participants. Nous avions vu un film très impressionnant sur le sujet, lors du stage de Deland.

Comme ils arrivaient à ma hauteur, j'ai tiré sur les élévateurs avant pour épouser leur vitesse et me rapprocher. En moins d'une minute, je me suis retrouvé à une vingtaine de mètres d'eux, presque trop près.

– Kate ! (Enfin elle me voyait.) Mais qu'est-ce qui se passe ?

Sa réponse fut incompréhensible.

Me rapprochant encore un peu, je découvris que le harnais du gars était relié à celui de ma femme par un cordon, ce qui expliquait que leur attelage ait survécu à l'ouverture du parachute. Mais cela ne m'apprenait rien sur les intentions du bonhomme. C'était qui, ce crétin, bordel ?

– Kate !

De sa nouvelle réponse, je n'ai distingué que « John », puis quelque chose comme « île ».

Alors je me suis adressé au gars. À pleins poumons, en détachant bien les syllabes :

– Qu'est-ce… que… tu… fous ?

Il m'a salué de la main.

– T'es qui, toi ? ai-je braillé.

Toujours muet, il a tiré sur l'élévateur gauche de Kate, ce qui les a précipités vers moi. J'ai aussitôt relâché les miens afin de réduire mon taux de chute, et ils sont passés sous mes pieds. Ce type était complètement givré. Pas de doute, il cherchait à se tuer. Et nous avec.

La gorge sèche et le cœur battant, j'ai repris de la vitesse afin de redescendre à leur niveau, à vingt mètres de distance, comme précédemment. Puis j'ai lâché les cordes pour ôter mon gant droit et sortir mon Glock. J'ignorais ce que ce barjot avait en tête, mais sa conduite était criminelle et il retenait mon épouse en otage. Il fallait donc l'abattre. Kate aussi avait son Glock, mais l'étreinte du connard devait l'empêcher d'y accéder.

– Lâche-la ! ai-je grondé. Décroche-toi et dégage !

C'est alors que le gars a relevé sa visière.

Il souriait jusqu'aux oreilles.

– Bonjour, monsieur Corey !

Et je l'ai tout de suite reconnu.

– C'est Khalil ! a confirmé Kate. C'est Khalil, John ! Il a un…

Poum ! L'autre l'a fait taire en lui flanquant son poing dans la figure.

J'ai immédiatement pointé mon flingue sur Khalil, mais je balançais sous ma voile et lui s'abritait derrière Kate. J'ai tout de même tiré deux balles, au large de sa tête, juste pour l'intimider – ce qui n'a servi à rien, sinon à resserrer leur tandem. Puis j'ai rangé le Glock et repris mes commandes pour réduire la voilure et soutenir leur vitesse.

Asad Khalil, terroriste libyen. Le « Lion », pour les services secrets. Et, pour moi, le diable en personne. Nous avions eu la malchance de croiser sa route trois ans plus tôt, à mes débuts dans l'ATTF. Il ne nous avait jamais été présenté en chair et en os, mais je gardais un souvenir aussi vivace que pénible de nos échanges téléphoniques, lors de sa semaine sanglante entre New York et la Californie.

– Je t'avais dit que je reviendrais ! a-t-il lancé en me fonçant dessus de plus belle.

À le voir là, suspendu dans ce ciel immaculé, je me suis rappelé combien l'animal avait le goût du spectacle. Au fond, je n'étais pas tellement surpris qu'il ait choisi ce cadre pour effectuer son come-back. Comme si je l'avais pressenti.

– Ta femme n'a pas l'air enchantée de me revoir, Corey !

Kate semblait sonnée par le coup de poing, d'où sa passivité.

– Je veux te montrer quelque chose, ajouta Khalil tandis que le soleil révélait un objet métallique dans sa main.

Un pistolet.

J'ai ressorti le mien. Mais le terroriste restait abrité derrière son bouclier humain, et je ne voyais que sa tête.

À peine trois mètres nous séparaient désormais, et le choc paraissait inéluctable. Je pouvais toujours tirer sur la poignée de libération d'urgence, repartir en chute libre et me rabattre sur mon parachute de réserve. Mais pas question d'abandonner Kate. J'ai donc laissé Khalil venir à moi, en espérant trouver un angle de tir avant que lui-même fasse feu.

Nos voiles se frôlaient et je le regardais droit dans les yeux, ces yeux sombres et profonds que j'avais étudiés *ad nauseam* sur des dizaines et des dizaines de clichés.

Qu'attendait-il pour me flinguer ?

La réponse n'a pas tardé :

– Aujourd'hui, Corey, tu la regardes mourir. Et après, je m'occupe de toi.

Comme mon canon se fixait sur son front, il se retrancha derrière le crâne de Kate. Puis il leva le bras et je me rendis compte que l'objet dans sa main n'était pas un pistolet mais un coupe suspentes.

L'instant d'après, d'un trait scintillant, la lame croisait la gorge de Kate.

Non ! Pas ça !

Kate planta ses doigts dans le visage de Khalil, avant de hurler de douleur. Le sang gicla de son cou.

Horrifié, j'ai tiré de nouveau, en visant au-dessus de leurs têtes. Khalil a refait usage du couteau, cette fois pour sectionner le cordon entre leurs deux harnais, et il a replongé en chute libre, la tête la première. Là, j'aurais sans doute pu l'abattre, mais il y avait du monde au sol et ce n'était plus ma priorité.

Kate pendait mollement sous sa voile, avec son écharpe d'hémoglobine.

J'ai rempoché mon Glock et tiré sur mes cordes, afin de voler à son secours. Elle me faisait face et je distinguais la plaie par où jaillissait le sang.

– Comprime, Kate ! Comprime !

Elle a dû m'entendre, car elle a porté les mains à sa gorge, mais sans résultat probant.

Putain de merde !

L'altimètre indiquait 6 500 pieds, il nous faudrait donc sept minutes environ pour toucher terre. Elle ne tiendrait jamais aussi longtemps.

Restait une dernière solution, aussi désespérée fût-elle.

Alors que nos parachutes étaient sur le point de se toucher, je me suis cambré afin d'agripper le harnais de ma femme. Outre l'hémorragie à son cou, elle avait le nez et la lèvre éclatés, à cause du bourre-pif. Comme c'était à prévoir, nos voiles se sont entremêlées et nous sommes vite partis en torche, mais cela faisait en quelque sorte partie du plan. Sans attendre, j'ai tiré sur la manette de détachement d'urgence de Kate. Son parachute est resté accroché au mien tandis qu'elle se faisait aspirer par le vide, les pieds en avant, et je l'ai suivie en me libérant à mon tour.

Nous voilà donc repartis en chute libre, Kate cent mètres sous moi, droite comme un I, les bras au-dessus de la tête. À peine consciente, elle n'était pas plus capable de contrôler sa chute que de comprimer sa jugulaire ou sa carotide. Elle accélérait inexorablement vers son point de vitesse maximale, soit près de 320 kilomètres-heure. Par une demi-roulade, je me suis placé la tête en bas, les jambes jointes et les bras le long du corps. Je n'avais jamais vu le sol se rapprocher aussi vite sous mon nez, ses motifs doublant littéralement de taille à chaque seconde qui passait.

Les appareils barométriques équipant nos parachutes étaient programmés pour ouvrir la voile de secours dès lors que nous perdions plus de 1 000 pieds à un taux de descente important – que ce soit pour cause de panique, d'incident matériel, ou par pure inconscience. Aussi j'attendais que le mécanisme se déclenche dans le dos de Kate, mais ça ne venait pas. Nous n'étions plus qu'à 2 000 pieds du sol, pourtant. De mon côté, j'avais toujours la possibilité de tirer sur ma poignée, mais je ne pouvais m'y résoudre tant que ma femme dégringolait à tombeau ouvert.

Pour finir, alors que je commençais à croire qu'elle allait s'écraser au sol, j'ai vu son parachute de secours s'épanouir hors de son sac. Ouf !

J'ai aussitôt cherché ma poignée, mais l'extracteur automatique m'a coiffé sur le poteau, et en quelques secondes la petite voile m'a ramené sans ménagement à une vitesse plus viable.

En contrebas, Kate descendait telle une poupée de chiffon, les bras ballants et le menton rentré dans la poitrine. Elle avait perdu connaissance – et seulement ça, compris ?

Elle dérivait vers des bois touffus, à la lisière des champs. Il lui restait une trentaine de secondes avant d'atterrir. Étant dans les vapes, elle risquait quelques fractures – voire pire, si elle heurtait les arbres.

Je l'ai quittée des yeux un instant pour scruter le pré. Alarmés par notre curieux manège, les copains couraient vers Kate, suivis de loin par l'ambulance de garde.

Mais où était passé Khalil ?

Kate a touché le sol vingt mètres avant les arbres, en tombant comme un sac, sans rien pour l'amortir. Dieu sait pourtant si l'impact est rude avec un simple parachute de secours, et combien les genoux et les mollets sont sollicités. Concluant mon propre atterrissage par un roulé-boulé, j'ai sauté sur mes pieds, décroché ma voile et couru jusqu'à Kate.

Un attroupement s'était formé autour d'elle.

– Laissez-moi passer ! Reculez !

La foule s'est écartée et je me suis agenouillé devant ma femme. Elle était couchée sur le dos, les yeux fermés, blanche comme un linge hormis les bavures écarlates. Mais sa gorge saignait toujours, signe que le cœur battait. En pressant fort sur sa carotide, j'ai réussi à stopper l'hémorragie, et de l'autre main j'ai cherché son pouls. Il était très rapide : le cœur pompait comme un dément pour compenser la baisse de pression due à la fuite. À une ou deux minutes près, il serait tombé en panne sèche.

J'ai rapproché mon visage.

– Kate. Tu m'entends ?

Pas de réaction.

Sa poitrine commençait à convulser. Des hoquets silencieux et vides.

– Qu'est-ce qui s'est passé ? a demandé un homme au milieu du silence.

L'ambulance s'est arrêtée à trois mètres et deux brancardiers ont accouru avec leur attirail.

– Artère sectionnée ! ai-je gueulé avant de regarder de nouveau ma femme. Ça va aller, mon amour. Tu vas t'en tirer. Tiens bon, d'accord ?

La conductrice de l'ambulance a rejoint ses deux collègues.

– Maintenez la pression sur la plaie, m'a dit l'un des gars tout en prenant la tension de Kate.

L'autre lui a glissé un tube dans la gorge, puis on lui a branché une perf à chaque bras et un sac au bout du tube, pour la ventiler. S'en est suivi un bref débat sur la nécessité de lui poser une minerve, ce qui fut finalement jugé trop risqué vu l'état de la carotide. Ils ont préféré la rouler sur le côté le temps de lui glisser une planche dans le dos, puis il l'ont sanglée à la planche avant de la hisser sur le brancard à roulettes. Pendant tout ce temps, je maintenais le point de compression sur sa gorge. La conductrice lui a surélevé les pieds pour améliorer la circulation sanguine, et nous étions fin prêts à embarquer. Sauf que, n'ayant pas besoin de soins urgents, je n'étais pas censé venir.

J'ai réglé ça en montrant mon badge :

– Je suis agent fédéral. Allez, en route !

Une minute plus tard, nous traversions aussi vite que possible le champ cahoteux. Les deux gars, Pete et Ron, affichaient une mine sombre, ce qui confirmait, hélas, mon propre pronostic. Les doigts comprimant toujours la plaie de Kate, je les ai regardés découper sa combinaison à la recherche d'autres blessures. Ils n'en trouvèrent aucune, mais il restait la possibilité de fractures osseuses ou de lésions internes. Ce n'était pas la première fois que je voyais des urgentistes tenter de sauver une victime au seuil de la mort, et d'ordinaire je savais rester de marbre – même lorsque c'était moi qui gisais sur le trottoir avec trois balles dans la peau. Mais là je tremblais, suspendu au souffle de Kate, craignant que chaque expiration ne soit la dernière.

Comme elle paraissait stable, on lui a collé des électrodes sur la poitrine.

– Rythme sinusoïdal normal… mais tachycardie dans les 140 bpm.

Plutôt que de réclamer une explication de texte, j'ai demandé :

– L'hôpital est loin ?

– L'affaire de dix minutes, a promis Pete.

Là-dessus, Ron a voulu savoir comment je me sentais.

– Je vais bien, ai-je affirmé.

– Vous devriez souffler un peu. Je m'occupe du point de compression.

– Il s'agit de ma femme !

– Bon, comme vous voudrez.

– Dans sa combinaison doivent se trouver son badge du FBI, son arme de service et sans doute son téléphone, ai-je indiqué. Il me les faut.

Pete a fouillé la combi lacérée et m'a tendu le badge.

– Ni arme ni téléphone, a-t-il dit.

J'ai empoché le badge sans un mot. Kate avait pu laisser son portable au sol, mais en aucun cas son flingue. J'étais catégorique : elle avait embarqué avec.

Dès la sortie du champ, on a branché la sirène et mis la gomme. J'ai posé mes lèvres sur le front de Kate, il était froid et moite. Puis j'ai entendu la conductrice lancer dans sa radio :

– Préparez le bloc. État très critique.

J'ai passé une lingette stérile sur le visage de mon épouse tandis que les deux autres surveillaient ses constantes et prenaient sa température. Par un réflexe de défense, Kate avait empêché Khalil de lui trancher la veine jugulaire. Cela tenait de l'exploit, car le sieur Asad Khalil était un tueur aguerri. En temps normal, quand il vous tombait dessus, vous n'en réchappiez pas.

Quoi qu'il en soit, que Kate survive ou non, Asad Khalil n'en avait pas fini avec nous. Il avait juré de me faire la peau, et au fond ça m'arrangeait bien. Cela me permettrait de lui régler son compte une fois pour toutes.

J'ai enfin osé demander aux secouristes :

– Alors ? Votre pronostic ?

Ils se sont battus pour ne pas répondre. Puis Ron a craché le morceau :

– Son état est très préoccupant.

– Mais que s'est-il passé, au juste ? s'est enquis Pete.

– Blessure à l'arme blanche. À ce propos, vous n'auriez pas vu le type en combinaison noire qui s'était accroché à elle ?

– Si. Il a disparu dans les bois. Vous voulez dire que c'est lui qui… ? Mais vous le connaissez, ce taré ?

Oh oui, je le connaissais.

Notre pire cauchemar se réalisait. Le Lion était de retour.

Chapitre 11

De l'ambulance, j'ai composé le 911 sur mon cellulaire. J'ai expliqué au standardiste que j'officiais comme agent fédéral après vingt années de Crime new-yorkaise, que j'appelais pour signaler une tentative de meurtre sur un membre de la maison, et qu'à ce titre je souhaitais joindre la police d'État.

On m'a aussitôt passé un planton du bureau de Liberty, à qui j'ai exposé les faits.

– La victime est également du FBI, ai-je précisé, et je suis son mari. Quant à l'agresseur, il est toujours dans la nature. Il faudrait ratisser le secteur.

– OK, on s'en occupe.

Je doutais cependant qu'Asad Khalil musarde dans la campagne en combinaison de saut, son parachute sur le dos et un brin d'herbe aux lèvres. Il avait dû poster un véhicule de l'autre côté des bois, pour se tailler au plus vite.

– Et vous me dites que vous êtes en route vers le centre médical régional des Catskill ? a demandé le gars.

– C'est ça. Et je requiers une présence policière sur place. Je souhaite également qu'un gradé de la Criminelle vienne m'y retrouver.

– Bon, je vous passe mes chefs.

Parfait.

Trente secondes d'attente, puis :

– Inspecteur Harris à l'appareil. Mon collègue m'a fait part de la situation, ainsi que de votre demande d'effectifs de surveillance à l'hôpital régional.

Après un bref échange entre flics, ce Harris a décidé :

– Des gendarmes vont se déployer sur la zone. J'envoie des hommes à l'hôpital et je tâche de vous dégoter un inspecteur en chef.

– Merci.

– Comment va votre épouse, au fait ?

J'ai regardé Kate.

– Pas fort.

– Je suis sincèrement navré. Vous pouvez me décrire l'agresseur ?

– Bien sûr. Il s'agit du dénommé Asad Khalil, un ressortissant libyen âgé d'une trentaine d'années. Grand, brun, le nez busqué, armé et très dangereux. Vous pouvez contacter de ma part le Centre opérationnel (dit le Centre op) du FBI, au 26, Federal Plaza. L'agent de permanence vous transmettra par mail le pedigree et la trombine du salopard. Il est recherché par le département de la Justice pour plusieurs meurtres commis sur le sol américain, ainsi que par Interpol et la moitié des services antiterroristes de la planète.

Un silence.

– Impressionnant, a fait Harris. OK, je sonne l'inspecteur en chef Miller, et il vous rejoint à l'hôpital.

– Parfait.

Je lui ai laissé mon numéro de portable et j'ai raccroché. À côté de moi, Kate avait le teint crayeux. Du sang suintait autour du tube dans sa bouche.

– Ce que vous venez d'entendre ne doit pas sortir de ce fourgon, ai-je lancé à Ron et à Pete.

Je continuais d'appuyer sur la jugulaire de Kate, tout en sachant que cela restreignait l'irrigation de son cerveau. Les deux ambulanciers avaient braqué à plusieurs reprises une lampe-stylo sur ses pupilles, et ils pensaient y déceler quelques signes d'activité cérébrale. Mais lorsque, à mon tour, je lui ai soulevé les paupières, il m'a semblé que ses yeux bleus commençaient à se voiler.

Le paysage devant le pare-brise était encore très rural, et le temps me paraissait effroyablement long. Soudain s'est dressé un immeuble blanc de six étages frappé de grandes lettres rouges : CENTRE MÉDICAL RÉGIONAL DES CATSKILL. Une équipe nous attendait sur le parking des urgences, et Kate fut emmenée séance tenante au bloc. Je suis allé remplir quelques formulaires, après quoi une infirmière m'a installé dans une petite salle d'attente.

– Votre femme est entre les mains du Dr Andrew Goldberg, a-t-elle expliqué. C'est notre meilleur chirurgien vasculaire, il viendra vous voir dès qu'il aura terminé. Je vous conseille malgré tout de prévenir les proches sans tarder.

La nana a regagné son poste et je me suis retrouvé seul dans la pièce, ce qui laissait supposer qu'aucun autre accident n'était venu ternir ce dimanche printanier dans le comté de Sullivan.

Pourvu que ça dure.

Cela m'a fait penser à dézipper la poche de mon Glock. J'ignorais si les flics de l'État avaient d'ores et déjà pris possession des lieux, mais Asad Khalil était suffisamment perspicace pour deviner que, morte ou vivante, Kate Mayfield échouerait dans cet hôpital, et que par conséquent le prochain sur sa liste – moi-même – s'y trouverait également. Quand un fanatique promet de vous tuer demain, ne prenez pas tout au pied de la lettre. Par « demain », il entend peut-être « plus tard dans la journée ».

Une deuxième infirmière s'est pointée. Je m'attendais au pire, mais elle venait juste me remettre un sachet en plastique :

– Tenez. Les effets personnels de votre épouse.

J'ai accepté d'une main hésitante.

– Quand vous aurez un instant, a-t-elle ajouté, vous passerez au guichet signer le reçu.

– Euh… d'accord. Mais comment va-t-elle ?

– On la prépare pour l'intervention.

De nouveau seul, j'ai examiné le contenu du sac. Un portefeuille avec quelques billets, ainsi qu'une photo de moi. Un peigne, un paquet de chewing-gums, des mouchoirs, un tube de rouge à lèvres. Et tout au fond, son alliance.

J'ai rangé le sachet dans ma combinaison. Selon toute vraisemblance, Khalil lui avait piqué son flingue. Mais *quid* de son téléphone ? Était-il tombé de sa poche ? L'avait-elle laissé à l'hôtel ou dans la voiture ? Je refusais d'imaginer cet appareil entre les mains de Khalil, avec tous les numéros qu'il contenait…

Je suis retourné dans le couloir. Cette histoire de téléphone m'avait remis en tête les paroles de la première infirmière : « Je vous conseille de prévenir les proches sans tarder. » La dame avait raison : il fallait contacter les parents de Kate. Mais pour leur dire quoi ? Son vieux était un ancien du FBI : je pouvais lui parler d'homme à homme, de poulet à poulet, de mari à père. Mais si j'attendais un peu et que les nouvelles soient bonnes, j'éviterais de les affoler pour rien.

Non, le plus urgent, c'était le bureau.

J'étais censé appeler directement à Federal Plaza, mais le week-end vous tombiez toujours sur un bleu-bite incompétent – lequel devait être déjà en ligne avec le Harris de tout à l'heure. Heureusement, depuis le 11 septembre, les inspecteurs du NYPD disposaient d'une ligne directe et confidentielle pour joindre la direction de la Sûreté, elle-même tenue par le NYPD. Ce n'était pas la voie la plus orthodoxe, mais elle avait ma préférence.

Après quelques sonneries, une voix féminine a répondu :

– Inspecteur Lynch.

– Salut, Janet. C'est Corey.

– Salut, John. Quoi de neuf ?

– Une tentative de meurtre sur un agent fédéral, par un terroriste bien connu de nos services.

– Carrément ? Mais qui ça ? Qui est la victime ?

– Kate.

– Oh, merde ! Mais… elle va comment ? Tu m'appelles d'où ?

– Pronostic réservé, comme on dit. Elle est sur le billard, au Catskill.

– Merde alors. Je suis vraiment…

– On nous enregistre, là ?

– Oui, c'est enregistré.

– Très bien. Alors l'agresseur est Asad Khalil.

– Khalil… le Libyen ?

J'ai fait un récit aussi détaillé que possible des événements de la matinée, depuis la montée dans le Douglas jusqu'à notre arrivée dans cet hôpital où je guettais fébrilement l'arrivée d'un chirurgien.

Janet était bouleversée. Elle a promis de prier pour Kate, mais pour le reste elle n'avait pas de questions. Étant toute jeune dans l'équipe, elle ne savait pas grand-chose sur Asad Khalil, sinon que cette ordure avait pris la vie de Nick Monti, NYPD, de Nancy Tate, réceptionniste détachée d'un ministère civil, et de Meg Collins, FBI, trois camarades dont nous parlions systématiquement aux nouvelles recrues. Et puis elle avait vu l'avis de recherche punaisé dans nos locaux de Federal Plaza, sur lequel fleurissaient depuis trois ans toutes sortes d'insultes – « sac à merde », « tueur de flics » – ou de menaces – « J'aurai ta peau », avais-je personnellement écrit. Mais les circonstances exactes de cet épisode tragique étaient classées top secret.

– Je peux te demander un service, Janet ? Dis à Walsh et à Paresi que le Lion est de retour. J'ai par ailleurs demandé à la police d'État de se procurer le CV et la photo de Khalil auprès du Centre op. Il faudrait s'assurer que les docs ont été correctement transmis.

– Compte sur moi.

– Et pas un mot à la presse, bien sûr. Black-out total.

– Pigé. Je suis de tout cœur avec toi, John.

– Merci, Janet. À plus.

Je suis passé aux WC pour me désaltérer et faire un brin de toilette. En nettoyant mes mains incrustées du sang de Kate, je me suis soudain revu, quatre ans plus tôt, en train de me vider au-dessus d'une bouche d'égout pendant que mon équipier de l'époque, le regretté Dom Fanelli, me répétait : « Tiens bon, John. Accroche-toi. »

Tiens bon, Kate. Accroche-toi.

En ressortant, j'ai tressailli. Une infirmière m'attendait.

– Un policier vous demande, monsieur Corey.

Je l'ai suivie jusqu'au guichet où sa collègue s'entretenait avec un homme en veston muni d'un calepin. Me voyant débouler avec ma combinaison tachée, il est venu à ma rencontre, la main en avant.

– Inspecteur en chef Matt Miller, bureau d'enquête criminelle. Section F, ville de Liberty.

Comme il connaissait déjà mes titres ainsi que l'identité de ma femme, j'ai simplement répondu :

– Merci d'être venu aussi vite.

Nous nous sommes installés dans une petite salle de repos qu'il venait de réquisitionner. À en juger par le jean et le polo qui complétaient sa tenue – et qui exhalaient une douce odeur de charbon de bois –, l'inspecteur Miller avait été dérangé en plein barbecue. Il avait l'air intelligent, ce qui est bien le moins pour un inspecteur en chef, et je lui donnais une petite quarantaine d'années, ce qui est bien peu pour un tel poste. Soit le gus était futé, soit il avait le bras long.

– Je suis désolé pour votre femme, monsieur Corey.

– C'est gentil.

Après m'avoir poliment demandé mes papiers, il m'a posé quelques questions d'usage.

La police d'État était un corps performant et discipliné, qui avait d'ailleurs fourni plusieurs éléments à notre ATTF. Je savais que le FBI finirait par la dessaisir de l'affaire, mais dans l'immédiat il s'agissait de se déployer avant que Khalil puisse s'enfuir – ou qu'il débarque ici.

À ce sujet, Miller m'a indiqué :

– Les hommes dépêchés sur ce qui tient lieu de scène de crime ont repéré des traces de pneus à l'orée du bois. Lesquelles traces mènent à une route secondaire. Nous n'avons retrouvé ni combinaison de saut ni parachute, mais nous continuons de chercher.

Là-dessus il m'a décrit le dispositif de barrages, avant de remarquer très justement :

– Si ces traces sont bien le fait de l'agresseur, cela veut dire qu'il aura eu vingt minutes d'avance sur nous, or nous ne savons même pas à quoi ressemble son véhicule. Nous cherchons donc un gars qui corresponde à la description physique, ou qui transporte du matériel de parachutisme.

– Il s'en sera débarrassé depuis longtemps, ai-je objecté.

À moins qu'Asad Khalil ne soit atteint de sénilité précoce, je savais qu'il aurait planifié sa fuite aussi méticuleusement que son attaque. Pour autant, il n'est jamais facile de quitter un coin de campagne quand tous les chemins sont bloqués.

– Surtout, dites à vos hommes que Khalil est extrêmement dangereux, et qu'il n'hésitera pas à descendre un flic.

– Nous le savons bien, a répondu Miller, puisqu'il s'en est pris à votre femme. Je me souviens de cette affaire. C'était il y a trois ans, si ma mémoire est bonne. Le gars arrive à JFK sous escorte policière, et il parvient à zigouiller ses gardes et trois voyageurs innocents. Le même jour, tous les passagers d'un avion de ligne étaient morts asphyxiés par des vapeurs toxiques.

– C'est bien ça.

En réalité, il y avait eu un survivant, Asad Khalil, puisque lui aussi était arrivé par ce vol-là. Et c'était lui qui avait commis cet attentat au gaz. Mais le gouvernement avait noyé le poisson, et nous étions très peu à connaître le fin mot de l'histoire. Quoi qu'il en soit, Miller n'avait pas besoin de savoir tout ça. Je devais seulement lui donner de quoi réussir sa mission.

– À l'époque, nous pensions qu'Asad Khalil travaillait pour

le renseignement libyen. Cet homme est un professionnel, un véritable spadassin.

Ce terme n'a pas eu l'air d'impressionner notre inspecteur. Dans son esprit de flic, Khalil était un tueur, point.

Ma foi, je n'allais pas chicaner.

Il a poursuivi :

– Mon collègue Harris a eu votre bureau, et il m'a transmis le topo. Pour ce qui est de cet hôpital, nous avons posté des gendarmes dans le hall, dans tout le rez-de-chaussée, et devant la porte du bloc. Enfin, les deux photos fournies par votre bureau ont été transférées par voie électronique à la patrouille des autoroutes ainsi qu'aux unités de police des différents comtés de la région.

– Parfait.

– Vos collègues nous ont également transféré un avis de recherche, et je vois que le département de la Justice offre un million de dollars pour la capture du suspect…

– Exact.

– Il est poursuivi pour le meurtre de trois agents fédéraux. Je suppose qu'on parle là de ses trois malheureux accompagnateurs…

– Exact.

– En revanche, rien n'est dit sur son évasion, ni sur ses activités ultérieures.

Miller m'interrogeait du regard. Il allait être déçu.

– Eh bien, je n'ai pas l'habitude de me réfugier derrière l'expression « secret défense », mais là nous sommes en plein dedans. Aussi j'apprécierais que vos hommes tiennent les journalistes à distance, et que vous-même interdisiez à la direction de l'établissement d'émettre le moindre bulletin de santé. Aucun nom, aucune référence à l'agression, rien ne doit filtrer.

– Oui, votre bureau s'est montré très clair là-dessus.

L'inspecteur Miller semblait se demander comment un tel dossier avait pu lui tomber sur les genoux pendant qu'il faisait tranquillement griller des saucisses dans son pays de cocagne.

– Mais vous êtes sûr qu'il s'agit du même homme ? Que c'est bien Asad Khalil qui a agressé votre femme ?

– À deux cents pour cent.

Bien qu'il fût prêt à me croire sur parole, j'ai éprouvé le besoin d'ajouter :

– Kate et moi avons tous deux bossé sur cette affaire, le meurtre des trois flics.

– Ah oui ? Vous voulez dire que... c'est pour cette raison qu'il l'aurait agressée ?

– Faut croire.

– Vous aviez eu des contacts personnels avec cet individu ? Vous l'aviez interrogé ? Vous l'aviez contrarié ?

En fait, Kate et moi lui avions parlé au téléphone, et certains de nos propos lui avaient sans doute déplu. Mais, non, nous n'avions pas à proprement parler eu de « contacts personnels » avec lui. Il y aurait eu un mort, sinon.

– Je ne peux pas entrer dans les détails, ai-je répondu à Miller. Sachez simplement que c'est la deuxième fois qu'il s'en prend à nous.

Miller a levé un sourcil.

– La première remonte à trois ans ?

– On ne peut décidément rien vous cacher.

– Alors, comme ça, a-t-il repris, vous et votre épouse étiez ensemble sur cette enquête ?

L'inspecteur Miller ne faisait rien de plus que son boulot, mais on s'éloignait du sujet, et je devais tenir ma langue. Pour clore le chapitre, j'ai dit, sur le ton de la confidence :

– Nous n'étions pas encore mariés. En fait, c'est là qu'on s'est connus...

Et comme j'ai tout de suite vu ce qu'il pensait – *unis et séparés par le même meurtrier* –, j'ai ajouté :

– Elle va s'en tirer.

Façon de conjurer le destin.

J'imagine que cette assertion cadrait mal avec ce que les infirmières avaient dit à Miller, mais il n'a pas relevé. Je m'étais souvent trouvé dans la même situation que lui : la victime n'est pas encore morte que l'on pense déjà « homicide », sans savoir quels termes – ni quel temps – employer devant les proches. Alors on recentre la discussion :

– Vous pensez qu'il avait des complices ? a fait Miller.

– Il en avait, la dernière fois. De pauvres bougres qui l'ont aidé malgré eux, et qu'il a ensuite supprimés. Khalil est un solitaire dans l'âme, mais attendez-vous à retrouver des cadavres dans son sillage.

Miller a griffonné quelques mots dans son carnet avant de boire une gorgée de café et de poursuivre ses questions. J'étais prêt à tout pour aider la police d'État à attraper ce salaud, mais, sauf énorme coup de bol – un contrôle d'identité gagnant, un gérant de supérette signalant qu'un type bizarre réclamait de la viande de chameau –, les méthodes classiques paraissaient vouées à l'échec. Sauf si Khalil se faisait coincer ici même, en venant finir le travail.

J'ai tâché d'enfoncer le clou :

– Asad Khalil n'a rien d'un tueur à la petite semaine. Il est aussi malin qu'habile, et il ne commettra pas les erreurs grossières qui en ont perdu tant d'autres. Il ignore la peur telle que nous la connaissons vous et moi, mais il n'est pas suicidaire pour autant. Il se fixe un objectif et le poursuit bille en tête. Aujourd'hui, son but était de tuer ma femme sous mes yeux. Pour l'heure, c'est raté, et peut-être qu'il le sait. C'est pourquoi je tiens à ce qu'on maintienne une présence policière dans les couloirs et devant la chambre.

– Adjugé, a répondu Miller. Et vous, vous souhaitez une protection ?

– Je sais me protéger tout seul.

Miller devait se dire que cette phrase faisait chaque jour des dizaines de macchabées, mais il a respecté mon choix.

– Et vous êtes armé ?

– Affirmatif.

– Tant mieux. Et l'arme de votre femme, où est-elle ?

– Elle a disparu de sa combi. Soit Khalil l'a prise, soit elle est tombée dans la zone de chute. Il s'agit d'un Glock 22 de calibre .40, le modèle spécial FBI.

Miller l'a noté dans son calepin.

– Nous allons organiser une battue, a-t-il dit, avec des villageois volontaires.

– Au besoin, les ambulanciers sauront vous montrer l'endroit précis où Kate a atterri. Pour information, le crime s'est déroulé environ 8 000 pieds plus haut.

Il a hoché la tête d'un air rêveur.

– D'ailleurs, ai-je ajouté, je n'y pense que maintenant, mais le club de parachutisme avait un cameraman au sol. Avec un peu de chance, la scène figure dans le film.

Miller a souhaité en savoir davantage sur ce club.

– C'est une structure assez souple, ai-je dit, et je doute qu'Asad Khalil en soit un membre très assidu. Pour en savoir plus, vous pouvez vous adresser à Craig Hauser, l'un des responsables.

Mais au fait, le reste du groupe avait-il accompli les deux autres sauts prévus au programme ?

– Vous avez peut-être une chance de trouver les copains à l'aérodrome. Sinon, ils logent tous au High Top Motel de Monticello.

– OK. Et le badge de votre femme, vous l'avez ?

– Oui. Mais pas son téléphone Nextel.

– Aïe ! Le répertoire est protégé par un code, au moins ?

Eh non, justement. Ni le répertoire, ni la messagerie électronique, ni la fonction talkie-walkie. Seulement la boîte vocale. J'osais à peine l'avouer tant j'avais honte, et je m'attendais déjà à recevoir un coup de fil de condoléances de la part de Khalil. Ou un texto.

– Bon, a soupiré Miller. La battue portera donc sur deux choses : un flingue et un téléphone.

– Super. Je vous suggère également d'envoyer un agent à notre hôtel pour regarder si l'appareil ne serait pas resté là-bas, et demander à la réception si par hasard quelqu'un serait venu se rencarder sur nous. Et si ce policier pouvait en profiter pour récupérer nos affaires et rendre la chambre, ce serait vraiment très chic.

– Pas de problème. Et nous allons poster une équipe là-bas, au cas où quelqu'un vous chercherait.

– Excellente idée. J'aurai une dernière faveur à vous demander, inspecteur. Ma voiture est restée à l'aérodrome…

– On vous la ramène.

– Génial. C'est peut-être là que se cache le téléphone de Kate, d'ailleurs.

Miller a pris l'immatriculation de la Cherokee et je lui en ai confié les clefs. Ses hommes la déposeraient sur le parking de l'hôpital, avec nos bagages dans le coffre.

La police est un monde profondément solidaire. Un vrai flic ne refusera jamais d'en aider un autre, dût-il pour cela prendre quelques libertés avec le règlement. Aussi me suis-je permis de glisser à Miller :

– Si vous pincez notre individu, vous voudrez bien me prévenir aussitôt ?

– Bien sûr.

– Et nous accorder dix minutes en tête à tête ?

Il a eu un sourire gêné, le temps de peser le pour et le contre.

– Si vous me dites qu'il en va de la sécurité du pays, je ne vous le refuserai pas.

– Merci, inspecteur. Au fait, pour en revenir à ma voiture, il faudrait y rechercher d'éventuels émetteurs ou autres systèmes de pistage. Et n'hésitez pas à remuer notre bordel, au cas où quelque chose retiendrait votre attention.

Le crayon de Miller n'a pas bougé.

– Vous le croyez vraiment capable d'un telle sophistication ?

– Oh oui ! Absolument.

N'ayant aucune envie d'essuyer un nouveau « secret défense » de ma part, Miller s'est gardé de me demander pourquoi et a promis de passer ma voiture au peigne fin. Puis nous avons reparlé de l'agression et réglé certains détails concernant les mesures les plus urgentes, à savoir la protection de Kate, les barrages routiers et la diffusion des deux portraits de Khalil. Nous sommes aussi convenus de montrer ces photos dans les hôtels, les gares, les agences de location, les restaurants, les aires d'autoroute, les stations de bus et de taxis, les gares de péage et ainsi de suite, dans l'espoir de glaner quelques tuyaux. Et j'ai ajouté à la liste les compagnies de jets privés basées à l'aéroport du comté, car je me souvenais que notre terroriste avait eu recours à ce mode-là trois ans auparavant.

Ce qui m'impressionnait le plus chez Asad Khalil, davantage encore que son intelligence ou sa débrouillardise, c'était sa rapidité d'exécution. Il bondissait de nulle part et s'évanouissait aussi sec.

Et son aptitude à flairer le danger. Un véritable sixième sens.

Faute de pouvoir conter par le menu les crimes passés de Khalil, je me suis attardé sur son mode opératoire :

– Ce matin, c'était un parachutiste. Cet après-midi, ce sera peut-être un aide-soignant en pyjama vert. Le Lion est en fait un excellent caméléon, capable de se fondre dans n'importe quel décor pour atteindre ses cibles. Mais plus encore qu'un lion ou un caméléon, il a l'instinct d'un chat. D'un gros chat vicieux.

Ça non plus, l'inspecteur en chef Miller n'a pas jugé bon de l'écrire. Les métaphores animalières, ce n'était peut-être pas sa tasse de thé.

J'aurais encore pu mentionner que Khalil aimait le goût du sang – au sens propre du terme. Mais de l'imaginer se lécher les babines au-dessus du cou de Kate me flanquait la nausée.

– Rendez-vous compte du mal qu'il s'est donné pour égorger ma femme, ai-je souligné. Cela en dit long sur sa tournure d'esprit.

– Oui, comme si la manière comptait tout autant que le résultat.

– Exactement. Khalil est un homme de rituels.

– Ce qui explique sans doute qu'il n'ait rien tenté contre vous aujourd'hui. Ce n'était pas votre tour. Mais je suppose que vous ne perdez rien pour attendre. À la limite, vous n'avez même pas besoin de lui courir après puisqu'il a juré de revenir ! Sauf que vous ne savez ni quand ni comment…

– Oh ! son heure sera la mienne. Je l'attends de pied ferme.

Sur ces mots, je me suis relevé de ma chaise. Je ne voyais rien à ajouter et l'inspecteur avait du pain sur la planche.

– Pour l'instant, je ne bouge pas de cet hôpital, ai-je dit pendant que nous échangions nos cartes.

– On va tout faire pour attraper votre gars, a répondu Miller. Restez au chevet de votre femme. Nous nous occupons du reste.

Et comme il ne voulait pas d'autres victimes sur son gazon, il a pris soin d'ajouter, après m'avoir serré la main :

– Faites attention à vous quand même.

J'avais toujours su que ce jour viendrait, mais jamais je n'aurais cru retrouver Asad Khalil au-dessus d'un champ de vaches, à 14 000 pieds d'altitude.

Trois ans après notre rencontre, le Lion restait imprévisible. Mais maintenant je savais qu'il était là, et qu'il allait remettre le couvert.

Notre dernier échange téléphonique me résonnait encore dans le crâne :

– Je te tuerai et je tuerai la putain qui t'accompagne, même si ça doit me prendre la vie entière.

Si je ne lui avais pas raccroché au nez, je lui aurais sans doute fait un serment analogue. Mais à quoi bon ? Asad Khalil connaissait mes sentiments. Et il semblait acquis, désormais, que l'un de nous deux ne passerait pas le printemps.

Chapitre 12

Je suis retourné au guichet des infirmières pour accuser réception des affaires de ma femme, m'enquérir de l'opération, et jauger les premières mesures de sécurité mises en œuvre. Tout le monde avait compris à ce stade que les blessures de Kate ne relevaient pas d'un banal accident, et tous m'avaient repéré comme étant le mari flic. La chef des infirmières, une certaine Mme Carroll, m'a affirmé que des gendarmes montaient la garde devant le bloc et aux ascenseurs. Le portrait de Khalil avait été distribué à l'ensemble du personnel présent, des toubibs jusqu'aux agents d'entretien, avec l'ordre d'ouvrir l'œil.

Des nouvelles de ma femme, Mme Carroll n'en avait pas, mais elle tenait à ce que je patiente devant le bloc pour éviter au Dr Goldberg d'avoir à me courir après. Ou alors elle craignait que je ne salope les couloirs avec ma combinaison dégueu. Je lui ai promis de regagner la salle d'attente, sauf que c'était au-dessus de mes forces : même quand je poireaute, j'ai besoin de me sentir flic. Je suis donc allé tenir la jambe aux deux gendarmes postés devant les ascenseurs. Ils m'ont paru compétents et alertes, et s'ils doutaient que l'agresseur vienne à l'hôpital épier sa victime, ils n'en ont rien montré. Le plus âgé des deux, l'agent Vandervort, m'a laissé voir la photo nichée dans le creux de sa main. Je connaissais ce cliché. Il avait été pris trois ans plus tôt, lorsque Asad Khalil avait poussé la porte de l'ambassade américaine à Paris pour négocier son immunité.

« La justice de votre pays me cherche des noises, mais je suis prêt à coopérer avec les services secrets. » Après un premier entretien sur place avec la CIA, le transfuge exigea d'être conduit à New York – il refusait Washington DC – et ne rouvrit la bouche qu'une fois à bord du 747 en partance pour JFK. On aurait dû flairer l'entourloupe, mais la CIA, le FBI et le renseignement new-yorkais sont tous tombés dans le panneau. La prise était si belle...

Kate et votre serviteur avaient fait partie de l'équipe chargée de réceptionner Khalil et ses deux accompagnateurs à la sortie de l'avion. Le Lion buta trois membres de ce comité d'accueil : Nick Monti, Meg Collins et la civile Nancy Tate. Nous fûmes quatre à en réchapper : Kate, moi-même, le FBI George Foster et le CIA Ted Nash, lequel frôlerait une autre fois la mort le 11 septembre 2001, avant de la trouver pour de bon dans un face-à-face avec Kate Mayfield. Oui, ma Kate à moi. Mais ça, c'est une autre histoire.

Le portrait de Khalil montrait un jeune trentenaire au teint basané, le nez aquilin, les cheveux noir de jais et le regard profond comme la nuit. J'avais lu quelque part que la nation libyenne était un magma de peuples amateurs de sabres – Berbères, Carthaginois, Romains, Vandales, Arabes – et Khalil possédait sans doute un mélange de tout ça dans ses gènes, ce qui lui permettait de passer tour à tour pour égyptien, italien, grec, et même israélien. Mais son identité première, c'était tueur.

Il possédait de bonnes bases de français, d'italien et d'allemand, pour avoir vécu et sévi dans ces pays. Son anglais n'était pas mauvais non plus, et j'avais pu constater, lors de notre dernier entretien téléphonique en date, qu'il comprenait des expressions argotiques comme « enculeur de chameau » ou « ta mère suce Kadhafi ». Oui, inspecteur Miller, je l'avais contrarié, et visiblement il l'était toujours. Ça tombait bien, moi aussi.

– Cet homme a assassiné des innocents à travers toute l'Europe et les États-Unis, ai-je précisé en rendant la photo au gendarme. Il est aussi rusé que dangereux, et réputé pour terminer ce qu'il entreprend. Toujours. Sachez aussi que, malgré ses traits marquants, il change d'apparence comme de chemise. La seule constante, ce sont ses yeux, et ils risquent fort d'être la dernière chose que vous verrez. Alors de grâce, messieurs, soyez vigilants.

Ils m'ont regardé comme on regarde un gentil fou, en acquiesçant poliment.

Comme je repartais vers la salle d'attente, mon téléphone a sonné. WALSH DOMICILE. Tom Walsh était l'agent spécial en charge de la Force fédérale d'action antiterroriste. Autrement dit, mon grand boss.

– C'est horrible, John, m'a-t-il lancé d'emblée. Comment va Kate ?

– Toujours sur le billard, ai-je répondu, les yeux rivés sur la porte du bloc.

– Je n'arrive pas à le croire... Janet m'a fait écouter ton rapport. Nous allons mobiliser toutes les ressources nécessaires, tant fédérales que locales, pour appréhender cet individu.

Je l'ai remercié, bien que cela me parût aller de soi.

Tom Walsh est un type correct, même si nous avons eu quelques accrochages par le passé. Ce n'en est pas moins un fieffé carriériste, qui sonde l'humeur de Washington environ quatre fois par jour. Et puis, comme je le disais plus haut, il ne partage pas ses infos et se fait des nœuds au cerveau pour tout. Mais son pire travers, à mon sens, est de sous-estimer ses flics. Comme à l'instant, en me demandant :

– Es-tu bien sûr qu'il s'agissait d'Asad Khalil ?

– Sûr et certain.

– Tu l'as formellement identifié ?

Qu'est-ce que je viens de dire ?

– Il m'a parlé, Tom. Pendant la descente en parachute. Et Kate, qui était accrochée à lui, m'a crié son nom. Khalil. C'est assez formel à ton goût ?

Autant Walsh ne tolérait aucun sarcasme de la part de ses subordonnés FBI, autant il savait les gens du NYPD plus irascibles – surtout les contractuels comme moi qui pouvions lui dire où se carrer son job. D'un autre côté, j'en avais besoin, de ce job, si je voulais retrouver Khalil. Mieux valait donc faire le dos rond.

– Dans ton rapport téléphonique, a repris le patron, tu avances l'hypothèse qu'Asad Khalil soit revenu sur le continent pour se venger des membres de notre cellule qui l'ont traqué il y a trois ans.

– Exact.

– D'où l'agression sur Kate.

– Je ne vois pas d'autre explication.

– Mais tout de même… Ce n'est pas un peu tordu ?

– Les psychopathes adorent les rituels tordus, Tom.

– Certes, mais…

Tom sentait que la situation exigeait de lui un effort de patience. Ma femme était entre la vie et la mort, et je n'en menais pas large. Mon état émotionnel lui faisait sans doute une belle jambe. En revanche il tenait à Kate, qui était de sa chapelle et qu'il appréciait beaucoup. Et puis ça ne fait jamais très propre de perdre une de ses ouailles – même s'il pouvait toujours arguer que celle-ci était en repos au moment du drame.

Manifestement, il y avait déjà songé :

– Je ne savais pas que vous sautiez en parachute, tous les deux.

– On voulait te faire la surprise, ai-je rétorqué.

Il a changé de sujet :

– D'après ton rapport, son arme de service a disparu, de même que son téléphone ?

– En effet.

– Ça ne m'enchante pas de savoir ce Glock entre les mains de Khalil, mais après tout je ne pense pas qu'il nous ait attendus pour se procurer un flingue. Pour le portable, c'est plus ennuyeux.

– Je suis bien d'accord. Sauf si ça se retourne contre lui.

– Oui, l'unité d'analyse des communications recherche le signal.

– Tant mieux. Cela dit, Khalil n'est pas débile : il aura éteint l'appareil. Notre seule chance de le pister, c'est s'il le rallume pour consulter le répertoire de Kate.

– Bien vu. Encore faut-il qu'il le laisse en marche plus d'une ou deux minutes. À mon avis, il dispose d'un autre portable pour ses coups de fil, et comme nous ne connaissons pas le numéro il faudra du temps pour le localiser si jamais il nous contacte.

C'est dans ces moments-là que ressort le côté puant de Walsh : quand il croit vous instruire avec des banalités.

– On ne sait jamais, ai-je conclu. Avec un peu de bol, Khalil aura un instant de relâchement.

– Comme ce Saoudien qui avait oublié d'éteindre son téléphone. Tu te souviens ?

– Oui, je m'en souviens. Mais c'était un crétin, ce que Khalil n'est pas.

– Beaucoup le sont, tu sais.

Pas faux. Mais ça n'empêchait rien. Il arrivait que les crétins parviennent à leurs fins, et que nous autres nous révélions encore plus crétins qu'eux… *confer* le 11 septembre. Nous avions certes accompli quelques progrès depuis 2001, mais les méchants aussi. Quant à Khalil, il nous avait bluffés dès le départ, et encore une fois je doutais qu'il eût beaucoup décliné en trois ans. Au contraire.

Puisqu'on parlait crétinerie, j'ai demandé :

– Je suppose que tu as envoyé un SMS groupé pour signaler l'incident à l'ensemble des agents ?

– Bien sûr.

– En d'autres termes, et toujours dans l'hypothèse où Khalil détient le mobile de Kate, il l'aura reçu, lui aussi.

Un bref silence.

Merde.

J'ai baissé mon téléphone pour vérifier l'écran. Le message de Tom m'attendait dans la boîte.

« ATTF NY : agent Kate Mayfield victime agression criminelle dans comté Sullivan, NY. Principal suspect Asad Khalil, terroriste libyen notoire. Bilan médical confidentiel. Surveillez mail pour détails, évolution et instructions, ou contactez Centre op. Alerte orange. Avis de recherche local et fédéral. ASC Walsh, ATTF NY. »

Voilà donc ce qu'avait dû lire Asad Khalil, sous la prose du boss en personne. Heureusement, le pire semblait évité. En décrétant le black-out sur l'état de Kate, Walsh évitait de dire à Khalil s'il avait réussi son coup. En définitive, Khalil n'apprendrait rien de plus que ce qu'il savait déjà – qu'il avait l'armada au cul.

– Nous allons tout de suite désactiver ce numéro, a décidé Walsh.

– Bonne idée. Mais avant ça, envoie un second texto disant : « Deux informateurs libyens de NY *intra* rapportent présence suspect Khalil sur continent US. Voir mail pour détails et instructions afin appréhender suspect. » Ou quelque chose de ce genre.

Walsh se tut quelques secondes.

– OK, je vais faire ça.

Et m'en arroger tout le mérite...

Au cas où il n'aurait pas entièrement saisi le but de la manœuvre, j'ai expliqué :

– Ça devrait le refroidir un peu. Il se méfiera de ses contacts en ville et devra modifier ses plans.

– Compris. Je m'en occupe.

Faute de mieux, nous avons continué à parler téléphonie cellulaire. Et soudain, alors que Walsh dissertait dans le vide, j'ai pensé à un truc. Avec une bonne heure de retard.

– Il faudrait alerter George Foster !

– George ? Il a reçu le SMS, lui aussi.

– Tu n'y es pas, Tom. Asad Khalil est revenu pour se venger de nous, et George Foster était à l'aéroport il y a trois ans, il a bossé sur l'affaire. Il faut partir du principe que Khalil connaît tous nos noms.

– OK.

N'ayant pas vécu cet épisode de l'intérieur, Walsh avait du mal à cerner la nature de l'animal en face de nous.

– Téléphone à George, Tom, ou demande-lui de m'appeler.

– Entendu.

Histoire d'enfoncer le clou, et de lui gâcher sa journée, j'ai ajouté :

– Et ne va pas croire qu'Asad Khalil a décidé de t'épargner, au seul motif qu'il ne t'a pas croisé voilà trois ans.

Il y a eu comme un blanc, puis Walsh a protesté :

– Nous ignorons ses véritables intentions, à part supprimer Kate. D'ailleurs, je ne comprends pas à quoi rime cet égorgement en plein ciel, quand il était tellement plus simple de vous flinguer au sol.

– Dans ce cas, je te suggère d'ouvrir son dossier quand tu arriveras au bureau. Tu verras ce que Khalil a fait la dernière fois, et de quelle manière.

– Entendu. Au fait, John... personne n'a intérêt à ce que l'affaire s'ébruite. Alors restons discrets, même avec la police d'État.

– Je le disais moi-même dans mon rapport, Tom.

– Alors c'est parfait. Des agents de Washington sont en route, et je vais mettre sur l'affaire deux membres de notre cellule. Un inspecteur et un FBI.

– Celui qui dirige l'enquête au niveau de l'État est l'inspecteur en chef Matt Miller, du bureau d'enquête criminelle. (J'ai dicté son numéro.) Il m'a paru sérieux, et ses gendarmes quadrillent la région.

– Bien. On fera tout pour l'aider.

– Il n'en attend pas moins.

– La CIA voudra sans doute s'en mêler, elle aussi.

La meilleure réponse à ça étant de ne rien répondre du tout, j'ai enchaîné :

– Je m'inquiète pour un autre type. Un certain Wiggins, prénom Elwood, surnom Chip. L'un des pilotes qui ont bombardé Tripoli en 1986. Il figurait déjà sur la liste noire de Khalil la dernière fois, mais nous l'avions secouru à temps. Tu trouveras ses coordonnées dans le dossier. Aux dernières nouvelles, il habitait Ventura, en Californie. Quand vous l'aurez localisé, faites-lui savoir que le Libyen est de retour. Et mettez-le sous protection.

Je craignais qu'à cette heure-ci Chip Wiggins n'eût surtout besoin d'un croque-mort, mais sait-on jamais…

– C'est noté, a répondu Walsh. Bon, je pense qu'on a fait le tour. Je vais te laisser rejoindre Kate.

– Elle est toujours en salle d'opération.

– Et si vous éprouvez le besoin de prendre quelques jours de congé, tous les deux…

– Oui, dès qu'on aura attrapé Khalil. Je suppose que tu me confies l'enquête ?

Un nouveau blanc.

– Eh bien, c'est-à-dire que…

– Ne me fais pas ce coup-là, Tom.

– Je vous rappelle que c'est moi qui dirige cette Force, inspecteur !

– Et moi j'estime que je devrais conduire cette affaire !

– Ce n'est pas si simple, John. Imagine, touchons du bois, que Kate ne remonte pas la pente. Tu seras bien obligé de t'arrêter. Or j'ai besoin de quelqu'un qui restera jusqu'au bout, quoi qu'il advienne.

– Je te donne ma parole, Tom. Je suis gonflé à bloc.

– Pour l'instant. Mais tu ne sais pas comment tu réagiras si Kate… Écoute, tu veux connaître le fond de ma pensée ? Je pense que tu es trop impliqué dans cette histoire pour garder la tête froide vis-à-vis de la communauté musulmane. Voilà, c'est dit.

Je m'attendais à ce qu'il mentionne mon agression au casino par Tête-de-Piaf. Mais non, Walsh n'avait visiblement aucun exemple en tête. Ça m'a permis de clamer :

– J'ai d'excellentes relations avec la communauté musulmane de New York !

En fait, je ne mentais même pas. Peut-être m'étais-je un peu raidi dans l'immédiat après-11 septembre, mais j'étais vite redevenu charmant. Quant à Tête-de-Piaf, ça ne comptait pas puisqu'il n'était même pas citoyen américain.

Walsh a fait une ouverture :

– J'accepte de te mettre sur l'enquête, John, mais je ne promets pas de t'en confier les rênes. Je vais y réfléchir, et d'ici là tu travailleras sous les ordres de George Foster. Fin de la discussion.

Puisque ça ne servait à rien de le fâcher, j'ai répondu :

– D'accord.

– Bien. Je vais dire au capitaine Paresi de t'appeler. Pour Kate, j'ai demandé à l'hôpital de me tenir au courant, et je vais prier pour elle.

– Merci, Tom.

– Une dernière chose. Si jamais la police d'État coince notre homme et que tu arrives le premier sur les lieux, évite de lui parler ou de commettre quoi que ce soit qui puisse entacher le dossier d'accusation.

– Pourquoi je ferais ça, Tom ?

– Et ne perds pas de vue que Khalil a peut-être une mine de choses à nous apprendre, pour peu qu'on parvienne à les lui extorquer.

– Promis, je ne le tue pas.

– Je sais que tu es en rogne, John, mais ne va pas t'attirer d'ennuis. Justice n'est pas vengeance.

En es-tu vraiment certain ?

– Bien sûr, ai-je répondu avant de raccrocher.

De retour dans la salle d'attente, je me suis planté derrière la vitre pour contempler la campagne. Le soleil dominait les sommets lointains dans un ciel bleu limpide, aussi bleu qu'il l'était le matin du 11 septembre. Ce jour-là, Kate et moi avions gagné la tour nord séparément, et au moment de l'effondrement chacun a cru que l'autre était resté à l'intérieur.

Nous vivions dans un monde merveilleux, peuplé à quatre-vingt-quinze pour cent de gens merveilleux. Hélas, j'avais passé la majeure partie de mon existence auprès des cinq pour cent restants, à tenter de réduire leur taux ne serait-ce que d'une petite unité.

Le trip « servir et protéger » m'était passé très jeune, et le moteur de ma carrière avait été tout simplement mon ego – le besoin de me montrer plus malin que les meurtriers qui osaient sévir sur mon secteur. Puis, à l'ATTF, je m'étais découvert un début de fibre patriotique, surtout après le 11 septembre. À présent, je ne restais que pour assouvir une vengeance personnelle, et j'implorais Dieu de m'aider à tuer Asad Khalil. Lui-même devait réclamer au ciel la faveur inverse, mais un seul de nous deux verrait ses prières exaucées.

Chapitre 13

Je moisissais dans la salle d'attente vide, les yeux fixés sur la pendule. Cela faisait plus d'une heure que Kate était entrée en salle d'opération, et je voulais y voir un bon signe. *A priori*, il fallait plus de temps pour réparer une artère que pour se vider de son sang, n'est-ce pas ?

Mon téléphone a sonné. Le capitaine Paresi.

– Corey à l'appareil.

– Comment va-t-elle, John ?

– Toujours entre les mains du chirurgien.

– Nom de Dieu… Je n'arrive pas à y croire. Et toi, tu tiens le coup ?

– Ça va.

– Je suis scotché au téléphone depuis que Janet m'a alerté. On va se le faire, ce sac à merde !

Cette expression typiquement NYPD m'a arraché un demi-sourire. Paresi et moi n'étions pas toujours d'accord, mais nous avions arpenté les mêmes trottoirs, et nous savions reconnaître un sac à merde quand nous en croisions un.

Paresi est allé au but :

– J'ai écouté ton rapport et j'ai eu Walsh à plusieurs reprises. Il semble être dans le même état d'esprit que moi.

– Tant mieux.

Paresi dirigeait le contingent NYPD au sein de l'ATTF. C'était donc mon supérieur direct, de la même façon que Walsh, FBI, était celui de Kate. Sauf que Walsh était également le chef suprême de la cellule. Pour rééquilibrer un peu les choses, je donnais du « capitaine » à Paresi, contre un simple « Tom » à Walsh.

– Tom m'a parlé du cellulaire de Kate, et de la possibilité que Khalil ait intercepté certains de nos SMS.

– Qu'as-tu envoyé, de ton côté ? ai-je demandé.

– Eh bien… J'ai ordonné à l'ensemble des inspecteurs de la Force de se rendre illico dans les lieux fréquentés par les islamistes radicaux, c'est-à-dire mosquées, bars à narguilé, centres sociaux, etc., en se concentrant plus particulièrement sur la communauté libyenne.

– Seulement aux inspecteurs, tu dis ?

– Ouais. Khalil n'a donc pas pu le recevoir sur le téléphone de Kate.

– Parfait.

– À présent, j'attends le feu vert pour rafler et cuisiner nos clients habituels, et nous allons faire le tour de nos sources musulmanes.

Rien que de très classique, en somme. Mais Paresi préférait m'énumérer des procédures standard plutôt que de risquer un malentendu. Il est vrai que l'affaire ne se réduisait pas à une simple agression terroriste. On s'en était pris à un agent du FBI, qui plus est mariée à un flic. Cela pouvait entraîner de légères inflexions dans la réaction policière – voire pas légères du tout si les témoins rechignaient à parler.

Paresi m'a ensuite demandé ce que l'ATTF et moi-même savions sur Asad Khalil, si mon expérience du personnage me donnait des idées d'action, qui nous pouvions consulter, et ainsi de suite. J'en ai déduit que son entretien avec Walsh n'avait pas été très fécond, et que le grand boss se trouvait aussi désemparé que lui. Et j'ai dû faire un tri express entre ce que je pouvais dire à mon capitaine et ce qui devait rester confiné dans un cercle plus restreint. Après que Khalil s'était volatilisé trois ans auparavant, le patron de l'ATTF de l'époque, l'agent spécial Jack Koenig, avait créé une équipe spéciale pour collecter et vérifier toutes informations ou pistes concernant le terroriste libyen. Fort de quatre membres – Kate et moi, George Foster et l'inspecteur Gabriel Haytham, le seul Arabo-Américain de la Force –, ce groupe s'était vu affubler d'un nom de code peu subtil, les Chasseurs de Lion, et il relevait directement – comprendre : exclusivement – du directeur Koenig.

Depuis, Koenig avait péri sous les décombres de la tour nord (en même temps que David Stein, le prédécesseur de Paresi) et les tuyaux sur Khalil s'étaient taris, jusqu'à l'assèchement total. Ni nos services, ni ceux des pays amis, ni même Interpol n'avaient de nouvelles du Lion. Alors toutes sortes d'hypothèses fleurirent, comme celle d'un décès sans tambour ni trompette dans quelque combat djihadiste en Irak ou en Afghanistan. Nous avons également cherché du côté de Guantánamo, mais sans succès. D'autres soupçonnaient le pouvoir libyen de l'avoir éliminé, jugeant que le fils prodigue commençait à coûter plus qu'il ne rapportait. Et ma théorie à moi, c'était qu'Asad Khalil enseignait la diversité culturelle à l'université de Columbia.

En tout cas, Kate et moi n'avons jamais cru que ce silence était synonyme de mort ou de retraite, et nous avions malheureusement raison.

– Le dossier officiel de l'ATTF est assez maigre, ai-je déclaré. Tu pourras le consulter sur l'ordi au bureau.

– Oui, c'est ce que Walsh m'a dit.

– Il existe un deuxième dossier informatique avec le récit complet des événements d'il y a trois ans. Mais il est classifié et seul Washington peut t'en autoriser l'accès. Et c'est très peu probable.

– Ben tiens ! Pourquoi aiderait-on ceux qui traquent les mêmes gars que vous, n'est-ce pas ?

En matière d'échanges d'information entre agences, nul ne pouvait nier un léger mieux depuis le 11 septembre. Mais les habitudes avaient la vie dure, et la CIA restait très peu partageuse. Il fallait s'estimer heureux lorsqu'elle vous disait qui vous étiez censé choper, et tout ce que vous leur donniez se retrouvait confisqué sous le sceau du secret défense.

– Ce n'est pas tout, capitaine. Suite au carnage de l'aéroport et à la fuite de Khalil, Koenig et Stein nous avaient chargés, Kate, Foster, Gabe et moi, de poursuivre les investigations. Personne n'a jamais mis fin à cette mission, et tout ce que nous avons glané figure dans un épais dossier papier que Gabe pourra te prêter. À l'origine, Khalil travaillait pour le renseignement libyen, et tous ses contacts ici étaient des sujets de Kadhafi. Le dossier dont je te parle contient les fiches signalétiques de tous les Libyens new-yorkais interrogés ces dernières années. Ce sont eux qu'il faut surveiller en priorité. Et discrètement, bien sûr.

– OK, je vais demander ça à Gabe. Je suppose que Walsh possède lui aussi un exemplaire de ce dossier ?

Je n'ai rien répondu, ce qui signifiait non. Puis j'ai lancé :

– Au fait, tu as eu Gabe, aujourd'hui ?

– Non, pourquoi ?

– Eh bien, Gabe est d'origine arabe, et il bosse à l'ATTF. Si Khalil sait ça…

– Bien vu. Je l'appelle tout de suite.

– Et si tu pouvais convaincre Walsh de me confier l'affaire…

À l'évidence, Paresi avait préparé sa réponse :

– Je suis du même avis que Walsh, John. Tu n'es pas le mieux placé pour piloter cette enquête. Mais tu en feras partie, et au fond tu as tout à gagner à ne pas être en première ligne. Tu t'épargneras beaucoup d'emmerdes, et tu auras les coudées franches pour… faire ce que tu as à faire. On se comprend ?

– Je crois que oui.

– Bon. Pour en revenir à Khalil, crois-tu qu'il puisse fomenter autre chose en parallèle ? Comme un attentat à la bombe, ou à l'anthrax ?

– Excellente question, capitaine. Instinctivement, je dirais qu'il est juste venu solder le contentieux d'il y a trois ans. Et liquider les ennemis qu'il avait loupés la première fois.

Ayant fait ses armes au renseignement new-yorkais, Paresi connaissait les rouages du terrorisme international. D'où cette objection :

– Mais il lui aura forcément fallu des fonds et des complicités pour remettre les pieds aux États-Unis. Et si les Libyens l'ont lâché, il se sera vendu à d'autres. « On finance ta petite vendetta, et en échange tu nous fais sauter le pont de Brooklyn. »

– Je comprends le raisonnement. Qu'en pense Walsh ?

– La discussion n'a pas été jusque-là. Pour l'instant, sa position, c'est « Tu t'immerges et tu surveilles ».

– Je vois. Cela dit, il n'est pas impossible qu'on dégote quelques indices. Des cadavres musulmans, par exemple. Khalil n'est pas un grégaire, mais il sait utiliser les gens. Et ensuite il les supprime.

– Ce n'est pas très gentil, ça. Mais quel est son parcours, à ce type ? Je ne connais même pas le point de départ de l'histoire.

J'ai pris une grande inspiration, et je me suis lancé :

– Tout a commencé le 15 avril 1986, lorsque Reagan a lâché une escadrille de bombardiers sur la Libye. Asad Khalil a vu toute sa famille crever sous ses yeux.

– Aïe !

– Mais ce détail n'a jamais été rendu public, de peur que la presse se mette à excuser les crimes du pauvre petit orphelin.

– Mais quels crimes, John ? Je sais que Khalil a tué son escorte et trois de nos agents au sol, mais apparemment ce n'est pas tout.

– Walsh t'a parlé de Chip Wiggins ?

– Qui ça ?

– Normal, c'est top secret. Alors écoute bien, parce que je ne répéterai pas. Chip Wiggins était aux commandes d'un des

F-111 qui ont bombardé Tripoli cette nuit-là. Khalil est venu aux États-Unis pour le zigouiller, lui et tous les pilotes impliqués dans ce raid. Mais Wiggins a été sauvé *in extremis* par notre cellule. Et je m'arrêterai, car j'en ai déjà trop dit.

– OK. Et ce Wiggins, on sait où il est ?

– Sauf déménagement récent, il vit en Californie, à Ventura.

– Eh bien, je te parie que Khalil le sait aussi bien que nous. Et que Wiggins est déjà mort.

– C'est probable.

– C'est certain. Si ce meurtre permettait à Khalil de terminer sa mission, après trois longues années à ronger son frein, tu penses s'il était impatient ! Et le job terminé, il peut tranquillement s'occuper de Kate. Mais pourquoi seulement elle, et non vous deux ?

– Il tenait à ce que je la voie mourir.

– Le sadique…

– Non, tu crois ?

– Au fond, c'est peut-être là qu'il a commis une erreur. Je suis persuadé qu'il n'aura eu aucun mal à tuer Chip Wiggins, qui ne devait pas s'y attendre. Kate aussi était une cible facile, parce qu'il la prenait par surprise. Mais en te laissant la vie sauve, il t'a permis de donner l'alerte, et maintenant tout le monde est sur le qui-vive. Khalil n'a plus de cibles faciles. Et sitôt qu'il refait surface, on le chope.

– Ainsi soit-il.

– Bon, je file au bureau. Je dis à Gabe de me rejoindre là-bas et de me montrer le dossier.

– Et qu'il se méfie de Khalil, surtout ! Je crois me souvenir qu'il a une épouse et une fille. Si j'étais lui, je les enverrais au vert.

– OK, je transmets.

– Et moi je vous rejoins le plus vite possible.

– Non, toi tu restes auprès de Kate. Et tu m'appelles si son état s'aggrave.

– Il ne lui reste pas beaucoup de marge, tu sais.

– Allez, je suis sûr qu'elle va s'en tirer. C'est une dure à cuire.

La conversation terminée, je me suis laissé choir dans un fauteuil. Malgré mon angoisse et ma rage, j'ai essayé de me glisser dans la tête d'Asad Khalil.

L'homme était un bateleur. Il adorait se mettre en scène, et comme beaucoup de psychopathes il prenait son pied à narguer les autorités. Mais les autorités sont toujours ravies de recevoir des lettres et des coups de fil de leurs fugitifs. En langage technique, on appelle ça des indices.

Khalil était revenu pour se venger, mais la rancune et la haine sont de mauvaises conseillères. Elles faussent votre jugement, et vous font tomber. Déjà, la dernière fois, elles avaient failli le perdre. Pour toutes ces raisons, j'étais convaincu que nous allions l'attraper, mort ou vif. J'ignorais toutefois combien de morts il nous en coûterait, et rien ne garantissait que Kate et moi verrions cette victoire de notre vivant.

Des bruits de pas dans le couloir m'ont sorti de mes pensées. Lourds, décidés, ceux d'un individu seul.

J'ai posé la main sur mon flingue et fixé la porte battante.

Chapitre 14

Un homme entre deux âges a surgi dans la salle. Tenue de coton vert pastel, masque chirurgical au cou.

Nos yeux se sont trouvés et la demi-seconde suivante m'a paru interminable.

– Monsieur Corey ?

– C'est moi.

Nous avons marché l'un vers l'autre et je lui ai serré la pogne.

– Docteur Andrew Goldberg, a-t-il dit tout en posant l'autre main sur mon épaule. Votre femme dort paisiblement au service des soins intensifs.

J'ai fermé les yeux et hoché la tête.

– Les signes vitaux sont stables, la tension est bonne et elle respire bien.

Nouveau hochement de ma part.

Le chirurgien m'a reconduit vers les chaises, et j'ai pensé qu'il devait être debout depuis plus de deux heures. Ou bien préférait-il que je m'assoie avant d'entendre la suite ?

Nous nous sommes installés côte à côte, et il a prononcé d'une voix douce :

– Nous avons réussi à suturer l'artère carotide droite.

Rien à faire, je ne parvenais qu'à hocher la tête.

Il a poursuivi :

– J'ai remarqué une contusion au visage, et les lèvres étaient boursouflées, mais d'après l'anesthésiste la dentition est intacte. Elle se sera fait mal en heurtant le sol.

Ou en recevant un pain, ai-je rectifié à part moi.

– Bref, des bricoles, a repris le docteur. J'ai noté diverses contusions imputables à l'atterrissage, mais pas de lésions internes, sauf d'éventuelles fractures. Nous la conduirons en radiologie dès que possible.

– Dans combien de temps, à peu près ?

– Difficile à dire. Pour en revenir à la blessure au cou, la plaie était étroite et profonde, c'est-à-dire très localisée. La jugulaire n'a pas été touchée, ni aucune autre veine ou artère. J'ai cru comprendre que votre épouse avait été poignardée ?

J'ai confirmé. D'un signe de tête.

Le coup de lame de Khalil aurait dû tout trancher sur son passage, mais Kate l'avait contré. J'espérais qu'elle lui avait aussi flanqué son genou dans les valseuses.

– Et donc, votre pronostic ?

Après un bref silence, le toubib a lâché :

– Réservé.

– Pourquoi ça ?

– Eh bien, elle a perdu six unités de sang et… nous avons été obligés – tout comme vous, m'a-t-on dit – de ralentir l'afflux du sang au cerveau, ce qui, malheureusement…

Je savais ce qui allait suivre.

– C'est beaucoup, six unités, a continué le chirurgien. Et puis elle avait la trachée gonflée, ce qui aura pu entraîner une privation d'oxygène plus ou moins importante, jusqu'au moment de l'intubation. En d'autres termes, il y a un risque de séquelles neurologiques.

J'ai réprimé un frisson.

– Et quand connaîtra-t-on le verdict ?

– Lorsqu'elle sera complètement réveillée. D'ici une heure ou deux.

C'est à la fois très long et très court, ai-je pensé dans un soupir.

Le médecin a considéré ma combinaison barbouillée d'hémoglobine.

– J'ai cru comprendre qu'elle avait été poignardée dans les airs par un parachutiste accroché à elle ?

– C'est ça.

– Rien d'accidentel, donc.

– Vous avez peut-être remarqué la présence de gendarmes devant le bloc ?

Oui, il avait remarqué.

– Bon. Pas d'autres questions, monsieur Corey ?

– Non, pas pour l'instant.

Il s'est levé et je l'ai imité.

– Nous procéderons à un bilan complet dans les meilleurs délais, avec examen neurologique. Dans l'intervalle, je vous invite à vous présenter aux infirmières des soins intensifs. Je suppose que vous souhaitez rester jusqu'à son réveil...

– Bien sûr.

On s'est resserré la paluche, et comme précédemment il m'a tapoté l'épaule.

– Cela risque d'être un peu long. Faites donc une pause à la cafétéria. Votre femme est en de bonnes mains.

Goldberg parti, je me suis accordé quelques minutes de réflexion avant de chercher les soins intensifs. J'ai décliné mon identité aux deux nanas du guichet : John Corey, mari de Kate Mayfield et agent fédéral. Le premier titre a gagné leur compassion, le second les a laissées froides.

Dans ce genre de circonstances, la loi de Murphy joue à plein, et je devais m'assurer que ce service avait reçu les mêmes directives que la chirurgie.

– Ma femme a fait l'objet d'une tentative de meurtre, ai-je expliqué. L'agresseur court encore et risque de se pointer ici.

Elles m'ont regardé, interloquées. Avaient-elles été prévenues ? Avaient-elles croisé des gendarmes ? Non, deux fois non.

– Ne dites à personne où se trouve la patiente, ni comment elle va, sauf aux médecins qui la suivent ou à des policiers capables de justifier de leur qualité. C'est entendu ?

– Entendu, a répondu Betty, l'infirmière en chef. Et au moindre doute, nous appellerons la sécurité.

– Parfait. Maintenant, pourriez-vous appeler vos collègues de chirurgie pour qu'ils nous renvoient les gendarmes ?

La seconde infirmière a empoigné le téléphone.

J'ai dit à sa chef :

– Si quelqu'un cherche l'inspecteur Corey, je serai au chevet de mon épouse.

Betty a posé les yeux sur son écritoire à pinces.

– Je n'ai pas reçu d'instructions pour les visites, monsieur.

– Eh bien, maintenant, vous en avez.

Betty a noté quelques mots sur le dossier, avant de me conduire dans le couloir.

– Nous ne sommes pas habitués à de telles situations, a-t-elle confié tandis que nous longions les chambres.

– J'espère que vous ne le serez jamais.

Le dossier de Kate sous le bras, l'infirmière m'a précédé derrière une double porte.

– Ne vous laissez pas impressionner par tous ces tuyaux et ces écrans. On l'a mise sous respirateur pour la soulager un peu. Le Dr Goldberg est un excellent chirurgien, vous savez.

Je n'en doutais pas une seconde. Mais aussi excellent fût-il, ni lui ni personne ne savait ce qui se passait, ou ne se passait plus, dans le cerveau de ma Kate.

Je me suis approché du lit. Elle avait repris quelques couleurs et son souffle était régulier. Elle avait le cou emmitouflé dans un gros pansement, et des perfs plein les bras. Sous le drap couraient des fils électriques reliés à trois moniteurs différents. Tous les indicateurs semblaient normaux, bien que la tension fût une peu basse.

Je lui ai posé un baiser sur la joue.

– Salut, beauté.

Pas de réaction.

Betty m'a fait asseoir dans le fauteuil.

– S'il vous faut quoi que ce soit, pressez le bouton d'appel. Et les téléphones portables sont strictement interdits.

Enfin seul avec Kate, je lui ai pris la main. Sa paume était fraîche, sèche, et je sentais battre son pouls. Comme son visage restait inexpressif, j'ai suivi les mouvements de sa poitrine, tout en jetant des coups d'œil réguliers vers les trois écrans.

Ayant moi-même en mon temps failli mourir d'hémorragie, je savais ce que Kate avait traversé. Ces longues minutes où l'on sent la vie s'échapper à gros bouillons, le cœur pédaler dans le vide à un rythme terrifiant… L'effondrement de la tension vous fait siffler les oreilles, et vous n'avez jamais eu aussi froid de votre vie. Puis tout devient brumeux et vous vous effacez.

Quand j'avais repris connaissance au CHU de Columbia, je ne me souvenais plus de rien. Je n'avais pas droit aux visites, mais mon coéquipier Dom Farreli avait forcé le blocus pour venir me parler de base-ball. De retour à la brigade, il avait raconté aux collègues que j'avais la cervelle en bouillie puisque je refusais d'admettre que les Mets étaient meilleurs que les Yankees.

J'ai souri à ce souvenir et à celui de Farelli, disparu le 11 septembre.

Il y a trop de morts dans ce métier, ai-je pensé en tournant mon regard vers Kate.

J'ai prié pour qu'elle se rétablisse et fasse mentir les pronostics. Si toutefois, par malheur, elle devait conserver des séquelles, je rendrais mon tablier pour m'occuper d'elle à plein temps. Mais seulement après avoir tué Asad Khalil.

Chapitre 15

Je lui caressais la main tout en guettant les premiers signes de réveil.

J'avais mis mon téléphone sur vibreur, mais après trois appels en trente minutes j'ai écouté mes messages.

Le premier était de Walsh : « L'hôpital vient de me dire que l'intervention s'était très bien déroulée. Excellente chose. J'ai eu l'inspecteur en chef Miller, mais toujours aucune trace de Khalil. Puis j'ai appelé George Foster, qui a parfaitement saisi nos craintes. Par contre… (Il a repris son souffle.) Par contre, Gabe Haytham est introuvable. Ainsi que Chip Wiggins, là-bas en Californie. Rappelle-moi quand tu peux. »

Le deuxième était du capitaine Paresi, qui lui aussi s'inquiétait pour Gabe : « Je n'arrive pas non plus à joindre sa femme. Je viens de dépêcher une voiture à leur domicile de Douglaston. Rappelle-moi vite. »

En principe, chaque agent doit garder son portable allumé vingt-quatre heures sur vingt-quatre, sept jours sur sept. Mais les jours de congé, il arrive qu'on l'oublie dans un coin de la maison, ou au fond d'un sac. Il faisait un temps magnifique : Gabe et sa petite famille étaient peut-être partis à la plage, ou dans un parc d'attractions…

Quant à Chip Wiggins, aux dernières nouvelles il bossait dans le fret aérien. Il se cachait peut-être dans le ciel. Pour ne pas dire au ciel.

Troisième message, l'inspecteur Miller m'annonçait que ma jeep et mes bagages m'attendaient sur le parking de la clinique, et les clefs à l'accueil de l'unité de soins intensifs : « Nous n'avons rien vu dans le véhicule, ni dans vos affaires. Le téléphone de votre femme n'était ni là ni dans la chambre, et le ratissage de la zone de chute n'a pour l'instant rien révélé : ni téléphone ni arme à feu. En revanche, nous avons repéré une voiture du loueur Enterprise sur le parking de l'aérodrome de Sullivan. Le contrat est au nom d'un certain Mario Rosselini dont l'identité et les coordonnées semblent créées de toutes pièces. À première vue, les empreintes de pneus relevées près des bois pourraient correspondre à cette voiture. Nous avons réalisé un moulage en latex afin de le vérifier, et bien entendu nous surveillons le véhicule. D'autre part, nous avons appris par une entreprise de maintenance aérienne de l'aéroport de Sullivan qu'un Cessna Citation arrivé hier après-midi avait redécollé trente ou quarante minutes après l'agression de votre épouse. Pas de plan de vol, destination inconnue, passagers non spécifiés. Nous creusons la question. Votre ami Walsh ne m'a pas précisé si c'était vous qui dirigiez l'enquête, mais je reste à votre disposition. Et je me réjouis de savoir que votre femme reprend le dessus. »

J'ai rangé mon téléphone d'un geste machinal. Khalil semblait donc s'être fait la malle par les airs. Mais pour aller où ? L'absence de plan de vol suggérait un voyage court, et à basse altitude.

Étonnant, tout de même, que Walsh n'eût pas jugé utile de me transmettre cette info.

J'ai reporté mon attention sur Kate, et posé ma joue sur le matelas. Je cherchais sur son visage d'ange des indices de son état neurologique, mais il n'a rien révélé. Les lésions cérébrales peuvent être plus ou moins graves, et je devais me préparer au pire. Si tant est que mon imagination en fût capable.

Une autre demi-heure s'est écoulée, ponctuée par les visites des infirmières. Comme elles étaient gentilles – l'une d'elles m'avait d'elle-même apporté un café –, je me permis de leur soutirer un stylo et un bloc-notes, et j'ai commencé à coucher sur papier la chronique des événements survenus trois ans plus tôt. J'espérais en tirer des leçons pratiques pour la revanche qui s'ouvrait aujourd'hui ; je regrettais que Kate ne puisse m'aider, car nous réfléchissions toujours mieux à deux.

Soudain, alors que je me relevais pour aller me dégourdir les jambes, il m'a semblé la voir bouger. Je me suis rapproché du lit. Elle a remué la tête, le bras droit. J'ai empoigné la commande d'appel, prêt à sonner les infirmières.

Toutes les quatre ou cinq secondes, Kate agitait un membre et roulait la tête d'un bord à l'autre du lit.

– Kate ? ai-je fait en lui touchant l'avant-bras.

Elle a ouvert les yeux, mais pour les fixer au plafond.

– Kate ?

Elle s'est enfin tournée vers moi, et j'ai capté son regard.

– Tu m'entends, Kate ?

Pas de réaction.

Comme elle était intubée, j'ai lâché le bouton d'appel pour glisser mes doigts dans sa paume :

– Serre-moi la main si tu m'entends.

Il lui a fallu quelques secondes, mais elle l'a fait.

J'ai souri et demandé :

– Est-ce que tu me reconnais ?

Un temps de réflexion, suivi d'un faible hochement de tête.

– Serre-moi la main si tu sais pourquoi tu es ici, et ce qui t'est arrivé.

Elle a repris ses doigts d'un air farouche.

– Kate ? Hoche la tête si tu sais pourquoi tu es ici.

Elle a levé le bras et son poignet s'est agité, comme pris de convulsions.

Alors que je rattrapais en catastrophe la commande d'appel, j'ai fini par comprendre qu'elle mimait le geste d'écrire.

Je lui ai mis dans les mains le stylo et le bloc-notes. Les ramenant au-dessus de son nez, elle a griffonné : « Pourquoi toutes ces questions débiles ? ».

Alors mes yeux se sont embués et je l'ai embrassée sur la joue.

IV

Agglomération new-yorkaise

Chapitre 16

Le Citation entamait déjà sa descente vers l'aéroport d'affaires de Long Island, vingt-six minutes à peine après s'être envolé du comté de Sullivan. En tournant la tête vers le côté vide de la cabine, Asad Khalil devinait la crête des gratte-ciel de Manhattan, une soixantaine de kilomètres à l'est. De son hublot, il avait une vue plongeante sur un cimetière verdoyant hérissé de milliers de stèles et de croix blanches. En Libye, les morts n'avaient pas besoin d'accaparer des terres aussi fertiles, puisque de toute façon le paradis regorgeait de ruisseaux et de vergers. Ainsi la mère, les deux sœurs et les deux frères de Khalil avaient-ils été inhumés dans un petit coin de désert, aux côtés du père que les sionistes avaient tué cinq ans plus tôt. Martyrs des infidèles, ils étaient tous montés au ciel, et Asad Khalil s'était vu conférer par le guide Mouammar Kadhafi le statut de pupille de l'islam. Un grand honneur qui impliquait un grand devoir : la vengeance.

La voix du copilote vibra dans le haut-parleur :

– Nous atterrissons dans deux minutes, monsieur Demetrios. Si ce n'est déjà fait, je vous invite à boucler votre ceinture et à redresser votre dossier.

Khalil n'était guère satisfait de son saut en parachute. Premièrement, il ne pouvait affirmer que la garce était morte. Deuxièmement, il aurait dû faire d'une pierre deux coups et abattre Corey.

La garce lui avait cogné la main, bloquant *ipso facto* le trajet du couteau dans sa gorge. Khalil n'avait pas l'habitude qu'une femme se défende comme un homme. Malgré tout, il avait réussi à lui trancher l'artère, et sans doute s'était-elle vidée de son sang le temps d'atteindre le sol.

Quant à John Corey, Khalil avait toujours prévu de le garder pour la fin. Après avoir assassiné son épouse sous ses yeux, il comptait lui infliger une partie de cache-cache endiablée, à l'issue de laquelle ce rouleur de mécaniques perdrait et son visage, et sa virilité. Un châtiment pire que la mort, comme un avant-goût de l'enfer. Et pourtant, en dépit de ces desseins réjouissants, Khalil regrettait de ne pas l'avoir abattu. Suspendu à sa voile, le policier aurait été fait comme un rat. Une ou deux balles bien placées – avec le pistolet de sa femme –, et boum ! adieu, charogne.

L'avion toucha la piste et se mit à freiner.

– Bienvenue à l'aéroport Republic, chantonna le copilote dans son micro.

Jerry, il s'appelait. Et où qu'il vous dépose, Jerry ne pouvait s'empêcher de vous souhaiter la bienvenue, comme s'il se sentait chez lui à chaque escale, que ce soit à Pueblo (Colorado), Huntington (Virginie-Occidentale) ou dans le désormais mémorable comté de Sullivan, là où Jerry avait ajouté :

– Je vous souhaite une excellente réunion, monsieur Demetrios.

Un rictus au coin des lèvres, Khalil avait répondu :

– Je suis sûr qu'elle le sera.

Tandis que le Cessna Citation s'acheminait vers les hangars, Khalil scruta le tarmac. Il n'était pas trop inquiet, car il avait redoublé de précautions. En débarquant la veille au soir dans le comté de Sullivan, il avait indiqué aux pilotes qu'il repartait le lendemain même pour Buffalo, dans l'ouest de l'État de New York. Mais lorsque, son poignard encore tiède du sang de Mme Corey, il avait repris place dans l'appareil pour fuir les lieux du crime, il expliqua qu'il devait finalement se rendre à l'aéroport MacArthur de Long Island, et ce dans les plus brefs délais. Les pilotes n'émirent aucune objection. Ils expliquèrent qu'aucun plan de vol n'était nécessaire puisque la visibilité était excellente, qu'il n'y aurait pas à traverser l'espace aérien de la Grande Pomme, et qu'il suffisait somme toute de se maintenir à basse altitude. Khalil savait déjà tout cela, bien sûr, mais il écouta poliment, et un quart d'heure plus tard le jet avait repris les airs. Ensuite, après dix minutes de vol, le faux M. Demetrios feignit de passer un coup de fil et annonça un nouveau changement de direction, cette fois pour Republic, plus proche que MacArthur. Ainsi, l'équipage n'avait pu parler de Long Island à quiconque, et cette destination n'apparaîtrait dans aucun document au sol.

Cette liberté de mouvement ne laissait pas d'étonner Khalil. Plus d'un an après le martyre djihadiste du 11 septembre 2001, vous pouviez toujours survoler ce pays dans le plus grand anonymat, du moment qu'une compagnie charter possédait votre empreinte de carte de crédit.

Et quand bien même les autorités devineraient que Khalil s'était enfui en jet privé, elles n'avaient aucun moyen de suivre sa trace, à moins d'interroger l'équipage par radio. Mais à aucun moment les pilotes ne lui avaient paru tendus ; ils n'avaient visiblement reçu aucun appel.

Asad Khalil ne se mesurait pas ici à n'importe qui, mais à un homme qui lui avait naguère mis de gros bâtons dans les roues. Pourtant, aussi malin et inspiré que fût ce cher John Corey, il n'avait jamais réussi à mettre Khalil en déroute. Et cette fois, c'était à son tour de déguster.

Khalil sortit une paire de jumelles de son sac. Divers engins évoluaient au pied des avions, mais rien d'inhabituel. L'activité normale d'un petit aéroport. Satisfait, il reposa les jumelles et attrapa le téléphone portable de la femme de Corey. Dès l'instant où le FBI constaterait l'absence de ce cellulaire, ils mettraient tout en œuvre pour pister le signal. D'après les amis d'Al-Qaida, il fallait une ou deux minutes pour localiser un téléphone fédéral allumé.

Khalil prit une grande inspiration et pressa la touche verte. Le téléphone revint à la vie et émit quelques notes. Un SMS en attente, affichait l'écran. Toujours d'après Al-Qaida, la lecture de ces messages ne requérait aucun code. Cela semblait trop beau pour être vrai, mais il allait vite en avoir le cœur net. Khalil appuya sur OK et le texte envahit la fenêtre.

« Réunion lundi 10 h bureau ASC. Objet : opération Liberty Shield sur renforcement surveillance et encadrement suspects connus, s/c dép de la Sécurité intérieure. Walsh. »

Khalil éteignit le mobile et le rangea dans son sac. L'horaire du message montrait qu'il avait été expédié avant le meurtre de la fille. Du reste, la ligne était toujours en service, ce qui laissait à penser que personne n'avait encore remarqué le vol du téléphone. Tant mieux.

Le nom de l'expéditeur, Walsh, ne lui était pas inconnu. À la première occasion, on le supprimerait, lui aussi.

Le Cessna s'arrêta devant un hangar et les deux réacteurs se turent. Tandis que Khalil reprenait les jumelles, Jerry émergea du cockpit.

– Le voyage fut agréable, monsieur ?

Khalil se retourna.

– Tout à fait, répondit-il en étudiant les yeux du type.

Ceux-ci exprimaient la même candeur juvénile qu'à l'ordinaire, cette bonhomie mâtinée d'arrogance commune à nombre d'Américains. Si Khalil y avait perçu quoi que ce soit d'autre, il aurait dégainé son arme et ordonné un redécollage immédiat. Le plan B consisterait alors à voler en dessous de la couverture radar jusqu'à une piste désaffectée des Adirondacks, non loin de la frontière canadienne. Si Khalil avait initialement parlé de Buffalo à l'équipage, et non d'une ville moins lointaine, c'était justement pour s'assurer que l'appareil emportait assez de carburant pour l'emmener dans ces montagnes si nécessaire. Une voiture l'attendait là-bas, prête à le reconduire en ville.

Quant aux deux pilotes, ils ne redescendraient jamais de la montagne. Ou seulement les pieds devant.

Mais *a priori* on allait pouvoir s'en tenir au plan A.

– On vient vous accueillir ? s'enquit Jerry en remarquant les jumelles.

– Oui.

– Et vous les apercevez ?

– Non, pas encore.

Jerry ouvrit la porte. L'escalier se déplia.

– Souhaitez-vous me confier votre sac ?

– Non, merci.

Jerry descendit sur le tarmac.

Apparut Dave, le commandant de bord :

– Quand pensez-vous repartir, monsieur ?

– Je suis attendu demain à Buffalo, répondit Khalil. Ma réunion a été déplacée à 13 heures.

– Dans ce cas, nous pourrions décoller vers 10 heures, ce qui vous laissera une avance confortable.

– Parfait.

Khalil rangea ses jumelles et remonta l'allée sur les talons du commandant, prêt à sortir l'arme cachée dans sa poche de blazer – le Glock .40 d'une femme qu'il avait connue sous le nom de Katerine Mayfield et qui en son absence avait épousé John Corey, aujourd'hui veuf.

Dehors, Jerry et Dave accompagnèrent leur client vers le hangar.

– Quelle belle journée ! fit le pilote.

– On se croirait presque en Grèce, n'est-ce pas ? plaisanta l'autre.

– Presque, convint Khalil.

– Et vous venez de quelle ville, exactement, monsieur Demetrios ?

Surveillant d'un œil la porte entrouverte du hangar, Khalil répondit :

– Du Pirée, le grand port d'Athènes.

– Ah oui, fit Jerry. J'y suis déjà allé. Très bel endroit.

– Vous trouvez ? renvoya Khalil, qui connaissait aussi les lieux.

– Et vous savez où dormir, ce soir ? enchaîna Dave.

– Je pense que mes collègues s'en seront occupés.

– Très bien. Jerry et moi allons gagner notre hôtel, je vous propose donc de nous retrouver ici demain matin vers 9 h 30, pour un départ à 10 heures. Et en cas de changement de programme, vous avez nos numéros de portable.

À vrai dire, le programme avait d'ores et déjà changé, puisque Khalil n'avait aucune intention de remonter à bord avec ces deux hommes. Mais ils le découvriraient bien assez tôt, et lorsqu'ils comprendraient à qui il avaient eu affaire, ils pourraient s'estimer heureux d'être encore de ce monde.

Ils s'arrêtèrent à l'entrée du hangar, devant le bureau du service d'assistance qui referait les niveaux de l'avion et trouverait un hébergement aux deux navigants.

– Vos collègues vous attendent où ? demanda Dave.

En fait de collègues, Khalil avait réservé une limousine avec chauffeur.

– Ils doivent m'attendre sur le parking.

– Très bien. S'il y avait le moindre problème, appelez-nous.

– Je vous remercie.

Les pilotes pénétrèrent dans le bureau et Khalil continua sur une large allée pavée courant entre les hangars. Si ses ennemis lui avaient tendu un piège, il se refermerait ici, maintenant que les deux gars s'étaient mis à l'abri. Khalil ne réchapperait pas d'une telle souricière, mais il pourrait toujours, sur le chemin du paradis, envoyer quelques infidèles en enfer. Ce n'était donc pas le moment de lâcher le Glock caché dans sa poche.

Le parking était quasi désert, mais au détour d'un hangar il avisa une limousine noire.

Le chauffeur, un obèse en costume-cravate, dormait dans son siège. On l'entendait ronfler à travers la vitre fermée. Entre le tableau de bord et le pare-brise, une pancarte blanche : M. GOLD.

Khalil embrassa le parking d'un regard circulaire. Toujours rien à signaler. Soulagé, il s'éloigna de quelques mètres et sortit le téléphone que lui avait remis Farid Mansour à Santa Barbara – un appareil à carte, donc intraçable, crédité de deux cents minutes de communication. « Ton contact en Californie surveillera ta consommation depuis son ordinateur, lui avait expliqué l'agent d'Al-Qaida au Caire. S'il voit que tu arrives à court d'unités, il te renflouera. » Mais Khalil ne pensait pas avoir besoin de plus.

Il composa un numéro, et un homme décrocha.

– Amir.

– Bonjour, Amir, ici monsieur Gold.

Un bref silence.

– Oui, monsieur.

Ils poursuivirent en arabe :

– Pouvez-vous me dire si mes amis sont chez eux ?

– Oui, monsieur. Je suis passé plusieurs fois devant la maison. Les deux voitures n'ont pas bougé.

– Et ils sont seuls ?

– Je l'ignore, monsieur, mais je n'ai pas vu d'autres véhicules, ni aperçu de visiteurs.

– Bien. Je vous rappellerai. Continuez de surveiller, et surtout restez discret.

– Soyez sans crainte, monsieur. Personne ne se méfiera d'un taxi.

Khalil repartit vers la limousine, une Lincoln Town Car. Il reconnaissait la marque, car il avait conduit un modèle voisin la dernière fois, entre l'aéroport MacArthur et le musée de l'Aviation de Long Island, où il avait tué deux pilotes du raid sur Tripoli.

Il tapa au carreau. Le chauffeur se redressa d'un bond et baissa la vitre.

– Monsieur Gold ?

– Je n'ai qu'un bagage à main, répondit Khalil avant de monter à l'arrière.

Le gars retira la pancarte du tableau de bord et démarra le moteur.

– Je m'appelle Charles Taylor, dit-il en offrant sa carte de visite. Vous trouverez de l'eau dans le vide-poches, et j'ai le *Post* et le *Newsday* si vous souhaitez un peu de lecture.

– C'est noté.

– Où va-t-on, monsieur ?

Khalil indiqua une adresse dans le quartier de Douglaston, dans le Queens. À quelques encablures du pavillon de sa prochaine victime.

Le chauffeur programma le GPS.

– Vous pensez y être en combien de temps ? demanda Khalil.

– La machine dit trente-deux minutes, mais tout dépend du trafic. Un dimanche, ça devrait rouler. Vous êtes pressé ?

– Oui, plutôt.

La voiture traversa le parking, et en quelques minutes ils atteignirent l'autoroute pour filer vers l'ouest.

– Vous prévoyez de revenir à l'aéroport, ensuite ? demanda Taylor.

– Je ne sais pas encore.

– Je suis disponible toute la journée, si vous voulez.

– C'est gentil, répondit Khalil, mais elle risque d'être très courte.

– Ce n'est pas un problème, monsieur.

Khalil était fasciné par la quantité de voitures autour d'eux. De grosses voitures spacieuses, avec parfois une seule personne à bord, et une proportion impressionnante de conductrices. Et dire qu'il en allait de même dans tout le pays, tous les jours de la semaine… Les Américains pillaient le sous-sol des déserts pour leur petit confort égoïste. Mais quand ces idiots auraient brûlé tout l'or noir, ils n'auraient plus que leurs yeux pour pleurer.

– Je ne vois pas de camions, observa Khalil.

– Cette route est interdite aux véhicules commerciaux, sauf les taxis et les voitures de maître, répondit le chauffeur. Et alors vous venez d'où, comme ça ?

– D'Israël.

– Ah oui ? Et par où avez-vous transité, avant de vous poser à Republic ?

– Par Miami.

– Et vous travaillez dans quelle branche ?

– Dans l'industrie du bonbon. Je suis Brian Gold, le président de Mister Bonbec.

– Ah oui. Ça me dit vaguement quelque chose.

Le chauffeur se tut un instant, songeur. Puis il reprit :

– Mais c'est un prénom juif, Brian ?

– Non, bien sûr. C'est mon prénom d'affaires.

En fait, Brian Gold était juste le nom inscrit sur le faux passeport américain de Khalil. Et à ceux qui, découvrant ce document, s'étonnaient de son accent exotique, ou de sa méconnaissance du pays, Khalil répondait qu'il jouissait d'une double nationalité. En général, cela suffisait à calmer leurs doutes. Lors de sa précédente venue, les Américains ne s'étaient pas montrés excessivement inquisiteurs : ils vous posaient des questions pour la forme, ou par simple curiosité. Mais, à en croire Malik, le 11 septembre les avait rendus beaucoup plus suspicieux à l'égard des étrangers – et délateurs, lorsqu'ils appliquaient la fameuse consigne gouvernementale du « Si vous voyez quelque chose, dites quelque chose ».

Voilà pourquoi Khalil s'imposait à son tour la plus grande méfiance. Ce chauffeur-ci semblait bavard, rien de plus, mais s'il s'avérait qu'il parlait hébreu ou qu'il avait voyagé en Israël, alors il y aurait un problème. Et il faudrait le régler.

Réagissant au mot « affaires », Charles Taylor déclara :

– Pour information, cette course est prépayée par votre société. Il me suffira d'une petite signature.

– Très bien.

– Le pourboire de vingt pour cent était compris dans le total. Vous n'avez donc rien à me verser. Sauf si vous le souhaitez, évidemment.

– D'accord, marmonna Khalil, absorbé par de tout autres considérations.

Il craignait qu'il ne faille plus d'une balle pour tuer un homme aussi gras. En visant la tête, une seule suffisait. Mais il tenait à la lui tirer dans le haut du dos, à travers le siège, afin que le projectile lui ressorte par le cœur.

– Et donc ? continua Taylor. Vous êtes ici pour le boulot, ou pour le plaisir ?

– Un peu des deux.

– C'est l'idéal, ça. Et vous vous y plaisez ?

– Tous les Israéliens aiment l'Amérique.

– Eh oui, pardi !

Khalil observa le paysage.

– Ça ressemble à ça, le quartier de Douglaston ?

– Hein ? Oui, si on veut. Mais ici, c'est le comté de Nassau. Banlieue chic, gros impôts locaux. Vous allez voir des amis, à Douglaston ?

– C'est ça.

– Là-bas aussi, c'est un coin sympa, avec de très jolies baraques. Et pas mal de juifs, d'ailleurs.

Ainsi qu'au moins une famille musulmane, pensa Khalil. Pour quelques minutes encore.

Ses amis d'Al-Qaida lui avaient montré une photo du pavillon de Haytham, assortie d'une vue aérienne. Douglaston appartenait au Queens, l'un des cinq arrondissements de la ville de New York, mais c'était à la fois plus résidentiel et plus abordable que Manhattan. Et si les riverains s'alarmaient facilement à la vue d'un étranger, ils avaient l'habitude de voir des taxis faire la navette depuis la gare. En d'autres termes, en soignant son apparence et en évitant de s'éterniser sur le trottoir, Khalil devait pouvoir accomplir sa besogne sans difficulté.

Avant de lui apporter leur concours, ses complices lui avaient suggéré de renoncer à cette mission, ou du moins de l'exécuter ailleurs pour épargner la famille du renégat. Mais Khalil n'en démordait pas : « Le but est d'adresser un message clair à l'ensemble des musulmans qui travaillent pour les infidèles. Allah veut les voir mourir, et les familles doivent elles aussi payer le prix du péché. Le meilleur endroit pour les tuer, c'est bien leur domicile, là où elles se sentent le plus en sécurité. C'est justement ça, le message. »

Revoyant en esprit la façade de la maison, Khalil demanda au chauffeur :

– Et vous croyez qu'un fonctionnaire, mettons un policier, aurait les moyens d'habiter un quartier comme Douglaston ?

Taylor fit une petite moue.

– Ma foi, oui, si madame bosse et s'ils n'ont pas trop de bouches à nourrir.

L'épouse de l'inspecteur Haytham travaillait, en effet. Et le couple n'avait qu'un enfant, une jeune fille prénommée Nadia.

En Libye, les femmes restaient à la maison et les policiers arrondissaient leurs fins de mois grâce à la corruption. Quant aux enfants, la tradition musulmane était plutôt aux familles nombreuses. Mais la plus grande faute du Palestinien Jibral Haytham – qui avait changé son prénom en Gabriel, l'équivalent chrétien –, c'était d'avoir vendu ses talents et sa connaissance du monde arabo-musulman à cette « Force fédérale d'action antiterroriste », un infâme repaire de croisés et de sionistes unis dans la haine de l'islam.

Pour l'heure, Khalil redoutait une seule chose : que les copains de Haytham devinent qu'il était menacé, lui aussi. D'un autre côté, étant donné que Khalil n'avait rien tenté contre lui la dernière fois – même s'il connaissait déjà son cas et n'aurait pas dédaigné de l'abattre si l'occasion s'en était présentée –, avec un peu de chance l'idée n'effleurerait personne. D'ailleurs, d'après Amir, personne ne planquait devant la maison.

Sauf que… il y avait John Corey. Qui, certes, opérait désormais sous les ordres du FBI mais qui avait effectué le gros de sa carrière comme policier de terrain. Or Khalil avait retenu de ses années en Europe que les policiers étaient souvent plus dangereux que les services de sécurité nationale ou de renseignement. Ils avaient leur propre manière de penser, plus fine et plus intuitive.

Au fond, la question était celle-ci : Corey pensait-il, oui ou non, être le prochain sur la liste de Khalil ? Si ce n'était pas le cas – et s'il n'était pas trop terrassé par le chagrin –, il chercherait à protéger les autres victimes potentielles. Mais sans doute penserait-il d'abord à George Foster, déjà visé la dernière fois. Et bien sûr à Chip Wiggins, le seul rescapé de la liste originelle, qui ce coup-ci avait eu l'immense privilège d'ouvrir le bal – *les premiers seront les derniers.*

Charles Taylor reprit la parole :

– On trouve aussi des Iraniens, dans ce coin-là. Des types qui ont su se débrouiller. Et quelques Pakis, également.

– Des Pakis ?

– Des Pakistanais, des Arabes. Ce genre de personnes.

Et le chauffeur d'ajouter, comme pour s'assurer la générosité de M. Gold :

– Nous n'avons pas besoin de tous ces gens chez nous.

– Non, opina Khalil.

– Quand on voit ce qui s'est passé le 11 septembre… Je ne dis pas que ce sont tous des bons à rien, mais… Vous aussi, en Israël, vous subissez leurs bombes.

– Exact.

– Non, moi, je vous le dis, ils vont remettre ça, tôt ou tard.

– J'en suis persuadé, murmura Khalil.

Chapitre 17

Vingt-sept minutes exactement après le départ de l'aéroport, la voix synthétique du GPS pria le chauffeur de quitter l'autoroute. La limousine déboucha dans un quartier résidentiel nanti de belles maisons en brique ou en pierre, au milieu d'arbres centenaires et de pelouses soignées.

Le traître Haytham vivait bien. Mais plus pour longtemps.

– Arrêtez la voiture, dit Khalil.

Taylor stoppa au bord du trottoir.

Khalil ouvrit son sac et ralluma le cellulaire de Mme Corey.

Un pépiement signala l'arrivée d'un nouveau SMS.

« ATTF NY : agent Kate Mayfield victime agression criminelle dans comté Sullivan, NY. Principal suspect Asad Khalil, terroriste libyen notoire. Bilan médical confidentiel. Surveillez mail pour détails, évolution et instructions, ou contactez Centre op. Alerte orange. Avis de recherche local et fédéral. ASC Walsh, ATTF NY. »

Khalil éteignit l'appareil et le rangea.

À l'évidence, à l'heure d'émission de ce message, personne ne s'était encore aperçu de la disparition du Nextel. Ou alors… ou alors ils le savaient entre les mains de Khalil mais espéraient que le fugitif serait assez sot pour le laisser en veille. Ou pour gober des messages bidons.

« Agression criminelle », « bilan médical confidentiel » : fallait-il déduire de ces termes que Mme Corey n'était pas morte ? Ou bien s'interdisaient-ils d'annoncer un décès par SMS ?

Quant à Haytham, il risquait de comprendre qu'il était lui-même en danger. Mais jugerait-il ce danger imminent ?

Le nez de Khalil, qui jusqu'ici ne l'avait jamais trompé, lui disait d'ignorer toutes ces questions. Il verrait bien sur place s'il était attendu. Pour l'instant, il ne flairait qu'une odeur : celle du sang de Jibral Haytham.

Khalil pianota sur l'autre cellulaire, celui à carte. Amir répondit dans la seconde.

– Ici monsieur Gold, dit Khalil en anglais. Comment les choses se présentent-elles ?

– Comme tout à l'heure, monsieur.

– Où êtes-vous, maintenant ?

– Je suis garé dans la rue, et j'observe la maison.

– Vous n'avez rien remarqué d'inquiétant ?

– Non, monsieur.

– Bien, restez près du téléphone.

Khalil raccrocha et annonça au chauffeur :

– Il y a un léger imprévu. Je dois accueillir un ami à la gare de Douglaston. Il arrive de Manhattan.

– Pas de problème. (Taylor consulta le GPS.) C'est à quelques rues d'ici.

Trois minutes plus tard, la Lincoln abordait le parking de la gare où stationnaient quelques voitures vides. Le quai était désert, tout comme les emplacements réservés aux taxis. On était dimanche. Au-dessus des rails, une enseigne en Plexiglas indiquait DOUGLASTON, exactement comme sur la photo montrée par Malik. Ce dernier bénéficiait de nombreuses sources libyennes à New York, chez les chauffeurs de taxi et même parmi les diplomates de la mission onusienne. Il avait choisi cet endroit pour sa tranquillité, mais il disposait de plusieurs solutions de repli si nécessaire.

– Rangez-vous donc ici, à côté de ce van, demanda Khalil.

Taylor s'exécuta et la limousine devint invisible de la rue. Satisfait, Khalil rappela Amir.

– Retrouvons-nous sur le parking de la gare de Douglaston, dit-il avant de raccrocher.

– Il pense en avoir pour combien de temps ? s'informa le chauffeur.

– Quelques minutes.

Khalil prit une petite bouteille d'eau dans le vide-poches et la vida en quelques gorgées.

– Vous voulez que je me rapproche du quai ? proposa Taylor.

– Inutile.

Khalil sortit le Colt .45 fourni par son défunt compatriote de Santa Barbara. L'autre grand avantage des jets privés, c'était que personne ne se souciait de savoir si vous étiez armé.

– Ou alors que j'aille attendre votre ami sur le quai ?

– Non plus, répondit Khalil tout en appuyant le fond de la bouteille contre le dossier du chauffeur, dans l'axe de la colonne et du cœur.

Ayant vérifié une dernière fois que nulle âme ne rôdait dehors, Khalil glissa le museau du pistolet dans le goulot de la bouteille. Puis il eut une meilleure idée : utiliser le Glock de Mme Corey. La balistique ferait une drôle de tête en découvrant la signature d'un agent mort.

– Je sors m'en griller une, déclara Charles Taylor tandis que son client changeait d'arme.

– Vous pouvez fumer ici, répondit Khalil.

Et il pressa la détente.

Le Glock recula avec une détonation sourde. Taylor bondit vers le pare-brise, buta contre sa ceinture et retomba sur le siège, la tête ballant sur le côté. Par acquit de conscience, Khalil tira une seconde fois dans la bouteille enfumée, et le corps obèse de Taylor eut le même soubresaut.

Khalil huma la suave odeur de poudre brûlée et rempocha le Glock. Il poussa les deux douilles et la bouteille sous le siège avant, en ressortit son sac et ouvrit la portière avant.

Les deux balles de calibre .40 avaient traversé la masse de Taylor pour se loger dans le pare-brise. Sa chemise blanche était tachée, mais grâce à la précision du double tir le cœur avait très vite lâché, ce qui limitait le saignement. Khalil renversa le siège et se coucha en travers du cadavre pour attraper les journaux sur le siège de droite. Il déploya le *Newsday* sur le buste du mort et glissa le *Post* sous son propre bras.

Il faudrait des heures, sinon la nuit entière, pour que quelqu'un remarque ce chauffeur endormi – et encore quelques-unes pour qu'on trouve sa sieste bien longue.

– Dors bien, dit Khalil en verrouillant la limousine.

Il remonta à pied vers l'entrée du parking, où donnaient les premières maisons. À cinquante mètres, un couple promenait un chien, et de l'autre côté de la rue deux gamins s'approchaient à vélo. On ne lui avait pas menti : dans ces banlieues pavillonnaires, le « jour du Seigneur » avait tout d'une journée morte. Les deux enfants passés, Khalil jeta les clefs de la Lincoln dans une grille d'égout.

S'adossant à un lampadaire, il ouvrit son journal et lut un article sur les attentats-suicides à Bagdad. Malgré son manque de pratique, il en saisit l'essentiel, et certains termes, comme « terroriste » ou « crimes lâches », lui déplurent. Il fallait au contraire beaucoup de courage pour finir en martyr, et Khalil admirait les hommes et les femmes qui sacrifiaient leur vie au nom d'Allah. Lui-même avait une autre vocation : être le glaive de l'islam. Mais il était prêt, si telle était la volonté de Dieu, à finir en martyr.

L'article terminé, il se rappela dans un sourire que le Président américain venait de proclamer la fin de la guerre. Ce pitre n'avait donc rien compris à ce qui se jouait là-bas ?

Un taxi jaune se glissa à sa hauteur. Tous ses voyants étaient allumés, ce qui signifiait « hors service ».

– Monsieur Gold ? lança le conducteur en baissant sa vitre.

Khalil hocha la tête et monta à l'arrière.

– *Yallah !* ordonna-t-il. Conduisez-moi là-bas.

– Bien, monsieur.

Après avoir fait demi-tour, Amir épia son passager dans le rétroviseur. C'était la première fois qu'il le voyait, ce mystérieux compatriote au nom d'emprunt juif. « En aidant ce grand homme, avait dit leur ami commun, tu rendras un fier service à ton pays. Et pour te remercier, M. Brown t'offrira mille dollars en liquide. »

Il avait des yeux noirs comme la nuit, mais brûlants comme des charbons ardents.

– Regardez plutôt la route, grogna Khalil.

– Oui, monsieur.

La voiture s'enfonça en douceur dans un lotissement dépeuplé. *Où étaient-ils tous passés ?* se demanda Khalil. Partis s'exhiber à demi nus sur une plage ? Église le matin, débauche l'après-midi ? Ou bien s'étaient-ils massés dans les centres commerciaux, pour s'adonner à ce que Malik appelait leur drogue : « Les Américains font du shopping matin, midi et soir, et chaque jour que Dieu fait. Les pires, ce sont les femmes : de vraies sauterelles dans un champ de blé. »

Khalil revint à l'homme assis devant lui :

– Vous avez réussi à rester pratiquant ?

– Bien sûr, monsieur. Avec ma femme et mes six enfants, nous récitons nos cinq prières par jour, et nous lisons le Coran tous les soirs.

– Et qu'est-ce qui vous a amené ici ?

– L'argent, monsieur. L'argent des infidèles. Je l'envoie aux miens restés à Tripoli. Mais nous allons bientôt rentrer, *inch' Allah*.

Ils tournèrent dans une rue bordée d'arbres et de façades rouges.

– Le pavillon est un peu plus haut sur la droite, annonça Amir.

– Vous avez mon cadeau ?

– Tout à fait, monsieur.

Amir se pencha pour ramasser un sac plastique. Comme convenu, Khalil y trouva un bouquet de fleurs, enroulé dans un cône de papier vert et de Cellophane. Il puisa dans son sac un couteau de cuisine de vingt centimètres et l'enfonça dans le bouquet, la pointe entre les tiges.

– Déposez-moi devant la maison, puis garez-vous de façon à pouvoir surveiller toute la rue. Et téléphonez-moi si jamais quelqu'un s'approche.

– Entendu, monsieur.

Le taxi s'arrêta devant la porte bleue vue en photo. Khalil scruta les fenêtres et balaya des yeux le trottoir. Aucune menace en vue. Surtout, il n'en sentait aucune. Haytham avait pourtant dû recevoir le SMS d'alerte, et même quelques coups de fil dans la foulée. Pour cette seule raison, la prudence commandait de rebrousser chemin. Mais la prudence était l'excuse des lâches.

Les fleurs dans la main gauche, le Glock dans sa poche de veste droite et le Colt à la ceinture, Khalil gagna l'allée où dormaient deux voitures. C'était Boris le Russe, son ancien maître, qui lui avait soufflé le coup du bouquet : « Un homme qui arbore un sourire et des fleurs ne saurait inquiéter personne. »

Penser à remercier Boris, avant de lui arracher le cœur.

Entre le garage et la maison, un portail fermait une terrasse meublée d'une table et de quelques sièges. Mais il n'y avait personne. La musique que l'on entendait – occidentale, désagréable à l'oreille – devait venir de l'intérieur. Khalil ouvrit le portail et longea le flanc du pavillon. Comme il s'apprêtait à ouvrir la porte-moustiquaire, il s'aperçut que la musique venait en fait du jardin. S'avançant jusqu'au coin de la maison, il avisa le dos d'une chaise longue. Un bras pendait de l'accoudoir et un transistor couinait dans l'herbe. Khalil s'approcha en décrivant un arc de cercle. Il découvrit petit à petit le profil d'une jeune fille en Bikini, somnolant dans une pause lascive. En Libye, une telle tenue lui aurait valu le fouet – ainsi qu'à ses parents. Un tribunal islamique aurait peut-être même condamné sa mère à la peine capitale.

Sur les tout derniers mètres, Khalil reconnut le visage de Nadia, la fille de Haytham. Il se retourna vers la maison. Personne aux fenêtres. Il tira le couteau du bouquet.

La demoiselle avait dû percevoir sa présence, ou la fraîcheur de son ombre, car elle ouvrit soudain les yeux. Mais elle ne vit pas le couteau, juste le visage de Khalil et le bouquet qu'il lui tendait. Avant qu'elle puisse ouvrir la bouche, il lui planta la lame entre les côtes, jusqu'au cœur. Elle le dévisagea en concédant le plus faible des cris, le plus infime tressaillement. Khalil retourna le couteau et l'abandonna dans la plaie, avant de jeter les fleurs sur la poitrine de la mourante.

Puis il empoigna le Glock et gagna le côté de la maison.

La porte-moustiquaire grinça à peine. Derrière, un vestibule rempli de manteaux et de chaussures précédait une cuisine. Dans celle-ci, une femme s'affairait à son évier. En short et débardeur, pieds nus, elle préparait sans doute le dîner. Et elle était seule. La cuisine possédait une deuxième issue, par où filtraient comme des bruits de liesse, mais atténués. Une retransmission sportive, sûrement. On verrait ça plus tard, à l'acte III.

Khalil rangea son pistolet, pénétra dans la cuisine et fit deux grands pas vers la femme.

– Nadia ?

Elle n'avait pas fini de se retourner que Khalil lui couvrait la bouche et lui plaquait le menton contre la paillasse. Elle tenait un couteau mais n'eut pas le temps de s'en servir : l'intrus tourna sa tête vers lui, puis il tira d'un coup sec sur sa mâchoire et lui brisa les cervicales. L'ustensile tomba aussitôt, et Khalil laissa glisser au sol le corps saisi de spasmes.

Ils s'observèrent un instant, lui cherchant à savoir si elle allait mourir ou rester tétraplégique. Les deux solutions lui convenaient, même s'il avait une légère préférence pour la seconde. Après une ou deux années en fauteuil roulant, cette mère indigne verrait si ses jambes dénudées plaisaient toujours autant aux hommes.

Khalil reprit le Glock et quitta la cuisine pour le couloir du rez-de-chaussée. Au fond se dressait la porte d'entrée, et sur la gauche s'ouvrait un grand salon. Là où bruissait le match.

Entrant dans le living, il arriva devant un homme assoupi sur son canapé. Ce ne pouvait être que Jabril Haytham. Pieds nus, short et tee-shirt. Face à lui, le téléviseur diffusait une publicité pour de la bière, et sur la table basse reposait une canette du même breuvage. Khalil fut tenté d'abattre Haytham dans son sommeil, pour en finir au plus vite. Mais il avait toujours rêvé de s'entretenir avec ce traître, et les conditions semblaient idéales.

Khalil se rapprocha et constata qu'aucune arme ne traînait à portée de main du flic. En revanche, il repéra à côté de la canette un téléphone portable, un Nextel identique à celui de Mme Corey. Il le rafla et vit que l'écran vert signalait un message – celui de Walsh que Khalil avait lu quelques minutes plus tôt. Moralité : s'il ne s'était pas endormi, Haytham aurait peut-être pu sauver sa peau, et celle des siens.

À quoi tenait la vie, parfois…

Sur la petite table, aussi, un portefeuille que Khalil confisqua en même temps que le Nextel.

Le tee-shirt bleu marine du policier était orné de deux grandes tours dorées. FORCE FÉDÉRALE D'ACTION ANTITERRORISTE, pouvait-on lire, suivi de : 11 SEPTEMBRE 2001. NOUS N'OUBLIERONS JAMAIS. Khalil cracha sur le ventre de Haytham et s'installa dans un fauteuil. Il considéra sa proie quelques secondes, puis parcourut la pièce du regard.

En Libye, seul un homme fortuné aurait pu acquérir une maison de cette taille. Mais ici, même les gens ordinaires y avaient droit, avec les deux voitures, la télévision et le mobilier de luxe. Comment s'étonner, dès lors, qu'autant de bons musulmans soient attirés par le pays des chrétiens et des juifs ? Khalil ne les blâmait pas, tant qu'ils restaient fidèles à leurs traditions et à leur foi – à la longue, l'Amérique ressemblerait à l'Europe occidentale, que les musulmans considéraient déjà comme une conquête pacifique. Mais ce Haytham était allé trop loin. Non content de se couler dans le moule d'une nation immorale et gâtée, il avait vendu son âme aux ennemis de l'islam.

Khalil récita tout haut un verset du Coran : « Vous qui croyez ! Ne prenez pas les juifs et les chrétiens pour alliés. »

Jabril Haytham remua sur son sofa.

La coupure publicitaire terminée, Khalil reconnut du baseball à l'écran. Même un insomniaque se serait endormi, tant ce sport national était lent et soporifique. Puis il repéra, sur l'accoudoir du canapé, une télécommande. Il l'attrapa, l'étudia, et parvint à éteindre le poste.

Haytham s'agita de plus belle, ouvrit les paupières et bâilla. Surpris par le silence et l'écran noir du téléviseur, il chercha la télécommande à tâtons. Et vit Khalil dans le fauteuil.

– Qui êtes-vous ? aboya-t-il en se redressant.

Khalil le braqua avec le Glock.

– Pas un geste, ou je vous tue.

– Écoutez, dit Haytham, prenez tout ce que vous voulez mais…

– La ferme ! Tu sauras ce que je veux quand tu auras compris qui je suis. Réfléchis bien.

Une lueur d'effroi traversa le regard du policier. Il hocha lentement la tête et demanda d'une voix blanche :

– Où est ma femme ?

D'expérience, lorsqu'une cible apprenait la mort de l'être aimé, elle perdait la raison et devenait facilement violente. Aussi Khalli affirma :

– Votre femme et votre fille sont en sécurité.

– Je veux les voir.

– Très bientôt. Mais d'abord, répondez à mes questions. Vos collègues sont-ils prévenus de mon retour ?

Haytham fit oui de la tête.

– Et ça ne vous empêche pas de dormir, visiblement ! (Khalil ressortit le Nextel de sa poche et lut au policier le message de Walsh. Puis il poursuivit en arabe :) Si tu n'avais pas ronflé comme un cochon, tu aurais entendu le téléphone, et tu aurais pris des dispositions. Tu vois où ça mène, l'alcool ?

Haytham resta muet. Ses yeux erraient en tous sens, cherchant où s'échapper.

Alors que Khalil se levait pour parer à toute offensive, Haytham lui projeta la table au visage et bondit en avant. Déviant le meuble de son avant-bras, Khalil tira dans la poitrine du traître mais rata le cœur. Haytham lui agrippa le poignet et ils se débattirent quelques instants, jusqu'à ce que Khalil sente sa proie mollir. Il se dégagea et recula d'un pas.

Jabril Haytham vacillait, la main gauche sur son torse sanglant, la droite tendue vers l'ennemi. Il commençait à baver rouge.

La partie était terminée. Ne restait qu'à prononcer une damnation :

– Tu as tourné le dos à ta foi et vendu ton âme aux infidèles ! Pour cela, Jibral Haytham, tu vas mourir et brûler en enfer.

Lâché par ses jambes, le condamné tomba à genoux.

– Tes deux traînées sont mortes, Jibral, et tu vas vite les rejoindre.

D'une voix étonnamment puissante, Haytham cria :

– Raclure !

Il tenta de se relever, sans succès. Puis il toussa, crachant du sang.

Khalil lui pointa le Glock sur le front.

– Je vais t'achever avec l'arme de ta collègue chrétienne, Mlle Mayfield, qui elle aussi t'attend là-bas.

– C'est toi ! gargouilla Haytham. C'est toi, Khalil, qui vas rôtir en enfer !

Alors que le Libyen pressait la détente, le Nextel sonna. Il regarda l'écran. ATTF3.

Haytham se tenait la poitrine à deux mains, les doigts dégoulinants de sang.

Enfin le téléphone se tut.

Un collègue essayait peut-être d'alerter Haytham, auquel cas la police risquait de débarquer d'une minute à l'autre.

Khalil rangea le Nextel et joignit Amir avec son propre téléphone.

– Pas de voitures de police à l'horizon ? demanda-t-il. Aucune activité suspecte ?

– Non, monsieur. Je vous aurais immédiatement…

– Ramenez-vous le plus vite possible.

Khalil raccrocha, logea une balle dans le crâne de Haytham et se rua vers la porte-fenêtre pour surveiller la rue.

Le Nextel sonna de nouveau, puis le téléphone de la maison. Pas de doute, ils se rapprochaient.

Khalil pouvait toujours se sauver par les jardins, mais il pouvait aussi attendre. Si les policiers devançaient Amir, il suffirait de les abattre.

Il est toujours plus facile de tuer que de fuir.

Et, donc, il attendit.

Chapitre 18

Le taxi jaune stoppa le long du trottoir. Khalil claqua la porte d'entrée, redescendit l'allée et se glissa sur la banquette arrière.

– En route.

Amir fit rugir son moteur.

– Inutile de foncer. Et restez dans cette rue.

Moins de soixante secondes plus tard, une unité de police arrivait en sens inverse.

– Monsieur…

– Continuez.

Le véhicule blanc et bleu roulait vite, mais sans sirène ni gyrophares. Khalil discerna à l'intérieur deux agents en uniforme : un homme sur le siège passager, une femme derrière le volant. Ils bavardaient sans prêter aucune attention au taxi hors service d'Amir.

Khalil détourna la tête juste avant que les voitures se croisent.

– Dites-moi ce que vous voyez dans vos rétroviseurs, Amir.

– Eh bien… Ils freinent, et… je crois qu'ils viennent de s'arrêter devant le pavillon.

– D'accord. Maintenant, conduisez-moi à Manhattan.

– Oui, monsieur.

Ils furent sur la voie express en quelques minutes.

Khalil reprit le Nextel de Haytham. Maintenant que les policiers avaient dû découvrir les trois cadavres, il allait falloir éteindre ce téléphone. C'était le même que celui de Mme Corey : un mobile d'aspect banal doublé d'un talkie-walkie. Ses amis de Tripoli lui avaient montré comment activer cette fonction. Khalil fit défiler le répertoire radio, distinct du répertoire téléphonique, et trouva trente ou quarante noms suivis chacun d'un ou deux chiffres. COREY, JOHN, MAYFIELD, KATE, WALSH, TOM…

Les fédéraux n'allaient pas tarder à désactiver ce joujou. S'il voulait s'amuser, c'était maintenant.

Khalil appela Tom Walsh, qui répondit aussitôt.

– Gabe ! On te cherche partout ! Tu as reçu mon message sur Kate ?

– Oui, répondit Khalil. Comment va-t-elle ?

– Elle… Mais qui est à l'appareil ?

– C'est moi, Gabe.

– Qui êtes-vous, bon sang ?

– Je suis Jibral Haytham qui vous appelle de l'enfer, gronda Khalil. Je vous garde une place au chaud, monsieur Walsh ?

– Où est Gabe ? Qu'est-ce que… ?

– Allez au diable ! fit Khalil en arabe avant d'éteindre l'appareil.

Le voyage se poursuivit en silence, jusqu'à ce qu'Amir se racle la gorge.

– Où précisément dans Manhattan, monsieur ?

– Au World Trade Center.

Amir ne broncha pas.

– Mais évitez les péages, ajouta Khalil.

– Entendu, monsieur. Nous allons passer par le pont de Brooklyn.

Khalil examina le portefeuille de Haytham. Quelques billets, son permis de conduire, sa carte de police et celle d'agent fédéral de l'ATTF. Ainsi que trois photos : une de la petite Nadia, une de l'épouse dont il se rappela soudainement le prénom – Farah, la *joie* –, et un portrait de famille. Il déchira les trois clichés et jeta les confettis par la fenêtre.

La dernière fois, les autorités avaient mis du temps à comprendre ce qu'Asad Khalil mijotait. Mais aujourd'hui, elles connaissaient le personnage. Et la partie n'en était que plus stimulante.

Il ralluma le Nextel de Haytham, fouilla dans le répertoire téléphonique et sélectionna MAISON.

Après deux sonneries, un timbre masculin :

– Allô ?

– Puis-je parler à monsieur Haytham, s'il vous plaît ?

– Qui le demande ?

– Monsieur Gold. À qui ai-je l'honneur ?

– M. Haytham n'est pas disponible pour le moment.

– Alors madame, peut-être ? Ou Nadia ?

– Elles non plus. Vous faites partie de la famille ?

– Pas du tout, répondit Khalil. Et vous, vous êtes… ?

– Je suis de la police. Nous déplorons un décès, malheureusement.

– Un décès ? Mais qui est mort ?

– Je n'ai pas le droit de vous le dire, monsieur. D'où m'appelez-vous ?

– En fait, je vous appelle du téléphone portable de M. Haytham.

– Vous… quoi ?

– Soyez gentil et dites à M. John Corey, de la Force fédérale d'action antiterroriste, que la prochaine visite d'Asad Khalil sera pour lui. Parole d'honneur.

Et il éteignit l'appareil.

Devant, Amir regardait la route, mais il n'avait pas perdu une miette des propos de son passager. Et il fallait être idiot pour ne pas comprendre ce qui s'était produit dans cette maison.

Ils bifurquèrent vers le sud, et Khalil put admirer sur la droite les gratte-ciel de Manhattan.

– Où sont-elles ? demanda-t-il.

– Quoi donc ? Ah oui… (Amir désigna la pointe de l'île.) Juste là.

Khalil retrouva l'ancien emplacement des Twin Towers. Il les avait vues de près, la dernière fois, grâce à un précédent chauffeur de taxi libyen – qu'il avait fallu tuer, lui aussi. Khalil n'aimait guère éliminer ses compatriotes dévoués, mais comment faire autrement dès lors qu'ils connaissaient son visage et sa tenue ? C'était pour cette raison qu'il avait supprimé ce gros lard de Charles Taylor, et qu'il se serait offert les deux pilotes si l'occasion s'en était présentée.

D'autant qu'Amir n'était pas seulement capable de le décrire ou de l'identifier. À supposer qu'il n'eût pas bien saisi ce qui s'était passé à Douglaston, il lui suffirait d'ouvrir le journal ou d'écouter les informations pour être fixé. Et puis il avait entendu « M. Brown » prononcer son vrai nom, pendant le coup de fil chez les Haytham. Oui, Amir devait mourir, et d'ici là il fallait le tenir à l'œil car il le pressentait peut-être – tous ne montraient pas la même résignation que Farid Mansour.

– Vous pouvez être fier de ce que vous faites pour votre pays et pour l'islam, lança Khalil. Vous en serez récompensé, et votre famille à Tripoli récoltera les fruits de votre héroïsme.

Amir le remercia, mais après un silence montrant qu'il n'était pas dupe.

Malik déconseillait d'accumuler les meurtres : « Un cadavre est comme une empreinte de pas, Asad. Tue ceux que tu dois tuer, mais dans la mesure du possible essaie d'épargner les autres, surtout s'ils sont de notre confession. » Khalil vouait un immense respect à Malik, ce vieux sage dont les mains avaient égorgé plus d'un infidèle et qui avait vu ceux d'Europe s'entretuer dans les sables de Libye, au milieu du siècle dernier. Mais Malik avait une fâcheuse tendance à surestimer les Américains, ce qui était sans doute la conséquence des raids de 1986.

Le souvenir de cette nuit du 15 avril revint hanter Khalil. Il se revoyait, jeune garçon de seize ans, sur le toit plat de cet immeuble d'El Azizia, ancienne cité forteresse italienne. Une jeune fille lui tenait compagnie, mais il ne se rappelait ni son nom ni son visage. Ne lui restaient que la silhouette floue d'un bombardier à l'approche, le feu crachant de sa queue, le cri assourdissant de ses moteurs...

Puis le monde avait explosé. Et la jeune fille était morte.

Mais le pire restait à venir. Car c'est seulement le lendemain, en rentrant chez lui, qu'il retrouva les siens sous les décombres. Ses sœurs Adara, neuf ans, et Lina, onze. Ses frères Esam, cinq ans, et Kadir, quatorze. Seule sa mère avait survécu, qui pleurait dans son lit, la bouche et les oreilles en sang. Elle demanda où étaient les autres, puis elle expira dans ses bras.

– Maman !

Amir fit une embardée.

– Pardon, monsieur ?

Khalil se renfonça dans son siège pour une prière muette.

Amir l'observa dans le rétroviseur, puis se concentra sur la route.

Au sortir de la voie express, Khalil aperçut une enseigne d'épicerie en arabe. Ainsi que deux passantes voilées.

– Nous sommes dans le quartier musulman ?

– Pas vraiment, répondit Amir. Il faut aller plus au sud, à Bay Ridge. Les Américains disent Beyrouth, fit-il avec un rire forcé.

– Et Brighton Beach ?

– Encore plus au sud. C'est le quartier russe.

Khalil le savait bien. C'était là que Boris vivait – et qu'il allait mourir.

Arrivé sur le pont, Khalil contempla les gratte-ciel. Ces symboles de richesse et de puissance avaient de quoi décourager les djihadistes. Mais lui qui connaissait les ruines romaines de Libye savait qu'aucune armée n'était invincible et que les empires s'écroulaient lorsque le peuple ne croyait plus en rien.

Oui, l'Empire américain avait mangé son pain blanc, et il entamait à présent une lente et longue agonie. Khalil doutait de vivre assez vieux pour assister aux funérailles, mais c'était bien ici, sur les ruines de l'Amérique, que les générations futures achèveraient la conquête entreprise par le Prophète treize siècles plus tôt. Il en était persuadé.

Khalil considéra le vide laissé par la disparition des Twin Towers. Ce jour-là, le 11 septembre, avait marqué le début de la fin.

Au sortir du pont, il lança :

– Conduisez-moi au 26, Federal Plaza.

– Mais… c'est le siège du FBI, monsieur.

– Faites ce que je vous dis.

Après un temps d'hésitation, Amir s'engagea dans le quartier administratif, moins animé que les autres, où de grands immeubles faisaient obstacle au soleil venu des petites rues.

Encore quelques minutes, et Amir ralentit sur un large boulevard.

– C'est ici, dit-il en désignant sur la gauche une tour de cent mètres de haut.

– Parfait. Garez-vous de l'autre côté de la rue.

Amir tourna au carrefour pour se ranger sur l'avenue Broadway, devant l'entrée du bâtiment fédéral.

Tout autour l'espace était dégagé, à l'exception de la rue qui traversait une grappe d'immeubles officiels. Elle était barrée par des tôles, et surveillée par une voiture de police.

Anticipant la question de Khalil, Amir expliqua :

– Depuis la grande victoire du 11 septembre, Duane Street est fermée à la circulation.

Khalil regarda un homme en costume s'éloigner dans cette rue, une sacoche à la main. Le meurtre de Mme Corey aurait-il contraint ses collègues à rompre le repos dominical ?

Khalil aurait aimé s'introduire dans ce bâtiment à une heure de faible affluence, gagner les étages supérieurs où était basée l'ATTF, et tuer tous ceux qu'il croiserait. Mais Malik jugeait ce plan inepte :

– Vouloir finir en martyr est une chose, Asad. Se faire tuer ou capturer pour rien en est une autre.

À cela, Khalil avait rétorqué :

– Les plus grands héros de l'islam sont ceux qui s'aventuraient seuls dans le camp ennemi la nuit pour décapiter le chef sous sa propre tente !

– C'est vrai, Asad. Si tu étais un cavalier armé d'une simple épée face à d'autres ennemis armés d'épées et parqués dans des tentes, je te donnerais ma bénédiction. Mais là, crois-moi, tu n'auras pas même atteint les ascenseurs qu'ils te tomberont dessus.

Khalil n'avait pas insisté, mais il constatait une fois de plus que son maître se faisait des idées fausses. Les Américains n'étaient pas invincibles, seulement arrogants, et cela les poussait à la négligence. Même après le 11 septembre.

De toute façon, Al-Qaida non plus ne voulait pas de ce plan puisque l'organisation tenait à définir elle-même l'objectif du prochain attentat – objectif qui, sécurité oblige, ne lui serait dévoilé qu'au dernier moment.

Amir le tira de ses pensées :

– Monsieur ? Je ne suis pas sûr qu'il faille s'éterniser…

– Vous êtes tendu, Amir ?

– Oui, monsieur.

– Vous ne faites rien de mal, pourtant. Alors cessez de vous comporter comme un coupable.

– Entendu.

– Allez, on repart.

Le taxi s'ébranla doucement vers le sud de Broadway.

– Au World Trade Center, monsieur ?

– C'est ça.

– Ils ont aménagé un espace pour voir le site, dit Amir tout en conduisant. C'est devenu une attraction touristique.

– Tant mieux. Puissent de telles attractions se multiplier dans les années qui viennent.

Amir ne reprit la parole qu'en débouchant sur Cortlandt Street :

– C'est là, juste devant nous, que se dressaient les Twin Towers. La plate-forme d'observation se trouve à une rue d'ici, sur notre droite. Je peux vous y emmener si vous souhaitez admirer le cratère.

– Volontiers, répondit Khalil. Mais je dois d'abord voir le bâtiment du fisc. Sur Murray Street, si ma mémoire est bonne.

Amir obtempéra sans demander d'explications. Il prit Church Street et longea la plate-forme de Ground Zero – la seule partie un tant soit peu fréquentée du quartier.

Murray Street était un axe à sens unique bordé de bureaux sombres. Hormis quelques véhicules en stationnement, la chaussée était aussi déserte que les trottoirs.

– C'est là, dit Amir en pointant un doigt sur la gauche.

– Rangez-vous sur le trottoir d'en face. Je vais repartir à pied vers Ground Zero.

– Bien, monsieur. (Amir stoppa la voiture.) Et… comment dire… ma collaboration s'arrête ici ?

– Je crois, oui.

– D'accord. Notre ami commun m'avait parlé d'une récompense…

– Cela va de soi.

Khalil ôta de son sac un long pic à glace ainsi qu'une casquette de base-ball aux couleurs des Mets.

– Vous avez très bien travaillé, Amir.

– Merci, monsieur.

Le poing serré sur le manche en bois du pic, Khalil scruta rapidement la rue puis évalua l'espace entre la tête du chauffeur et le plafond du taxi. Retenant son souffle, il écarta le bras sur la droite et, d'un ample mouvement cirulaire, planta la pointe dans le crâne d'Amir, trois centimètres au-dessus de l'oreille.

Amir lui agrippa la main, toujours refermée sur le pic, et se tortilla sur son siège, l'air désorienté.

– Mais… mais qu'est-ce que vous… ?

– Détends-toi, mon ami.

La poigne d'Amir commençait à faiblir, mais l'aiguille d'acier dans sa cervelle ne le tuerait qu'à petit feu, le temps que l'hémorragie interne fasse son office.

Alors que Khalil commençait à s'impatienter, il vit par la lunette arrière un piéton venir dans leur direction. Ce jeune homme en tenue décontractée n'avait rien d'un flic, mais il pouvait devenir un problème.

– Qu'est-ce qui s'est passé ? murmura Amir.

Khalil lui ôta le pic de la tête et le coiffa de la casquette des Mets.

– À présent les anges vont te conduire au paradis, dit-il en arabe.

Avant de sortir, il plongea la main dans la poche de chemise d'Amir et lui prit son téléphone. Afin d'empêcher les flics de consulter le journal d'appel.

Le sac en bandoulière, Khalil quitta le véhicule et s'éloigna en sens inverse du piéton. Après l'avoir croisé, il le suivit du regard. Le jeune homme jeta un vague coup d'œil au taxi d'Amir, puis le dépassa sans s'arrêter.

Ouf ! Un de moins à tuer.

Khalil reprit son chemin. Avant de virer au coin de Church Street, il se retourna une dernière fois et fut stupéfait de voir Amir sur le trottoir. Les bras ballants et les jambes en coton, le chauffeur hasarda deux pas et s'effondra sur l'asphalte. Mais le jeune piéton était déjà loin, et personne n'assista à la scène.

Khalil descendit Church Street en rogne. Il avait mal choisi son arme. Le Glock eût été mieux, pour lui comme pour Amir. Mais, bon, le brave homme était mort, et Khalil pouvait vaquer à la suite de ses occupations sans craindre d'être rattrapé ou trahi par ses maladresses.

Il jeta le téléphone d'Amir dans la première grille d'égout.

Deux blocs plus loin, au bout de la rue, les badauds fourmillaient. C'était de là que l'on pouvait contempler le trou béant laissé par la victoire djihadiste de 2001. Khalil pressa le pas tout en repensant à la fin d'Amir. Chaque meurtre était porteur d'enseignements, non seulement sur la façon dont chaque homme accueillait la mort, mais aussi – surtout – sur la méthode. Le choix des instruments, le lieu et le moment, la manière de préparer la victime, les avantages respectifs d'une mort lente ou rapide, pénible ou indolore… Amir, par exemple, aurait mérité de partir plus tôt, et en douceur. Pourquoi s'était-il accroché de cette façon, cet idiot ?

C'était Boris, l'ancien mentor de Khalil, qui lui avait vanté les vertus du pic à glace : « Une arme facile à cacher, rapide, silencieuse, et qui transperce n'importe quelle partie du corps. De surcroît peu sanglante, et toujours fatale dans le cerveau ou dans le cœur. »

Ben voyons ! Khalil avait hâte de décrire à Boris la mort d'Amir. Il pourrait même reconstituer l'expérience devant lui, histoire de la lui enfoncer dans le crâne, au sens propre du terme.

Khalil était autrement fier du meurtre de Mme Corey, un coup de maître qui laisserait les uns admiratifs, les autres terrifiés, mais personne indifférent. Un seul regret peut-être : qu'elle soit morte si vite, sans grande souffrance.

Qu'à cela ne tienne. Il se rattraperait sur le mari.

Khalil gravit un escalier derrière un jeune couple en short et tee-shirt. Cela lui rappela l'Europe, où les gens montraient leurs jambes même dans les cathédrales. En haut, sur la grande plate-forme couverte, régnait la même obscénité : tenues indécentes, appareils photo… Certains posaient devant le cratère, un grand sourire aux lèvres, malgré les affichettes rappelant qu'il s'agissait d'un lieu de deuil et de recueillement. Dans les cathédrales aussi, on pouvait lire ce genre d'avis. Les chrétiens ne respectaient vraiment rien… Un autre message disait : ICI, PRÈS DE 3 000 HOMMES, FEMMES ET ENFANTS INNOCENTS ONT PÉRI DANS UN ATTENTAT D'UNE INDICIBLE CRUAUTÉ. PRIONS POUR EUX. En lisant ces mots, Khalil se promit de prier pour les dix martyrs qui avaient détourné les deux avions.

Tout au long de la rambarde étaient accrochés des bouquets, ce qui réveilla en lui le souvenir de la jeune Nadia Haytham. Une fort jolie fille, victime de son impudeur. Allah était intraitable avec ceux et celles qui mésusaient de leur grâce, et cette famille n'avait sa place qu'au milieu des flammes de l'enfer.

Khalil considéra la vaste cavité en contrebas. Il fut surpris de découvrir une terre nue, tout juste délimitée par quatre murs en béton entre lesquels stagnaient divers engins de chantier. Il repensa au tout premier attentat, le 26 février 1993, dans la tour nord, une camionnette bourrée d'explosifs dans un parking souterrain. Les dégâts matériels avaient été limités, et l'on n'avait dénombré que six morts pour un millier de blessés. Après ce demi-échec, les djihadistes pensèrent ne jamais obtenir leur revanche, persuadés que les autorités réagiraient par des mesures de sécurité draconiennes. Sauf que les Américains refusèrent de croire à une réplique. Et quand celle-ci survint, huit ans plus tard, ils tombèrent des nues – à l'image de ces « sauteurs » qui se jetèrent dans le vide pour ne pas brûler vifs. Ce spectacle bouleversa l'opinion mondiale, et aux quatre coins de la planète s'élevèrent des cris d'effroi, de compassion et de colère. Mais ailleurs, en privé, parfois même en public, d'autres émotions s'exprimèrent, moins tendres pour l'oncle Sam. Beaucoup se réjouirent de voir l'Amérique punie, et pas seulement des musulmans. Non, tout le monde ne vénérait pas les Américains, et ils furent bien les seuls à s'en étonner.

– Il faut en finir avec ces vermines, maugréa un vieux type.

– Ne dis pas ça, Harold, répondit son épouse.

– Et pourquoi je me tairais, hein ?

La femme avait remarqué le teint mat de Khalil. Elle donna un coup de coude à son mari et l'emmena pester plus loin.

Khalil remarqua ensuite un groupe de jeunes arborant tous le même tee-shirt – un visage barbu et trois mots : « Que ferait Jésus ? »

Khalil jugea la question excellente, et malgré sa connaissance des deux Testaments – que les musulmans considéraient eux aussi comme des textes sacrés –, il ne trouva aucune réponse satisfaisante. Jésus était un immense prophète, mais son message d'amour et de pardon ne menait nulle part. Khalil préférait de loin la dureté des prophètes hébreux, qu'il estimait bien plus lucides sur la nature profonde de l'homme.

Ces jeunes chrétiens s'agenouillèrent face au cratère, et Khalil devina qu'ils ne priaient pas seulement pour les victimes innocentes mais aussi pour leurs assassins, afin que Dieu leur pardonne. Leur état d'esprit ne pouvait que réjouir Khalil, car il précipiterait leur défaite. La Rome chrétienne préféra elle aussi la prière au combat, pour le résultat que l'on sait.

Le soleil illuminait tous les visages, endeuillés ou seulement curieux. Mais combien étaient-ils à pouvoir vraiment comprendre cet événement, l'envisager avec un minimum de recul et de perspective historique ? La plupart n'y voyaient sans doute qu'un accident isolé, strictement irrationnel. Dévoyés par leur goût du confort et leur impiété, les Américains vivaient dans un présent perpétuel, sans mémoire ni horizon. Un peuple sans avenir.

Des sirènes arrachèrent Khalil à ses pensées. Se retournant, il vit deux voitures de police foncer vers Murray Street. On avait dû trouver le cadavre d'un chauffeur de taxi.

Khalil se fit une frayeur : et si Amir n'était pas mort ?

Un Amir encore vivant saurait très peu de choses sur Asad Khalil. Mais il pourrait le nommer, décrire ses vêtements, indiquer où il s'était rendu…

Bref, il semblait temps de dire au revoir à Ground Zero.

Khalil prononça une courte prière pour les martyrs du 11 septembre qu'il referma par ces vers d'un ancien chant de guerre arabe : « Il chevauche, seul et terrible, avec pour toute arme un sabre yéménite, et pour seuls ornements les ébréchures sur sa lame. »

Chapitre 19

On disait que Battery Park devait son nom aux batteries de canons qui défendaient jadis la pointe sud de Manhattan. Aujourd'hui, c'était un jardin public, et l'ennemi se trouvait dans la ville.

Khalil ouvrit une petite bouteille d'eau achetée à un vendeur ambulant. Il but de longues gorgées puis nettoya sa main mouchetée du sang d'Amir.

Cela fait, il rangea la bouteille pour un usage futur et sortit les téléphones des deux agents fédéraux. En les allumant, il constata qu'ils n'étaient toujours pas désactivés. Comme si le FBI n'avait pas encore noté leur absence. Au pays des cow-boys, on se souciait d'abord des flingues.

Haytham avait reçu un SMS du capitaine Paresi – le chef de Corey, croyait savoir Khalil. Ce texte bref sonnait le branle-bas des inspecteurs et les envoyait surveiller la communauté musulmane, notamment sa composante libyenne. Un tel ordre était somme toute dans la logique des choses, il n'y avait pas lieu de s'alarmer. D'autant que les deux seuls compatriotes qu'il avait croisés jusqu'ici, le Californien Farid et le New-Yorkais Amir, étaient montés au paradis, loin des grandes oreilles de Mickey.

Khalil éteignit le Nextel de Haytham et consulta celui de Mayfield.

Contrairement à son collègue, la femme de Corey avait reçu un nouveau texto de Walsh : « À tous agents FBI et inspecteurs

NYPD : deux informateurs libyens NY *intra* rapportent présence suspect Khalil sur continent US. Surveillez mail pour détails et instructions afin appréhender suspect. ASC Walsh, ATTF NY. »

Khalil éteignit l'appareil et réfléchit. Si cette assertion était vraie, la mission semblait compromise. Car il ne saurait plus à qui se fier. Un détail l'intriguait toutefois : Haytham n'avait pas reçu ce message, pourtant destiné à l'ensemble de l'équipe. Or, à l'heure où ces lignes étaient parties, Walsh ne savait pas encore où était passé le Nextel de Haytham. Alors, pourquoi l'exclure de la liste ?

Et pourquoi aviser Mayfield, puisqu'on la savait morte, elle ?

Seule explication possible : il s'agissait d'un faux message. Adressé au seul portable de Kate, afin qu'il soit lu par Khalil. Cela justifierait d'ailleurs que la ligne soit toujours active.

Khalil se carra sur son banc, le regard perdu dans les flots. Ils voulaient jouer au plus fin ? Il faudrait l'être davantage.

À moins que… Ce message serait authentique, mais pour une raison quelconque, et en dépit de son intitulé, on aurait décidé de ne pas l'envoyer à toute la brigade. Par méfiance envers Haytham, peut-être. Malheureusement, Khalil connaissait mal les arcanes de l'ATTF. Les services secrets libyens – et ses amis d'Al-Qaida – préféraient se focaliser sur les grosses agences, comme le FBI.

Quoi qu'il en soit, ce message présentait tous les signes caractéristiques de la désinformation, et cette remarque aurait à coup sûr ravi Boris, qui avait passé de longues heures à instruire Khalil sur le sujet. « Les Britanniques sont les maîtres de la désinformation, disait le Russe. Les Américains appliquent les recettes des Anglais, les Français pensent être les inventeurs du concept, et les Allemands sont infichus d'élaborer un mensonge crédible. Quant aux Italiens, tes anciens maîtres, ils avalent leurs propres salades. Non, le meilleur embobineur au monde, c'est bien le KGB. »

Khalil avait répondu que, sauf erreur, le KGB n'existait plus, et que, partant, la phrase devait être mise au passé. Boris avait pris la mouche, car les saillies de son élève ne l'amusaient qu'autour d'une bouteille de vodka. Le Russe buvait beaucoup, mais Malik l'excusait : « Boris est une âme égarée, orpheline d'un empire sans dieu. Une épave échouée sur nos côtes. Profite de ses enseignements, Asad, mais traite-le avec pitié, car dis-toi bien que le pauvre homme ne repartira jamais d'ici vivant. »

Et pourtant, si : Boris était reparti vivant de Libye, grâce à la CIA. Après avoir vendu aux Libyens ses secrets sur les Soviétiques, il vendit aux Américains ses secrets sur la Libye, et Khalil faillit en faire les frais. Voilà pourquoi les jours de son ex-mentor russe étaient comptés.

Bref, le message de Walsh était très certainement un faux, mais il fallait faire comme si le contraire restait possible. C'était ce que Boris préconisait toujours. Quant à omettre de désactiver le numéro de Mayfield, c'était soit de la négligence, soit une ruse grossière. Grossière, car il allait de soi que cette femme était décédée. Khalil l'avait vue se vider de son sang, et il savait d'expérience que personne ne survivait à de telles blessures – ou alors avec un cerveau détruit, un sort encore pire que la mort. Khalil s'était toujours demandé ce qu'Allah faisait de ces infirmes, inaptes au ciel comme à l'enfer. Peut-être existait-il une zone intermédiaire, un lieu où les âmes mortes contrôlaient des corps désœuvrés – un peu comme dans un centre commercial américain.

Khalil s'ébroua et reporta son attention vers l'intérieur du parc. Le vent soufflait de la baie et le soleil attirait toutes sortes de promeneurs : flâneurs, joggeurs, cyclistes, *skaters*… Sur le banc d'en face, un couple s'embrassait à pleine bouche, et sur un autre deux gars en shorts se tenaient collés l'un contre l'autre. Khalil avait déjà croisé ce genre d'homme en Europe, mais jamais dans le monde musulman ; et en dépit de ses années passées en Occident, il ne supportait pas cet étalage de chair, de désir et de sentiments – encore moins entre personnes du même sexe ! Comment une nation aussi dépravée faisait-elle pour maintenir sa richesse et sa suprématie ?

Une fois encore, l'histoire romaine semblait suggérer une réponse. L'un des guides du Musée romain de Tripoli résumait cela en quelques mots : « Ils ont dilapidé l'argent chèrement gagné de leurs aïeux, et vécu en parasites sur le corps putrescent de leur empire. Puis, ne trouvant plus d'hommes de valeur pour leurs légions ni pour les affaires de l'Empire, les Romains payèrent des barbares et y engloutirent tout leur or. »

Khalil ouvrit un sachet de cacahuètes. Il n'avait rien mangé depuis l'aube. Des pigeons convergèrent à ses pieds, et aux premiers jets de graines ils devinrent comme fous. Khalil les regarda se disputer cette nourriture providentielle. Certains luttaient avec la dernière énergie quand d'autres restaient en retrait, et lorsqu'il leur lança des fruits entiers il remarqua que même les plus dégourdis continuaient à guetter du coin de l'œil des cacahuètes dépiautées.

Minables Américains. Même leurs oiseaux étaient flemmards !

Khalil se rappela soudain qu'il se trouvait à deux pas de Wall Street, le saint des saint de la finance américaine. Ce quartier ferait-il une cible intéressante ? La question divisait la mouvance djihadiste, entre ceux qui voulaient faire sauter la Bourse pour saper l'économie américaine, d'autres qui estimaient qu'elle s'y employait très bien toute seule, et d'autres encore qui lui prédisaient une mort imminente.

Khalil était de ce dernier avis – pénurie de cacahuètes.

Avant de se remettre en route, il braqua ses jumelles sur la statue verdâtre se dressant au large, symbole suprême du fameux « rêve américain » – une sorte de totem que l'on disait révéré par tous les habitants de ce pays, toutes origines et opinions confondues. *Voilà une cible pertinente !* pensa-t-il. Il la voyait d'ici sombrer dans l'eau, avec sa robe et son flambeau, précipitant l'Occident dans la nuit d'une « liberté » vaincue.

Le film serait sensationnel, et l'Amérique retiendrait à jamais le nom d'Asad Khalil.

Reposant ses jumelles, il tendit aux pigeons une paume remplie de graines. L'un d'eux s'approcha prudemment, baissa la tête. Et Khalil lui tordit le cou.

V

Ville de New York

Chapitre 20

J'ai passé la nuit dans la chambre de Kate, et au petit matin je suis descendu à la jeep prendre des fringues propres dans ma valise. Ensuite, j'ai demandé à l'infirmière qui effectuait sa tournée d'emballer ma combinaison dans un sac plastique et de la remettre aux gendarmes, comme pièce à conviction. Et s'ils s'en fichaient, qu'ils la jettent ! Je ne voulais plus jamais la revoir, ni celle-là ni aucune autre.

Puis Kate s'est réveillée. Elle avait bonne mine pour quelqu'un qui venait de frôler la mort. Le médecin de garde tenait toutefois à la maintenir sous respirateur, avec ce gros tube dans la bouche. Elle m'a donc écrit des billets doux. Dont l'un disait : « Trouve Khalil avant qu'il te trouve. »

En fait, contrairement à ce que nous pensions – et à ce qu'il m'avait déclaré –, je n'étais pas le numéro deux sur la liste noire d'Asad Khalil : l'après-midi de la veille, Vince Paresi m'avait annoncé la mort de Gabe Haytham, de sa femme et de leur fille.

Avec ce meurtre d'un collègue et de sa famille, l'affaire changeait d'échelle. D'une simple tentative d'assassinat sur un agent fédéral, nous passions à… quelque chose de plus grave, de plus vertigineux. Je ne dirais pas que les chasseurs devenaient gibier, mais il y avait un peu de ça.

Gabe était un type sérieux et attachant, qui m'avait donné un sacré coup de pouce pour localiser Khalil lors de son passage en ville trois ans plus tôt. Le terroriste avait-il eu vent de ce concours ? Ou lui avait-il suffi d'apprendre la présence d'un Arabo-Américain dans nos rangs pour voir rouge ?

Mais pourquoi s'en prendre à la fille et à la femme de Gabe ? Parce qu'elles avaient eu le malheur de se trouver à la maison ? Non, ce devait être prémédité. Dans le système de valeurs de Khalil, il n'y avait pas d'innocents. Tout le monde devait être puni.

D'après Paresi, les enquêteurs avaient repéré des traces de lutte. Cela ne consolait personne, mais au moins Gabe était parti la tête haute. J'aurais pu me reprocher d'avoir pensé à lui trop tard, ou de m'être montré trop peu alarmiste auprès de Paresi. Mais j'avais mieux à faire que de battre ma coulpe. J'allais choper Asad Khalil et le livrer à la justice – si tant est que nous résistions à l'envie de venger Gabe nous-mêmes.

Je n'ai pas parlé de ce triple meurtre à Kate. Je préférais attendre un peu.

« Comment tu te sens ? » a-t-elle noté en voyant mon air morose.

– Bien, mon amour. Juste un peu triste d'avoir loupé les deux autres sauts.

« Ce n'est que partie remise. »

– Si tu le dis…

La prochaine fois, on tâcherait de laisser le Libyen à la maison, quand même. Et si je poursuivais Craig pour avoir admis Asad Khalil dans le club ?

J'ai profité de la visite d'une autre infirmière pour réfléchir à l'affaire. Officiellement, et le département de la Justice y tenait beaucoup, le triple meurtre des Haytham était le fait d'un inconnu aux motivations obscures. Le NYPD allait donc mener l'enquête sur cette base, ce qui nous laisserait quelques jours de tranquillité avant que la presse lève le lièvre – ou qu'un deuxième agent fédéral se fasse buter, par exemple moi. En même temps, il est toujours plus facile d'étouffer un dossier quand il touche à la sécurité nationale. Sans compter que, suite au 11 septembre, le Patriot Act et d'autres textes moins connus ont octroyé aux fédéraux des pouvoirs taillés pour des temps de guerre. Indépendamment même de la législation, l'attitude générale a changé, et les pouvoirs publics copinent beaucoup moins avec les médias d'information.

Aucune inquiétude, en revanche, pour la partie survenue ici, dans le comté de Sullivan. Primo, c'était à peine si ce trou figurait sur les cartes. Secundo, les témoins semblaient décrire un pur acte de démence – ce qui n'était pas vraiment faux. Quant à l'identité de la victime, les autorités ne souhaitaient pas la divulguer. Fin du communiqué.

À propos de cachotteries et d'information, je me suis offert de joindre les parents de Kate pour leur rapporter l'agression – mais sans les affoler. Quelque chose comme : « Bonjour, monsieur et madame Mayfield, votre fille s'est fait trancher la gorge par un terroriste islamiste, mais tout est rentré dans l'ordre. »

« Non, m'a répondu la belle écriture de Kate, je les appellerai moi-même quand on m'aura retiré ce putain de tuyau. Essaie plutôt de dénicher un ordi, que je puisse envoyer des mails et surfer sur le Net. »

Craignant qu'elle ne découvre sur la Toile une dépêche sur les Haytham, j'ai répliqué :

– Les ordinateurs portables sont strictement interdits dans ce service. Ils émettent des micro-ondes et des bidules qui niquent les moniteurs.

Elle a paru marcher. Et c'était peut-être vrai.

Puis nous avons revu le Dr Goldberg, qui avait la banane. C'est si gratifiant de sauver des vies… Personnellement, la quasi-totalité des victimes que j'avais vues défiler dans ma carrière n'allaient pas à l'hôpital mais directement à la morgue. J'en avais moi-même expédié quelques-unes aux deux endroits, mais sans fierté particulière. Enfin si, quelquefois, lorsque la relation flic-voyou avait pris une tournure trop personnelle – ce qui était à l'évidence le cas avec Khalil. La dernière fois que j'avais eu ce salopard au téléphone, il m'avait lancé : « Je voulais juste vous dire au revoir et vous rappeler que je reviendrais. » Il nous haïssait, Kate et moi, et nous le lui rendions bien. Nous nous détestions tellement qu'il avait suspendu sa mission, et que j'avais renoncé à l'arrêter. C'était désormais au premier qui crèverait l'autre.

Ce jour-là, je lui avais répondu que j'attendais la deuxième manche avec impatience, et c'est là qu'il m'avait sorti : « Je te tuerai et je tuerai la putain qui t'accompagne, même si ça doit me prendre la vie entière. »

J'ai reporté mon regard sur Kate, que Goldberg finissait d'examiner. Elle avait moyennement apprécié de se faire traiter de putain par Khalil, et de vous à moi je la comprenais. D'un autre côté, personne ne pouvait nier de réelles divergences culturelles entre elle, agent fédéral, et lui, intégriste musulman, sur la place et le rôle des femmes dans la société. Avec un peu de chance, ils trouveraient un terrain d'entente avant que je le dessoude.

D'après Goldberg, Kate se remettait vite et pourrait être transférée vers un hôpital de la ville d'ici à quarante-huit heures. Après quelques jours, elle regagnerait ses pénates, pour reprendre le boulot dans un mois. Cela me semblait parfait, mais Kate tirait la tronche.

Après le départ du médecin, elle m'a écrit :

« Je retourne au boulot la semaine prochaine ! »

– Voyons d'abord comment ça se passe à la maison, ai-je répondu. Je dois évaluer l'ampleur de ton infirmité cérébrale.

Elle a voulu me faire le V de la victoire, mais dans sa grande faiblesse elle n'a réussi qu'à dresser le majeur.

Bien que pressé de reprendre la route et d'affronter Khalil, je me suis attardé une demi-heure de plus pour répondre aux nombreuses interrogations de Kate. Je lui ai dit ce que je savais, sauf pour les Haytham. Je n'ai pas non plus mentionné que Khalil l'avait dépouillée de son portable et de son flingue, car c'est toujours traumatisant, même quand on n'y est pour rien. Je ne souhaitais pas davantage entrer dans les détails de son agression, même si ses questions m'y poussaient. Kate voulait pouvoir se dire qu'elle avait tout tenté pour neutraliser Khalil. Elle se sentait violée, humiliée, y compris au point de vue professionnel, elle qui avait toujours voulu montrer à son papa qu'elle savait tenir tête aux méchants.

Je lui ai donc dit, du fond du cœur :

– Khalil est plus grand et plus costaud que toi. Il avait préparé son coup, et il est futé. Tu as fait ce que tu pouvais et cela t'a sauvé la vie. Ça fait une manche partout. On gagnera la troisième, et le match.

Elle a hoché la tête, songeuse, avant de griffonner : « J'essayais de lui envoyer mon genou dans les couilles, mais ses jambes étaient enroulées aux miennes. »

– Et pour cause : il craignait pour ses couilles !

Enfin, je lui ai dit que les ambulanciers avaient été formidables, et que je comptais adresser un petit mot à leur chef.

J'aurais aussi pu lui raconter que j'avais risqué ma vie pour la remettre en chute libre et lui éviter de perdre tout son sang. Ou que j'avais moi-même stoppé l'hémorragie en comprimant l'artère le temps que les secours s'amènent. Mais John Corey est un homme modeste, et de voir ma femme en bonne santé était la plus belle des récompenses. Et puis Kate demanderait certainement à lire mon rapport, dans lequel je serais bien obligé de décrire mes exploits. Peut-être même visionnerait-elle la vidéo. Elle tirerait alors ses propres conclusions sur mon héroïsme, ma bravoure et ma jugeote. Auxquelles, très sobrement, je répondrais :

« Je n'ai fait que mon devoir, chérie. »

Et Craig a défailli en te voyant saigner.

J'ai attrapé ma veste.

– Je dois filer au bureau pour rédiger mon rapport.

Kate a acquiescé d'un air distrait, avant de coucher sur le papier : « J'ai envie de le tuer. »

J'ai arraché la feuille et l'ai fourrée dans ma poche :

11 septembre ou pas, nous n'étions pas censés prononcer – encore moins écrire – de telles choses.

– Nous allons l'appréhender et le traduire en justice, ai-je promis.

Elle a illustré mon propos en se passant le pouce sous la gorge, et j'ai approuvé d'un clin d'œil. Puis elle a repris la plume : « Khalil a des contacts aux USA, comme la dernière fois. Et on sait qu'il les tue. Si jamais on retrouve un cadavre libyen, il faut éplucher son mobile et ses relevés. L'un des numéros sera celui de Khalil. »

– Bien vu, ai-je souri en lui rendant le bloc-notes.

En somme, il n'y avait plus qu'à dégoter un détenteur de portable libyen et trépassé, et on était bons.

– Je crois que tu viens de réussir ton examen neurologique, chérie.

« Merci. Bonne chance pour le tien. »

J'ai éclaté de rire.

– Allez, je me sauve. Je reste en contact avec l'hôpital et on te rapatrie dès que possible. En attendant, repose-toi et écoute le médecin. Et si tu t'ennuies, réfléchis à l'enquête.

Comme je l'embrassais sur la joue, elle m'a saisi la main. Elle l'a serrée très fort, avant d'écrire : « Fais gaffe à toi. »

C'était bien mon intention.

Chapitre 21

Je me suis arrêté au guichet des infirmières pour les exhorter de nouveau à la plus grande vigilance. La menace semblait moindre maintenant qu'Asad Khalil s'était fait remarquer dans l'agglomération new-yorkaise, mais il n'était pas exclu qu'il revienne sur ses pas pour peu qu'il eût un doute sur l'état de Kate. Voilà pourquoi ma femme serait bien mieux à l'hôpital Bellevue de Manhattan, qui recevait chaque jour son lot de victimes, de témoins ou de détenus à surveiller. Je n'ai rien contre les blouses blanches de Sullivan, mais la dernière fois qu'elles avaient eu à protéger un patient, ce devait être un arquebusier. Quoi qu'il en soit, nous sommes convenus d'un mot de passe – John Furax – à réclamer pour toute demande d'informations sur ma bien-aimée.

Les deux plantons de l'ascenseur avaient été relevés, et j'ai discuté avec leurs remplaçants pendant quelques minutes. Étant bien moins angoissé que devant leurs prédécesseurs, j'ai dû leur faire une meilleure impression, d'autant que je portais maintenant un pantalon repassé et une veste chicos – la tenue que j'avais prévue pour la petite sauterie d'après-sauts avec le club… là où je comptais plonger la tête de Craig dans les chiottes.

J'ai répété aux deux gendarmes que le suspect était un as du déguisement, et comme il n'y a rien de plus pédagogique qu'une bonne blague j'ai ajouté :

– Si vous avez un doute sur quelqu'un, dites-lui que les chameaux mal garés sont systématiquement enlevés, et observez sa réaction.

Ils ont souri poliment et je suis monté dans l'ascenseur, heureux de voir que la situation semblait maîtrisée sur tous les fronts, le médical comme les autres. Dans la boutique du rez-de-chaussée, j'ai acheté pour Kate un adorable lion en peluche et l'ai fait livrer dans sa chambre. Oui, je suis un type plein d'attentions. Et comme mon ventre émettait justement des rugissements de félin, j'ai acheté des biscuits salés et un café à emporter.

J'avais deux heures de route jusqu'à Manhattan. Le temps était au beau fixe, les montagnes enchantaient le ciel de mai. Je comprenais pourquoi Kate parlait parfois d'acheter dans la région.

J'ai attaqué un sachet de tortillons au fromage tout en me demandant comment un hôpital pouvait vendre ces cochonneries. Puis mon portable a sonné et j'ai décroché. Je n'ai aucun mal à téléphoner en conduisant – il suffit de lâcher le volant.

Au bout du fil, le capitaine Paresi :

– Alors, comment va Kate ?

– Elle se rétablit à la vitesse grand V.

– Super. Tu es où, là ?

– Je viens de quitter l'hôpital.

– Il y a du nouveau, John. Ce matin, un banlieusard a découvert un corps à la gare de Douglaston, près du domicile des Haytham. Un chauffeur couché à l'avant de sa Lincoln, avec deux balles dans le cœur. Tirées à travers le siège.

J'ai frémi. C'était trop gros pour une coïncidence.

Paresi m'a fourni encore quelques détails, comme le fait que le gars gisait sous un journal.

– Quel journal ? ai-je demandé.

– Euh… *Newsday*, je crois.

– Il est peut-être mort d'ennui, alors.

Paresi a continué :

– Le légiste situe le décès hier, en milieu de journée. L'autopsie permettra d'affiner l'estimation horaire, mais à première vue ça cadre avec le triple meurtre chez Gabe.

– Pour sûr. Et ce défunt chauffeur, il ne serait pas un peu moyen-oriental, par hasard ?

– Non, non. Le rapport parle d'un homme obèse de type caucasien, environ trente-cinq ans, du nom de Charles Taylor. Les technos ont retrouvé deux balles dans le tableau de bord. Du calibre .40. On va regarder si ça correspond au dossier balistique du Glock de Kate.

– Je vois. Personne ne s'en étonnera, j'espère.

– Non, John, personne. À part ça, on a relevé des tonnes d'empreintes dans la Lincoln et chez les Haytham. On a celles de Khalil quelque part ?

– Affirmatif. L'ambassade américaine à Paris les lui a prises il y a trois ans.

– Parfait. Si on les retrouvait à la fois dans la voiture et dans la maison, ça nous ferait des charges en béton.

– Sans oublier ce que tu m'as raconté hier : que Khalil a téléphoné chez les Haytham avec le portable de Gabe pour prévenir les flics qu'il allait maintenant s'occuper de moi. Plus le coup de fil à Walsh, toujours depuis le cellulaire de Gabe, pour demander des nouvelles de Kate. Et puis Kate a formellement identifié Asad Khalil, et je l'ai reconnu moi aussi. Alors oui, capitaine, je pense qu'on a quelques billes contre lui.

La pointe d'ironie dans ma voix l'a quelque peu agacé :

– Il nous faut des preuves matérielles, inspecteur, insista-t-il. Tu sais ce que les avocats font des témoignages oculaires et des simples présomptions.

Je le savais, en effet. De fait, tout serait bien plus simple si on traduisait les terroristes devant des tribunaux militaires, et non civils. Dans le cas présent, j'étais même d'avis de sauter les cases tribunal et prison, pour filer direct à la morgue.

– On a également retrouvé deux douilles de .40 sous le

siège, ainsi qu'une petite bouteille d'eau avec deux trous au fond.

– Oui, Khalil avait adopté le même mode opératoire la dernière fois. C'est un peu rustique, comme silencieux, mais apparemment ça lui convient.

– S'il se sert du pistolet de Kate, c'est peut-être qu'il n'a pas d'arme à lui…

– Détrompe-toi, capitaine. Ses complices, et je suis sûr qu'il en a, lui auront forcément fourni un pétard. Le Glock de Kate, c'est juste une façon de nous narguer.

– Oui, tu as sans doute raison. C'est avec ce flingue qu'il a abattu Gabe, d'ailleurs.

Il me disait ça du bout des lèvres, avec une gêne évidente. Comme s'il avait l'impression d'accabler Kate.

– Quoi d'autre ? ai-je relancé.

– Eh bien, la compagnie de limousines qui employait ce Charles Taylor nous a expliqué qu'il devait prendre un certain Brian Gold à l'aéroport d'affaires Republic, pour une destination non précisée. La course avait été réglée d'avance par carte de crédit, laquelle carte appartiendrait à une société domiciliée au Liechtenstein. Je ne sais même pas où c'est.

– Au fin fond du New Jersey, je crois.

– Enfin, bref, la société s'appelle Global Entertainment, et pour l'instant nous ne disposons que d'une boîte postale.

– À la place de Walsh, je ne miserais pas trop sur la piste financière. Il y a le département du Trésor, pour ça.

– OK, je lui dirai. À part ça, on essaie de faire parler le GPS de Taylor.

– Bonne idée. Mais je doute que cette limousine ait conduit Asad Khalil, alias Brian Gold, jusqu'à la maison des Haytham. Khalil aura préféré changer de monture. À la gare, probablement, juste après avoir liquidé Taylor. (Fort de mes souvenirs, et de l'avis éclairé de Kate, j'ai suggéré :) Il faudrait chercher un chauffeur de taxi libyen mort.

Un silence.

– On en a un… Comment tu le sais ?

– Peu importe. Raconte.

– C'est Walsh qui te racontera.

– Si tu veux. Dis-moi juste si ce gars avait un téléphone portable.

– Pas sur lui, non. Mais on décortique ses relevés.

– Excellente initiative. Et vous l'avez repêché où, ce type ? Il est mort comment ?

Rien à faire, Paresi préférait parler d'autre chose. Il était encore tout chamboulé par le massacre chez Gabe.

– Tu te rends compte, John ? Il dépose un bouquet de fleurs sur la poitrine de Nadia, alors qu'il vient de la poignarder en plein cœur ! Ce monstre ne connaît aucune limite !

– Depuis le temps que je vous le répète… Comme lorsqu'il téléphone aux flics qui viennent de découvrir la scène. Asad Khalil est un provocateur-né, un pervers fini.

– D'après les estimations du légiste et les constatations des policiers, nous l'avons raté de peu. À quelques minutes près, nous le tenions.

– Disons plutôt qu'à quelques minutes près, ces deux policiers étaient morts !

– J'aurais dû dépêcher une voiture bien plus tôt, John. Sa femme, Farah… Elle avait la nuque brisée mais elle était encore vivante. Elle est morte dans l'ambulance.

– Arrête d'y penser, capitaine. Tu as d'autres chats à fouetter.

Lors de son précédent séjour, Khalil avait eu à la fois beaucoup de chance – lui se serait dit « béni » – et beaucoup d'intuition. Mais cette visite chez les Haytham avait failli lui être fatale. Fallait-il s'en réjouir ? Le Lion était-il devenu prévisible ? Ou allait-il se ressaisir après un bref moment d'égarement ? Khalil savait tirer les leçons de ses erreurs ; c'était l'une de ses grandes forces.

– Et maintenant ? a lancé Paresi. C'est toi, la prochaine cible ?

– Sûrement.

– N'oublie pas que Walsh et Washington le veulent vivant.

– Ils croient le vouloir vivant, mais que feront-ils de lui ? S'il est capturé sur le sol américain, il ne peut être envoyé à Guantánamo. Et il sait beaucoup trop de choses pour qu'on le laisse déblatérer dans un prétoire, devant les micros et les caméras. N'oublie pas que son dossier est top secret.

– Oui, j'ai vu ça sur le RIA. Son dossier affiche plus de X qu'un site porno *hardcore*.

Le RIA, Registre informatisé des affaires, en quelque sorte le Google du FBI, nous permettait d'explorer la gigantesque base de données de ce dernier. Certains dossiers requéraient toutefois une autorisation spéciale, auquel cas n'apparaissaient que des rangées de X. La plupart du temps, on trouvait tout de même une date d'ouverture de dossier, ou le nom d'un responsable. Mais la page d'Asad Khalil – j'avais vérifié – ne contenait rien de plus que l'avis de recherche public. Et il n'était précisé nulle part qui contacter en cas de besoin.

– Ce dossier que Gabe et toi avez constitué sur Khalil, il est rangé où ?

– Je te le donne dès que j'arrive, ai-je promis.

– Et tu penses être là dans combien de temps ?

– J'arrive sur la route 17. Disons, une bonne heure et demie.

– Tu passeras d'abord par mon bureau, d'accord ? Walsh nous réunit à midi. Il t'expliquera tout le reste.

– Explique-le-moi tout de suite, puisque j'ai quatre-vingt-dix minutes à tuer.

– Je ne veux pas lui couper l'herbe sous le pied.

– Et il y a aura qui, à cette réunion ?

– Toi, moi, ton ami chasseur de lion George Foster et Walsh. Il veut une équipe restreinte et soudée.

Le goût du secret, encore et toujours… Kate et Gabe auraient été conviés, eux aussi, mais notre club safari fondait à vue d'œil.

Puis le capitaine m'a mis en garde :

– Walsh se méfie de toi, John. Il te trouve incontrôlable. Alors j'espère que tu sauras te tenir.

Incontrôlable, moi ?

La bouche pleine de crackers, j'ai répliqué :

– Qu'il n'oublie pas que Kate et moi avons sauvé le monde d'une apocalypse nucléaire.

– Certes, a admis Paresi. Mais ces derniers temps…

– Ces derniers temps, je sers d'appât à un lion !

– Évite de te faire bouffer, alors.

Fin de la conversation.

Chapitre 22

Seul face au long ruban gris de la route 17, j'ai repensé aux tuyaux que Gabe m'avait fournis sur Khalil voilà trois ans. Sans l'avoir jamais rencontré, il avait réussi à me dresser son profil psychologique. Il m'avait notamment parlé de la vendetta arabe, cette obligation faite aux hommes de venger les meurtres des leurs. D'après Gabe, c'était cette règle morale, plus encore que la politique ou la religion, qui motivait les crimes de Khalil. Les Américains ayant décimé ses proches, il se faisait un devoir d'éliminer tous les coupables et tous ceux qui prétendaient l'en empêcher – moi, Kate, Gabe, pour ne citer que nous.

Mon collègue avait également évoqué le mythe arabe du guerrier solitaire, une sorte de justicier nomade qui n'était pas sans rappeler notre cow-boy national. En guise d'illustration, il m'avait même récité un extrait de poème ancien :

« Il chevauche, seul et terrible, avec pour toute arme un sabre yéménite, et pour seuls ornements les ébréchures sur sa lame. »

C'était cet état d'esprit qui poussait Khalil à rechercher le face-à-face. Il voulait une explication franche, sans témoins ni grands moyens, afin de nous départager pour le titre du meilleur tueur. Et, ma foi, j'étais OK. J'adore les défis.

Là-dessus, nouveau coup de fil. De l'inspecteur en chef Miller.

– Nous avons embarqué la voiture stationnée sur le parking de l'aéroport, a-t-il annoncé.

Ses techniciens allaient passer l'intérieur au peigne fin – empreintes, fibres, poils, salive –, et je ne doutais pas que leurs découvertes viendraient grossir la pile de preuves contre Khalil. Je n'en doutais pas, car l'intéressé se fichait pas mal d'aggraver son cas. Son seul souci était de conserver une longueur d'avance sur nous, pour rentrer au pays des Sables avec quelques gnons de plus sur sa lame.

Et mon seul souci à moi, c'était de bousiller son plan. Ou de le bousiller, lui, ce qui revenait à peu près au même.

– Au fait, ai-je demandé à Miller, vous avez parlé à Craig Hauser ?

– Le président du club ? Oui, je l'ai eu au téléphone. Il n'a rien su me dire sur cet inscrit de dernière minute qui allait s'en prendre à votre femme.

– Vraiment ?

– Oui, pourquoi ? Vous pensez qu'il me cache des choses ?

Je m'étais toujours interdit d'user de mon statut de flic pour les griefs d'ordre privé.

Puis Miller a ajouté :

– Ce Hauser se fait du mouron pour votre femme. Et il compte lui rendre visite.

– Coffrez-le !

– Quoi ?

– Non, je déconne. Vous savez si le reste du groupe a effectué les deux autres sauts ?

– Ils n'ont pas pu.

– Suis-je bête ! Le champ était une scène de crime.

Remboursez ! Remboursez !

– Non, ce n'est même pas ça. Le vieil avion qui devait les emmener a eu un pépin au décollage. L'un des moteurs a pris feu. Il perdait trop d'huile, à ce que j'ai compris.

Ha ! je le savais ! Quand Kate entendrait ça…

– Mais personne n'a été blessé, rassurez-vous.

Le sort. Le destin. J'imaginais la petite Cindy, les mains

crispées sur le manche : « Hé, tonton Ralph, c'est normal ce moteur qui flambe ? »

– Nous avons également saisi la vidéo du saut, car c'est une pièce à conviction.

– Je pense bien.

– D'ailleurs… Je l'ai visionnée, cette cassette. C'est très impressionnant. J'admire votre courage, inspecteur Corey.

Il avait bien raison, mais ce n'était pas le sujet.

– Vous avez donc vu de quoi Khalil était capable.

– Oui, j'ai vu. Heureusement, j'ai réussi à confisquer la bande avant que le cameraman n'aille la vendre à une chaîne de télévision. Et j'ai fait distribuer un avis à tous les membres du club, afin qu'ils tiennent leur langue jusqu'à la fin de l'enquête.

– Et où est-elle, cette cassette ?

– Entre les mains du FBI.

– Hmm… Les fédéraux ou mes collègues vous ont-ils signalé d'autres agressions imputables à ce suspect ?

– Non. Pourquoi ?

– Pour rien. Mais je pense que vous pouvez d'ores et déjà considérer que le fugitif a quitté votre juridiction.

– Vous croyez qu'il était à bord de ce jet privé ?

– Possible. Il nous a déjà fait le coup.

– Votre chef Tom Walsh a l'air moins catégorique que vous.

– Vous verrez bien. Autre chose ?

– Non, répondit sèchement Miller. Si ce n'est que vous n'êtes pas le responsable de cette enquête, et qu'on m'a demandé de respecter les attributions officielles de chacun.

– Je comprends. Mais restons en contact.

– Vous ne m'avez pas écouté, inspecteur Corey.

– Et pourquoi m'appelez-vous, si vous voulez couper les ponts ?

– Par simple courtoisie.

– Bon. Dont acte. J'espère que le FBI se montrera tout aussi chic à votre égard.

– Je le saurai assez vite. Ils viennent de débarquer à une demi-douzaine dans mes locaux.

– Ils sont là pour vous assister. Enfin, façon de parler. N'oubliez pas que cette affaire concerne des éléments classés secret défense. On risque donc de vous imposer – ou de vous interdire – certaines pratiques ou certaines paroles.

Pas de réaction. Fallait-il lui faire un dessin ?

Va pour un dessin…

– Vous aviez peut-être l'intention d'interroger la victime, par exemple…

C'était vache de ma part, car je savais que le FBI lui avait déjà dit *niet.*

– Non, a rétorqué Miller, puisque votre épouse repart demain matin pour Manhattan.

Là, il m'apprenait quelque chose. La hiérarchie devait avoir hâte de verrouiller le dossier et de parer à tout risque de fuite.

Soit.

Comme je ne voyais rien à ajouter, j'ai dit à Miller :

– Merci de m'avoir appelé, en tout cas.

– De rien. Prévenez-moi quand même si vous le coincez.

– Promis.

– Et si c'est lui qui vous attrape, eh bien… je l'apprendrai par la presse.

Je n'aime pas votre humour, inspecteur Miller.

J'ai continué en silence jusqu'à la jonction avec l'autoroute à péage, où un panneau promettait : NEW YORK 80. J'ai parcouru la bande FM à la recherche d'infos locales, mais aucune station ne rapportait les exploits du parachutiste Khalil – ni le massacre d'une famille à Douglaston, ni les assassinats d'un chauffeur de maître et d'un taxi libyen. Ayant davantage d'espace à remplir, la presse écrite consacrerait sans doute quelques lignes à ces événements – mais à la rubrique des faits-divers, et sans établir le moindre lien entre eux. Médias dans le noir et polices locales dans la brume : le FBI et l'ATTF avaient bien travaillé. La traque d'Asad Khalil devenait ainsi une affaire strictement fédérale, ce qui nous laisserait toute latitude pour décider de son sort, une fois le fauve dans nos filets.

J'ai coupé par le haut du New Jersey, et la circulation a subitement viré au grand n'importe quoi. Les gens slalomaient, freinaient sans raison, s'emmêlaient les clignotants. Dans le New Jersey, on conduit la tête ailleurs, donc je me suis adapté. Repensant à l'avertissement amical du capitaine Paresi, je me suis demandé quel était le véritable objet de la réunion de midi chez Walsh. La capture d'Asad Khalil, ou la mise au pas de John Corey ?

Je n'avais jamais donné dans la paranoïa de bureau. D'une, j'étais un flic efficace. De deux, je n'avais pas besoin de ce boulot pour croûter. Mon vieux pote Dick Kearns, ex-NYPD, s'était recyclé en détective spécialisé dans les enquêtes de moralité – un business en plein essor depuis le 11 septembre – et il me proposait de devenir son associé. « Tu bosseras deux fois moins, tu gagneras le double, et tu n'auras personne sur le dos. » Le rêve, en somme. Mais dans l'immédiat je tenais à rester chez les fédéraux.

Jusqu'à mon ultime tête-à-tête avec Khalil.

Chapitre 23

À l'approche du tunnel Holland, j'ai tourné mon regard vers le fantôme des Twin Towers, de l'autre côté de l'Hudson. Les petits génies chargés de reconstruire le World Trade Center soutenaient tous des projets différents, et à ce rythme il faudrait encore deux ou trois ans pour poser le premier pilier. Pendant ce temps, le site ravagé ne désemplissait pas de touristes, et perpétuait le souvenir d'une très mauvaise journée.

Alors que je faisais la queue au péage, un jeune policier est venu me demander mes papiers. J'avais l'air si louche que ça, avec mes yeux bleus et ma petite veste ?

J'ai brandi ma plaque du NYPD et mon badge de fédé.

– Merci, inspecteur, a répondu le môme. Je vous souhaite une bonne journée.

– Mais pourquoi moi ? ai-je demandé.

– Oh ! c'est le hasard. Je contrôle une voiture sur six.

– Et vous procéderiez de la même façon pour remplir une grille de tiercé ?

– Je ne fais qu'appliquer les consignes, monsieur. Au revoir.

J'ai remonté ma vitre et redémarré.

Continue d'obéir bêtement, gamin, et un de ces quatre ton beau tunnel se fera souffler par un camion piégé.

De retour à l'air libre, je me suis faufilé dans le bas Manhattan. S'il était interdit, depuis 2001, de se garer devant le 26, Fed', cela restait autorisé devant l'immeuble voisin du 290, Broadway, pourtant tout aussi officiel. On devait estimer qu'un macaron de stationnement prouvait l'absence d'explosifs à bord.

J'ai tout de suite trouvé une place, et alors que je cherchais où Kate avait rangé ledit macaron – dans la boîte à gants ? sous le siège conducteur ? derrière le pare-soleil ? –, un flic en uniforme a tapoté au carreau.

Que j'ai aussitôt baissé.

– Ces emplacements sont réservés au personnel gouvernemental, monsieur.

– Mais j'en suis. Je cherche mon macaron.

Je lui ai tendu ma carte et ma plaque tout en tâtonnant sous le siège de droite. Pourquoi ma femme était-elle infoutue de ranger ce truc à un endroit fixe ?

Le flic, un dénommé Timmons, m'a rendu mes badges. Comme il tournait les talons, j'ai lancé :

– Dites ! Auriez-vous entendu parler du meurtre d'un chauffeur de taxi ? Un Arabo-Américain. Un Libyen, il me semble. Ça daterait d'hier.

– Où ça ?

– Je ne sais pas. Combien de taxis arabes se sont fait refroidir hier ?

– Un seul, à ma connaissance. L'après-midi, sur Murray Street. Un avis de recherche a été lancé.

– Parce que vous avez un suspect ?

– Oui. J'ai la photo dans la voiture.

– Super ! Dites, si vous étiez une nana, où est-ce que vous rangeriez le macaron ?

Alors que je m'attendais à une réplique du style : « C'est vous l'enquêteur », il a répondu :

– Je refuse de m'aventurer sur ce terrain-là.

– Je vous comprends, ai-je souri. Et on l'a tué comment, ce pauvre bougre ?

– Il a reçu un pic à glace dans le crâne, figurez-vous.

– Aïe ! Et il s'appelait comment ?

Le flic devait se demander pourquoi je n'interrogeais pas

mes chefs, et je n'aurais pas été surpris qu'il veuille revoir mes papiers. Mais il m'a répondu.

– Amir quelque chose. Un nom arabe.

– Peut-être qu'elle l'a gardé dans son sac. Mais pourquoi aurait-elle fait ça ?

– Tout ce que je sais, inspecteur, c'est que vous êtes sur une zone de haute sécurité. Et sans ce macaron, c'est la fourrière.

– Je suis au courant. Je bosse ici. Et le suspect, quel est son nom ?

– Aucune idée.

– Vous avez sa photo, pourtant.

– On a une photo, mais pas de nom.

Intéressant…

– Et elle sort d'où, cette photo ?

– Je l'ignore. Mais c'est un Arabe, lui aussi. La dernière fois qu'il a été aperçu, il portait une veste bleu marine, un pantalon beige et une chemise bleu ciel.

Je ne voyais pas qui avait pu fournir une telle description, étant donné que Khalil supprimait systématiquement ses chauffeurs. Les pilotes du jet privé, peut-être, s'il les avait épargnés.

– Et vous n'avez pas d'autres détails sur les circonstances du meurtre ?

– D'après la Crime, il ne s'agissait pas d'un braquage, mais plutôt d'un différend entre deux types qui se connaissaient.

– Mais si le suspect n'a pas de nom, comment savez-vous qu'il est arabe ?

– C'est ce qu'on nous a dit. Et il n'a pas vraiment une tête d'Irlandais.

– Il serait plutôt du genre brun, les cheveux plaqués en arrière, avec un nez busqué et des yeux de psychopathe ?

– Ouais, ce genre-là. Vous voulez voir l'avis ? Il est juste là, dans la voiture.

– Ne vous embêtez pas.

– Tenez, je crois que je l'aperçois. Sur le plancher.

– Il ne serait pas mieux sur le tableau de bord ?

– Je vous parle du macaron. Derrière vous, au pied de la banquette.

– C'est vrai ?

Je me suis dévissé les cervicales. Le flic ne mentait pas. Était-ce moi qui avais jeté cette merdouille par terre ?

Le temps que je me redresse, le flic avait pris congé. J'ai posé le macaron sur le tableau de bord avant de fermer la jeep et de me diriger vers le 26, Fed'.

C'était une journée magnifique et les visages respiraient la joie de vivre. Même Khalil devait bicher, avec un aussi bon bilan. Le comté de Sullivan, l'aéroport Republic, le Queens, Manhattan… Quatre étapes, cinq cartons. Dont le dernier à seulement quelques rues d'ici. Et tout ça dans la même journée.

Rapide et insaisissable. L'animal n'avait pas changé.

Trois ans plus tôt, Asad Khalil était venu punir les pilotes de l'Air Force qui avaient bombardé Tripoli et sa région en 1986. Les noms de ces hommes étaient hautement confidentiels, et pourtant il les avait obtenus. Si la presse, nos soldats, le peuple américain et l'opinion mondiale avaient appris que nos boîtes à secrets étaient aussi faciles à fracturer et que des vétérans pouvaient se faire trucider à domicile pour des opérations menées quinze ans plus tôt sous la bannière américaine, cela aurait provoqué une crise de confiance d'ampleur cataclysmique, et trop de têtes seraient tombées. Washington avait donc étouffé le scandale, et maquillé ces morts en épiphénomènes isolés. Exactement comme aujourd'hui.

Sauf qu'aujourd'hui je savais ce qui se passait. Par conséquent, l'issue serait forcément différente. Meilleure ou pire, mais différente.

Chapitre 24

L'entrée du 26, Federal Plaza est gardée par des vigiles de la société privée Wackenhut Security, en vertu du brillant concept nommé sous-traitance. Après tout, pourquoi entretenir des agents formés et sous serment quand on peut payer deux fois plus cher de grosses limaces qui n'ont jamais dégainé un flingue de leur vie ? Mais, bon, si ces contrats gouvernementaux font les choux gras de quelques copains du pouvoir, ce n'est sans doute que pur hasard. Il ne faut pas voir le mal partout.

Et si je m'auto-sous-traitais, moi aussi, pour gonfler mon salaire ?

Après les guérites de Wackenhut Security, le grand hall passe sous la surveillance de la « police du FBI », de vrais agents qui n'ont toutefois compétence que sur les équipements fédéraux. En clair, si des terroristes se mettaient à nous canarder depuis le trottoir, la police du FBI aurait juste le droit de crier ses encouragements aux vigiles de la boîte privée. Et d'appeler le NYPD, si ces derniers n'y pensaient pas.

Je me suis dirigé vers le sas de sécurité qui précède les ascenseurs. Comme son nom l'indique, le 26, Federal Plaza est un immeuble gouvernemental, dont les quarante-quatre étages abritent divers gouffres à impôts peuplés de fonctionnaires qui ont tous le sens et l'amour du service public. Les étages 22 à 29 forment cependant un groupe à part : c'est là que résident le FBI et l'ATTF, ainsi que d'autres agences de police ou de renseignement que j'éviterai de citer – ou alors une seule : la CIA. Cette dernière squatte surtout l'immeuble d'en face, le 290, Broadway, mais nous avons malgré tout l'honneur de côtoyer quelques conducteurs d'interrogatoires amènes, de la même manière qu'une poignée d'ATTF ont leur mug au 290. Pourquoi ces échanges d'otages ? Sans doute pour éviter de mettre tous nos œufs dans le même panier, au cas où un avion ou un camion bourrés d'explosifs atomiseraient l'une des deux adresses. Vous me direz, le problème reste entier – enfin, façon de parler – si les deux immeubles sautent d'un coup, et c'est vrai que le pire n'est jamais exclu. Voilà pourquoi nous avons Wackenhut. Et pourquoi je conserve une médaille à l'effigie de saint Michel dans mon tiroir.

Au 26 se trouve également le Bureau de l'immigration et des frontières, qui n'hésite pas à nous signaler les clandestins potentiellement dangereux pour le pays. C'était un allié précieux, en particulier depuis le 11 septembre, et je ne lui reprochais qu'une chose : l'expulsion de ma femme de ménage costaricienne le mois dernier. Encore une mesquinerie de Tom Walsh, sans doute. Et je ne plaisante qu'à moitié.

J'ai pianoté mon code pour débloquer l'épaisse porte en Plexiglas. Les policiers du FBI me connaissaient bien, mais par respect pour leur travail je leur ai montré mon badge.

– Je suis navré pour l'inspecteur Haytham et sa famille, m'a lancé un dénommé Walt.

– Et moi donc, ai-je soupiré. Vous avez du nouveau là-dessus ?

Il a secoué la tête :

– J'en sais ce qu'en dit le journal. Un flic qui se fait descendre par un cambrioleur… C'est vraiment le monde à l'envers.

Walt n'ajoutant rien au sujet de Kate et d'un parachutiste fou, j'en ai déduit que cette partie-là n'avait pas encore atteint les rédactions.

Dans l'ascenseur, j'ai appuyé sur le bouton du vingt-huitième, là où Walsh avait son vaste bureau d'angle. Je me suis élevé dans la tour en pensant à Asad Khalil, à qui nous devions d'être convoqués ce jour-là. Autant l'avouer, j'admirais l'intelligence innée de cet être hors norme, son instinct surdéveloppé et, par-dessus tout, sa capacité d'adaptation. Ce conducteur de chameaux devait être incapable de distinguer un distributeur de billets d'une machine à capotes, et pourtant le voilà qui sautait d'avions en vol, affrétait des jets privés, zigouillait des gens à leur domicile ou dans leur voiture, et nous faisait tous passer pour une bande de nullards. Certes, il avait été formé par les services secrets libyens ; certes, il comptait des amis dévoués sur notre territoire – comme cet Amir quelque chose qu'il avait malencontreusement pris pour un bloc de glace – et, certes, il était convaincu d'accomplir la volonté d'Allah, ce qui doit aider à se lever le matin. Mais cela suffisait-il à expliquer ses méthodes à la James Bond, et la richesse de sa palette ?

Et soudain j'ai tilté.

Boris.

Arrivé au vingt-huitième, je me suis figé sur le palier.

Boris, ancien agent du KGB, avait été recruté par les Libyens pour instruire l'élève Khalil. Or, il ne lui avait pas seulement enseigné l'art du meurtre, du leurre, du déguisement et de la fuite. L'un de ses cours avait pour thème « Comment se dépatouiller dans le monde occidental ». On y apprenait à commander un billet d'avion, à retenir une chambre d'hôtel, à réserver un jet, à louer une voiture – autant de choses qu'Asad Khalil avait déjà accomplies lors de sa précédente venue. Sans compter que Boris, qui parlait un anglais impeccable, avait fréquenté l'École d'études américaines du KGB, ce qui lui avait permis d'initier son brillant disciple aux subtilités de l'anglo-américain.

Ces pensées en ont amené une autre : Khalil voudrait tuer Boris.

J'avais rencontré le Russe une seule fois, au siège de la CIA à Langley, en Virginie. Khalil venait de nous filer entre les pattes et Boris souhaitait nous recevoir, Kate et moi, pour nous parler de sa créature. Pendant cette heure de bavardage somme toute cordiale et plaisante, Boris avait évoqué son propre parcours. Initialement, les Libyens comptaient mettre fin à son contrat – et à sa vie – sitôt qu'il aurait terminé de former Khalil. Mais, voyant venir le coup, Boris s'était fait exfiltrer par la CIA en échange de ses vilains secrets sur la Libye et sur l'ex-KGB. Il bénéficiait depuis d'un passeport américain et de divers avantages en nature, comme les Marlboro à l'œil et la vodka Stoli à volonté.

Nous aurions pu écouter le personnage pendant des heures, mais la rencontre était minutée et nous n'étions pas seuls. Des sbires de la CIA jouaient les mégères en lui flanquant des coups de pied sous la table, et nous-mêmes étions flanqués de hiérarques sourcilleux. Il nous avait avoué son rêve de revoir New York, et il savait que nos chemins se recroiseraient un jour. Pour une raison simple :

– Asad Khalil est une véritable machine à tuer, et ceux qu'il ne fauche pas aujourd'hui, il les fauchera demain.

– Ce n'est qu'un homme, avais-je objecté en haussant les épaules.

– Un homme ? Parfois, j'en doute.

À l'instar du célèbre terroriste Carlos, dit le Chacal, le Lion avait acquis une stature mythique dans les cercles où il était connu. En conséquence, si j'arrivais à lui trancher la gorge, je deviendrais John Corey le Terrasseur du Lion – c'était toujours plus classe que John Corey l'Incontrôlable. Walsh et moi serions reçus à dîner à la Maison-Blanche, à moins que Washington ne me poursuive pour meurtre avec préméditation.

Comment ça, avec préméditation ? Cela fait à peine trois ans que j'y pense !

À la fin de ce thé-vodka, Boris nous avait lancé :

– Bravo pour votre survie, en tout cas. Et tâchez de savourer chaque jour comme si c'était le dernier.

Merci pour le conseil, Ruskof. J'espère que tu l'auras suivi toi-même. Et que tu auras pensé à verrouiller ta porte. Car ton monstre est de retour.

Réflexion faite, et s'il n'était pas trop tard, je me devais de prévenir Boris. Attendre que la CIA s'en charge, c'était supposer qu'il leur fût encore utile. Et puis ce serait l'occasion de demander au Russe comment retrouver Khalil. Dût-il me rire au nez.

De toute façon, j'avais tout intérêt à ce que Boris reste en vie. À choisir, je préférais le voir, lui, dans le rôle de l'appât plutôt que mézigue, George Foster, ou Kate, si Khalil découvrait qu'elle n'était pas morte. Je ne comptais pas Chip Wiggins dans le lot, car j'étais persuadé qu'il avait déjà rendu son dernier soupir. Et que le faire-part allait nous être remis lors de cette réunion.

Tout en longeant le couloir jusqu'au bureau du boss, j'ai décidé de garder la question de Boris pour moi. Après tout, le FBI me faisait le coup sans arrêt. Comme lorsqu'il m'avait caché que l'Iranien se rendait à Atlantic City.

À faux frère, faux frère et demi. Na !

Chapitre 25

– **M. Walsh sera là d'une minute à l'autre.** Vous pouvez vous installer.

– Merci, Kathy, ai-je répondu. Et vous savez où il est ?

Ma désinvolture a troublé la secrétaire.

– Il est, euh… de l'autre côté de la rue.

Au 290, Broadway, donc. Peut-être dans les bureaux de la CIA.

Le capitaine Paresi et l'agent spécial George Foster patientaient dans le bureau, assis de part et d'autre de la grande table ronde. Sur le plateau, des bouteilles d'eau minérale présageaient une réunion longuette, et l'absence de papier avait valeur de consigne : rien ne devait sortir de cette pièce.

J'ai serré la main des deux collègues.

– Comment va Kate ? s'est enquis Foster.

– Elle se repose au calme.

– C'est à peine croyable, cette histoire…

– Je t'en prie, George ! Tu as vu de tes propres yeux de quoi le lascar était capable.

George Foster avait assisté au carnage de l'aéroport JFK trois ans plus tôt, et selon les us et coutumes du FBI, l'affaire Khalil serait la sienne jusqu'à sa mort – que j'espérais lointaine, malgré le retour du Libyen. George faisait également partie de la cellule *ad hoc* des Chasseurs de Lion, avec Kate, moi-même et, jusqu'à hier, notre Arabo-Américain Gabe Haytham.

J'ai tout de suite senti une certaine froideur chez le capitaine Paresi, comme si Walsh avait réussi à le dresser contre moi. Qu'importe que ma femme eût frôlé la mort puisqu'elle était remise, n'est-ce pas ?

– Vous ne m'évincerez pas de cette affaire, ai-je averti.

– Nous apprécions ton dévouement, John, et ta connaissance du suspect nous sera très précieuse.

– Ben voyons…

Orienté plein sud, le bureau d'angle de Walsh offrait une vue imprenable sur le bas Manhattan. Au sud-est trônait le quartier général du NYPD, le 1, Police Plaza, un bâtiment de brique aux allures de forteresse où j'avais travaillé quelques mois. Cette expérience avait failli me rendre marteau, mais au moins j'avais appris comment fonctionnait un centre de commandement, ce qui se révélerait assez précieux au 26, Fed'.

Plus à l'est, l'île était reliée par le pont de Brooklyn à l'arrondissement du même nom. La moitié des musulmans new-yorkais vivaient là-bas, et quatre-vingt-dix-huit pour cent d'entre eux étaient des citoyens honnêtes et travailleurs, venus trouver chez nous ce que leur pays d'origine n'offrait pas. Restaient un ou deux pour cent de délinquants et de criminels, dont seule une infime proportion menaçait la sécurité nationale.

Planté devant la fenêtre, je me disais que même les terroristes avaient besoin d'un lavabo pour se raser, et s'il m'avait fallu – il le fallait – deviner où Khalil se terrait à New York, j'aurais écarté d'emblée les quartiers musulmans. Primo, parce que nous allions forcément nous y déployer. Secundo, parce que les habitants eux-mêmes risquaient de reconnaître ce fugitif pour qui l'État fédéral offrait un million de dollars. Tertio, parce que cela lui ferait beaucoup trop de témoins à éliminer. Crécher à l'hôtel n'était pas beaucoup plus indiqué, à cause des caméras de surveillance et des avis de recherche que le NYPD distribuerait au personnel comme aux clients – ou alors un hôtel de passe, mais j'imaginais mal un type aussi coincé que Khalil côtoyer le stupre. Autres possibilités, l'auberge de jeunesse ou le foyer de travailleurs, où on pouvait généralement payer à la journée, en liquide, et sans piper mot. Ou bien, comme je le suggérais naguère, le professeur Khalil jouissait d'un logement de fonction sur le campus de Columbia.

Mais l'option la plus probable restait celle d'un appartement dans un gratte-ciel de Manhattan. Un pied-à-terre loué par ses mécènes, *via* une société écran, pour héberger les militants de passage dans la Grande Pomme. C'était un procédé courant dans le monde très argenté du terrorisme international, et la plupart du temps nous ne parvenions à localiser ces planques qu'à la faveur d'une filature. Toutefois, dans le cas présent, je doutais que les soutiens de Khalil logent leur « machine à tuer » dans une piaule susceptible d'être surveillée. Ils avaient dû signer un bail tout neuf, rien que pour lui.

En me tournant vers l'ouest, je me suis rappelé que Jack Koenig, le prédécesseur de Walsh, avait orienté son bureau face au World Trade Center, en souvenir de l'attentat du 26 février 1993. Le sort voulut qu'il périsse là-bas à la seconde tentative – ô combien réussie, celle-là – en même temps que David Stein, le prédécesseur de Paresi, et des quelques autres collègues réunis ce matin-là dans l'une des Twin Towers.

La plate-forme d'observation de Ground Zero n'était pas visible d'ici, mais pour m'y être rendu un jour avec Kate je savais à quoi cela ressemblait. Des milliers de visiteurs, venus des quatre coins du pays ou de la planète, perchés au-dessus d'un cratère qui fut provisoirement un charnier de trois mille cadavres. Quand vous faisiez partie des milliers de rescapés à être montés dans ces tours ce matin-là, ou de ceux qui, comme Kate et moi, avaient failli s'y trouver au pire moment, il ne se passait pas un jour sans que vous cherchiez les raisons de votre salut.

Walsh avait collé sur la vitre un autocollant représentant deux tours noires. « 11 septembre : n'oublions jamais ! » exhortait la légende.

« Sinon, ça recommencera », avais-je envie d'ajouter au feutre.

À deux rues d'ici s'étirait Murray Street, là où Amir le taxi avait accompli son ultime course. En admettant que son client voyou fût bien Asad Khalil, que fabriquait ce dernier dans le sud de Manhattan un dimanche ? S'il s'agissait simplement de tuer un chauffeur de taxi, il y avait de meilleurs endroits pour ça. Non, à l'évidence, Khalil fomentait quelque chose ici même, au cœur de la ville. Qu'y avait-il de si attirant dans le secteur ? Eh bien, John Corey habitait la 72e Rue Est, Vince Paresi et sa jeune épouse vivaient à Central Park Ouest, et Walsh, tout comme les Corey, hantait le chic Upper East Side. Et les autres cibles potentielles, comme George Foster, travaillaient toutes ici. Avec un peu de chance, ce fumier ne connaissait pas nos adresses personnelles. Mais en avait-il vraiment besoin ? Il savait où se trouvaient nos locaux, et j'étais à peu près le seul à ne pas respecter d'horaires fixes.

En fait, à la réflexion, il allait de soi que Khalil disposait de fiches très détaillées. Sinon, comment aurait-il appris que Kate et moi sautions en parachute ce dimanche ? L'animal opérait peut-être en solo, mais il avait une équipe dans la place, pour lui préparer le terrain. Des gens d'Al-Qaida, par exemple.

Comme je me détournais de la fenêtre, Tom Walsh est apparu. Il nous a serré la main et nous nous sommes assis.

– Je n'ai pas de bonnes nouvelles, a-t-il fait en lâchant un épais dossier sur la table. Je commencerai donc par les mauvaises.

Chapitre 26

Avant d'entrer dans le vif du sujet, Walsh a décrété une minute de silence pour notre ami Gabe, sa femme et leur fille. Je ne connais pas beaucoup de prières musulmanes, mais je savais ce que Gabe aurait voulu : voir Asad Khalil tomber et payer. J'ai donc prié pour ça.

Un petit mot sur Tom Walsh ? Le grand boss était jeune pour un tel poste – environ quarante-cinq ans –, et Kate le jugeait plutôt mignon, avec ses airs de mannequin gominé sur le retour. Comme on s'en doute, le FBI exige de ses agents des mœurs irréprochables. Tom Walsh menait une existence des plus rangées, même si je le soupçonnais de porter des sous-vêtements féminins – oui, là, je plaisante. Le Bureau aurait sans doute aimé le voir mari et père, mais il ne s'était jamais fait passer la bague au doigt. Il vivait toutefois une relation stable et durable avec une avocate du barreau de New York. J'avais croisé l'heureuse élue dans des cocktails et une fois chez Walsh, et tous deux m'avaient paru tout à fait assortis : posés, réfléchis, ambitieux, narcissiques. Ils ne vivaient pas ensemble, mais dans le cas contraire leurs ego auraient sans doute exigé de faire chambre à part.

La minute de recueillement passée, Walsh a redressé la tête.

– Nous avons retrouvé Chip Wiggins, a-t-il déclaré. (Et puisqu'il n'y avait pas de bonnes nouvelles :) Comme nous le redoutions, il est mort.

Ainsi, Asad Khalil avait enfin bouclé sa mission punitive. Et pourtant nous l'avions toujours dans les pattes. Là où d'autres se seraient dépêchés de rentrer chez eux pour fêter ça, Khalil avait inauguré une seconde liste noire comprenant Kate, les Haytham et probablement tous ceux assis autour de cette table.

J'ai regardé mes collègues. Manifestement, la mort de Wiggins n'avait rien d'un scoop pour Paresi. George Foster, en revanche, semblait sonné, tout pâlichon. Il a bu une gorgée de flotte.

– Elwood « Chip » Wiggins travaillait comme pilote pour la compagnie cargo Alpha Air Freight, basée à Santa Barbara…

Pendant que Walsh déroulait le CV de la victime, j'ai repensé à cet homme vif, affable et indépendant d'esprit, un gars que l'on peinait à imaginer en largueur de bombes. Hélas, son passé avait fini par le rattraper.

– Autrement dit, a continué Walsh, Wiggins avait un emploi du temps très régulier, ce qui le rendait d'autant plus vulnérable.

À bon entendeur…

Histoire de rappeler que j'avais planché sur cette affaire, j'ai placé :

– Wiggins était déjà chez Alpha Air Freight il y a trois ans, lorsque Kate et moi l'avions rencontré dans sa maison de Ventura. Nous lui avions vivement conseillé de déménager ou de changer de boîte…

– Et il aurait dû vous écouter, a coupé Walsh. Bien, voici les faits. Dimanche après-midi, le FBI de Santa Barbara se rend à notre demande au domicile de M. Wiggins, mais il trouve porte close et les voisins ne savent rien. Un peu plus tard, à l'aéroport de Santa Barbara, l'agent Scott Fraser repère devant l'entrée d'Alpha Air Freight un Ford Explorer bleu, dont l'immatriculation confirme qu'il s'agit bien de celui de Wiggins. L'employé qui tient la boutique affirme cependant que le pilote ne reprend son service qu'en fin de soirée, et il ignore pourquoi son véhicule est resté sur le parking. L'agent Fraser demande alors à voir l'avion attitré de Wiggins, et l'employé l'emmène sur l'aire de trafic. Constatant visuellement que le cockpit est vide, Fraser se fait ouvrir la porte afin d'inspecter la cabine.

Walsh a marqué une pause, pour l'effet. Puis il nous a glissé trois exemplaires d'une photo reçue par mail.

Le cliché en couleur montrait… un homme. Affalé au fond d'un petit avion, l'air mal en point. Je sais que les images peuvent mentir, mais sa chemise blanche était barbouillée de sang. Et puis sa tête était posée sur ses cuisses.

– Seigneur ! a sifflé Paresi.

À ma droite, George continuait de se décomposer, encore plus blême que feu Wiggins.

– Les techniciens et le légiste s'accordent sur le scénario. En descendant de son appareil, Wiggins est frappé à quatre reprises avec un objet contondant, en l'occurrence un pied-de-biche dont on voit ici l'une des extrémités ressortir du cou de la victime.

Walsh nous a précisé quelles parties du corps avaient reçu les coups. Et de souligner :

– Vous comprendrez que ces blessures, aussi invalidantes fussent-elles, n'auront probablement pas suffi à lui faire perdre conscience.

Eh non, pardi ! Il fallait le maintenir éveillé pour le grand final, et pour le sermon que Khalil n'aura pas manqué de lui asséner.

Tes bombes ont tué mes sœurs, mes frères, ma mère. Mais je te tiens enfin, Wiggins !

– Après avoir neutralisé le pilote, Khalil l'a remonté dans la cabine puis décapité avec une scie de boucher. Un supplice lent et douloureux.

Sans blague, Tom.

Tandis que George prenait de grandes inspirations pour ne pas flancher, Paresi bouillait sur son siège :

– Sale petite crevure de merde !

On ne pouvait qu'être révulsé par de tels actes et de telles images. Mais de vous à moi, si j'avais eu la possibilité de trancher le cou du Lion, je n'aurais pas hésité une seconde. Asad Khalil et John Corey avaient sans doute peu de points communs, mais tous deux savaient vous rendre la monnaie de votre pièce.

Walsh a ramassé les photos.

– Les faits que nous évoquons là sont extrêmement sensibles, a-t-il souligné. Pas un mot à quiconque, vu ?

– Je compte en parler à Kate, ai-je répondu.

Le boss s'est mordu la joue.

– Oui, bien sûr. Après tout, elle était sur l'affaire originelle. Mais alors de manière officieuse, et sans témoins. Au cas où elle serait amenée à déposer devant un tribunal ou une commission d'enquête.

Le boss se projetait déjà dans la phase judiciaire, celle de l'après-capture. Walsh était un juriste, comme tous ses patrons du FBI et du département de la Justice, et même dans la guerre contre le terrorisme les choses devaient rester nickel. À l'opposé de l'esprit juriste, il y avait l'esprit cow-boy, celui des flics et de la CIA, et on pouvait débattre sans fin pour savoir lequel donnait les meilleurs résultats. Personnellement, je m'en tenais à une observation très simple. Avant le 11 septembre, tout le pouvoir était aux juristes. Depuis, les cow-boys avaient eux aussi voix au chapitre.

Pour compliquer un peu plus la tâche de l'ami Walsh, Washington lui imposait un périlleux numéro d'équilibriste : traquer Asad Khalil tout en niant son existence. Et pendant ce temps, le nombre des victimes passait de cinq à six.

Walsh a repris :

– Un deuxième meurtre, toujours en Californie, semble lié à cette affaire.

Pardon, de cinq à sept…

Chapitre 27

Walsh a feuilleté le dossier d'un geste machinal.

– Avant d'aborder ce deuxième meurtre, je tiens à répéter que nous ignorons comment Asad Khalil est entré sur le territoire. On peut néanmoins supposer qu'il aura pris le chemin le plus direct, c'est-à-dire un vol pour Los Angeles, grâce à de faux papiers portant le sceau d'un pays arabophone.

Le boss voyait juste. Le point d'entrée le plus facile était bien l'aéroport. Mais le faux passeport ne serait pas libyen : nous n'avions plus de relations diplomatiques avec ce pays depuis belle lurette, et les deux malheureux zincs que devait compter sa flotte civile ne s'aventuraient jamais par chez nous. Khalil aurait donc emprunté une autre compagnie, et le motif inscrit sur son formulaire d'immigration et sa déclaration de douane ne serait pas « déplacement professionnel » – trop facile à vérifier – mais juste « tourisme ». Il aurait répondu aux questions de manière simple et concise, en évitant de surjouer ses rêves de Disneyland, et se serait muni d'une réservation d'hôtel – mieux, d'une confirmation de réservation – qu'il n'avait nulle intention d'honorer. Ainsi, après avoir consulté le fichier des terroristes notoires, des *personae non gratae*, des criminels et autres troudics, l'agent de l'Immigation tamponnerait son passeport en lançant : « Bienvenue aux États-Unis. Au suivant ! »

– Nous vérifions les enregistrements vidéo de plusieurs aéroports internationaux, a indiqué Walsh. Par ailleurs, nos collègues de Santa Barbara ont entendu hier soir des responsables de Sterling Air Charters, la compagnie qui exploite le Cessna Citation à bord duquel Khalil a quitté le comté de Sullivan pour Republic, l'aéroport d'affaires de Long Island. (Le chef a sorti un mail de la chemise.) Samedi matin vers 7 heures, un certain Christos Demetrios se présente chez Sterling pour embarquer dans l'avion réservé par sa société athénienne Hydra Shipping. Le pilote et le copilote l'accueillent à bord, et tous trois s'envolent à l'heure prévue. Après deux escales pour refaire le plein à Pueblo, dans le Colorado, et à Huntington, en Virginie-Occidentale, ils atteignent l'aéroport du comté de Sullivan à 18 h 30, heure locale. Ce Demetrios, que l'employé et les deux navigants de Sterling ont reconnu sur les photos d'Asad Khalil, a alors donné rendez-vous aux pilotes pour le lendemain dimanche, vers 10 heures du matin, afin de gagner Buffalo.

Walsh est devenu songeur :

– Nos agents ont interrogé les pilotes hier soir à leur hôtel. Ceux-ci ont décrit un client taciturne et plutôt distant, mais à aucun moment ils n'ont perçu chez lui le moindre signe de nervosité. Il avait pourtant décapité un homme quelques heures avant l'embarquement, et il se préparait à attaquer John et Kate en plein ciel. J'en déduis que nous sommes face à un psychopathe de la pire espèce.

À la bonne heure !

Walsh a poursuivi son récit du périple meurtrier de Khalil :

– Et lorsqu'il est remonté dans le jet, sur le tarmac de Sullivan, il venait de… d'agresser Kate, et là encore les pilotes l'ont trouvé serein, et même souriant !

L'incrédulité de Walsh montrait qu'il n'avait pas bien mesuré la folie messianique d'Asad Khalil. *Ce type poursuit le djihad, Tom. Il carbure à la lumière céleste.*

D'un raclement de gorge, le patron a repris contenance.

– Un seul détail a intrigué l'équipage : pour le second vol, le passager n'avait plus son sac polochon. Celui-ci renfermait sans doute son matériel de parachutisme. À part ça, mais cela ne les a pas particulièrement inquiétés, Khalil avait modifié le plan de vol. La destination n'était plus Buffalo mais l'aéroport MacArthur de Long Island. Puis il a de nouveau changé d'avis, en optant finalement pour Republic. L'oiseau connaît les astuces pour voler incognito…

J'avais lu quelque part que les tueurs en série se sentaient en confiance à partir du troisième meurtre. Ils devenaient plus forts, et plus compétents, jusqu'à ce que leur courbe d'apprentissage s'érode et que la confiance tourne à la négligence. Mais je n'aurais su dire où en était la courbe de Khalil, ni même si cette théorie valait dans son cas. Autrement dit, guetter une erreur de sa part n'était pas la bonne stratégie. Il fallait s'insinuer dans son esprit comme nous l'avions fait la dernière fois, et le laisser venir à nous.

Jusqu'ici, la seule erreur de ce saligaud était de m'avoir épargné.

Le boss nous a regardés l'un après l'autre, moi, George Foster, Vince Paresi.

– Victime numéro sept, messieurs. Homme d'origine libyenne. Nom : Mansour. Prénom : Farid.

Tom Walsh n'est pas ce que j'appellerais un vantard, mais comme tout le monde il éprouve parfois le besoin de se tresser des lauriers :

– J'étais sûr que Khalil disposait d'au moins un contact en Californie, et comme je me souvenais qu'il avait pour vilaine habitude d'éliminer ses complices j'ai demandé aux collègues de L.A. de recenser tous les meurtres ou décès suspects de Moyen-Orientaux survenus ces derniers jours en Californie du Sud.

Le regard de Walsh a refait le tour de la table, et nous avons tous hoché la tête d'un air admiratif.

– La police du comté de Ventura a alors signalé la découverte d'un cadavre anonyme sous un lit d'hôtel, non loin de l'aéroport de Santa Barbara. Sous ce lit croupissaient également des vêtements ensanglantés, et le labo devrait confirmer sous peu que ce sang est bien celui de Chip Wiggins. En apprenant que la chambre avait été retenue au nom de Farid Mansour, la police a fait le rapprochement avec une déclaration de disparition signée d'une Mme Hala Mansour, une ressortissante libyenne sans nouvelles de son mari depuis vendredi – et qui vient d'identifier le corps. D'après nos fichiers, ce Farid Mansour était en cheville avec quelques autres Moyen-Orientaux connus des services. Il aurait été étranglé avec une corde de piano.

Tiens donc ! Khalil avait égaré son pic à glace ?

– Nous ignorons ce que ce Farid Mansour aura remis à Asad Khalil, a conclu Walsh. Sans doute le panier classique – faux papiers, argent, armes –, plus éventuellement du matériel de parachutisme et quelques infos sur Wiggins.

– N'oublie pas la scie, ai-je soufflé.

Le boss m'a fixé d'un œil froid.

– Le bureau de L.A. se charge d'interroger les amis de Mansour, de passer au crible ses achats, ses communications téléphoniques et ainsi de suite. Je vous tiendrai informés s'ils découvrent quoi que ce soit d'utile. Des remarques ? Des questions ?

Paresi intervint :

– Quelle doit être notre attitude vis-à-vis de la communauté libyenne ?

– Pour l'instant, observation passive. On n'aborde personne dans la rue, et on n'invite personne au poste.

J'ai embrayé :

– Le capitaine Paresi m'a parlé de ton idée d'envoyer un SMS sur le portable de Kate, comme quoi des indics libyens auraient bavé.

– Enfumage de base, a répondu Walsh en évitant mon regard. Mais je crois me souvenir que l'idée était de John.

– Pas du tout ! ai-je protesté. Ça vient de toi, je t'assure.

Là-dessus, nous avons échangé quelques remarques en vrac. Puis le boss a réitéré son regard circulaire.

– Messieurs, nous devons partir du principe que Khalil s'apprête à récidiver. Nous ignorons où, quand, comment et sur qui, mais après l'agression de Kate, le meurtre de Gabe et les menaces proférées contre John, il faut se rendre à l'évidence : c'est l'ATTF qui est visée.

À ces mots, le visage de George a viré du blanc au gris, et même ce gros dur de Paresi a rajusté son col de chemise. Avec déjà sept meurtres et une alitée, le péril n'avait plus rien d'abstrait.

– Surtout toi, John, a insisté Walsh. Khalil t'a explicitement désigné comme cible, alors ce serait bien que tu prennes un peu de champ. Tu pourrais rester chez toi le temps de la convalescence de Kate.

Ha ! je l'avais vu venir à un kilomètre.

– Ce n'est pas ce que j'envisageais, ai-je répondu. Je suis tout disposé à jouer les appâts, pour peu qu'on ait un plan digne de ce nom.

– On en reparlera plus tard, a assené Walsh sans omettre d'ajouter : Mais je retiens ton offre, John.

Puis il a changé de sujet :

– Un autre meurtre semble pointer du doigt Asad Khalil. Celui d'un chauffeur de taxi libyen. Le capitaine Paresi t'en a parlé, John ?

– Exact.

– Et, visiblement, tu avais anticipé la chose. Peux-tu nous expliquer ça ?

J'ai haussé les épaules.

– Eh bien, Khalil nous avait déjà fait le coup la dernière fois. Un taxi libyen l'avait conduit de l'aéroport JFK jusque dans le New Jersey, et il lui avait infligé le même sort qu'à… (roulements de tambour)… ce pauvre Amir, sur Murray Street.

Raidissement instantané de Paresi :

– Je n'ai jamais mentionné le nom du gars, ni le lieu du crime !

– En effet, tu ne m'as rien dit.

– Et d'où tu tiens ça, alors ?

Pas question de leur avouer que j'avais tout bêtement sondé un flic en uniforme. Pour rester à bord du navire, j'avais intérêt à cultiver l'image du mec ayant ses entrées en haut lieu.

– J'ai mes sources, messieurs.

Cette réplique n'eut pas l'heur de plaire à mes supérieurs.

– Ça aussi, on en reparlera, a promis Paresi.

Walsh a poursuivi son topo :

– Aucune arme n'a été retrouvée sur place, mais le légiste a noté une perforation dans le crâne du défunt, et il s'attend à ce que l'autopsie révèle une profonde piqûre dans le cerveau, de celles que peut causer un instrument du genre pic à glace. Mais cet Amir n'est pas mort immédiatement. Il a réussi à s'extraire de la voiture, avant de s'effondrer sur le trottoir.

Là, en revanche, je ne reconnaissais plus mon Khalil. La dernière chose qu'on souhaite quand on prend congé d'un macchabée, c'est qu'il se mette à danser *Thriller* devant les passants.

Mon propre cerveau qui, lui, fonctionnait toujours, a soudain exhumé des tréfonds de ma mémoire une anecdote historique. Léon Trostki, le célèbre bolchevik tombé en disgrâce auprès de Staline, avait été assassiné à Mexico par un agent du NKVD, l'ancêtre du KGB. Or, le meurtrier s'était là aussi servi d'un pic à glace, et le barbichu à lunettes avait mis plusieurs jours à succomber. Boris aurait dû avertir son élève : « Nous raffolons du pic à glace, Asad, mais pour un résultat optimal il faut le planter au moins trois fois. »

Walsh n'avait pas terminé :

– La police n'a retrouvé aucun téléphone cellulaire sur la scène de crime. Ni dans le taxi ni aux abords. Et quand on a voulu se procurer les relevés de communications, on a constaté que l'individu n'était abonné nulle part, pas même pour une ligne fixe. S'il possédait un mobile – et il en avait nécessairement un –, soit le contrat était rédigé au nom d'un tiers, soit il s'agissait d'un appareil à carte prépayée, c'est-à-dire indétectable et sans trace. Bref, c'est mort.

Ces derniers mots n'étaient pas très heureux, mais pour le reste je n'étais guère étonné. En général, nos immigrés moyen-orientaux venaient de coins où il valait mieux raser les murs, et la hantise du fichage restait ancrée en eux, ce qui nous compliquait sensiblement la tâche.

– Bien entendu, nous formulons l'hypothèse que ce meurtre est le fait d'Asad Khalil, bien qu'il puisse s'agir d'une coïncidence.

– Tu sais bien que non, ai-je protesté. La preuve : on a lancé un avis de recherche, et la trombine de Khalil décore le tableau de bord de toutes les voitures de police de la ville.

Ni Walsh ni Paresi n'ont réagi. Ils avaient compris à ce stade que John Corey captait toujours Fréquence-Terrain – même si, hélas, c'était de moins en moins vrai. Depuis mon départ du NYPD pour invalidité, mon réseau de confidents et d'obligés rétrécissait d'année en année. Grosso modo, aujourd'hui, mon seul sésame était mon badge.

– La Crime mène l'enquête et nous tiendra au courant, a conclu Walsh avant d'enchaîner sur divers autres éléments.

Sans surprise, les deux sociétés dont Khalil s'était réclamé – Global Entertainment et Hydra Shipping – n'avaient aucune existence légale, et le Liechtenstein et la Grèce allaient mener des investigations sous l'égide d'Interpol. Comme on dit dans les milieux du maintien de l'ordre et du renseignement, « il faut savoir qui a tiré la balle, mais il faut surtout savoir qui l'a payée », et cet adage nous commandait de chercher les soutiens de Khalil. De toute évidence, le djihadiste était aidé, mais par qui ? Et pourquoi ? Sans être expert en géopolitique, je savais que la Libye et son bizarroïde Mouammar Kadhafi filaient doux depuis que nous leur avions mis la pâtée en 1986, et encore plus doux depuis le 11 septembre 2001. Ils n'avaient rien à gagner à soutenir leur ex-terroriste vedette, à part un nouveau déluge de bombes. Dès lors, l'autre force hostile qui venait à l'esprit était évidemment Al-Qaida. L'assassinat discret et anonyme n'était pas vraiment sa tasse de thé, mais le terroriste solitaire et la nébuleuse islamiste avaient pu faire donnant-donnant. Un échange de bons procédés. Nous t'aidons à poursuivre ta petite vendetta personnelle et en retour tu attaques pour nous une cible importante – un bâtiment, un monument, des personnalités. Histoire d'apporter ton écot à la guerre contre les croisés.

Tandis que je réfléchissais, Walsh devisait de choses diverses avec George Foster. J'attendais que le boss soulève cette question du soutien et du financement, et qu'il évoque le risque d'un attentat majeur. Mais, visiblement, cela ne figurait pas à l'ordre du jour. Soudain, je me suis rendu compte que Foster venait de se voir attribuer l'enquête. Cela ne me gênait pas, tant que je n'étais pas mis sur la touche.

Jolie cravate, Tom.

– À présent, messieurs, j'ai quelque chose à vous montrer.

Walsh a empoigné une télécommande et allumé le téléviseur niché dans un coin du bureau. Quelques secondes plus tard, nous regardions une bande de demeurés plonger d'un avion en vol. La première scène était filmée par un sauteur en chute libre, ce qui expliquait le léger tremblé de l'image. Je reconnaissais néanmoins la vingtaine d'idiots qui convergeaient les uns vers les autres en position de Superman, comme s'ils ne supportaient pas d'être séparés plus de six secondes. Celui qui battait des ailes, tel un canard estropié, ce devait être Craig.

– Je ne t'aurais jamais cru parachutiste, a confié Walsh sans détacher son regard de l'écran.

– Tu rigoles ? On adore ça, Kate et moi. Tu devrais essayer.

Je me ferai un plaisir de préparer ton parachute…

Le boss a avancé le film. Le plan suivant était tourné depuis le sol, au téléobjectif. Parmi les taches colorées qui flottaient dans le ciel, on distinguait un tandem en chute libre, puis un troisième sauteur qui s'efforçait de les rejoindre. Le parachute de Kate s'est ouvert, bientôt suivi du mien.

Dans le murmure des spectateurs au sol, un homme a lancé :

– Regardez !

Walsh a figé l'image.

– Tu n'es pas obligé de regarder, John.

Je lui ai fait signe de continuer. Par contre, lorsqu'il m'a demandé d'assurer le commentaire, je l'ai renvoyé à la lecture de mon futur rapport.

Je me suis vu dégainer et tirer deux fois sur Khalil, mais il fallait le savoir pour discerner quoi que ce soit à l'écran.

Les voix au sol s'intensifiaient. Les copains avaient compris que quelque chose clochait. Pourtant, même avec un zoom surpuissant, la situation demeurait confuse. J'ai indiqué à mes collègues le moment où Khalil poignardait Kate.

Sa besogne accomplie, le terroriste prenait la tangente, ouvrait son parachute et sortait de l'image en mettant le cap sur le bois. Le cameraman restait focalisé sur Kate et moi, et sur mes efforts pour l'atteindre.

Voyant nos parachutes s'emmêler, les copains au sol ont poussé des cris d'effroi. Puis nous sommes repartis en chute libre et ils ont retenu leur souffle. Un profane aurait pu croire que nous courions à une mort certaine, mais eux savaient qu'une voile en torche était pire que tout.

– Tu peux nous expliquer ? a fait Paresi.

– Là, j'ai foncé sur Kate pour lui ôter son parachute principal et lui redonner de la vitesse. Pour éviter qu'elle meure avant de toucher terre. Mais il nous restait nos voiles de secours.

Sans quoi je ne serais pas ici.

Cette seconde chute a paru interminable, et même si j'en connaissais l'issue, j'avais l'impression que les deux petites voiles n'allaient jamais s'ouvrir à temps. Après leur éclosion, notre vitesse restait élevée, et je me suis surpris à bander mes muscles sur mon siège, en prévision du choc. Mais seul l'atterrissage de Kate fut filmé. Le cameraman avait dû stopper sa bécane pour accourir, car la séquence suivante montrait l'arrivée tonitruante de l'ambulance. Au second plan, j'ai entrevu ma carcasse penchée sur le corps de Kate, avant que nous soyons cachés par des dos en combinaison.

Le cameraman s'est frayé un chemin parmi les gens attroupés, dévoilant peu à peu des bribes de Kate et des ambulanciers. Puis Walsh a éteint le poste.

– Chapeau, John, a-t-il dit.

– Le culot de ce mec ! a craché Paresi.

– Allez, messieurs. Quinze minutes de pause.

Je me suis levé sans un mot pour gagner l'ascenseur. Seul dans la cabine, j'ai fermé les yeux et me suis senti tomber à 320 kilomètres-heure, dans les vapeurs de sang de ma femme, le cœur battant à se rompre…

– Je ne te laisserai pas de seconde chance, ai-je grogné tout haut. Tu as laissé filé la première, maintenant tu vas morfler.

Chapitre 28

Assis à mon bureau, je laissais flotter mon regard sur les cloisons basses de la salle. À l'heure du déjeuner, Fedland était un désert – contrairement aux locaux du NYPD, où il traînait toujours du monde.

À trois boxes du mien, le bureau de Gabe Haytham. Les gars des ressources humaines avaient déjà remisé son bazar dans de jolis cartons blancs – une pile pour les documents de travail, une autre pour les fournitures et les babioles.

À l'autre bout de l'*open-space* s'alignaient les cases du FBI, dont celle de Kate.

– On glande, capitaine ? ai-je lancé en voyant s'amener Paresi.

Il a pris la chaise voisine de la mienne.

– Comment ça va, John ?

– Très bien.

– Tu es sûr ?

– Pourquoi ?

– Je crois que tu souffres de stress post-traumatique.

Bravo ! Walsh avait trouvé un argument imparable pour me mettre en congé d'office.

– Personne ici ne trouverait anormal que tu veuilles rester auprès de ta femme, tu sais. C'est le rôle d'un époux, après tout.

Ayant lui-même été marié trois fois, il devait être de bon conseil.

Puis il est revenu à la charge :

– Qui t'a parlé du meurtre d'Amir ?

– J'ai mes sources, ai-je maintenu.

– Bon. Tu peux me passer ton dossier sur Khalil ?

J'ai sorti mes clefs pour ouvrir mon classeur métallique et en extraire la chemise intitulée « Programme de dialogue et d'initiatives avec la communauté musulmane ».

– Je suis sûr que tu lis ces notes avec beaucoup d'intérêt, a souri Paresi.

– Qu'est-ce que tu crois ? C'est moi qui ai institué les concours de burqa mouillée dans les bars à chicha de Bay Ridge !

Le capitaine a ouvert le dossier et tourné quelques pages.

– Au sein de la communauté musulmane, ai-je expliqué, seuls les Libyens connaissent le nom de Khalil. Le père d'Asad, le capitaine Karim Khalil, était jadis un haut dignitaire du régime, et les Khalil entretenaient des rapports très étroits avec les Kadhafi. Le capitaine Khalil est devenu un martyr de l'islam en se faisant buter par de supposés agents du Mossad, mais en réalité c'est Mouammar en personne qui a commandité son assassinat.

– Vraiment ? Et pourquoi ?

– À en croire la CIA, Mme Khalil, la maman d'Asad, aurait été la maîtresse du colonel.

– Sérieusement ?

– Va savoir ! C'est la CIA qui a brandi cette info, pour retourner le Lion contre Kadhafi.

Paresi s'est gratté le menton, songeur.

– Je ne peux pas t'en dire plus, Vince. Si ce n'est qu'il faut toujours se méfier des petits gars du 290, Broadway.

Il a acquiescé d'un air entendu.

– Malgré le départ de Karim Khalil pour le paradis, ai-je poursuivi, la petite famille s'est maintenue dans l'ancienne cité militaire italienne d'El Azizia, près de Tripoli, une résidence de luxe où Kadhafi possédait lui-même une maison. Jusqu'à cette fameuse nuit du 15 avril 1986, quand quatre F-111 de l'US Air Force ont lâché huit grosses bombes sur le quartier, tuant la fille adoptive de Kadhafi ainsi que la mère, les frères et les sœurs d'Asad.

– Et comment se fait-il qu'il ait survécu, cet enfoiré ?

– Mystère… Mais lui te dirait que Dieu l'a laissé sur terre pour qu'il venge les siens ainsi que leur grand leader.

– D'où son acharnement, même après toutes ces années.

– Moi aussi, à sa place, je l'aurais mauvaise.

– Et donc, Chip Wiggins était le dernier pilote du raid à ne pas avoir rendu gorge ?

– Exact.

– Mission accomplie, donc. Khalil peut remballer.

– Certes. Mais quand on s'est tapé tout ce chemin, ce serait dommage de repartir sans quelques têtes de plus, non ?

Paresi a recommencé à feuilleter le dossier.

– Et que vais-je trouver d'utile, là-dedans ?

– Les noms et les coordonnées de tous ceux qui ont planché sur cette affaire à travers le monde. Au sein d'Interpol, ou dans des services étrangers. Et des listes d'informateurs.

– Et un récapitulatif des dernières apparitions de Khalil, peut-être ?

– Non, la page est blanche. Le Lion n'avait plus donné signe de vie depuis trois ans. Les vrais pros veillent toujours à se faire oublier lorsqu'ils préparent un gros coup.

– Alors tu crois qu'il aura passé tout ce temps à se préparer ?

– Va savoir. Il est peut-être allé combattre en Afghanistan ou en Irak.

– Et cette récompense d'un million de dollars ? Personne ne l'a réclamée ?

– Non, mais j'espère qu'elle aiguise les appétits.

– Sûrement. C'est par ce biais-là qu'on réalise quatre-vingt-dix-neuf pour cent de nos prises. Le fric délie les langues.

– Sauf quand les gens crèvent de trouille. Ou que la personne recherchée est une légende vivante. On offre combien, déjà, pour Ben Laden ?

– Vingt millions, je crois.

– Et pour Saddam Hussein ?

– Vingt-cinq.

– Et ça donne quoi ?

– On verra bien.

Nous nous sommes alors demandé où le Lion pouvait se terrer. Paresi pensait comme moi qu'il éviterait les quartiers musulmans, de peur d'être repéré par les flics ou dénoncé par un riverain.

– Il est clair que Khalil ne manque ni de fonds ni de moyens, ai-je dit, et qu'il s'appuie sur un réseau de coreligionnaires, ou sur une cellule terroriste dormante. Ses alliés possèdent sûrement quelques planques à Manhattan. Des appartements loués au nom d'une société pour les djihadistes de passage. Si ça se trouve, il y en a une dans ton immeuble.

– Ou dans le tien ! a riposté Paresi.

– Ou même dans celui de Walsh. Une seule certitude : Khalil ne va pas squatter le canapé du cousin Abdul. Il évitera le plus possible de côtoyer ses compatriotes, et lorsqu'il aura besoin d'eux il passera par un ou deux intermédiaires de manière à ne jamais traiter directement avec ses serviteurs. Ce Farid, en Californie, et cet Amir, à New York, je te parie que c'était la première fois qu'ils le voyaient – et aussi la dernière, hélas.

Après quelques instants de réflexion, Paresi a ajouté :

– Tu sais, ce mail que Walsh a envoyé sur le Nextel de Kate. J'ai bien compris que le but était de l'embrouiller, mais est-ce vraiment souhaitable ? S'il ne peut plus se fier à ses complices, il se passera de leur aide et s'en trouvera affaibli. Mais ça signifie qu'on brise la chaîne humaine qui nous permettrait de remonter jusqu'à lui.

– C'est vrai. Mais à tout prendre, je préfère le savoir isolé et aux abois. Pour en revenir à ces tanières dans les immeubles de Manhattan, nous en connaissons au moins trois. Il faudrait les surveiller non-stop.

– C'est déjà le cas, John.

– Tant mieux. Cela dit, je suis quasi certain que ses mécènes lui auront loué une piaule toute neuve.

Paresi s'est étiré sur son siège.

– Je sens qu'il va falloir être inventifs pour coincer ce connard...

– Sans doute. Mais on l'aura.

– Ouais, on l'aura. Tous les meurtriers laissent des traces, et parfois ils se grillent tout seuls.

– Et puis on a l'avantage de connaître l'une de ses prochaines cibles, sinon toutes...

Le capitaine s'est soudain souvenu qu'il était menacé, lui aussi.

– On discutera de notre sécurité en remontant chez Walsh, a-t-il promis.

– Très bien. Maintenant, dis-moi à quoi tu penses.

Il a levé un sourcil.

– À quel sujet ?

– D'après toi, que vont lui réclamer ses financiers, en contrepartie de leur aide ?

– On peut spéculer autant qu'on veut, John. Pour l'instant, nous ne savons rien du tout.

– Eh bien, il serait peut-être temps de s'en inquiéter. Il faut chercher tous les signes avant-coureurs d'une attaque terroriste.

– Il faut surtout arrêter ce malade le plus vite possible, John. On l'interrogera sur ses intentions quand on lui aura passé les menottes.

Je sentais le capitaine gêné aux entournures, comme s'il refusait – ou qu'on lui eût interdit – de discuter de l'affaire avec moi.

Paresi était un bon flic. Comme moi, il avait découvert un tout nouveau monde en quittant les trottoirs de la ville pour l'antiterrorisme. Mais nous avions pris nos marques et faisions de notre mieux pour défendre la vérité, la justice et l'idéal américain – sauf lorsque, suite à une couille, on nous ordonnait de fermer les yeux et de la boucler. Malgré tout, dans l'esprit de nos supérieurs, nous restions des pièces rapportées. J'en veux pour preuve qu'ils ne nous demandaient jamais de commettre un acte limite ou discutable – ce qui m'obligeait à les commettre de mon propre chef.

Comme s'il lisait dans mes pensées, Paresi a lâché :

– Je sais que tu pourrais être tenté de régler cette affaire à ta façon, John. Alors, voici mon conseil : n'en fais rien. Et si jamais tu décidais de passer outre, surtout, sois prudent. Et ne rate pas ton coup. Si tu te plantes, tu seras envoyé aux assises. Et si tu es imprudent, tu te feras tuer. Mais bien entendu, je ne t'ai rien dit.

Je ne lui ai donc rien répondu.

Sur ce, il a regardé l'heure.

– On a déjà une minute de retard.

Il est reparti vers l'ascenseur, le dossier Khalil sous le bras.

Après quelques minutes, je me suis décidé à le suivre.

Chapitre 29

Walsh n'a fait aucune allusion à mon retard, et personne ne m'a expliqué pourquoi George Foster n'était plus là. J'ai remarqué que Paresi s'était débarrassé du dossier Khalil.

Le boss s'est éclairci la voix.

– Tout d'abord, John, je tiens à te remercier pour ton travail et ton implication sans faille dans cette affaire, particulièrement méritoires quand on sait ce qu'a traversé Kate, et tout le stress que tu subis en ce moment.

Pour les distraits, le mot du jour était « stress ».

– Merci, Tom.

– Aussi, après examen de la situation, et après consultation du capitaine Paresi, je te conseille vivement de solliciter un congé exceptionnel qui te permettra de prendre soin de Kate le temps de sa convalescence.

Comme je ne réagissais pas, il a précisé :

– Avec maintien de salaire, bien sûr.

– Quelle durée, ce congé ?

– Trente jours. Peut-être plus.

– Trente jours ? Mais cette affaire sera pliée dans la semaine, les gars ! Quelle qu'en soit l'issue.

Ignorant ma prédiction, Walsh a poursuivi :

– Tu resteras tranquillement chez toi, en limitant tes sorties au strict minimum.

– Je pourrai aller aux matchs des Yankees ?

– Non. Mais tu pourras profiter de ce temps libre pour

rédiger ton rapport d'incident, ainsi qu'un mémoire confidentiel et exhaustif sur Asad Khalil et les événements d'il y a trois ans.

J'ai observé Paresi du coin de l'œil, pensant qu'il allait dire : « John vient justement de me remettre un gros dossier là-dessus, Tom. Je vais te le photocopier. » Mais il est resté muet. À mon avis, il en avait ras-le-bol de se faire baiser par le FBI, alors il avait décidé de garder le butin pour lui. Pourquoi serait-il le seul à partager ses infos, après tout ? Au fond de lui, le capitaine rêvait que ses inspecteurs – moins John Corey – débusquent Asad Khalil sans l'aide du FBI, et il avait bien raison. Ça a du bon, la compétition. Nous ne sommes pas socialistes. Nous ne jouons pas collectif. Nous sommes des individualistes, des Américains, des cow-boys.

– John ?

J'ai ramené mon attention sur Walsh.

– Je disais que j'aimerais recevoir ce rapport et ce mémoire sous soixante-douze heures.

Et moi, je brûlais de lui dire que dans soixante-douze heures nous serions tous morts, et qu'il pouvait donc se brosser pour que je lui ponde la moindre ligne. Mais je m'en suis tenu à :

– Pas de problème.

– Je te garantis que cette demande de congé n'aura aucune incidence sur ta carrière, et que personne ne te reprochera d'avoir demandé à rester auprès de ta femme.

Cela devenait franchement grotesque. Ma carrière ? Quelle carrière ? J'étais contractuel, banane ! Et un de ces jours j'allais le lire, mon contrat, pour voir comment me tirer d'ici !

Walsh a dû prendre mon silence pour une marque d'hésitation, ou de scepticisme vis-à-vis de ses promesses. Alors il en a remis une couche :

– Je glisserai une lettre de recommandation dans ton dossier professionnel, pour saluer ton action au sein de cette brigade et ton apport décisif à cette enquête.

– Et j'en ferai autant, a complété Paresi comme s'il récitait une réplique.

Merci, Judas. Si j'avais bien compris, plus je me taisais, plus j'obtenais. Encore dix minutes de silence et ils me paieraient le retour en tacos, ainsi qu'un pass de métro. Mais cette réunion n'avait que trop duré, alors j'ai répondu :

– C'est chic de votre part.

Par acquit de conscience, Walsh s'est fendu d'un petit rappel au règlement :

– Cette affaire, comme toutes celles que nous traitons, est confidentielle. Or, il est bien stipulé dans ton contrat que tu t'engages à ne jamais évoquer ni divulguer d'informations relatives au travail de notre Force.

J'ai regardé ma montre.

– Aussi, a continué le patron, je te prierai de n'aborder cette affaire devant personne – ni avec tes collègues, ni avec la police d'État, ni avec aucun service de police ou de renseignement –, sauf autorisation explicite de ma part.

– OK.

– Il en va de même pour Kate.

– D'accord. On a fini ?

– Non. La hiérarchie exige un silence total vis-à-vis de la presse. Pas un mot aux journalistes. Par ailleurs, j'ai demandé à Vince (il a pointé la tête vers le capitaine Paresi, où cas où j'aurais oublié qui était Vince) de vous placer sous protection rapprochée et permanente, Kate et toi.

– Des hommes du GOS se relaieront vingt-quatre heures sur vingt-quatre dans le hall de ton immeuble, a précisé Paresi.

C'était avec eux, le groupe des Opérations spéciales, que nous avions filoché le diplomate iranien au casino. Composée d'agents du NYPD et de quelques FBI, cette division de l'ATTF était spécialisée dans la surveillance, la contre-surveillance et la protection individuelle. Ses membres étaient tous très compétents, mais je les semais quand je voulais.

– Vous aussi, vous auriez besoin des Op-spé, ai-je rappelé.

– Le capitaine Paresi et moi prenons toutes les précautions nécessaires, merci.

– Tant mieux. Ça me fera un souci de moins.

Comme c'était hilarant, nous avons tous trois grimacé un sourire de circonstance.

Puis je les ai prévenus :

– Je refuse d'être suivi partout.

Walsh a réprimé un soupir.

– John, une équipe spéciale te suivra dans tous tes déplacements.

– Mais je suis un grand garçon ! Et j'ai un flingue.

– Écoute, John, a repris Paresi. Nous ne voulons pas perdre un deuxième agent – même pas cet enquiquineur de John Corey. C'est pourquoi toi, moi, Tom, George et probablement quelques autres allons tous être placés sous escorte. Ce pourrait être un moyen d'attraper Khalil, d'ailleurs.

À ce propos, j'ai dit à Walsh :

– Je suis toujours partant pour servir d'appât, si nécessaire.

– Je crois que nous sommes tous des appâts, désormais, a-t-il répondu d'un air philosophe.

Tom Walsh s'était enfin rendu à l'évidence : ne sachant où chercher Khalil, il n'y avait plus qu'à l'attendre. Ou à l'attirer. D'où le fait qu'on m'autorise tout de même quelques sorties. Au fond, Walsh et Paresi se fichaient pas mal de savoir où je me rendais – du moment qu'on agitait l'asticot.

En soi, le plan n'était pas mauvais, mais ce n'était pas le mien. Dans mon plan à moi, il n'y avait ni flics ni agents du FBI pour effaroucher, capturer ou même supprimer le Lion. Dans mon plan à moi, nous n'étions que deux : John Corey et Asad Khalil.

Paresi a résumé l'idée autrement :

– Dis-toi que, malgré ton congé, tu pourrais être amené à jouer un rôle décisif dans cette affaire.

– Un peu comme l'espion qui venait du froid, a renchéri

Walsh. Officiellement on t'écarte, mais officieusement tu sers d'appât.

– Oui, j'avais saisi.

– Parfait. Alors, c'est d'accord ?

Faute de grives…

– C'est d'accord.

– Pour tes sorties, a expliqué Paresi, tu porteras un gilet en Kevlar, une puce GPS, ainsi qu'un micro et une oreillette pour communiquer avec ton escorte. Mais tu connais la chanson…

J'ai confirmé d'un signe de tête.

– Tu passeras prendre le matos en partant.

– Sans faute.

– Une dernière chose, a fait Walsh. Demain matin, l'hélicoptère médical du NYPD emmènera Kate à l'hôpital Bellevue.

– Super. Je tiens à être du voyage.

– Entendu. L'appareil partira de l'héliport de la 34e Rue. On t'indiquera l'heure par téléphone ou par SMS.

– Très bien.

– Bon. Je crois qu'on a fait le tour. As-tu des questions, John ? Ou besoin d'éclaircissements sur tel ou tel point ?

– Il se trouve que oui. Vois-tu, Tom, j'ai l'intime conviction qu'Asad Khalil est en dette envers ceux qui ont payé pour l'avion et pourvu à ses besoins logistiques. Es-tu prêt à en convenir ?

– Eh bien, il ne fait aucun doute que l'animal a des soutiens. Quant à savoir si cette aide suppose une contrepartie, rien ne permet de l'affirmer. La contrepartie, ce n'est peut-être rien de plus que cette série d'assassinats.

– Je n'y crois pas, Tom.

– Si ça peut te rassurer, tu n'es pas le seul à t'interroger. Washington est au courant de la situation, et le contre-espionnage a été mis sur le coup.

– Et sais-tu si la Sécurité nationale compte relever le niveau d'alerte ?

– Non, John, je n'en sais rien. Tu n'as qu'à regarder le journal télévisé.

Le patron s'efforçait de me remettre à ma place, dans ma petite case cloisonnée. Le tableau d'ensemble ne me regardait pas, sauf si monsieur en décidait autrement. C'était comme ça qu'on récoltait un 11 septembre.

J'ai tourné mon regard vers les fantômes des Twin Towers.

– Au moins, je vous aurai prévenus…

– Et je t'en remercie, John. C'est noté.

– Comment ça, noté ? Parce qu'il y aura un procès-verbal, peut-être ? Je croyais que c'était une réunion informelle.

– Une réunion de service, a corrigé Walsh de manière parfaitement stérile. Rien d'autre, John ?

Si, Tom. Je comptais te parler de Boris, et des infos qu'il pourrait nous apporter sur Asad Khalil. Mais puisque tu fais ta tête de con, je vais garder ça pour moi. À moins que tu n'aies toi-même entrepris de consulter Boris en douce ? Dans tous les cas de figure, va te faire mettre !

– John ?

– Non, Tom. Rien d'autre.

– Bien.

Il s'est levé, je me suis levé, Paresi s'est levé.

– Merci, messieurs, pour votre attention et vos remarques. La difficulté de cette affaire n'est pas seulement professionnelle. Elle nous affecte personnellement.

Tu m'étonnes. On cherche à nous tuer.

– Mais la meilleure façon de réussir cette enquête, a continué le chef, c'est de respecter les procédures et les instructions, en mettant nos sentiments de côté.

Mais où diable voulait-il en venir ?

Puis il a sorti les violons :

– L'important, ce n'est pas nous, mais la sécurité de notre pays. Notre mission est de la maintenir vaille que vaille, coûte que coûte, avec tous ceux qui, jour après jour, mènent la guerre au terrorisme. C'est ainsi, j'en suis convaincu, que nous parviendrons à livrer cet homme à la justice.

Sur ces belles paroles, nous nous sommes serré la main. Mes deux collègues m'ont chargé de transmettre leurs amitiés à Kate, et j'ai réussi à atteindre la porte avant Paresi.

Mais Walsh n'en avait pas fini avec moi :

– Attends, John, je dois te dire deux mots en privé.

– Passe me voir avant de partir, a dit Paresi en s'éloignant.

J'ai regagné le bureau, sans m'asseoir. Walsh a lancé :

– Le département d'État m'a fait part de récriminations concernant un incident qui serait survenu pendant ta mission de surveillance de la semaine dernière, au casino Taj Mahal d'Atlantic City.

– Je sais. Je n'aurais pas dû acheter ces jetons avec les deniers du Bureau.

– Je te parle de l'agression d'un diplomate iranien, dans les toilettes pour hommes.

– OK. Je vérifie mes notes et je te rappelle.

Il m'a dévisagé. Un brin hostile.

– Tu as démontré par le passé un certain penchant pour la justice expéditive, John. Mais je ne veux pas de ça ici.

– OK !

– Nous ne sommes pas des redresseurs de torts. Notre métier n'est pas la vengeance, et encore moins la vengeance personnelle. Vu ?

– Vu.

– Maintenant, dis-moi : pourquoi penses-tu que cette affaire connaîtra un dénouement rapide ?

– Je le sens, Tom.

– Tu le sens ? C'est ça, ta démonstration ?

– Parce que tu veux une démonstration ? OK, allons-y. Tout d'abord, Asad Khalil est un rapide. Nous n'avions pas encore trouvé le cadavre de Farid Mansour qu'il avait déjà buté Wiggins, la famille Haytham, Charles Taylor et Amir le taxi, et failli buter Kate. Pour l'instant, il observe une pause, parce qu'il sait que nous sommes aux aguets, et que ça l'amuse de nous faire mariner – n'oublions pas qu'il est joueur. Mais il y aura une suite, car il me l'a juré. Et ça ne devrait plus tarder, car à mon avis son plan est bouclé depuis longtemps. Khalil déteste l'improvisation. Il sait comment il va nous cueillir, et là encore il fera un tir groupé, pour nous déborder.

– Donc, tu penses qu'il y aura d'autres victimes.

– Oui. Mais je peux me tromper. Peut-être qu'il ne s'en prendra qu'à moi.

– Il se peut aussi qu'il ait quitté le pays, la situation devenant trop dangereuse pour lui.

– Non, Tom. Je sais qu'il est toujours ici.

– Tant mieux, d'une certaine manière. Ça nous permettra de l'attraper.

En me raccompagnant à la porte, Walsh a ajouté, sur un ton presque complice :

– Si d'aventure tu en venais à tuer cet homme et que tu ne puisses prouver la légitime défense, tu serais automatiquement poursuivi pour meurtre. Tu en es conscient ?

Je n'ai rien répondu.

– Washington le veut vivant, John.

– Mais pourquoi, à la fin ?

– Je ne sais pas. Sans doute estime-t-on qu'il peut encore servir. Quoi qu'il en soit, nous ne sommes pas là pour exécuter les gens. Ni pour leur écraser les bijoux de famille, entre parenthèses. Nous sommes là pour remettre les terroristes à la justice fédérale.

Je lui ai montré par une vilaine moue tout le bien que je pensais de cette solution.

– Asad Khalil passera le restant de ses jours en prison, John.

– Rien ne te permet de l'affirmer.

– Je sais que tu aimerais le voir mort. Œil pour œil, dent pour dent. Mais dis-toi que la prison à vie est un châtiment bien plus cruel que la mort. Cela vaut aussi bien pour Khalil que pour toi…

– Nous aurions largement de quoi le faire condamner à mort, pourtant. Mais l'État fédéral ne réclame jamais la peine capitale dans ce type d'affaire, même pour des meurtres de masse.

– Parce que nous ne voulons pas en faire des martyrs, John. Mieux vaut les laisser pourrir sur pied.

Et nous ne voulons pas choquer les opinions mondiales avec nos lois barbares, aurait-il dû ajouter. Mais je ne souhaitais pas polémiquer.

– Je comprends ton point de vue, Tom.

Hélas, ça ne lui suffisait pas. Il voulait me convaincre.

– Pense à toi, à Kate, à ton pays…

– J'y pense jour et nuit.

– Si tu apprends quoi que ce soit sur la position ou les intentions de Khalil, ou si jamais il te contacte, tu devras m'en informer sur-le-champ. Promets-le-moi.

– Que pourrais-je bien faire de tels renseignements, hein ?

Il a haussé le ton :

– Si tu refuses de me donner ta parole, je te fais assigner à résidence ! Avec bracelet électronique et tout le bazar. Est-ce bien clair, inspecteur ?

Il bluffait, évidemment. Pour capturer Khalil, il avait besoin que je déambule avec mon armada aux basques. Mais si je voulais garder un minimum de latitude, j'avais intérêt à me coucher.

– Alors, John ?

Les yeux dans les siens, j'ai débité :

– J'ai bien conscience qu'il ne s'agit pas d'une affaire personnelle. Je ne te cacherai rien, je ne tenterai rien sans ton aval et je ne m'éloignerai pas de mon escorte. Et si je devais tomber nez à nez avec le suspect, je respecterai les règles définissant l'usage proportionné de la force. Je te le promets, Tom.

– Bon. J'aime mieux ça.

Nous avons scellé notre entente d'une poignée de main, et j'ai quitté son bureau en me disant qu'il avait raison. Transparence, discipline. La justice plutôt que la vengeance. Mais le temps d'atteindre l'ascenseur, j'avais retrouvé mon état d'esprit antérieur, celui où je revoyais en boucle Khalil égorger Kate.

Brrr ! Je ne connais rien de plus angoissant qu'un éclair de sagesse.

Chapitre 30

Je suis redescendu au vingt-sixième récupérer quelques affaires, et j'ai fait une halte au bureau de Gabe pour sortir d'un carton son exemplaire du « Programme de dialogue et d'initiatives avec la communauté musulmane ». Dans une autre boîte portant l'inscription « Haytham – Personnel », un coran et un livre de poche dormaient au milieu de stylos, de trombones, de Post-it et de rasoirs jetables. J'ai examiné le bouquin, un recueil de proverbes arabes traduits en anglais. Sur l'une des pages cornées, cette phrase soulignée au crayon : « La mort le redoute, car il a le cœur d'un lion. »

En reposant le livre, mes doigts ont rencontré la surface froide d'un cadre, et j'y ai découvert le portrait de deux femmes souriantes : l'épouse et la fille de Gabe. Elles aussi avaient été assassinées, de sang-froid, et pour rien. Autant je comprenais la logique derrière les autres crimes de Khalil – une logique fanatique et perverse, mais somme toute cohérente –, autant les meurtres gratuits me soulevaient le cœur, même après dix ans de police criminelle. Et dire qu'ils voulaient ce type vivant…

J'ai refermé le carton et obliqué vers le bureau de Kate. Sur la première page de son sous-main, j'ai écrit au feutre rouge : « Bon retour parmi nous, chérie. » Puis j'ai retraversé la salle et interrogé mon répondeur dans l'espoir d'y trouver un message d'Asad Khalil. Je lui avais laissé mon numéro trois ans plus tôt, afin qu'il me rappelle et qu'on s'organise un truc la prochaine fois qu'il serait dans le coin. Malheureusement, il n'en avait rien fait. Mais maintenant qu'il détenait les Nextel de Kate et de Gabe, donc l'ensemble de mes numéros, professionnels comme privés, il n'avait plus aucune excuse pour me battre froid. J'étais sûr de réentendre le son de sa voix très prochainement.

J'ai allumé mon ordinateur, relevé mes mails et imprimé quelques-uns d'entre eux. J'ai également tiré dix copies de la photo jointe à l'avis de recherche du Lion, que j'ai glissées dans le dossier Khalil de Gabe.

Les gens commençaient à remonter de la cantine pour voir comment la guerre contre le terrorisme avait progressé en leur absence. N'ayant aucune envie d'affronter le bla-bla des collègues, j'ai éteint l'ordi et me suis esquivé. J'étais censé retirer ma puce GPS et mon oreillette au service technique, mais ça m'est sorti de la tête. Paresi voulait aussi que je m'arrête chez lui, mais avec tout ce stress je devenais facilement oublieux…

De retour à l'air libre, j'ai sauté dans ma jeep et roulé jusqu'à Murray Street pour voir la scène de ce que j'espérais être l'ultime crime d'Asad Khalil. M'arrêtant devant l'immeuble du fisc, j'ai tâché d'imaginer cette rue un dimanche après-midi. Personne n'habitait dans ce quartier de bureaux, et lesdits bureaux seraient vides. Cela signifiait des trottoirs déserts. Khalil n'avait donc pas choisi cette rue au hasard. Soit il la connaissait, soit, plus probable, elle lui avait été recommandée par un tiers. Comme les précédents, ce meurtre dénotait un riche travail d'équipe. Éclaireurs, armuriers, agents de réservation… Derrière la marque Asad Khalil se cachait une véritable PME.

Pas le moindre bout de ruban jaune sur ces trottoirs, ni de silhouette tracée à la craie : la police avait déjà levé le camp. J'ai tenté d'imaginer Amir quittant son taxi, étourdi par la douleur, la pagaille dans son cerveau, et se traînant d'un pas vaseux dans le sillage de son meurtrier. Khalil avait-il vu sa victime jouer les morts-vivants ? Et, si oui, qu'avait-il ressenti ? De la peur, de la contrariété ? Du remords ?

Non, pas de remords. Le tueur psychopathe se détache très vite de la personne qu'il vient de tuer.

J'ai finalement quitté Murray Street pour remonter jusqu'à mon domicile de la 72e Rue Est. Je vis dans un immeuble des années 1980, une tour sans originalité mais relativement chère, ce qui semble être la norme dans l'Upper East Side. Au lendemain du 11 septembre, les loyers et les prix avaient plongé dans toute l'île, comme dans n'importe quelle zone de conflit ; mais après six mois sans anthrax ni bombe sale, l'immobilier avait reconquis des sommets délirants.

Avant de m'enfoncer dans le parking souterrain, j'ai dégainé mon Glock. Je n'ai pas l'habitude de me garer avec mon arme au poing – sauf lorsqu'un abruti essaie de me piquer ma place –, mais les circonstances n'avaient rien d'habituel et, comme me l'avait dit naguère un vieux sergent de patrouille, « la meilleure façon de se faire trouer la tête, c'est de l'avoir ailleurs ou dans le cul ».

Ne remarquant rien d'anormal, j'ai verrouillé la jeep et gagné l'ascenseur, le dossier de Gabe sous le bras gauche et la main droite sur mon flingue.

En atteignant le hall, j'ai tout de suite repéré un type assis dans un fauteuil, contre le mur du fond. Jean, tee-shirt orange frappé d'un logo, et deux cartons plats posés à côté de lui sur la table basse : un livreur de pizzas. De là où il se tenait, il voyait à la fois l'entrée principale, l'issue de secours et les portes des ascenseurs – parking, appartements, monte-charge. Mais en cet instant, il n'avait d'yeux que pour moi.

Ignorant les salutations du portier Alfred, je suis allé à la rencontre du gars, qui s'est levé sans délai. « Chez Mario – les meilleures pizzas de New York ! » prétendait son tee-shirt. J'étais sûr à quatre-vingt-dix-neuf pour cent qu'il s'agissait d'un flic, mais pour certaines choses – traverser une rue dangereuse, éviter de se faire assassiner… – ce n'est pas tout à fait suffisant.

Les doigts serrés sur le Glock, je lui ai demandé :

– En faction ?

Il a hoché la tête.

– Inspecteur Corey ?

– Lui-même.

– Inspecteur A. J. Nastasi, des Opérations spéciales. Nous nous sommes croisés à plusieurs reprises.

– Exact, ai-je répondu pour lui faire plaisir.

Je connaissais une bonne partie de la bande, mais comme celle-ci croissait de pair avec le nombre de musulmans à surveiller, ça faisait beaucoup de visages à mémoriser.

– Savez-vous pourquoi j'ai besoin d'être protégé, inspecteur Nastasi ?

– Oui, j'ai été briefé.

J'ai sorti de mon dossier un exemplaire du portrait de Khalil.

– Et lui, vous savez qui c'est ?

– J'ai cette photo dans ma poche.

– Mais vous savez qui c'est ?

– On m'a parlé d'un tueur professionnel de nationalité étrangère, armé, dangereux, et doué pour le déguisement.

– Oui, c'est assez bien résumé. C'est surtout le pire fils de pute qui ait jamais foulé cette terre.

– Je vois.

– Vous avez un gilet ?

– Je ne sors jamais sans.

– Et ce sont de vraies pizzas, dans ces boîtes ?

Il a souri :

– Hélas, non…

Décidément, ce n'était pas mon jour de chance.

Nous avons bavardé quelques minutes. Du dispositif, des roulements, de mes projets de sortie…

– Appuyez-vous sur les portiers, ai-je conseillé à Nastasi. Ils connaissent les résidents et les visiteurs réguliers.

– Oui, c'est ce que nous faisons.

– Et qui devez-vous prévenir lorsque je quitte le bâtiment ?

– Tenez. Voici quelques instructions écrites ainsi qu'une liste de numéros utiles.

Il m'a remis une enveloppe scellée, que j'ai fourrée dans ma veste.

Puis je suis retourné voir Alfred, posté à son comptoir.

– Tout va bien, monsieur Corey ?

– À votre avis ?

– Je… Je ne sais pas, monsieur.

– Alors je vais vous expliquer. Vous avez sans doute compris que je ne bossais pas pour l'Agence de protection de l'environnement ?

– Oui, monsieur.

– Et que Mme Corey n'était pas barmaid, contrairement à ses dires ?

– Je me doutais que c'était une plaisanterie.

– En fait, nous sommes agents fédéraux.

– Oui, je l'avais deviné.

Le matin du 12 septembre 2001, Kate et moi étions rentrés séparément, les vêtements noirs de fumée et de suie, sous les yeux d'un Alfred en larmes. C'était un chouette bonhomme qui s'entendait aussi bien avec Kate qu'avec mon ex-femme Robin, une avocate pénaliste surpayée. Au moment du divorce, Robin m'avait laissé l'appart, les meubles, et ce conseil d'amie : « Sous-loue meublé et tu te feras des couilles en or. » Mais John le Célibataire avait la flemme de déménager. Il aimait les bars du quartier, ainsi que la vue sur le sud de l'île. Et comme Kate Mayfield ne s'y déplaisait pas non plus, nous n'avions jamais bougé.

Sans compter que cet immeuble était très sûr, et pour une fois j'appréciais d'être entouré de digicodes, de caméras, et de portiers capables de rembarrer Jack l'Éventreur.

– Y a-t-il des appartements vacants dans cet immeuble ? ai-je demandé à Alfred. Des pied-à-terre peu occupés, ou loués par des entreprises ?

– Non, monsieur. Rien de tel.

J'ai poussé le portrait de Khalil sur le comptoir.

– L'inspecteur Nastasi vous a-t-il remis cette photo ?

– Oui, monsieur.

– N'oubliez pas de la transmettre au collègue qui vous relèvera.

– Cela va de soi.

– À part ça, je n'ai rien reçu de particulier ? Pas de colis qui font tic-tac ?

– Non, monsieur. Juste le courrier de samedi, qui vous attend dans la boîte.

– Et personne n'est entré chez nous ? La compagnie du téléphone ? Un électricien ?

Des barbouzes venus poser des micros à la demande de Walsh ? Des copains de Khalil convoitant notre troisième trousseau de clefs ?

Alfred a consulté ses registres.

– Non, monsieur, personne ne s'est présenté en votre absence. (Il a relevé la tête.) Et ce petit week-end au vert, c'était agréable ?

– Ce n'est pas le terme que j'emploierais. En fait, Mme Corey a eu un accident. Vous ne la reverrez que dans deux ou trois jours.

– Je suis navré, monsieur. Ce n'est pas trop grave, au moins ?

– Non, le pire a été évité. Mais elle restera à la maison pendant quelques semaines, et je resterai auprès d'elle.

– Entendu.

– Et nous n'avons invité personne, ni rien commandé de particulier.

Alfred n'était pas idiot, et depuis vingt ans qu'il faisait ce métier il avait à peu près tout vu : les adultères, les violences conjugales, les prostituées de luxe (ou pas), les fêtes qui dégénèrent… Comme tous les portiers de Manhattan, il savait quand tiquer et quand détourner les mirettes.

– J'ai laissé mes bagages dans la jeep, lui ai-je dit. Pourriez-vous demander au porteur de me les monter ?

– Tout de suite, monsieur.

– Puis vous vérifierez que le véhicule est bien fermé, et vous demanderez au gardien du garage de vous rendre sa clef, vous voulez bien ? Je la récupérerai la prochaine fois que nous nous croiserons.

– Entendu.

Toutes ces petites précautions de bon sens que j'énumérais d'ordinaire à mes témoins, à mes informateurs, ou à toute autre personne menacée, je devais aujourd'hui les faire miennes. Non que j'en fusse dupe : un salopard décidé à me nuire y parviendrait toujours. Simplement, je ne voyais aucune raison de lui mâcher le travail. Après, la meilleure façon de parer une attaque, c'est encore d'attaquer le premier.

Je suis allé relever mon courrier, mélange de factures et de catalogues. Le pli le plus suspect était une enveloppe du *Reader's Digest* annonçant que j'avais peut-être gagné cinq millions de dollars.

Enfin je suis monté au trente-quatrième étage. La dernière fois que Kate et moi avions pris cet ascenseur ensemble, j'appréhendais trois choses : les bouchons du samedi matin, une chambre d'hôtel miteuse, et sauter d'un avion en vol. Au même moment, Asad Khalil traversait le pays en jet privé. Nous chemins allaient bientôt se croiser, mais lui seul le savait.

Je n'avais pas une vocation de victime, et pour ne jamais écoper de ce rôle ingrat je trimballais un grigri : un Glock 9 mm chargé jusqu'à la gueule. Je supportais mal d'être pris pour cible par un connard et de devoir sans arrêt regarder par-dessus mon épaule. Mais ce qui m'excédait par-dessus tout, c'était que Khalil prétende s'en tirer à bon compte, vivant.

J'allais lui montrer, à ce fumier, ce qui signifiait le mot « colère ».

Chapitre 31

Je connais l'appartement comme ma poche, et il m'a suffi de cinq minutes pour inspecter jusqu'au dernier placard. Heureusement pour lui, Asad Khalil n'était pas là, et je ne décelai aucune trace d'effraction ou de cambriolage. La garde-robe et les produits de beauté de Kate semblaient sens dessus dessous, mais c'était leur état habituel.

Mon arrêt suivant était le bar, où je me suis versé mon déjeuner. Emportant mon verre, je me suis assis devant le secrétaire du salon pour joindre le centre médical des Catskill. Me présentant comme John Corey, j'ai demandé où en était mon épouse, Kate Mayfield Corey, et l'infirmière des soins intensifs m'a répondu qu'elle n'avait aucune patiente à ce nom. Excellente réaction.

– En fait, je suis John Furax.

– Ah, d'accord… Kate se repose. Tout va bien.

– Elle est toujours sous respirateur ?

– Toujours.

– Et quand sera-t-elle transférée ?

– On m'a parlé de demain matin.

– Parfait. Dites-lui que John Furax l'embrasse très fort et qu'il sera là pour signer sa sortie.

– Je transmets.

Le téléphone raccroché, j'ai ouvert l'enveloppe de l'inspecteur Nastasi. Elle renfermait une note de l'ATTF détaillant mon statut de personne protégée ainsi que les références des personnes à prévenir avant tout déplacement. En plus des plantons affectés dans le hall, une équipe planquerait dans la rue, et elle exigeait un préavis d'une heure au minimum pour s'organiser en convoi. Quant au GPS et à l'oreillette que j'étais tenu de porter à l'extérieur, quelqu'un allait m'appeler ou passer pour m'en expliquer le fonctionnement.

Comme je l'indiquais plus haut, les Op-spé pratiquaient à la fois la surveillance et la contre-surveillance – vérifier si les suiveurs sont suivis –, ce qui les obligeait à mobiliser deux fois plus de personnel. Je me voyais déjà flâner sur le trottoir avec une dizaine de flics en imper dans mon sillage, plus une colonne de voitures banalisées lambinant le long du trottoir. Dans de telles conditions, même le terroriste Omar Abdel Rahman, alias le Cheikh aveugle, comprendrait que je n'étais pas seul. Alors, certes, cela éviterait les agressions en pleine rue. Mais l'effet appât serait nul.

Au fond, Walsh et ses supérieurs savaient-ils eux-mêmes ce qu'ils voulaient ? La police et le FBI connaissaient l'art et la manière de provoquer des flagrants délits, mais la solution consistant à promener une cible vivante pour exciter un tueur ne figurait dans aucun texte. C'était bien trop dangereux, tant pour l'appât que pour les badauds, en cas de fusillade. Éternel dilemme entre la fin et les moyens…

J'étais d'ailleurs curieux de savoir quel type de protection Walsh, Paresi et Foster avaient requis pour eux-mêmes. Agents en tenue et véhicules sérigraphiés, comme pour le maire, ou gardes du corps en civil, comme pour votre serviteur ? Désiraient-ils jouer les appâts, eux aussi, ou juste rester vivants ?

Comme je m'absorbais dans l'image d'un Tom Walsh arrivant au boulot en voiture blindée, mon portable a sonné.

C'était le capitaine Paresi.

J'aurais volontiers fait le mort, juste pour l'emmerder, mais je préférais lui donner des gages de bonne volonté tant qu'il m'en restait un peu.

– Corey à l'appareil.

Il a passé les préliminaires pour aller droit au but :
– On devait se voir avant que tu te sauves, John.
– Zut, c'est vrai. Ce doit être le stress.
– Et tu devais passer chez les techniciens.
– Quoi, aujourd'hui ?
– Je te fais apporter le matos.
– Pas de problème. Je ne bouge pas de chez moi.
– Tu as croisé le gars des Op-spé ?
– L'inspecteur Nastasi, des pizzas Mario ? Il est arrivé drôlement vite, dis donc.
– On l'a envoyé de bonne heure pour s'assurer que personne ne t'attendrait dans l'appart.
– C'est une délicate attention. Et vous autres, vous avez une escorte ?
– Franchement, je ne pense pas que nous soyons visés. Mais dans le doute, nous avons pris certaines précautions.
– Tu devrais envoyer ta femme à la campagne.
Pas de réponse. Il est vrai que je n'avais pas précisé laquelle. Et les éloigner toutes les trois lui aurait coûté les yeux de la tête.
– Tu as lu la petite note explicative ? a repris Paresi.
– Deux fois.
– Et tu n'as pas de questions ?
– Aucune.
– Parfait. Tom m'a dit que tu avais conscience du caractère collectif de nos efforts.
– Bien sûr.
– Je suis ton supérieur direct, John. Alors évite de me ridiculiser, d'accord ?
Un terroriste psychotique voulait ma peau, et la seule chose qui préoccupait mon chef, c'était son image de marque.
– Ne t'inquiète pas. J'ai l'esprit d'équipe.
– À part ça, je voulais te dire… Il se peut qu'on t'envoie visiter certains sites.
– Lesquels ? Le Parthénon ? Le Colisée ?

– Des sites accessibles de chez toi à pied, en bus, en métro ou en taxi.

– Ah, je vois. Des sites où Khalil serait susceptible de me suivre, et où vous aurez préalablement posté une brigade d'intervention.

– Grosso modo, oui.

– C'est ça que vous appelez « protéger un agent » ?

– Tu étais volontaire, John.

– Mais où avais-je la tête ?

– C'est ta décision, après tout. Nous ne pouvons pas te forcer.

– Sérieusement, Vince, ça ne me dérange pas de faire la souris. Mais à trop me couver, vous allez juste effrayer le Lion.

– C'est toujours mieux que de te perdre, non ?

– En es-tu bien certain ?

– De toute façon, nous le repérerons avant qu'il nous repère.

– Rien n'est moins sûr, Vince. Et puis tu oublies une donnée capitale : Khalil ne travaille pas seul. Ce n'est pas lui qui va faire le pied de grue devant mon immeuble, mais des sous-fifres dont nous ne connaissons même pas le visage. Il attendra leur feu vert pour me tomber sur le râble.

Cette remarque a plongé le capitaine dans un silence embarrassé.

– Ne sous-estime pas l'animal, Vince. Il s'appuie sur des gens expérimentés qui connaissent bien le terrain.

– Mais nous aussi, John, nous connaissons le terrain. Et les gars de la contre-surveillance seront là pour les repérer.

– Si tu le dis, ai-je capitulé. OK, j'accepte de me transformer en viande rouge.

Satisfait, le capitaine a embrayé sur des choses plus riantes :

– L'hélicoptère médical qui conduira Kate à Bellevue décolle demain à 7 heures tapantes. Une voiture te prendra en bas de chez toi à 6 h 30.

– Super…

– N'hésite pas à m'appeler pour me poser des questions, ou pour me transmettre des infos.

– Compte sur moi.

– Et sois prudent.

– Toi aussi.

J'ai reposé le téléphone et me suis resservi au bar. Puis j'ai débranché du secteur mon cellulaire à carte prépayée. Ces mobiles intraçables sont très utiles aux dealers, aux époux infidèles, aux terroristes et aux fonctionnaires honnêtes qui, comme moi, refusent de facturer leurs conversations privées au contribuable.

Mon verre dans une main, le portable dans l'autre, je me suis laissé choir dans mon fauteuil inclinable de compétition, une merveille en cuir patiné adapté à tous les moments de la journée, avec ses positions lecture, télé, dodo, faire-le-mort-quand-madame-réclame-de-l'aide-pour-la-vaisselle... Je l'ai incliné à moitié – position sirotage de scotch – avant de porter le téléphone à mon oreille.

– Kearns Investigations, a miaulé une secrétaire.

– Bonjour. J'aimerais parler à M. Kearns, s'il vous plaît.

– Il n'est pas là. Puis-je prendre un message ?

– Oui. Je suis John Corey, son petit copain. Il faut que je lui parle.

– Hein ? Vous êtes... ?

– John Corey, son vieux copain.

– Ah ! j'avais cru... Ne quittez pas.

J'ai patienté en écoutant leur disque de retape : « L'agence Kearns Investigations emploie des hommes et des femmes ayant acquis une solide expérience dans la police ou la justice. Un individu postule chez vous ? Nous établirons ses antécédents personnels et professionnels en un temps record. » Puis le bla-bla a laissé place au générique de *Mannix*, et j'ai su que je frappais à la bonne porte.

Mon vieux copain l'inspecteur hors classe Dick Kearns avait brièvement émargé à l'ATTF, le temps d'apprendre comment bossaient les fédéraux. Puis il s'était mis à son compte pour réaliser des enquêtes de moralité à la demande de l'administration fédérale. Autrefois, cette tâche incombait principalement au FBI, mais c'était avant qu'on bascule dans l'ère de la sous-traitance tous azimuts, et vous admettrez que le Bureau avait mieux à faire que d'épier tel ou tel Ramzi rêvant d'une carrière dans la sécurité aéroportuaire.

Aujourd'hui, Kearns travaillait aussi pour des particuliers. En plus d'une base de données maousse, il avait des contacts dans maintes agences de sécurité du pays, dont le FBI, qui continuait de recourir à ses services.

Kearns en personne a repris la ligne :

– Ça fait longtemps que tu poireautes, John ?

– Depuis que tu es passé sur la tranche minuit-8 heures, et moi sur la 16 heures-minuit.

– Tu n'as pas sifflé ma bibine, au moins ?

– Tu crois que je ferais ça à un pote ?

– Alors, comment va Kate ?

Faute de temps, j'ai répondu :

– Ça va. Et Mo ?

– Bah ! elle me supporte... Comment ça se passe, au 26, Fed' ?

– J'apprends et je progresse. Je relève chaque nouveau défi avec confiance et enthousiasme, tout en acquérant de bonnes méthodes de travail et en perfectionnant mes qualités relationnelles.

– Je suis étonné qu'ils ne t'aient pas encore foutu dehors.

– Et moi donc ! Dis, j'ai un petit service à te demand...

– Allô ? T'es toujours là ? Je ne t'entends plus !

Quel farceur, ce Kearns !

– C'est important, Dick. Et très confidentiel.

– Tu veux qu'on se retrouve quelque part ?

– Je n'ai pas le droit.

– Pourquoi ? Elle t'a grillé ?

– Si tu veux vraiment savoir, je suis consigné chez moi, sous la surveillance des Op-spé.

– Carrément ? Qu'est-ce que t'as encore fait ?

– Rien du tout. On peut parler, là ? Tes lignes sont sûres ?

– Oui, j'ai vérifié récemment. Et de ton côté ?

– Je t'appelle d'un portable à carte, et je pense que mon appart est net.

– Très bien. Mais pourquoi tu flippes comme ça ?

– Excellente question. Je recherche un certain Boris. Russe, ex-KGB, la cinquantaine, dernier domicile connu…

– Minute. C'est quoi, son nom de famille ?

– Je ne sais pas.

– Comment ça, tu ne sais pas ? Ce n'est pas toi qui bosses pour le FBI ? Tu ne peux pas demander à tes collègues ?

– Je sous-traite, si tu préfères.

– Alors tu envisages de me payer ?

– Non.

– Pfff… T'abuses, John. C'est chaud, ce que tu me demandes là.

– Mais non. Pas plus qu'une suspicion d'adultère ou une enquête de solvabilité.

– Les deux dernières fois que je t'ai dépanné, ça a failli me coûter ma licence.

– Parce que tu as une licence ?

– Et mon contrat avec l'État fédéral, par la même occasion.

– Dernier domicile connu : Washington DC, il y a trois ans. Tu notes ?

– Tu fais chier, John…

– Après son départ du KGB, le gars a travaillé pour le renseignement libyen.

– Quel gars ?

– Puis il a fui la Libye avec l'aide de la CIA.

– De la CIA ? Laisse tomber. Je ne touche pas aux affaires de la Compagnie.

– Il ne s'agit pas de ça, Dick. Après l'avoir soulagé de ses secrets, la CIA l'a inscrit au programme d'insertion des réfugiés, mais comme l'Agence ne s'occupe pas des transfuges installés sur le sol américain, elle les confie au FBI. Tu me suis ?

– Mouais.

– Donc, le tout est de trouver auprès de quelle antenne régionale il est enregistré.

– La dernière fois aussi, tu m'as demandé de chercher un Russe. Un Mikhaïl quelque chose. Il se cachait à Boston et…

– Oui, je m'en souviens. Tu as reçu mon chèque ?

– J'ai dû appeler le FBI local, et ils ont voulu savoir pourquoi je m'intéressais à lui.

– Eh bien, tu leur réponds que c'est ton boulot, tout simplement. Du moment qu'ils te filent l'info…

– C'était limite, John. Très limite.

– Je comprends. Mais j'ai vraiment besoin de ton aide. Je n'insisterais pas, sinon.

– Donc, si je récapitule, tu n'as pas de nom de famille, et tu ne sais même pas où le zozo crèche aujourd'hui.

– Exactement. Boris, ex-KGB. Il ne doit pas y en avoir des millions, quand même.

– Je te parie que si.

– Celui-ci fume des Marlboro et boit de la Stoli.

– Mais il fallait le dire tout de suite ! Bouge pas, j'interroge l'ordi.

– Très drôle, Dick. À la réflexion, je pense que Boris réside soit à Washington, soit à New York, comme la moitié des Russes de ce pays. Il te suffit donc d'appeler le FBI de ces deux villes, et de leur servir le baratin de ton choix.

– Par exemple ?

– Dis-leur que tu vérifies les antécédents d'un mec qui postule dans l'administration. Ton boulot habituel, quoi.

– Sauf qu'en général on me fournit un nom de famille. Ainsi qu'une adresse, un lieu de travail, et tout ce qui figure sur le CV du candidat. Mon boulot, c'est de vérifier, pas de retrouver.

– Mais où est passé notre as de la débrouille ? Le Dick Kearns à qui rien n'était impossible ?

– Arrête ton char, John. Écoute, j'ai une idée. Je vais donner à mes interlocuteurs le nom d'un Russe sur lequel le FBI m'a réellement demandé de fouiner, et je dirai que ce type semble avoir des accointances avec un certain Boris, ex-KGB, la cinquantaine, passé par les services secrets libyens puis par les nôtres, vu pour la dernière fois à Washington il y a trois ans.

– Et amateur de Marlboro. Excellent.

– Ils risquent de se demander d'où je tiens toutes ces informations. Mais s'ils sont disposés à coopérer, ils me sortiront peut-être le bon Boris.

– Tu vois : un jeu d'enfant.

– Ne crie pas victoire trop vite. Et alors je commence par où ? Washington ou New York ?

Je me suis gratté la tête.

– Essaie d'abord New York.

– Ça m'arrange. Je suis mieux introduit au 26, Fed' qu'à Washington.

– À ce propos, Dick, ton offre d'emploi tient toujours ?

– Non.

– Non ? Moi aussi j'ai plein d'entrées au 26, Fed', tu sais.

– Ce n'est pas l'impression que ça donne.

Manifestement, Kearns n'avait aucune envie de connaître les raisons de ma requête. Il avait néanmoins compris que j'étais en porte-à-faux vis-à-vis de mes supérieurs : ils m'avaient confiné chez moi, je menais des recherches dans leur dos, et maintenant je parlais de démissionner… Pour clarifier la situation et le motiver un peu, j'ai lâché le morceau :

– En vérité, Kate n'est pas dans une forme olympique. Un terroriste islamiste a tenté de l'égorger.

– Quoi ? Nom de…

– Rassure-toi, elle va bien. Encore quelques jours d'hôpital et elle rentrera à la maison, sous la protection des Op-spé.

– J'en déduis que ce terroriste est toujours dans la nature ?

– En effet.

– À toi aussi, il t'en veut ?

– C'est surtout moi qui lui en veux, à présent.

– Je vois. Et ce Boris qui a bossé pour le renseignement libyen…

– Oui, c'est lié.

– Très bien. Si ce Boris est toujours en Amérique, je te promets de le retrouver.

– Je n'en ai jamais douté, Dick. Il se peut toutefois qu'il soit mort. Et encore tiède.

– OK. Mort ou vivant. Et je te rappelle où ?

Je lui ai dicté le numéro de mon portable à carte.

– Il me faudrait ça dans les vingt-quatre heures, Dick. Grand maximum.

– Raccroche et je commence.

– Merci. Mes amitiés à Mo.

– Les miennes à Kate.

J'ai reposé le téléphone et vidé mon verre. Dick Kearns avait à peu près une chance sur deux de mettre la main sur Boris, et la probabilité que ledit Boris fût toujours en vie me paraissait encore plus faible. Mais si par miracle on me dégotait le Ruskof vivant, lui et moi pourrions discuter de notre problème commun.

L'alcool me tournait la tête et je n'avais pas beaucoup dormi. Alors j'ai déplié le fauteuil à fond, fermé les paupières et bâillé.

Une image floue s'est formée dans ma tête. Je tenais Khalil tandis que Boris lui burinait le crâne au pic à glace. Puis c'était Boris qui tenait Khalil pour que je lui enfonce un scalpel dans la veine jugulaire. Je m'y employais de bonne grâce, et mes bras ruisselaient de sang.

Chapitre 32

L'aurore est toujours timide dans les gorges de Manhattan, mais le ciel était limpide et la journée s'annonçait belle – des conditions de vol optimales.

Dans le hall, Nastasi avait été remplacé par un certain Louis Ramos, accoutré en livreur de viennoiseries. De fait, les croissants sont plus crédibles que les pizzas à 6 h 30 du matin et, contrairement à l'autre pingre, Ramos avait de la vraie bouffe dans son sac ainsi que du café noir. N'étant pas autorisé à quitter l'immeuble avant l'arrivée de la voiture, j'ai causé avec ce jeune inspecteur quelque peu intimidé. Allez savoir ce qu'on lui avait raconté sur moi au 26, Fed'…

« Ramos, tu as été choisi pour protéger le grand John Corey, cet as de la Crime qui, après avoir reçu trois balles dans la peau, est devenu la bête noire des terroristes du monde entier. »

– S'il vous arrive quoi que ce soit pendant mon service, je me fais tuer, a-t-il confié.

– Mais le bon côté des choses, c'est que je serai parti le premier.

Quoi qu'il en soit, j'avoue que je n'étais pas insensible à ce traitement VIP, même si j'en déplorais la cause.

Tout en avalant mon café, je me suis repassé en esprit l'après-midi de la veille. J'avais défait nos valises en y cherchant à mon tour d'éventuels mouchards, mais sans résultat. J'avais peut-être tort de croire Asad Khalil aussi malin – et mes collègues aussi tordus. C'est excitant, la paranoïa, mais ça devient vite usant. Un peu plus tard, les technos du 26, Fed' m'avaient livré leur matériel, si bien que ce matin, en bon élève, j'étrennais ma puce et mon oreillette. Et je portais un gilet en Kevlar sous une chemise adaptée, ainsi qu'une veste retaillée pour supporter l'épaisseur du gilet. Je ne suis pas à proprement parler un homme coquet, mais je ne perds jamais de vue que je risque de passer dans le journal.

Puis j'avais consacré le reste de l'après-midi à relire le dossier Khalil. Je n'en avais pas oublié grand-chose, mais toutes ces notes signées de Kate, de George, de Gabe ou de moi-même, tous ces comptes-rendus sur nos recherches aux quatre coins du monde, tout cela m'a rappelé combien nous nous étions démenés, et combien ç'avait été vain. Pas un indice, pas une rumeur, pas le moindre début de piste en trois ans. D'ordinaire, on trouvait toujours un traître prêt à vous vendre un tuyau, un détenu qui se mettait à table, ou des relevés d'écoutes instructifs. Mais là, rien. Silence total. Comme si Asad Khalil avait changé de planète. Ou qu'il n'avait jamais existé.

J'ignorais où il s'était caché, et ce qu'il avait fait de ces trois années. Je savais juste qu'il était de retour, que ce come-back était sanglant, et que, ce coup-ci, ce serait lui ou moi.

Après avoir rappelé l'hôpital – RAS du côté de Kate –, j'avais envoyé un mail à nos proches. Je leur disais en substance que Kate avait eu un accident sans gravité et que nous partions quelques semaines dans un lieu sans Internet. Puis j'étais resté devant l'ordinateur pour entamer mon rapport.

« L'agent spécial Kate Mayfield et moi sommes adeptes de parachutisme, et nous faisons partie d'un club présidé par Craig Hauser, ce blaireau qui rêve de se taper l'agent spécial Kate Mayfield... »

Mauvais départ.

« Dans les Catskill, le mois de mai offre un spectacle enchanteur, avec ce ciel d'azur où s'ébattent de blanches colombes... »

Plutôt que de m'acharner pour rien, j'ai regardé les infos régionales. On rapportait un cambriolage tragique à Douglaston, dans le Queens : trois morts, un couple d'Arabo-Américains et leur fille adolescente. Le reporter révélait que le père de famille était policier, mais sans mentionner son appartenance à l'ATTF. Ainsi, le mot « terroriste » ne surgissait à aucun moment, et la seule thèse alternative évoquée était celle du crime raciste.

Toujours rien, en revanche, sur l'agression de Kate, ni sur les meurtres du taxi libyen et du chauffeur de limousine. Le verrouillage fédéral tenait bon.

Enfin, je m'étais couché. Seul, ce que je détestais, et avec mon flingue, ce qui ne m'était plus arrivé depuis des lustres.

Me voici donc planté ce matin dans l'entrée de mon immeuble, à tremper un bagel dans un café en attendant de partir pour l'héliport. Je me faisais une joie de retrouver Kate, fût-ce pour quelques instants seulement, le temps de changer d'hôpital.

À l'arrivée d'un 4 × 4 de la patrouille des autoroutes, Marcos et moi sommes sortis sur le trottoir. Deux hommes en uniforme m'ont accueilli à bord : un certain Ken Jackson, le conducteur, et le dénommé Ed Regan, qui m'a tenu la portière avant de me rejoindre à l'arrière.

Nous avons mis un quart d'heure à atteindre l'héliport de la 34e Rue, au bord de l'East River. Comme je remerciais les deux garçons et m'apprêtais à descendre, Ken m'a interdit de bouger. Pour avoir moi-même effectué des missions de protection jadis, je savais combien l'exercice était difficile, surtout quand les clients – souvent des politiciens – n'en faisaient qu'à leur tête. Je suis donc resté assis pendant que Regan prenait position à l'extérieur du véhicule.

Visiblement, ils craignaient la présence de snipers. On ne leur avait pas dit qu'Asad Khalil était plutôt adepte des couteaux.

L'hélicoptère du NYPD trônait sur la plate-forme, un Bell 412 médicalisé qui servait principalement aux sauvetages en mer.

L'hôpital Bellevue, où nous allions amener Kate, se situait lui aussi en marge de l'East River, mais un peu plus au sud.

C'était là que l'on soignait les cas dits sensibles : prisonniers, témoins en danger, victimes menacées.

Au signal de Jackson, Regan m'a ouvert la portière pour m'escorter jusqu'à l'hélico. L'arrière était bourré de matériel médical, dont une civière intégrée qui semblait presque aussi confortable que mon fauteuil de salon. Là-dessus, le moteur a démarré et le bruit a rempli la cabine. Derrière le pilote et le copilote, tous deux NYPD, un membre des brigades d'intervention tenait un fusil-mitrailleur MP-5. Il m'a salué d'un geste avant de refermer la porte, ce qui a atténué le boucan. Enfin, j'ai noté la présence d'une passagère en pantalon blanc et coupe-vent bleu, qui m'a lancé :

– Je suis Heather, infirmière urgentiste.

– John, voyageur sans billet, ai-je répondu en lui serrant la main.

Cette Heather avait l'air fort sympathique. Cinquante, soixante ans, ou peut-être un peu moins. Vingt-cinq, plutôt, avec une longue crinière rousse, un regard bleu à tomber et des traits de déesse nordique.

– Alors, on va chercher votre femme ? a-t-elle lancé.

– Qui ça ?

– Votre femme.

– Ah… oui.

Exact, j'étais marié.

Je me suis assis en face de Heather tandis que l'appareil décollait et se déportait au-dessus de l'eau. Puis il a continué de s'élever tout en suivant le fleuve vers le nord.

– Vous aimez l'hélicoptère ? s'est enquise l'infirmière.

– J'adore. Et vous ?

– Bof.

– Pourquoi, vous ne savez pas nager ?

Elle a souri avant de plonger son visage d'albâtre dans le *Post* et d'y promener son regard de velours.

J'ai tourné la tête vers la gauche, là où défilaient les gratte-ciel. Nous avons remonté la Harlem River jusqu'à l'Hudson et poussé plein nord quelque temps, avant d'obliquer à l'ouest vers le comté de Sullivan.

Heather a baissé son journal.

– Qui lui a tranché la carotide, au fait ?

– Un barjot, ai-je répondu.

Elle a pointé la tête vers le garde armé.

– Et vous avez peur que ce barjot récidive ?

– On ne veut prendre aucun risque.

– Elle l'a échappé belle, vous savez. C'est souvent fatal, la carotide.

– J'en suis bien conscient.

– Ce doit être une battante.

– Bien sûr.

Oui, Heather, c'est une battante, mais parfois je me sens si seul…

– Vous portez un gilet pare-balles, a-t-elle noté.

C'était bien la peine d'avoir claqué mille dollars dans une chemise et une veste sur mesure.

– Oui, j'ai un gilet. Et un flingue. Je suis retraité du NYPD.

– Retraité ? Vous êtes bien jeune pour un retraité.

– Je suis en invalidité.

– Invalidité… psychique ? a-t-elle souri.

– Comment vous avez deviné ?

Songeant subitement que mon épouse ferait le retour avec nous, j'ai baissé la température d'un cran en empruntant quelques feuilles du *Post*.

Après une trentaine de minutes de vol, le son du moteur a changé et nous avons amorcé la descente. Au loin, j'ai repéré la piste de l'aéroport, point de départ de tout ce bordel ; et soixante secondes plus tard apparaissait le bâtiment blanc du centre des Catskill, avec sa plate-forme pour hélicoptère.

L'hélico s'est posé en douceur, les hélices ont ralenti, et la porte s'est ouverte.

– Je vous demanderai de m'attendre ici, a dit Heather sur un ton professionnel, voire un chouïa pincé.

Elle a trotté jusqu'au bâtiment tandis que le type au MP-5 se postait à mi-distance de l'appareil et des portes de l'hôpital, elles-mêmes protégées par deux gendarmes armés. On en faisait peut-être des tonnes, mais au moins le message était passé. Oui, messieurs-dames, un fou furieux rôdait.

Les portes se sont rouvertes et Kate est apparue, poussée dans un fauteuil roulant. Pantalon vert et chemise de nuit blanche, sans perf ni respirateur. Sur ses genoux, le petit lion en peluche que je lui avais offert. On s'est salués de loin, avec de grands gestes émus, et quatre aides-soignants l'on roulée jusqu'à l'appareil avant de la hisser à bord.

– Salut, ma belle, ai-je dit dès qu'elle a été installée sur le lit.

Nous nous sommes embrassés.

– Tu m'as manqué, John.

– Toi aussi, tu m'as manqué.

Elle était enrouée, mais elle avait bonne mine, malgré sa lèvre un peu gonflée. Sa plaie au cou était recouverte d'un simple pansement de gaze, et tout autour la peau arborait des marbrures violacées.

Un aide-soignant m'a remis un sac contenant son casque et ses bottes de parachutisme. Il m'a fait signer le reçu ainsi qu'une flopée d'autres documents – décharges, formulaires d'assurance, autorisation de sortie, et ce qui ressemblait à un codicille par lequel je léguais tout à l'hôpital.

Puis le moteur s'est rallumé et une minute plus tard nous reprenions les airs, main dans la main, enfin réunis.

Kate a tapoté le lion en peluche :

– C'était d'un goût moyen, ce cadeau.

– Je sais, ma puce. Mais c'est l'intention qui compte.

La jolie rousse s'est rapprochée :

– Bonjour, Kate. Je suis Heather, infirmière urgentiste. Vous vous sentez comment ?

– Bien.

Après quelques questions d'ordre médical, Heather a posé une bandelette de température sur le front de Kate, puis elle lui a pris la tension.

Verdict :

– Tout est normal. Il est mignon, ce lion.

– C'est mon mari qui me l'a offert, a souri Kate.

Je m'attendais à ce que Heather réplique : « Ah bon ? John est votre mari ? » Mais elle s'est rassise sans un mot.

– Très jolie fille, m'a murmuré mon épouse.

– Qui ça ?

– L'infirmière.

– Heidi ?

– Heather. Elle s'appelle Heather.

– Oui, peut-être.

Nous avons bavardé un peu, sans évoquer le boulot. Je l'ai suppliée de ménager sa voix, et j'ai dû l'aider à boire.

– Ce matin, a-t-elle chuchoté, j'ai réussi à avaler un peu de gélatine aux fruits.

C'était plutôt une bonne nouvelle, mais pourquoi les hôpitaux filent-ils systématiquement cette merde chimique à leurs patients ? C'était le même refrain au CHU de Columbia, après mes trois balles dans le buffet : « Un peu de gelée, monsieur Corey ? Toujours pas ? Vous êtes sûr ? » Comme si nous n'étions pas assez malades comme ça.

– Et toi, John, tu as mangé un bagel au pavot.

J'ai passé ma langue sur mes dents. Avais-je souri à Heather avec un grain noir entre les incisives ? La honte.

Puis Kate a dit :

– J'ai reçu la visite d'un gars du siège, hier soir. Un certain Peterson.

Il n'était pas rare que Washington envoie une huile au chevet d'un agent blessé. Mais, là, je doutais que la courtoisie fût leur seul mobile.

Kate a confirmé mes soupçons :

– Ce Peterson m'a interdit de parler de l'agression à quiconque. Comme si ça n'allait pas de soi.

Je l'ai ensuite informée que Walsh m'avait libéré pour tout le temps de sa convalescence.

– Mais c'est inutile, John. Je pensais faire venir ma mère.

Au secours !

– C'est-à-dire que… on ne m'a pas vraiment laissé le choix. Walsh m'a mis en congé d'office. Mais on a dit qu'on ne parlait pas boulot.

– D'accord, changeons de sujet. Tu serais prêt à resauter ?

– Oui, du balcon, si ta mère débarque.

En réalité, je n'ai prononcé cette phrase que dans le secret de ma tête. Dans les faits, j'ai répondu :

– Sauter ? Je ne pense qu'à ça.

C'était le moment de lui annoncer ce qui me brûlait les lèvres depuis le début : la défaillance du DC-7B.

– Après ton agression, mon amour, les copains n'avaient plus le cœur à s'amuser, mais Craig leur a bourré le mou : « Vous avez raqué pour trois sauts, les gars, et je refuse que les malheurs de Kate vous gâchent votre journée. »

Me croyait-elle ? Possible, mais pas sûr. J'ai donc abordé la partie véridique de l'histoire :

– Bref, ils ont décollé de nouveau, et là, tiens-toi bien, ils ont dû atterrir d'urgence car l'un des moteurs avait pris feu !

– Nooon !

– Si ! Celui qui perdait de l'huile, et qui ne m'inspirait pas confiance !

– Tu me fais marcher ?

– Je te jure que non. C'est la police d'État qui me l'a dit. Je dois avoir un sixième sens.

– Et il n'y a pas eu de blessés ?

– Non. Mais Craig était hystérique, et il a fallu lui administrer un calmant.

Là, ses yeux ont trahi un doute. Elle a néanmoins déclaré :

– Je ne leur en veux pas d'avoir voulu poursuivre le programme. Cela faisait des mois qu'on préparait cette journée.

– La prochaine fois, tâchez quand même de choisir un meilleur avion.

– Oui, John, tu as raison. Et cet hélicoptère, alors ? Il t'inspire quoi ?

– John dit qu'il adore les hélicoptères, a placé Heather, qui venait de réapparaître.

– Vraiment ? s'est étonnée Kate.

L'infirmière lui a repris la tension. Un tantinet élevée.

Le vol du retour s'est néanmoins déroulé sans encombre. Nul tir de bazooka. Nul chasseur à nos trousses. À l'approche de l'héliport, j'ai vu que la patrouille des autoroutes se tenait prête à fermer les quais, afin que notre ambulance puisse rejoindre Bellevue en moins d'une minute.

– Je serais bien mieux à la maison, a râlé Kate.

– Dans quelques jours, mon amour.

Heather :

– Je fais aussi des visites à domicile, si vous en avez besoin.

Dis oui, Kate. Dis oui.

– Je vous remercie, Heather, mais ma mère va venir m'aider.

Dieu merci, ce serait impossible, à cause du dispositif de surveillance. Mais ce n'était pas le moment d'en débattre.

J'ai regardé ma femme, puis la ville en contrebas. Le salopard qui avait tenté de tuer Kate se cachait désormais ici. Et c'était ici qu'il allait mourir.

Chapitre 33

Un flic en uniforme stationnait devant la chambre individuelle de Kate. La moitié de l'étage était une zone sécurisée peuplée d'hôtes du FBI, du NYPD ou de l'administration pénitentiaire, dont la majorité repartirait soit en fourgon cellulaire, soit en corbillard. Une faune intéressante.

Malgré son silence, je savais que Kate repensait à son agression.

– J'ai vu la vidéo du saut, ai-je dit pour l'inciter à s'épancher.

Elle m'a considéré.

– Et ça ressemble à quoi ?

– Tu regarderas. Et tu liras mon rapport.

– Tu vas t'envoyer des fleurs, comme à chaque fois ?

– Je vois que tes mésaventures n'ont pas eu raison de ton espièglerie, ma chatte.

Elle m'a caressé la main.

– Tu m'as sauvé la vie, John. Je ne l'oublierai jamais.

– On reparlera de tout ça à la maison.

Comme Heather, Kate avait noté mon embonpoint. Alors je lui ai révélé mon statut, notre statut de personnes protégées, mais sans faire mention des balades nocturnes que les chefs allaient me prescrire. De même, j'ai gardé pour plus tard les deux meurtres californiens et les cinq new-yorkais. Ce type de nouvelles rend mutique, or je voulais qu'elle parle. Nous avons donc discuté hypothèses et stratégie.

Au cours de ses longues heures de cogitation solitaire, Kate s'était forgé le même avis que moi – celui auquel Walsh et Paresi avaient fini par se ranger –, à savoir que le fugitif Khalil présentait le pire profil qui soit : habile, discipliné, résolu, suffisamment solitaire pour ne pas avoir d'attaches connues dans la région, mais suffisamment soutenu pour disposer d'une petite armée d'ombres. Et si nous pouvions craindre qu'il ne commette un attentat d'envergure, Kate pensait elle aussi qu'il achèverait d'abord sa vendetta.

– Mais au fait, on s'est occupés de Chip Wiggins ?

– Khalil s'en est occupé.

– Mon Dieu, non !

– Eh si… La semaine dernière, à Santa Barbara.

Je lui ai raconté les circonstances – et les détails – de la décapitation de Wiggins, sans omettre d'évoquer la victime collatérale, Farid Mansour.

– Chip était quelqu'un de bien, a-t-elle soupiré.

– Pas pour Khalil, malheureusement.

En apprenant que le Lion avait tué un chauffeur de limousine dans le Queens, puis un taxi libyen sur Murray Street, Kate a compris que l'homme était en ville, et que la prochaine estocade serait sans doute pour moi.

– J'espère qu'ils te protègent convenablement, John.

– Je te le garantis.

– Et n'essaie pas de l'attraper par tes propres moyens, d'accord ?

– Bien sûr que non.

J'ai pris une grande inspiration. Maintenant, le plus douloureux :

– En fait, nous pensons que Khalil vise toute une partie de l'ATTF. Toi, moi, mais aussi George, Vince, Tom…

– Et Gabe, a-t-elle ajouté d'elle-même. Lui aussi est un chasseur de lion.

– Il était un chasseur. Khalil l'a buté avant-hier. Ainsi que sa femme, Farah, et leur fille, Nadia.

Les yeux de Kate se sont exorbités. Là encore, je lui ai raconté tout ce que je savais, ou presque. Je ne lui ai pas dit que les balles qui avaient tué Gabe venaient de son Glock spécial FBI. Un coup de massue à la fois, si vous voulez bien.

– Le salaud, a-t-elle gémi en se renversant sur son oreiller. Qu'il s'attaque à nous, OK, mais ces deux pauvres innocentes…

Elle était bouleversée, et fatiguée.

Je me suis relevé de ma chaise.

– Maintenant repose-toi, mon amour.

– Fais-moi sortir demain.

– Je vais essayer.

J'ai promis de revenir dans la soirée – si j'en avais l'autorisation – et en ressortant j'ai prévenu l'infirmière que Mme Corey souhaitait rentrer le lendemain.

La nana a ouvert le dossier de Kate.

– Votre épouse doit d'abord être réexaminée, monsieur. Et puis je vois un petit drapeau sur la feuille de sortie.

– Ce qui signifie… ?

– Ce qui signifie que la décision ne sera pas uniquement médicale.

– Mais encore ?

– Nous devrons obtenir l'aval de certaines personnes autres que le médecin.

Traduction : Walsh et ses maîtres avaient décidé de fixer l'agent spécial Kate Mayfield à Bellevue, loin de Khalil, des journalistes, et de son cher mari que le FBI souhaitait emprunter pour des opérations hameçon.

J'étais épaté par la roublardise des gens du 26, Fed'. Mais bon, je me dis ça chaque fois qu'ils raisonnent comme moi.

Doutant que l'infirmière me dévoilerait le nom des « certaines personnes » en question, j'ai demandé qu'on propose un somnifère à Kate, puis je suis allé retrouver mon escorte.

Chapitre 34

De retour dans mes pénates, j'ai réussi à rédiger la moitié de mon rapport. Je me suis abstenu d'enjoliver, considérant que les faits parlaient d'eux-mêmes. Puisque Kate allait lire ce rapport, je me suis efforcé de souligner son courage et sa combativité. Je lui ai même accordé le coup de genou dans les couilles de Khalil.

À 17 heures, j'ai regardé la chaîne d'infos locales qui avait annoncé le soi-disant cambriolage meurtrier chez les Haytham. Sans surprise, elle n'en soufflait plus mot aujourd'hui : la nouvelle datait déjà de la veille, et l'événement ne reviendrait dans l'actualité que si l'on interpellait un suspect, ou que les médias décidaient de suivre les obsèques. Gabe aurait droit à des funérailles officielles, et j'entendais y assister.

Tandis que les sujets se succédaient à l'écran, le bandeau du bas affichait un niveau d'alerte terroriste jaune, comme depuis plusieurs mois. Il ne repasserait jamais au vert et n'avait plus atteint l'orange depuis un bail. Personnellement, je le préfère orange : ça vous réveille et vous savez de quoi parler dans les cocktails.

À propos de cocktails, c'était l'heure de l'apéritif, et j'avais le temps de m'en jeter un petit derrière la cravate avant que mon chauffeur et mon gorille me reconduisent auprès de Kate.

Tandis que j'essayais de choisir entre vodka (inodore) et scotch (mon ordinaire), mon portable secret a sonné.

Peu de gens connaissaient ce numéro, mais ça pouvait être Kate.

J'ai ramassé l'appareil sur la table basse.

– Corey.

– Puis-je parler à l'homme de la maison ? a beuglé Dick Kearns.

Il avait l'air jouasse. Bon signe.

– Oui, m'dame. Ne quittez pas.

Il s'est esclaffé.

– Je crois que j'ai trouvé ton cosaque, John. Ici même, à New York.

– Vivant ?

– Je suppose. Le mec du FBI local n'a pas précisé.

Cela n'excluait pas une disparition ou une mort récente.

– T'as de quoi noter, John ?

J'ai attrapé crayon et calepin.

– Je t'écoute.

– Il s'appelle Boris Korsakov. K, O, R, S, A, K, O, V. L'âge correspond, et c'est un ex du KGB. Mon correspondant n'a pas confirmé le chapitre libyen ni son adresse précédente, mais il a admis que Boris était ici dans le cadre du programme d'insertion des réfugiés postsoviétiques.

– Bon. Il y a de fortes chances pour que…

– Tu l'a déjà vu, non ?

– Oui.

– Alors regarde tes mails. Je viens de te transférer la photo que m'a envoyée le FBI.

– Ne bouge pas.

J'ai emporté le téléphone dans la pièce que Kate et moi avions transformée en bureau – et non en chambre d'ami pour belle-maman – et j'ai rallumé mon ordinateur.

– Comment va Kate ? s'est enquis Dick.

– De mieux en mieux.

J'ai ouvert le mail, et le visage de Boris a envahi l'écran. Mon Boris…

– Alors, John ?

– C'est bien lui. T'es un génie.

– Je suis le roi du flan, oui ! Comment je te l'ai embobiné, ce petit fédé…

J'ai laissé Dick fanfaronner, en m'abstenant de lui rappeler combien cette mission le terrifiait au départ. Puis il s'est ressaisi, sans doute de peur que je ne lui en confie d'autres :

– Quand même, j'ai vachement galéré pour obtenir le bon interlocuteur, et pour lui montrer patte blanche…

Pendant qu'il se plaignait, j'ai étudié les traits rugueux de Boris, un homme imposant tant par son bagage que par son gabarit. Voilà trois ans, je n'aurais pas parié un kopeck sur Khalil face à lui. Mais, depuis, la roue avait tourné.

– T'es toujours là, John ? J'ai une adresse, je te dis.

– Vas-y, donne.

– Il habite au 355 de la 12e Rue de Brighton Beach, depuis bientôt trois ans. Appartement 16A.

Boris avait donc obtenu d'être relogé à New York, et dans la Petite Odessa, là où les ex-KGB aimaient se retrouver autour d'une bouteille de vodka pour évoquer le temps béni où ils étaient jeunes et haïs de tous.

– Le FBI ne m'a pas filé son numéro de téléphone perso, mais j'ai celui de son boulot.

– C'est déjà pas mal.

Il m'a dicté les dix chiffres.

– Et il travaille où ? ai-je demandé.

– Ha ! Je gardais le plus drôle pour la fin.

– Ne me dis pas qu'il masse des culs de Ruskofs dans un sauna gay.

– C'est marrant, j'allais justement te sortir un truc comme ça. Non, il s'est bien mieux démerdé, si je puis m'exprimer ainsi. Il possède et dirige une boîte de nuit russe, toujours à Brighton Beach. Tu te souviens, on en avait écumé quelques-unes avec notre ami Ivan le Taré, quand on était célibataires…

– Moi, j'étais célibataire. Toi, tu es marié depuis trente ans.

– Peu importe. Il y avait ce club… Comment il s'appelait, déjà ? Ah oui, le Rossiya. Avec toutes ces grandes blondes…

– Mais celui-ci, il s'appelle comment ?

– Celui de ton Boris, c'est le Svetlana. Sur la promenade de planches, au niveau de la 3e Rue.

– Et il en serait le proprio ?

– Bah ! On sait bien que c'est la mafia russe qui tient tout ça. Si ça se trouve, ton Boris n'est qu'un homme de paille.

– Ou alors la CIA lui a consenti un prêt.

– Tu crois ? Et si on se réfugiait chez Poutine, pour ouvrir une boîte américaine ?

– Tu n'as qu'à partir le premier, et je reste ici pour faire tourner ta boutique.

– Ma foi, on peut en discuter. Et pour Vassili Rimski, je décide quoi ?

– Qui ça ?

– Ce Russe sur lequel j'enquête. Un petit comptable sans histoire qui postule pour la Cour des comptes fédérale. Maintenant que j'ai dit au FBI qu'il fricotait avec un ancien agent du KGB, qu'est-ce que j'écris dans son rapport ?

– Fais ce qui est le mieux pour ton pays, Dick.

Il a éclaté de rire.

– Bon, tu me tiendras au courant ?

– Sans faute, ai-je promis.

– Pourquoi je n'ai rien vu dans le journal, d'ailleurs ?

– Le FBI ne laisse rien filtrer. Mais tu as peut-être entendu parler d'une famille massacrée par un cambrioleur dans le Queens ?

– Un flic, c'est ça ?

– Un flic de l'ATTF, pour être précis.

Un blanc.

– Ben merde ! Et il y aurait un lien avec l'agression de Kate ?

– Ouaip.

Nouveau silence.

– Et c'est pour ça que tu es consigné chez toi ?

– T'aurais dû être flic, Dick. Allez, je dois retrouver Kate. Merci infiniment pour le tuyau.

– Fais attention à toi, hein ?

– T'inquiète. Je te rappelle la semaine prochaine.

Le téléphone reposé, j'ai imprimé la photo de Boris et inscrit sur la feuille : « Le Svetlana, Brighton Beach ». Puis j'ai ajouté quelques mots à l'intention de Kate : « Dis à Vince et à Tom d'interroger Boris, et explique-leur pourquoi. » Comme si, bizarrement, je craignais d'être absent pour le retour de ma femme.

Avant de quitter l'appartement, je me suis versé un godet de Stolichnaya pour fêter mes prochaines retrouvailles avec Boris et lui souhaiter une longue vie – assez longue, en tout cas, pour qu'il m'accorde une interview.

Chapitre 35

Cet hôpital géré comme une prison était la quintessence du glauque. Il avait néanmoins ceci de charmant qu'Asad Khalil ne pouvait y mettre les pieds. Étant quant à moi titulaire d'un badge et inscrit sur la liste des visiteurs accrédités, j'ai réussi à gagner la chambre de Kate sans avanies majeures.

En théorie, Khalil n'avait aucun moyen de savoir que Kate se trouvait entre ces murs, et vivante. Mais ses amis new-yorkais prospectaient peut-être les rubriques nécrologiques des journaux et les registres publics. Et si, pour une raison ou pour une autre, ils en venaient à penser que Kate n'était pas morte, ils devineraient sans mal qu'elle se cachait ici. Fallait-il publier un faux avis de décès ? Nous l'avions déjà fait pour d'autres. Mais ma ligne téléphonique serait immédiatement prise d'assaut, et les femmes célibataires de mon immeuble déferleraient sur mon paillasson. En revanche, je pouvais toujours demander à Walsh de faire établir et enregistrer un faux certificat de décès.

Kate avait appris qu'elle était ici pour un moment, et ça ne l'enchantait pas. Mais, en employée consciencieuse, elle pensait d'abord à l'intérêt du Bureau, de l'équipe et de la mission. Contrairement à moi, qui me serais déjà évadé en nouant des draps.

Voyant qu'elle avait pendu le lion en peluche à la cordelette du store, je lui ai demandé :

– Tu as eu ton évaluation cérébrale ?

Elle a souri.

– J'essaie d'intégrer l'étage des maboules, John, pour qu'on soit ensemble.

Pas de doute, elle allait bien.

Elle avait eu Walsh au téléphone. D'après le boss, nous n'étions que trois à la savoir ici : lui-même, Paresi et moi. Il lui avait aussi expliqué que son Nextel et son arme de service étaient probablement entre les mains du suspect.

– Ne te bile pas pour ça, ma chérie. Khalil n'avait pas besoin de toi pour se procurer un flingue.

– Certes. Mais s'il a mon téléphone, il a accès à tout le répertoire. (Elle m'a fixé d'un air grave.) Il va t'appeler, John.

– Mais j'espère bien ! À part ça, de quoi as-tu besoin ?

– De ma feuille de sortie. Je me sens tellement inutile, ici…

J'ai tenté de lui mettre du baume au cœur :

– Dis-toi que tu es peut-être la seule personne à avoir survécu à une attaque du Lion.

– Et à deux reprises ! a-t-elle renchéri avec un rictus. Il m'avait déjà loupée la dernière fois. Toi aussi, d'ailleurs.

– C'est vrai. Et je te jure qu'il va s'en mordre les doigts.

– Mais pourquoi n'a-t-il rien tenté contre toi ?

– Parce que tu n'arrêtais pas de gigoter, sûrement.

– Non. Parce qu'il voulait que tu me voies mourir.

Ne pouvant la démentir, je lui ai rappelé que les Op-spé me suivaient comme mon ombre, et que notre domicile était mieux gardé qu'une forteresse. Mais ça n'a pas suffi à briser le fil de ses pensées :

– On l'a laissé s'échapper, John. Il y a trois ans. Alors qu'on avait la possibilité de le tuer ou de le capturer.

– Je n'ai pas envie de revenir là-dessus, Kate. Les balles pleuvaient. On a fait ce qu'on pouvait.

Elle n'a pas insisté. C'était un sujet désagréable, mais elle avait raison d'en parler, ne serait-ce que pour crever l'abcès. Dans les faits, Kate et moi étions les derniers à avoir affronté Khalil lors de son précédent séjour. Muni d'un fusil, il nous canardait depuis un abri invisible, et néanmoins nous aurions pu – j'aurais pu – l'avoir par d'autres moyens. Que je n'avais pas employés. D'où le malaise de Kate, et le mien, encore aujourd'hui.

– Personne ne nous a jamais rien reproché, ai-je ajouté. Alors ne sois pas plus sévère avec nous que ne l'ont été nos chefs.

Quoique... Étais-je bien sûr de ce que j'affirmais là ? Après tout, nous n'avions jamais vu le dossier officiel de l'affaire Khalil. Et imaginer John Corey et Kate Mayfield en boucs émissaires de convenance n'avait rien d'absurde. C'était peut-être ça qu'avait lu Walsh.

Bref, nous avions vécu la fuite de Khalil comme un échec. Et son retour rouvrait la blessure.

– Il ne faut pas le rater, cette fois, a marmonné Kate.

– On ne le ratera pas. Comme je l'avais dit à Khalil, j'attends la revanche de pied ferme.

Puis j'ai repensé à Boris.

– Dis-moi, Kate, as-tu parlé à Tom de notre mémorable escapade à Langley, au lendemain du départ du Lion ?

– La rencontre avec Boris ? Non. Tu veux que je lui raconte ?

– Surtout pas !

– Pourquoi ?

– Je m'en charge. Ça pourrait m'aider à redorer mon blason auprès du boss.

Elle a plissé les paupières, méfiante.

– J'espère que tu n'as pas l'intention de faire cavalier seul ?

– De quoi tu parles ?

– Tu le sais très bien. Tu nous fais le coup à chaque fois.

– Mais pas du tout !

Seulement quand je peux.

– Il faut toujours que tu nous caches des choses, comme si ça te conférait je ne sais quel pouvoir supérieur. Puis *tada !* tu sors un lapin de ton chapeau, pour le seul plaisir de...

– Comme si j'étais le seul cachottier au 26, Fed' !

– Le problème n'est pas là, John. Tu es tenu de partager tout ce que tu sais avec tes supérieurs. C'est ton devoir.

– Et c'est mon intention. (Mais pas ce soir.) De toute manière, il n'est pas dit que Boris puisse nous aider. Et puis je ne connais même pas son nom de famille, alors comment veux-tu que je le retrouve ? Il n'y a que Walsh qui puisse le localiser – à supposer que le Russe soit toujours de ce monde.

– Bon. Mais tu lui en parles, d'accord ?

– Croix de bois, croix de fer.

Elle s'est remise à phosphorer.

– Ça ne m'étonnerait pas que Khalil veuille liquider Boris…

– Oui, c'est un peu ce que je sous-entendais.

– Tu te rappelles ? Il avait le sentiment d'avoir enfanté un monstre.

– Les chiens ne font pas des chats, ai-je soupiré.

– On pourrait peut-être se servir de lui pour coincer Khalil.

– Pas bête.

Un infirmier est venu nous déposer le menu du dîner. Kate a coché quelques cases avant de me tendre la carte.

– Prends-toi quelque chose.

C'était de la cuisine fusion. Médico-carcérale.

– Mmm… Le filet de cadavre sur son lit de preuves a l'air fameux.

– Très drôle.

– À moins que je ne prenne la salade aux trois verrous et aux miettes d'œilleton…

Tout compte fait, je préférais jeûner.

J'ai rapporté le menu aux infirmières, puis nous avons bavardé devant la télé en attendant le plateau de Kate. Les boîtes de nuit russes ouvrent tard, et j'aurais pu rester jusqu'à la fin des heures de visite, mais elle était claquée.

– Je te laisse, mon amour. Repose-toi.

– Que veux-tu que je fasse d'autre ? a-t-elle bougonné.

– Demande-toi ce que mijote Khalil.

– Et toi, tes projets pour ce soir ?

– Moi non plus, je n'ai pas le choix. Soirée pantoufles à la maison.

– Parfait. Ce n'est pas le moment d'aller faire la bringue.

Belle intuition, ma jolie…

En sortant de la chambre, j'ai échangé trois mots avec la fliquette de faction, une certaine Mindy Jacobs. Consciente que l'agresseur de Kate n'avait rien d'une crevette décérébrée, cette femme m'a assuré que personne ne pouvait s'introduire à cet étage, pas même Conan le Barbare. Et quand bien même Conan le Barbare déjouerait les différents barrages, Mindy Jacobs serait là pour lui tirer l'oreille.

En vérité, je redoutais moins l'irruption d'un Conan le Barbare respectueux du fléchage que celle d'un Asad le Connard planqué dans un bassin de lavement. Mais inutile d'insister. J'ai salué Mindy, puis descendu ce couloir jalonné de flics en uniforme, comme une haie d'honneur distendue.

Si j'étais Asad Khalil, comment ferais-je pour atteindre le lit de Kate ? Eh bien, tout d'abord, je me ferais coffrer pour un motif quelconque, sans révéler mon identité, puis je simulerais un gros pépin de santé afin d'être admis à Bellevue, sur ce palier. Arrivé dans la place, je n'aurais aucun mal à me faufiler d'une chambre dans l'autre.

Mais cessons de le croire surhumain. De toute façon, il ne savait même pas que Kate était là.

Au sortir de l'ascenseur, j'ai retrouvé mes chauffeurs, Ken Jackson et Ed Regan, qui devaient être aussi las de moi que je l'étais d'eux.

Un quart d'heure plus tard, je regagnais mon immeuble de la 72e Rue. Dans le hall, un flic en civil ressemblait comme deux gouttes d'eau au livreur de viennoiseries Louis Ramos. Nous avons taillé une petite bavette, puis je suis allé voir le portier Alfred, plongé dans le *Wall Street Journal* – ça rapporte, les étrennes.

– Comment va Mme Corey ? a-t-il demandé en reposant son canard.

– Très bien, merci. J'ai oublié de récupérer mes clefs de voiture.

– Elles sont ici.

Il les a sorties d'un tiroir.

– J'aurais aussi besoin de prendre quelques affaires à la cave. Je peux vous emprunter la clef du monte-charge ?

– Bien sûr.

Il l'a posée à côté de celles de la jeep. Je les ai toutes empochées *fissa*, à la barbe de Ramos, avant de me diriger vers les ascenseurs des étages.

Le seul moyen à peu près orthodoxe de quitter l'immeuble sans repasser par le hall était l'escalier de secours. Mais chaque volée de marches était surmontée d'une caméra, et le moniteur de contrôle trônait sur le comptoir de l'accueil, visible de Ramos et consorts. Le monte-charge, en revanche, n'était nullement filmé, et il menait au garage où j'allais descendre sous peu.

Après avoir revêtu ma tenue de fêtard russophile.

Chapitre 36

J'avais choisi le costume anthracite et la cravate grise que je porte pour les mariages et les enterrements, avec une chemise en soie blanche et des boutons de manchette incrustés de diamants, un cadeau de mon ex. Mes chaussures étaient de vraies Gravati, et ma montre une Rolex Oyster qu'une ancienne amoureuse avait achetée quarante dollars dans la rue et dont l'authenticité me semblait plus que douteuse. Pour parfaire l'ensemble, j'ai endossé mon gilet en Kevlar et mon holster d'aisselle. Et comme on ne peut pas toujours penser à tout, j'ai oublié le GPS et l'oreillette. Enfin habillé, je me suis miré dans la glace. Mafia russe ? Mafia italienne ? Flic irlandais mal fagoté ?

La photo de Khalil dans ma veste, j'ai quitté l'appartement et marché jusqu'au monte-charge. Si les ascenseurs normaux avaient leur terminus dans le hall – il fallait ensuite prendre celui du garage pour descendre plus bas –, le monte-charge assurait une liaison directe entre les étages et le parking. Il suffisait d'avoir la clef. Les inspecteurs venus examiner l'appartement avant mon arrivée avaient dû repérer cette faille, mais pourquoi s'en seraient-ils inquiétés ? Je n'avais *a priori* aucune raison de m'enfuir. J'étais sous protection, et non assigné à résidence. Pas encore, en tout cas.

J'ai pénétré dans la grande cabine sans miroir et appuyé sur le bouton du garage. Quelques secondes plus tard, je plongeais sous le niveau 0 et me retrouvais au sous-sol, dans le coin réservé aux livraisons.

Avais-je reconquis ma liberté, ou allais-je juste me jeter dans les bras des Op-spé postés dans la rue ? À l'évidence, je ne pouvais remonter la rampe de sortie à pinces, ni au volant de ma jeep verte. Il fallait ruser, là encore.

Dans la petite loge, un vieux bonhomme regardait la télé.

– Excusez-moi, monsieur. J'ai besoin de me rendre quelque part et…

– Quel numéro ? a-t-il fait en se détournant du match des Mets.

– Non, je n'ai pas besoin de ma voiture, mais d'un chauffeur.

– Vous vous êtes trompé d'adresse.

– Cinquante dollars si vous me déposez à l'angle de Lexington et de la 68e. J'ai un rendez-vous chez le proctologue.

– Pourquoi vous n'y allez pas à pied ? C'est à deux pas.

– Je souffre d'hémorroïdes. S'il vous plaît… Quel est votre nom ?

– Irv. Mais tout le monde m'appelle Gomp.

– Quel rapport ?

– Irv Gomprecht. Gomp.

– Allez, Gomp, soixante dollars.

– Mais je n'ai pas de voiture…

– Vous en avez deux cents ! Choisissez n'importe laquelle. Vous suivrez votre match à la radio.

Ma tenue chicos a dû le convaincre que j'étais un citoyen honnête, ou un dangereux mafieux.

– OK. Mais alors on fait vite.

J'ai jeté trois billets de vingt sur son comptoir. Il les a raflés avant de décrocher une clef de son tableau.

– Cette bagnole-là n'a pas roulé depuis deux mois. Un petit décrassage s'impose.

L'instant d'après, je testais le siège passager d'une Lexus flambant neuve que Gomp propulsait sur la rampe.

– Il m'arrive de faire le taxi pour les retraités de l'immeuble, mais aucun ne m'a jamais filé soixante billets.

– Je vais me sentir ridicule, Gomp.

– Mais non, il ne faut pas. Je dis juste que… Qu'est-ce que vous fabriquez ?

– Je refais mes lacets.

– Ah bon.

Tapi sous le tableau de bord, j'ai senti la berline braquer dans la rue. J'ai attendu le feu de la 3e Avenue pour me redresser et scruter le rétroviseur. Parmi les véhicules derrière nous, aucun ne ressemblait aux modèles attitrés du FBI.

Ce serait fendard de tomber sur la petite Lisa Sims. Cinq minutes, tout au moins.

– Et vous êtes de l'immeuble ? s'est informé Gomp.

– Non, j'habite sur la 84e Est. Tom Walsh.

– Enchanté, Tom, a répondu Gomp en me serrant la main.

– Les amis m'appellent Cul serré.

– Hein ? Quoi ?

Pourvu que le FBI interroge cet homme ce soir…

Par acquit de conscience, j'ai tout de même demandé :

– Vous n'êtes pas policier, Gomp ? Ni agent du FBI ?

Il s'est esclaffé :

– Nan ! je suis de la CIA.

Déconne pas avec ça, Gomp.

Le feu est repassé au vert et nous avons continué sur la 72e. De la main droite, Gomp a parcouru la bande FM jusqu'à trouver le base-ball.

– Vous êtes Mets ou Yankees, Tom ?

– Mets, ai-je menti.

Gomp était l'archétype du vieux New-Yorkais de souche, avec l'accent et tout. Je regrettais cette époque où la vie était si simple et si bête.

Gomp s'est rangé sur Lexington, juste avant le carrefour que j'avais indiqué.

– On remet ça quand vous voulez, Tom. Je serai au garage.

– Demain, peut-être. Pour l'urologue.

J'ai claqué ma portière et me suis engouffré dans la bouche de métro. J'ai consulté le plan du réseau, introduit ma carte dans le tourniquet et trouvé mon quai.

Pour le Manhattanien moyen, Brighton Beach se situe sur la côte portugaise. Mais puisque le plan jurait que la ligne B courait jusque là-bas…

À l'arrivée de la rame, je suis monté, redescendu, puis remonté au dernier moment, alors que les portes se refermaient. J'avais vu ça dans un film. Un trouduc que j'avais filoché cinq ans plus tôt avait dû le voir, lui aussi.

Une petite heure plus tard, je survolais les confins de Brooklyn sur la partie aérienne de la ligne, celle que j'empruntais gamin pour rallier la plage de Coney Island, mon royaume d'été. Un soir, après avoir dépensé tous mes sous en jeux d'arcade, tours de manège et hot dogs, j'avais dû quémander un ticket de métro à un flic.

Le John Corey adulte est toujours un médiocre gestionnaire, et il commet encore des bourdes. Mais, désormais, le flic qu'il appelle à la rescousse n'est autre que lui-même. On ne devrait jamais grandir.

Parvenu à la station Ocean Parkway, j'ai dévalé l'escalier débouchant sur Brighton Beach Avenue. Après tous ces subterfuges et ces milliers de kilomètres, Boris avait intérêt à être vivant et présent – sinon dans sa boîte de nuit, du moins à son appart. Le bon côté des choses, c'était que le FBI n'avait pas pu me filer jusqu'ici : le temps qu'ils réussissent à introduire leurs tickets dans les tourniquets de Lexington, je serais déjà rentré. Et si l'un des NYPD affectés à ma protection m'avait suivi, je l'aurais certainement repéré.

Mes dernières virées dans le coin remontaient à quinze ans, en compagnie de Dick Kearns et d'Ivan, notre collègue russo-américain natif du quartier. De toutes les enclaves ethniques new-yorkaises, Little Odessa était à la fois l'une des plus dépaysantes et l'une des moins touristiques.

J'ai suivi l'avenue vers l'est. Le trafic était chargé, les trottoirs populeux et animés. Un gars avait déplié une table pour vendre du caviar russe aux passants. Dix dollars seulement les trente grammes. Pas de boutique, pas d'intermédiaire, pas de chaîne du froid. Chaîne du quoi ?

J'ai tourné à gauche sur la 4e Rue, face à l'Océan dont l'odeur me grisait déjà. Les habitants et les badauds avaient l'air bien portants. Pas de famine, ici. En matière vestimentaire aussi, il y avait à boire et à manger : la gamme allait des costards de luxe comme le mien aux contrefaçons laides et mal coupées, en passant par les nippes que de vieilles Russes tenaient de la mère patrie – ou de leurs mères tout court. Malgré la douceur du soir, on croisait quelques toques de fourrure, des fichus bariolés, et l'air charriait des effluves inconnus. Avais-je poussé trop loin vers l'est ?

Un doute plus grave m'a assailli : n'étais-je pas en train de commettre une énorme boulette ? De gâcher une piste prometteuse ? Quand cela vous arrive dans l'exercice normal de vos fonctions, vous êtes pardonnable. Mais bousiller une enquête par des manœuvres individuelles et clandestines, c'est se condamner à mourir noyé sous un déluge de matière fécale, pour rester poli.

Ma seconde hantise était de tomber sur Khalil, des fois que lui aussi aurait choisi ce soir-là pour claquer la bise au Boris. Je me sentais tout à fait capable d'affronter le Lion seul à seul, mais s'il amenait des renforts j'étais mort. À l'inverse, s'il était seul, je tenais à l'être moi aussi.

Comme j'approchais du front de mer, j'ai distingué l'entrée du Svetlana, au pied d'un grand bâtiment de brique aux fenêtres murées. En passant le coin, j'ai constaté que l'on pouvait aussi entrer par la promenade en planches. Là, dans un épais nuage de fumée grise, se devinaient des chaises et des tables squattées par des fumeurs. Sans doute venus offrir à leurs bronches un grand bol d'air iodé.

M'appuyant sur le garde-fou, j'ai contemplé la plage. Malgré l'heure avancée, 22 heures et des brouettes, il y avait encore du monde. Des flâneurs, des amis choquant des gobelets d'alcool clair… La nuit était claire, elle aussi, avec son ciel rempli étoiles et sa demi-lune ascendante. Sur l'eau brillaient les lumières des cargos, des pétroliers, et même d'un paquebot.

L'aéroport JFK se trouvait à une quinzaine de kilomètres dans la baie : des points lumineux s'égrenaient le long des couloirs aériens, dans un sens comme dans l'autre. L'une des images les plus marquantes que je gardais du 11 septembre et de ses lendemains, c'était l'expérience inédite d'un ciel désert, mort, sans bruit et sans lumières. Après quatre jours de ce silence lugubre, j'avais bondi de joie en voyant passer un avion au-dessus de mon balcon, comme un gamin des champs qui n'aurait jamais aperçu un jet de sa vie. J'avais appelé Kate, et nous avions regardé avec émotion l'appareil descendre sur JFK. Ce spectacle symbolisait à nos yeux le retour de la civilisation, et pour fêter ça nous avions débouché une bonne bouteille de rouge.

Ce soir, sur la promenade, des centaines de flâneurs profitaient de la clémence du temps. Des parents avec des poussettes, des enfants à vélo, des groupes de filles et de garçons en pleine parade prénuptiale, et de jeunes couples qui un jour pousseraient à leur tour des landaus.

Hélas, face à la foule des braves gens, il y avait une poignée d'ordures. Des salauds qui préféraient semer la mort. Mes clients quotidiens.

J'ai ôté mon alliance. Non pour faciliter le contact avec les petites pépées du bar, mais parce que dans ce métier on n'expose pas sa vie privée.

J'ai jeté un dernier coup d'œil circulaire pour m'assurer que j'étais seul, puis j'ai traversé les planches en direction du néon rouge.

Svetlana.

Chapitre 37

Comment décrire cet endroit ? Imaginez un mélange d'opulence tsariste et de faste vegassien, conçu par un décorateur qui aurait trop regardé *Le Docteur Jivago* et *Casino Royale*. Au fond se déployait un grand bar en fer à cheval d'où l'on voyait l'Océan ainsi que l'ensemble de la salle. Je me suis frayé un chemin entre les tables pour me glisser au comptoir, entre un balèze en costard chatoyant et une blonde décolorée qui avait piqué la robe de sa fille. La plupart de mes voisins mâles étaient sapés comme moi, alors je suis mal placé pour critiquer.

Je n'ai pas une tête de Russe, tous les Russes vous le diront. C'est pourtant dans cette langue que le barman s'est adressé à moi. Ou était-ce un Brooklynien pur jus ?

– Kech' vous' sers, chef ?

Je devais connaître six mots de russe, et j'en ai sorti deux :

– Stolichnaya, *pojalouïsta*.

J'ai baladé mon regard sur les tables. Cette année, le costume irisé se portait avec une chemise déboutonnée sur de multiples chaînes en or, et les femmes arboraient volontiers plus de bagues que de doigts. La réglementation antitabac semblait respectée, ce qui se traduisait par un va-et-vient permanent entre la salle et la terrasse.

Le bruit de fond était un magma d'anglais et de russe, parfois les deux dans la même bouche, mais le russe prédominait.

– *Spaciba*, ai-je dit à l'arrivée de ma vodka.

Derrière une vitre en verre gravée s'étalait un immense restaurant. Quatre cents couverts au bas mot, et pas une place libre. Dick avait raison : Boris s'était bien démerdé. Mais serait-il aussi veinard face à la scie de boucher de Khalil ?

Au fond du restaurant, un groupe de quatre musiciens jouait un morceau à mi-chemin entre *YMCA* et *Les Bateliers de la Volga*. Sur la piste de danse se dandinaient des couples de tous âges, des fillettes dansant par deux ou par trois, et les inévitables mamies rodant leur prothèse de hanche. On retrouvait souvent ce type d'ambiance dans les mariages d'étrangers, au point que j'ai cru un instant m'être incrusté dans une noce. Mais ce n'était sans doute qu'une soirée comme les autres au Svetlana.

Par souci d'exhaustivité, et parce que l'observation fait partie de mon métier, j'ajouterai qu'il y avait de sacrées belles gonzesses. Si ma mémoire est bonne, Dick, Ivan et moi avions déjà fait ce constat au Rossiya. Ma voisine de comptoir, qui avait dû faire partie de ces bombes russes à l'époque évoquée ci-dessus, a vite montré de l'intérêt pour le bel inconnu que j'étais. Je pouvais sentir chauffer son parfum de lilas, et, sans vouloir paraître vulgaire, ses pare-chocs pendaient au-dessus de ma Stoli. Ils auraient pu occuper un tabouret de bar à eux seuls.

– Vous n'êtes pas lusse, vous ! m'a-t-elle lancé.

– Comment vous avez deviné ?

– Votle lusse est à chier.

Ton anglais n'est pas mal non plus, *darling*.

– Vous venez souvent ? ai-je demandé.

– Oui, bien sûl.

Elle m'a indiqué comment prononcer *spaciba*, *pojalouïsta* et Stolichnaya. En gros, il suffisait de bien placer l'accent tonique. Mais malgré mes efforts, ça n'allait toujours pas.

– Une deuxième voudka vous aidlait peut-êtle…

Cette suggestion nous a fait pouffer l'un comme l'autre, et nous nous sommes présentés. Elle s'appelait Veronika – avec un *k* – et elle venait du Kansas. Pardon, de Koursk. J'ai décliné mon propre nom, Tom Walsh, et j'étais à deux doigts de lui donner le numéro du boss. Plus tard peut-être.

J'ai demandé au garçon de remplir nos verres. Veronika était au cognac, et je me suis souvenu qu'en effet les Russes raffolaient de ce breuvage – à raison de vingt dollars la dose, il valait mieux pour eux ! Et dire que je ne pourrais même pas refiler la note à la compta…

Soudain, pensant au célèbre aphorisme de Nietzsche comme quoi le symptôme le plus courant de la bêtise humaine est d'oublier ce qu'on est en train de faire, j'ai déclaré à Vero :

– Je dois retrouver quelqu'un au restau.

– Ah bon ? Qui ?

– Le directeur. Je collecte des fonds pour Greenpeace.

Elle a fait la moue.

– Tu ne veux pas danser, plutôt ?

– Ce serait avec plaisir. Tu n'as qu'à m'attendre. (J'ai dit au barman :) Vous lui resservirez un cognac. Je vais vous régler tout de suite.

Veronika a levé son verre, radieuse :

– *Spaciba !*

J'ai payé en liquide, bien sûr. Ma carte de crédit professionnelle m'aurait grillé, et Kate avait accès à mes relevés d'Amex.

– À tout à l'heure, Veronika.

– Je ne te plomets lien, Tom !

J'ai traversé la salle jusqu'à la partie restaurant et me suis présenté devant la console du maître d'hôtel. De succulentes odeurs de bouffe taquinaient mon estomac vide.

Le type m'a jaugé un instant.

– Oui, monsieur ? a-t-il fait en anglais.

– Je souhaite voir M. Korsakov.

Bien qu'étonné, il n'a pas répondu : « M. Korsakov s'est fait décapiter hier soir. Vous l'avez raté de peu », mais seulement :

– Vous avez rendez-vous ?

Boris était donc vivant et présent.

– Je suis un vieil ami, ai-je dit avant de lui tendre ma carte.

Il l'a examinée. Je pense qu'il lisait l'anglais, et que le texte – action antiterroriste, etc. – ne l'enchantait pas des masses.

– Je suis ici à titre strictement privé. Apportez donc cette carte à M. Korsakov. Je vous attends.

– Mais… Je ne suis pas sûr qu'il soit là, monsieur… Cury.

– Corey. Et moi je suis convaincu du contraire.

L'air embêté, il a fait signe à un collègue de le remplacer, avant de s'éclipser derrière un rideau rouge.

J'ai lancé à son jeune suppléant :

– Vous avez vu *Le Docteur Jivago* ?

– Pardon ?

– La scène du restaurant où le blanc-bec flingue le gros porc qui saute Julie Christie.

– Hein ?

– Moi aussi, je serais prêt à me faire trouer la peau pour cette fille. Pas vous ?

Le gamin m'a faussé compagnie pour guider un groupe de dîneurs vers leur table. Tout autour de moi, sur des nappes dorées, se dressaient des bouteilles de vodka, des seaux à champagne, des plateaux à étages garnis de mets délicats. L'orchestre venait d'amorcer le thème de *Bons Baisers de Russie*, ce qui était super rigolo.

Le mur derrière la scène faisait deux étages de haut. Au centre, sous le plafond, un grand miroir réfléchissait la lumière des lustres en cristal – une glace sans tain, à tous les coups. J'ai fait bonjour avec la main, au cas où l'antre de Boris se trouverait là.

Trois vénus blondes sont montées sur l'estrade, moulées dans des robes à sequins dorés qui auraient pu stopper du .357 Magnum. Elles ont entonné un morceau sur « les filles à papa d'Odessa », et elles avaient de sacrés poumons. Kate aurait adoré ce club.

Tout à mon ravissement, je n'ai pas vu revenir le maître d'hôtel.

– Merci d'avoir patienté, a-t-il dit.

– Mais de rien. C'était mon idée.

Il était flanqué d'un malabar, un blond coiffé en brosse avec un visage taillé à la serpe et un costume plissé par ses muscles de culturiste.

– Victor va vous mener auprès de M. Korsakov.

La politesse aurait voulu que je serre la main de ce Victor – Viktor ? –, mais je tenais à mes phalanges. J'ai répondu *spaciba* à la façon de Veronika, juste quelques octaves plus bas, et j'ai suivi le blond à travers le restaurant bondé comme on suivrait un rouleau compresseur sur un parterre de fleurs. D'un souffle, il a écarté le rideau rouge, et nous avons fait quelques pas jusqu'à une porte blindée qu'il a déverrouillée. Derrière se trouvaient une petite pièce aveugle avec deux chaises, une autre porte blindée et un ascenseur. Sans oublier une caméra dôme au plafond.

Victor a ouvert la cabine de l'ascenseur avec une seconde clef, et m'a fait signe de monter.

À la place de Khalil, je choisirais un endroit moins fortifié pour attaquer Boris.

Pendant que nous grimpions, j'ai demandé à Victor :

– Donc, vous êtes le chef pâtissier ?

Il n'a pas cillé, mais le coin de sa bouche a frémi. Rien ne vaut l'humour pour rapprocher les espèces. Ou pour vérifier si un garde-chiourme comprend votre langue.

Nous avons abouti dans une antichambre identique à la précédente – si ce n'est qu'ici la porte du fond était percée d'un judas et d'un passe-plat à glissière, façon prison.

Victor a pressé un bouton, et après quelques secondes j'ai entendu cliquer le pêne.

La porte s'est ouverte sur Boris.

– Monsieur Corey… Quel plaisir de vous revoir vivant !

– J'allais vous le dire, cher ami.

Chapitre 38

Nous nous sommes assis face à face dans deux gros fauteuils en cuir. Boris portait un costume noir coupé à l'européenne, une chemise en soie et une Rolex, mais la sienne devait valoir plus de quarante dollars. Il avait belle allure, même s'il me semblait moins svelte et moins robuste que dans mon souvenir.

Sur ordre du chef, Victor a sorti une bouteille de vodka glacée.

Boris a rempli deux verres et levé le sien.

– *Nazdrovié !* ai-je lancé.

Cela signifiait « santé ». Ou « je t'aime », je ne sais plus. Quoi qu'il en soit, cette bouteille étiquetée en cyrillique avait très bien supporté le voyage.

Boris attendait que je parle, mais je vénère les moments de silence entre amis. Surtout quand je débarque à l'improviste : ça ajoute du mystère au mystère. En fait, je voulais surtout qu'il congédie Victor. Malheureusement, Boris est un client débonnaire que le silence ne dérange point.

Il a siroté sa vodka et allumé une cigarette – toujours des Marlboro – sans songer que la fumée pouvait me gêner, ou que j'en voulais peut-être une.

Deux Russes entrent dans un bar, commandent une bouteille de vodka et picolent sans décocher un mot. Au bout d'une heure, l'un déclare : « Excellente vodka. » Et l'autre répond : « Commence pas à raconter ta vie. »

J'ai scruté la pièce, qui ressemblait davantage à un séjour qu'à un bureau, avec son parquet, ses tapis d'Orient et tout un bric-à-brac d'objets russes : un poêle en faïence, un samovar en argent, des meubles peints, des images pieuses et autres babioles. Ç'aurait pu être le salon de votre grand-mère, si votre grand-mère s'appelait Svetlana.

Voyant mon intérêt pour ce décor, Boris a rompu le silence :

– Nous sommes dans mon appartement de travail. (Il a désigné une double porte.) Et là, j'ai un bureau et une chambre.

Je jouissais des mêmes commodités sur la 72e Rue, et nous allions tous deux rester dans nos appartements « de travail » respectifs pendant quelques jours, même s'il ne le savait pas encore.

Comme je le disais plus haut, Boris parlait un anglais irréprochable, et son vocabulaire avait encore dû s'étoffer depuis la dernière fois, avec des expressions comme « compte de résultat » ou « coefficient de liquidité ». Mais là c'était à moi de causer, et il n'avait pas l'habitude qu'on se paie sa fiole.

– Merci d'être passé, m'a-t-il lancé. Ce fut un plaisir.

Il a dit deux mots à Victor, qui est allé ouvrir la porte, mais seulement après avoir regardé par le judas. Était-ce une précaution banale dans une boîte russe ? Ou un signe de paranoïa ? Ou autre chose encore ?

Boris s'est levé.

– J'ai à faire, ce soir.

Carré dans mon siège, j'ai répondu :

– Victor peut s'en aller.

– Il ne parle pas anglais.

– Eh bien, il apprendra plus tard.

Après un temps d'hésitation, Boris a demandé à Victor de débarrasser le plancher, ce qui, dans la langue de Staline, tient en un seul mot.

Le garde du corps parti, Boris a tourné le verrou et je me suis relevé pour observer la salle à travers le miroir sans tain. La pulpeuse Veronika n'avait pas bougé. Au fond du restaurant, au-dessus de la console du maître d'hôtel, de hautes vitres laissaient entrevoir la plage et l'Océan. Pas dégueu, Boris. Vachement plus classe que la Libye.

En contrebas du miroir se trouvait la petite scène, et à travers le fatras de projecteurs, de câbles et de poulies j'ai vu deux trapézistes, un homme et une femme, voleter dans les airs.

– Le spectacle était à votre goût ? a demandé Boris.

J'en ai déduit qu'il m'avait vu patienter à l'accueil du restaurant.

– Oui, ai-je répondu. Très plaisant. (Je me suis détourné de la glace.) Que de chemin parcouru en trois ans, Boris…

– Oh ! c'est beaucoup de travail et de tracasseries. On vous inflige des inspections à longueur d'année – encore incendie, hygiène, alcool encore –, et la plupart de ces fonctionnaires refusent les dessous-de-table.

– Ce pays part à vau-l'eau.

– Et puis il faut s'occuper des fournisseurs véreux, des employés qui piquent dans la caisse…

– Tuez-les tous !

Il a souri.

– Oui, j'avoue que parfois je regrette mon ancien métier.

– C'était quand même très mal payé.

– Mais le pouvoir… il n'y a rien de tel.

– Et votre poste en Libye, il vous manque ?

– Pas le moins de monde.

Il devait penser que je venais lui parler du seul sujet qui pouvait nous réunir – ce qui n'était pas faux. Mais comme ma visite n'avait rien d'officiel, je préférais qu'il l'aborde de lui-même.

Dans l'immédiat, il a proposé de remplir mon verre, et je n'ai pas su refuser. À combien de vodkas en étais-je ? Deux payantes en bas, une gratis ici, et maintenant une autre. En service, je me limite à cinq verres. Et à quatre si je pense devoir faire usage de mon arme.

À ce propos, j'étais persuadé de ne pas être le seul enfouraillé dans cette pièce. Sauf si, échaudé par les contrôles intempestifs, Boris planquait son calibre sous le plancher ou dans un double plafond.

Je comprenais sa nostalgie du temps où le KGB tenait l'URSS, mais le fric aussi, c'est sympa. Même si l'idéal, c'est les deux : le fric et le pouvoir.

Lorsque Kate et moi avions rencontré Boris au siège de la CIA, nous savions très peu de chose sur ses années dans le renseignement soviétique. Quel était son grade, dans quelle division officiait-il, que lui demandait-on au juste ? Nous n'avons su qu'après coup, par un agent du FBI, que Boris avait appartenu au SMERSH, le sinistre service de contre-espionnage russe, ce qui signifiait, pour parler comme James Bond, qu'il avait le « permis de tuer ». L'aurais-je su avant cette réunion que je m'y serais tout de même rendu, mais sans doute aurais-je trouvé le personnage moins sympathique. Pour Kate, c'est un peu différent. Elle en a toujours pincé pour les mauvais garçons.

En réalité, je me fichais de savoir comment Boris avait gagné sa croûte dans la Russie soviétique. C'était de l'histoire ancienne, et une époque révolue. En revanche, je ne lui pardonnais pas de s'être vendu à un État voyou pour former des individus comme Asad Khalil. Lui aussi devait s'en vouloir, mais le mal était fait, et il se propageait encore.

Puisque j'étais debout, j'ai arpenté le salon pour admirer les objets. Boris s'est fait un plaisir de me les décrire : les meubles, les porcelaines, les boîtes laquées, tous ses trésors.

– Je n'ai que des pièces de valeur, s'est-il rengorgé.

– C'est donc pour ça, toutes ces portes blindées ?

– Oui, a-t-il souri. Et pour moi, bien entendu. On se fait facilement des ennemis, dans ce business.

– Comme dans le précédent, en somme.

– Et comme dans le vôtre, monsieur Corey.

– J'en conviens, cher Boris. Au fond, nous ferions mieux de changer de branche, l'un comme l'autre.

– Vous croyez ? Hélas, où que l'on aille, le passé nous rattrape toujours.

Boris me tendait une perche en or, mais je voulais d'abord mieux le cerner. Car je ne venais pas délivrer une simple mise en garde. Je venais chercher des solutions à notre problème commun.

Mon esprit m'a de nouveau ramené trois ans en arrière, dans les locaux de Langley. Même sans connaître le pedigree complet de Boris, j'avais eu du mal à me dire que ce gentleman raffiné avait été l'instructeur d'Asad Khalil, comme s'il fallait être une brute épaisse ou un fanatique pour former un tueur – alors qu'il suffisait d'être un tant soit peu vénal. Nos partenaires de la CIA avaient paru bien plus à l'aise avec lui, et pour cause : ils naviguaient dans les mêmes eaux, celles d'un monde sans foi ni loi où la manipulation, la trahison, l'assassinat étaient comme l'air que l'on respire. Eux non plus ne s'encombraient pas de morale. Objectifs, résultats : seule l'efficacité comptait. Ils avaient pêché un transfuge loquace, et le reste n'était que littérature.

– À quoi pensez-vous ? s'est enquis Boris.

– Je repensais à notre entrevue à Langley.

– Oui, j'en garde un souvenir ému. Et j'étais persuadé que nos chemins se recroiseraient un jour, s'il ne vous arrivait pas malheur avant.

J'ai continué d'explorer ce living aux allures de petit musée. Sur un mur, une vieille affiche de propagande soviétique représentait un oncle Sam aux traits comme par hasard plus juifs qu'anglo-saxons. Un sac d'argent dans une main, une bombe atomique dans l'autre, il se tenait à califourchon sur une planète jonchée de cadavres, et le territoire marqué « CCCP » était cerné de missiles américains. J'étais incapable de déchiffrer la légende en russe, mais il me semblait capter l'idée générale.

– Je conserve ça par nostalgie, a confié Boris.

– Las ! la nostalgie n'est plus ce qu'elle était, ai-je soupiré. La prochaine fois, je vous offrirai une litho de Norman Rockwell[1].

Il a ri avant d'ajouter, goguenard :

– Certains de mes amis américains sont outrés lorsqu'ils découvrent ce poster.

– On se demande bien pourquoi.

– Allons, la guerre froide est finie, et vous avez gagné. Savez-vous combien m'a coûté cette relique ? Deux mille dollars.

– Une paille, pour un entrepreneur accompli comme vous.

– Eh oui, je suis devenu un porc capitaliste avec un sac d'or au poing. La rouerie du destin.

Il a rallumé une cigarette, sans omettre cette fois de m'en offrir une. Que j'ai refusée.

– Comment m'avez-vous trouvé, au fait ?

– Je travaille pour le FBI, Boris.

– Mes amis de Langley m'ont pourtant assuré que mon dossier était top secret.

– Au risque de vous choquer, il arrive que la CIA mente.

Nous avons échangé un sourire, puis il a recouvré son sérieux.

– « Dossier accessible aux personnes strictement concernées », disaient-ils. Expliquez-moi en quoi vous êtes strictement concerné, monsieur Corey.

– Je vous en prie, appelez-moi John.

– En quoi êtes-vous concerné, John ?

– Attendez. Je viens de m'apercevoir que je n'avais rien mangé, et je n'aime pas boire le ventre vide.

Il m'a fixé d'un air méfiant.

– C'est vrai. Je manque à tous mes devoirs.

1. Peintre et illustrateur américain (1894-1978) dont l'œuvre forme une vaste chronique picturale de l'*american way of life*. (*N.d.T.*)

– C'est ma faute, j'aurais dû prévenir. Mais ne vous mettez pas en quatre. On peut commander une pizza.

– Ce n'est pas un problème, a-t-il dit en empoignant le combiné téléphonique. Il ne vous aura pas échappé que nous sommes dans un restaurant.

Une lueur sarcastique a traversé son regard – un gage d'intelligence et de bonne santé mentale, comme je me tue à l'expliquer à ma femme.

J'ai entendu Boris prononcer le mot *zakouski*, ce qui, d'après mon pote Ivan, désigne les entrées – c'est marrant comme certains mots vous marquent plus que d'autres. Pour le reste, Boris était peut-être en train de dire : « Mettez quelques gouttes d'anesthésique dans son bortsch. » Avant qu'il raccroche, j'ai demandé :

– Vous faites des friands à la saucisse ?

Il m'a jeté un regard froid avant d'ajouter :

– Et un *kovbasa* en croûte.

Le combiné reposé, il a suggéré de se rasseoir, et je me suis exécuté.

Nous avons repris nos vodkas, et trinqué sans un mot. Une petite parenthèse de calme avant les mauvaises nouvelles.

– Et que devient cette femme délicieuse qui vous accompagnait, John ?

Ainsi que je le soulignais plus haut, il faut éviter de parler de soi.

– On bosse toujours ensemble, ai-je répondu. Et elle va plutôt bien.

– Tant mieux. Kate, c'est ça ? Vous lui transmettrez mes amitiés.

– Bien sûr.

– J'avais eu le sentiment que vous étiez un peu plus que des collègues…

– Ah bon ? Vous croyez que j'avais une ouverture ?

Haussant les épaules, il m'a révélé un secret inouï :

– Les femmes sont tellement compliquées…

Pour m'amuser, j'ai dit :
– Je crois qu'elle a épousé un type de la CIA.
– Grosse erreur.
– N'est-ce pas ?
– Ils ne valent pas mieux que le KGB.
– Et vous, Boris ? Vous êtes marié ?
– Oui, a-t-il fait d'une voix morne.
– Avec une fille à papa ?
– Pardon ?
– Avec une jolie Russe ?
– Oui.
– Des enfants ?
– Aucun.
– Et… où l'avez-vous connue ?
– Ici même.
– L'endroit doit être propice aux rencontres.
Il s'est esclaffé brièvement, sans autre commentaire.
– Et vous, John ?
– Je n'ai jamais été marié.
– Puis-je vous en demander la raison ?
– Personne ne me l'a jamais proposé.
Il a souri.
– Je crois savoir que c'est à l'homme de faire sa demande.
– Eh bien, ce sera sans moi.
Il s'est renversé dans son fauteuil, l'œil pétillant.
– Je vois que vous n'avez rien perdu de votre humour, John. Si vous voulez, vous pouvez repartir avec une femme.
– Vraiment ? Comme un plat à emporter ?
Il me trouvait de plus en plus impayable :
– C'est ça ! Ha ! ha ! dans un Tupperware, avec vos restes.
Cette offre généreuse, qu'on appelle aussi « guet-à-pine », semblait tout à fait sérieuse et réclamait une réponse.
– Je suis touché, Boris, mais je ne voudrais pas abuser de votre hospitalité.

– À votre guise, John. Mais si vous changez d'avis, dites-le-moi.

J'ai soudain compris que les verrous et les caméras protégeaient Boris d'un troisième péril, en plus de Khalil et des cambrioleurs : les visites impromptues de Mme Korsakov.

– Vous êtes très *smart*, en tout cas, a-t-il dit en me détaillant du regard.

– J'ai fait un effort pour l'occasion.

– Cette montre a dû coûter dans les dix mille dollars.

– Pensez-vous ! Je l'ai prélevée sur un cadavre.

Il a rallumé une cigarette et murmuré avec flegme :

– Oui, il m'arrive à moi aussi d'emporter un petit souvenir.

Maintenant que je l'avais attendri, je pouvais lancer une première charge :

– L'État fédéral vous a prêté des fonds pour ouvrir ce club ?

– Pourquoi cette question ? Vous devriez connaître la réponse.

– Et vos amis de Langley n'ont pas repris contact, récemment ?

– Seriez-vous en mission officielle ?

– En effet.

– Alors je vais vous demander de partir. Et j'appelle tout de suite mon avocat.

– Vous pouvez aussi attendre un peu. Nous ne sommes pas en URSS.

– Et pourquoi vous répondrais-je ?

– Parce que c'est votre devoir de citoyen. J'enquête sur des crimes et j'ai besoin de votre aide.

– Quels crimes ?

– Des meurtres.

– Quels meurtres ?

– Bientôt le vôtre, peut-être.

Ces mots appelaient un petit remontant, qu'il s'est versé illico.

J'ai énoncé ce que Boris avait d'ores et déjà compris :

– Asad Khalil est de retour. Vous êtes surpris ?

– Pas le moins du monde.

– Moi non plus.

Une petite mélodie électronique s'est déclenchée, et Boris est allé coller son œil au judas. Où pouvait-il cacher son moniteur de vidéosurveillance ?

Il a ouvert à un serveur qui poussait un chariot, suivi de Victor qui a refermé la porte à double tour.

Suivant les instructions méticuleuses et autoritaires de Boris, le serveur a déchargé trois plateaux à étages sur une table laquée noire, avant de disposer serviettes, assiettes, argenterie et verres de cristal.

– Installez-vous, m'a dit Boris.

Le petit personnel reparti, il s'est assis en face de moi.

– Vous aimez la cuisine russe ?

– Bien sûr.

– Ça, c'est du bar noir. Là, vous avez des harengs marinés. Ici, c'est de l'anguille fumée…

Il a continué d'énumérer les plats, et de me couper l'appétit.

– Et enfin, le plat de résistance : vos friands à la saucisse.

À part les friands, j'ai opté pour les mets qui paraissaient les plus comestibles. Puis Boris a rempli nos verres à eau et nous avons attaqué.

Si les *kovbasa* étaient un régal – graisse et beurre déçoivent rarement –, les tomates au vinaigre m'inspiraient quelques réserves.

Entre deux bouchées, Boris a demandé :

– Et comment savez-vous qu'il est de retour ?

– Il a assassiné des gens, ai-je répondu.

– Qui ça ?

– Je suis tenu au secret, mais je peux vous dire que sa mission initiale est achevée.

Boris a reposé ses couverts.

– Que les choses soient bien claires, John. Je n'ai pas formé

Asad Khalil pour une mission particulière. Je lui ai juste appris à opérer en Occident.

– Et à tuer, accessoirement.

– Cela fait partie des savoirs de base, John. Tout agent doit être capable de se défendre.

– Sauf que là vous ne formiez pas un agent susceptible d'être agressé, mais un tueur professionnel.

– Vous croyez que les Libyens m'avaient parlé de sa future mission aux États-Unis ? À aucun moment, John. C'est ce que j'ai expliqué à la CIA, et elle m'a cru, car cela tombe sous le sens. Si vos copains pensaient que j'avais été informé des desseins de Khalil, pensez-vous qu'ils m'auraient exfiltré de Libye ? Et qu'ils m'auraient laissé la vie sauve ?

Je n'étais pas en mesure d'argumenter. La CIA et Boris Korsakov avaient conclu un pacte : tu parles, et on te recueille. S'il y avait des avenants au contrat, je n'en avais pas connaissance, et aucune des deux parties n'allait m'en aviser. Pour la version officielle des choses, Boris Korsakov, ex-agent du KGB et probable assassin, avait certes vendu ses secrets à un régime ennemi des États-Unis et enseigné l'art du meurtre à un ou plusieurs djihadistes ; mais, sauf preuve du contraire, il n'avait pas de sang américain sur ses propres mains, ce qui permettait de lui accorder le statut de transfuge. Résultat : la crapule menait aujourd'hui grand train, pendant que nous autres, les défenseurs de l'Amérique, nous voyions le caviar, les grands vins, les poupées russes et les chansons nous passer sous le nez. Que la vie soit injuste, personne ne le conteste. Mais récompenser la trahison et sous-payer la loyauté, n'est-ce pas pousser le bouchon un peu loin ?

Boris faisait la sainte-nitouche, et je n'avais aucun moyen de pression sur lui. Mais j'ai persévéré :

– La CIA a dû vous raconter ce que Khalil a fait il y a trois ans ?

– Partiellement. Je ne suis pas « strictement concerné ».

– Alors, comment saviez-vous qu'il avait assassiné des pilotes américains ?

– Eh bien, cela fait partie de ce qu'on m'a dit.

– Et si on arrêtait le pipeau, Boris ?

– Pourquoi ? Je n'ai rien contre le pipeau.

– Je vois ça.

Cet interrogatoire ne visait nullement à lui arracher des aveux. Je voulais juste le mettre sur la défensive, ce qui était maintenant chose faite.

– OK, Boris. Passons à la suite. Vous bouffez, je parle.

J'ai repoussé mon assiette et croisé les bras sur la table.

– Khalil est aux États-Unis, depuis environ une semaine. Il vient de liquider le dernier des pilotes du raid sur Tripoli, le seul qu'il avait raté la dernière fois. Puis il a fait quelques autres victimes, sans même se soucier d'effacer ses traces. Bref, nous sommes sûrs que c'est lui, et nous savons qu'il se cache ici, à New York.

Boris n'a pas bondi sur son siège, ni foncé vers la porte. Mais il a cessé de mâcher. Son trouble était imputable à deux choses. Premièrement, il savait mieux que quiconque combien le tueur était doué. Deuxièmement, il s'était quelque peu empâté en trois ans, du corps comme du bulbe, contrairement au Lion qui n'avait cessé de s'améliorer.

– Voyez-vous, Boris, mon petit doigt me dit que Khalil vous garde un chien de sa chienne, à vous aussi. Mais si je me trompe, dites-le-moi et je disparais.

Il m'a reversé de l'eau minérale. J'ai donc poursuivi :

– Très honnêtement, je ne pensais pas vous revoir vivant.

– Moi aussi, John, je suis surpris par votre longévité.

– Nous sommes tous les deux dans le collimateur de Khalil. Alors, merde, discutons !

– Votre amie Kate pourrait être menacée, elle aussi.

– Possible. Mais elle se trouve dans un endroit bien mieux gardé que ce bunker. Nous l'avons éloignée pour réduire le nombre de cibles potentielles. Ainsi, il n'en reste plus que deux : vous et moi.

– Vous voulez dormir sur mon canapé ? a-t-il ironisé.

– Vous aussi, vous devriez rester ici.

– Sans doute.

– Votre femme comprendra.

– Ne croyez pas ça. Mais, bon… demain, je l'envoie à Moscou.

– Bonne idée.

Sur ces entrefaites, Boris nous a servi deux cognacs.

– Et je présume que vous avez un plan ?

– Oui, j'en ai un. Vous utiliser comme appât vivant.

– Hmm, a-t-il fait. Je ne suis pas sûr d'être pour.

– Regardez-moi : ça ne m'a pas tué, jusqu'ici.

Il a grimacé un sourire muet.

De fait, j'acceptais sans problème mon nouveau statut de steak ambulant, puisque je voulais être le seul à même d'occire Asad Khalil. Mais Boris Korsakov était en sursis, lui aussi, et je me devais de l'avertir. Je risquais de me faire voler la vedette, mais s'il fallait ça pour mettre Khalil entre quatre planches, je disais banco.

– Avez-vous la preuve qu'il m'ait localisé ?

– Non, Boris. Mais ce serait une bonne hypothèse de travail. Il a eu trois ans pour vous rechercher. Et il a des limiers sur le sol américain.

Boris a hoché la tête, puis esquissé un sourire inquiet.

– Mon nom est apparu dans des publications gastronomiques, ou dans des reportages sur les nouveaux immigrés russes.

– Sans votre photo, j'espère.

– Quelquefois, si. Il faut bien communiquer un peu. Je n'ai jamais pensé que cette exposition pouvait me nuire.

– Je vois ça. Et c'est votre vrai nom, Boris Korsakov ?

– Eh oui ! La CIA me conseillait d'en changer, mais… il ne me reste que ça, vous comprenez ?

Rassure-toi, ton nom sera bientôt gravé dans le marbre.

Boris avait trahi le pouvoir libyen, fâché Asad Khalil, peut-être même vendu ses anciens camarades du KGB, et pourtant il s'était cru en sécurité à Brighton Beach. Enfin, moyennant quelques portes blindées.

J'ai décidé de changer de braquet :

– Posons comme postulat que Khalil connaît vos activités, l'identité de votre femme et votre adresse sur la 12e Rue. Deux solutions s'offrent à vous : faire vos valises illico, ou attendre le Lion ici, dans cet appartement. Je peux vous prêter des renforts, si vous le souhaitez.

– OK, je vais y réfléchir. Mais que ça ne vous dispense pas de chercher d'autres moyens de le capturer, ou de le tuer.

– Vous le connaissez mieux que personne, Boris.

Il a réfléchi quelques instants, puis secoué la tête.

– Vous aurez du mal à le trouver, John. C'est lui qui vous trouvera.

– Bien sûr qu'il me trouvera ! Je ne me cache pas, au contraire. Je veux juste savoir comment l'attraper, lui.

Boris s'est carré sur sa chaise, une nouvelle cigarette au bec. Les yeux dans le vague, il s'est mis à soliloquer :

– L'Union soviétique avait beaucoup de défauts, mais elle n'a jamais sous-estimé les Américains. Nous avions même tendance à vous croire plus malins que vous ne l'êtes. Khalil, en revanche, baigne dans une culture qui considère l'Occident comme un empire affaibli, et lui-même se croit invincible. Les femmes, l'argent, le confort, rien de tout cela ne l'intéresse, et il méprise les minables qui cultivent ces vices. On l'appelle le Lion pour son courage, sa vitesse et son instinct, mais son sentiment de supériorité le rend parfois imprudent. Je l'avais mis en garde, jadis. Avec un peu de chance, il ne m'aura pas écouté…

Boris a recraché sa fumée dans un long soupir.

– Le vrai mentor de Khalil, a-t-il repris, ce n'était pas moi mais Malik, un vieux mystique qui ne cessait de lui répéter qu'il était béni. Pour Malik, Asad possédait un pouvoir exceptionnel, un sixième sens qui lui permettait à la fois de flairer le danger et de sentir la présence de ses proies. Forcément, de tels compliments sont montés à la tête du garçon et l'ont enhardi à l'excès. Jusqu'ici, son culot et ses imprudences ne lui ont pas été fatals, mais la chance ne lui sourira pas indéfiniment.

Je savais d'expérience que les illuminés n'étaient jamais commodes. Persuadés d'agir sous l'égide du Ciel, ils se révélaient bien plus imprévisibles, dangereux et retors qu'un meurtrier lambda.

– C'était un élève brillant, s'est souvenu Boris en tirant sur son mégot. Il avait l'esprit vif, il apprenait vite, et il était très motivé. Mais son moteur, c'était la haine. La haine des Américains qui avaient massacré sa famille. Or la haine n'est jamais bonne conseillère, car elle fausse le jugement.

Il a écrasé sa cigarette dans un cendrier de cristal, avant de conclure :

– Comment trouver Khalil ? Vous savez comme moi que c'est un solitaire, qui se débarrasse systématiquement de ses complices. Autrement dit, vous ne le trouverez pas. C'est lui qui vous trouvera, mais peut-être commettra-t-il une erreur. Il choisira de vous affronter au corps à corps, au lieu de vous abattre en toute sécurité avec un fusil à lunette. Le Lion aime attaquer avec les griffes, avec les dents. Il a besoin de goûter votre sang. Et avant de vous donner le coup de grâce, il jouera avec vous, comme un chat avec une souris. Si vous survivez à son premier assaut, exploitez ce travers, John, et vous aurez peut-être une chance de l'avoir. Je ne vois pas quoi vous dire de plus.

Dommage, car hormis le chapitre sur Malik le mystique, je savais déjà tout cela, et Kate et moi avions eu tout le loisir d'apprécier le mode opératoire de l'animal. En même temps, les analyses de Boris corroboraient les miennes, ce qui n'est jamais désagréable.

– Ne vous en faites pas, a souri le Russe. Je suis persuadé que vous saurez maîtriser la situation.

Oh non, je ne m'en faisais pas. Je regrettais juste d'avoir résilié mon abonnement au club de gym.

J'ai réitéré ma proposition de départ :

– L'autre façon d'attraper un lion, c'est de le piéger avec un appât.

– Oui, John, j'entends bien. On place une chèvre dans une cage, le fauve entre et on referme. Le lion est prisonnier, mais il bouffe la chèvre. Ou alors on attache la chèvre à un arbre, le lion se jette sur elle et on le flingue. Mais dans les deux cas, la chèvre meurt.

– Bien vu, Boris. Sauf que vous n'êtes pas une chèvre. Nous serons là pour vous protéger.

Il semblait en douter, et à vrai dire j'en doutais moi aussi.

– Vous d'abord, John.

– D'accord. Je teste et je vous livre mes impressions ?

– Oui, si vous n'êtes pas mort avant. Très honnêtement, John, cette stratégie se défend. Mais n'oubliez jamais ceci : lui aussi peut vous tendre un piège. Et vous ne seriez pas le premier chasseur à se faire mordre la nuque par sa proie.

– Belle image, Boris. Je la réutiliserai.

– Gardez-la en tête, surtout.

– À propos de trucs dans la tête, c'est vous qui lui avez appris à tuer au pic à glace ? Je vous pose cette question par simple curiosité…

Il a paru surpris, puis gêné. Mine de rien, l'accusation était lourde.

– Ce n'est pas impossible. Pourquoi ?

– À votre avis ?

Un nouveau soupir.

– Cet idiot n'avait jamais vu un pic à glace de sa vie. Quand je lui en ai montré un, il est devenu comme fou. Un vrai gamin.

– J'imagine très bien.

– Et cette victime à laquelle vous semblez faire allusion, elle est morte ?

– Oui. Mais pas tout de suite.

– Combien de coups a-t-elle reçus ?

– Un seul.

Boris a pincé les lèvres. Agacé, ou déçu.

– Je lui avais dit deux ou trois.

– Les gamins n'écoutent jamais. Mais d'où vient cet amour des Russes pour le pic à glace ? C'est déjà comme ça que vous aviez éliminé Trotski, n'est-ce pas ?

La petite flamme s'est ravivée dans ses yeux.

– Eh bien, comme vous pouvez l'imaginer, le pic à glace est un instrument courant sous nos latitudes, surtout en hiver.

– Mais oui, suis-je bête !

Il m'a considéré quelques instants. Craignant que je ne m'ennuie, ou que je n'abrège ce chaleureux dîner, il a saisi un couteau pointu en vue d'une petite leçon de choses :

– Si vous ne savez pas vous servir d'une lame, vous n'infligerez pas de blessure mortelle. Vous la coincerez dans un os, vous sectionnerez un tendon ou vous crèverez un muscle, mais ça ne suffira pas à neutraliser définitivement l'adversaire. Même une plaie abdominale profonde ne sera mortelle que si vous touchez l'artère. Le couteau, c'est surtout pour la gorge. (Il a placé l'objet en travers de son cou.) Les jugulaires, ici, ou les carotides, ici. Mais de face, ce n'est guère pratique. Pour bien égorger, il faut se placer derrière la victime, ce qui n'est pas toujours possible. (Il a reposé le couteau.) L'avantage du pic à glace, c'est qu'il perforera un crâne sous n'importe quel angle, et même un sternum à travers plusieurs couches de vêtements. Qui plus est, la blessure se révélera fatale dans tous les cas, même si la mort est lente. Mais pardon pour ces détails peu ragoûtants… j'oubliais que nous étions à table.

– Ne vous excusez pas, Boris. C'est moi qui vous ai branché là-dessus.

– Allez, goûtez-moi ce cognac.

Pour lui faire plaisir, j'y ai trempé les lèvres. Boris avait une bonne descente, mais il semblait encore très frais. Était-ce la peur du Lion qui le maintenait en alerte ?

– Cette fois, ne le ratez pas, John. Ou vous ne pourrez plus jamais dormir sur vos deux oreilles.

– Vous non plus, Boris.

– Comment vous a-t-il échappé il y a trois ans ?

Il ne demandait pas ça pour la forme. Sa vie était en jeu.

– Si vous ne le savez pas, c'est que vos amis de la CIA n'ont pas jugé souhaitable de vous le dire. Et je respecterai leur décision. Par contre, j'aimerais bien savoir ce que la CIA vous a confié sur Khalil. Et pourquoi elle s'intéressait tant à lui.

Le Russe a réfléchi avant de répondre :

– Franchement, j'en sais très peu. Mais il m'a semblé que son intérêt pour Khalil n'était pas de la même nature que celui du FBI.

– C'est-à-dire ?

– C'est-à-dire qu'elle souhaitait se servir de Khalil à ses propres fins.

– Lesquelles ?

Il a haussé les épaules.

– Si vous n'êtes pas au courant, c'est sans doute qu'elle ne le souhaite pas…

– Mais quelque chose m'étonne, Boris. Langley ne peut ignorer qu'Asad Khalil est de nouveau parmi nous. Alors, pourquoi ne vous a-t-elle pas téléphoné ? « Salut, Boris, ton vieux pote est en ville et il a sûrement l'intention de te décapiter. Mais t'inquiète, on est là. »

Cette question, le Russe devait se la poser depuis la seconde où je lui avais annoncé le retour du Lion. Il a répondu :

– Nous entretenons des rapports compliqués, l'Agence et moi. Et même inexistants, depuis mon dernier débriefing et mon transfert au FBI. À présent, c'est à vous de veiller sur moi. D'où cette petite visite de courtoisie, n'est-ce pas ?

Sur ce dernier point, il se gourait : je venais en free lance. Quant à notre rôle de nounou dans le cadre du programme d'insertion postsoviétique, les passages de bâton entre la CIA et le FBI laissaient souvent à désirer. Parfois le problème était d'ordre purement technique, mais parfois il exprimait juste l'indifférence du Bureau, comme dans le cas présent. À l'heure actuelle, Boris Korsakov n'avait plus aucune valeur, pour aucune agence. Mais dès que la CIA et le FBI s'apercevraient qu'il pouvait attirer Khalil, on rivaliserait de prévenances à son égard. Nos failles étaient toujours les mêmes : une communication merdique, des services qui se tiraient la bourre, et une grande amnésie interne. Et voilà comment John Corey se retrouvait à bouffer des betteraves au vinaigre chez un transfuge russe – à moins que le FBI et la CIA ne soient déjà entrés en action, et que la salle du Svetlana soit pour moitié remplie de fédéraux en civil, à l'insu du patron. Auquel cas je saurais très vite si ma virée en boîte avait été filmée par les collègues.

– J'espère que mon refus de servir d'appât, comme vous dites, ne sera pas retenu contre moi.

– Bien sûr que non, Boris. Nous protégeons tous les citoyens sans… Attendez, vous avez la citoyenneté américaine ?

– Non.

– Aïe !

– Mais je suis titulaire d'un passeport américain.

– Ça tombe bien, moi aussi. Vous m'emmenez à Moscou avec madame ?

– Sans façon. Je préfère rester à New York avec Asad Khalil qu'à Moscou avec ma femme.

Ce n'étaient plus mes oignons, alors je n'ai pas relevé.

– Que vous refusiez de jouer les appâts ne nous empêche pas de vous protéger, ai-je dit pour le rassurer.

– C'est gentil, John, mais cet appartement est très sûr, et je n'ai pas l'intention d'en bouger tant que Khalil traînera dans le secteur. J'ai déjà des gardes du corps, et si je vous disais combien ils me coûtent chaque mois vous comprendriez qu'ils sont bons.

Je comprenais surtout que Boris n'avait aucune envie de voir les flics ou les fédés débarquer au Svetlana, et que lui aussi voulait tuer Khalil en loucedé. Le fait est que mon mobile – la vengeance et la tranquillité d'esprit – faisait pâle figure à côté du sien. À mon avis, il voulait tuer Khalil car celui-ci savait trop de choses. Des choses qui risquaient de contredire ce que Boris avait raconté à la CIA trois ans plus tôt, comme quoi il n'avait jamais su que Khalil projetait de tuer les pilotes. La solution « on le chope vivant et on l'interroge » représentait donc un vrai danger pour le Russe. N'étant pas citoyen américain, il encourait l'expulsion pure et simple.

Ou alors il guignait la récompense, s'il en avait entendu parler.

– Vous savez que sa tête est mise à prix ? Un million de dollars, mort ou vivant.

– Oui, je me doutais qu'il y avait une prime, a répondu Boris. C'est peu, un million, pour un bandit de cette envergure. Mais loin de moi l'intention de le capturer. Je veux me protéger, rien de plus.

– À d'autres, Boris. Je sais à quoi vous pensez. Et si quelqu'un est capable d'arrêter ou de tuer Khalil, c'est bien vous.

Il n'a pas démenti.

– Mais méfiez-vous, ai-je ajouté. Khalil n'a pas passé ces trois dernières années à téter de la vodka en boîte de nuit.

Comme prévu, cette remarque l'a piqué au vif. Se penchant vers moi, il a articulé :

– Cet homme ne me fait pas peur, John. Je lui ai tout appris et je me ferai un plaisir de lui donner une dernière leçon.

– Je vois. Il vous doit tout et vous êtes encore capable de lui botter le cul. L'élève n'a pas dépassé le maître.

Il s'est redressé sans rien répondre.

– Bien, ai-je fait. Je vais aviser mes supérieurs de votre refus d'être protégé. C'est votre droit le plus strict, et en aucun cas nous ne vous demanderons de servir d'appât. Je vous informe cependant que vous ne pouvez vous opposer à la surveillance de vos locaux et de vos mouvements. En tout état de cause, tout le monde gagnerait à ce que vous coopériez avec nous, de manière concertée et coordonnée.

– Si j'ai besoin d'aide, je ferai appel à d'anciens collègues très compétents.

– De vieux sbires du KGB qui sauront comment maîtriser un voyou du genre de Khalil, et comment l'assaisonner dans le secret d'une arrière-salle ?

Boris a rallumé une cigarette.

– Pas de commentaire.

– Si jamais vous l'attrapiez vivant, appelez-moi avant d'entreprendre quoi que ce soit, d'accord ?

– D'accord.

Boris devenait moins loquace. Il était temps de partir… et de relater cet échange à Walsh et à Paresi. Ce ne serait pas la première fois qu'un enquêteur prendrait une initiative personnelle sans l'aval de ses supérieurs, et tant que cela ne devenait pas systématique ou déloyal, on ne vous tapait pas sur les doigts. Il fallait juste penser à régulariser, et dans les meilleurs délais. Surtout si les faits étaient sérieux. Sauf que… Walsh m'avait formellement interdit de sortir sans escorte, ni puce, ni oreillette. Et que… Boris et moi étions visiblement sur la même longueur d'ondes : Khalil n'avait pas besoin d'être appréhendé, mais tué.

– À demain, peut-être, ai-je dit en me levant.

Boris semblait perdu dans ses pensées. Je pouvais presque entendre mouliner son cerveau d'ex-KGB. Cette affaire le replongeait dans le bain, et ça ne lui déplaisait pas.

Il a relevé les yeux.

– Quelqu'un sait que vous êtes ici ? a-t-il demandé de but en blanc.

Je n'appréciais pas cette question, et j'avais une réplique imparable :

– Pourquoi me demandez-vous ça ?

– Vous le savez très bien. Comment se fait-il que vous soyez seul ?

– Je bosse en solo. Comme James Bond.

Il a secoué la tête.

– Vous devriez être accompagné d'un agent fédéral. Sauf erreur, monsieur Corey, vous appartenez à la police de New York. Alors, où est votre binôme FBI ?

– Elle est au bar, ai-je improvisé.

– Je crois plutôt qu'il s'agit d'une démarche personnelle, et je comprends tout à fait.

– Croyez ce que vous voulez, Boris. Demain, je ramène mon équipe.

Il m'a considéré tout en se caressant le menton.

– Accordons-nous une semaine, John. Que nous puissions régler cette affaire au mieux de nos intérêts communs.

La mort dans l'âme, j'ai répliqué :

– Je ne suis pas là pour régler des contentieux privés, Boris. Je suis là pour défendre le droit, la justice et la sécurité nationale.

– Foutaises, oui !

– Allez, ce sera tout pour ce soir. Je crois que vous avez ma carte. Puis-je avoir vos coordonnées téléphoniques ?

Il a sorti une carte de visite et un stylo.

– Vous me tiendrez informé, a-t-il dit en notant ses numéros.

J'ai troqué sa carte contre le portrait de Khalil.

– Tenez, pour vous rafraîchir la mémoire.

Il a pris le papier, mais sans regarder.

– Ma mémoire est intacte, merci.

– Faites-en quand même quelques copies pour vos employés.

– Entendu. Mais Khalil change très facilement d'apparence, vous savez.

– Oui, je sais. Et cette photo a déjà trois ans. Mais aux dernières nouvelles, il n'aurait pas beaucoup changé. Les yeux restent les mêmes, de toute façon.

– Et quels yeux ! a opiné Boris.

Je me suis dirigé vers la porte.

– Inutile de me raccompagner. Je connais le chemin.

– Cela ne suffira pas.

Il s'est levé de sa chaise, a pressé une touche du téléphone et débité quelques mots en russe.

Puis :

– J'ai une question à vous poser, John. Une question cruciale, pour vous comme pour moi.

Chouette ! C'étaient mes préférées.

– Je vous écoute.

– Savez-vous si Khalil agit seul ou s'il travaille pour d'autres ?

– Pourquoi cette question, Boris ?

– Eh bien, cela détermine beaucoup de facteurs. Sa puissance de frappe. La richesse de ses informations. Et même le but de sa mission.

– Vous n'avez pas tort. Je ne peux pas vous fournir une réponse claire et nette, mais, oui, nous pensons qu'il est épaulé.

– Alors, il va tenter quelque chose. Soyez-en sûr.

– Je ne vous suis plus, Boris.

– Il va poser une bombe. Lancer une attaque biologique. À l'anthrax, par exemple. Ou chimique, avec un gaz innervant.

– Vous croyez ?

– J'en suis presque certain. Ce sera une façon de remercier ceux qui l'auront aidé à accomplir sa vengeance. L'idée ne vous avait pas effleuré ?

– Il se trouve que si.

– Je pense toutefois qu'il s'occupera d'abord de vous et de moi.

– C'est aussi ce que je me dis.

Je n'ai pas pour habitude de causer sécurité nationale avec

des gens comme Boris, mais celui-ci connaissait bien Khalil, et puis la surveillance du territoire avait été son métier, après tout. Il en connaissait un rayon sur le sujet.

– Réfléchissez-y, Boris, et prévenez-moi s'il vous vient une idée.

– Promis.

Au signal de la mélodie en plastique, il a regardé par l'œilleton et ouvert la porte. Sur le palier, Victor s'est écarté pour me laisser sortir.

– Faites gaffe avec ce judas, Boris. Un de ces jours, vous allez recevoir une balle dans l'œil – ou un coup de pic à glace.

– Merci du conseil, inspecteur.

– Au fait, où est le moniteur de la vidéosurveillance ?

– Dans mon bureau. Mais je peux aussi voir les images sur le téléviseur dissimulé dans l'armoire du salon.

– Faites-le, alors.

– Oui, inspecteur.

– Et merci pour cette soirée.

J'ai franchi le seuil avant d'exécuter une volte-face pleine de grâce.

– Pour information, Boris : ce pilote qui vient de mourir, Chip Wiggins, Khalil lui a coupé la tête.

– Ce n'est pas moi qui lui ai appris ça.

– Tiens donc ! Aurait-il un nouveau professeur ?

Boris a refermé la porte et tourné le verrou.

Le pauvre homme. Immobilisé sur son lieu de travail, loin de sa chérie et sans autres distractions que la boisson, la bouffe, la musique, le cabaret, quelques chaînes de télé russe et peut-être une fille ou deux…

– Prenons l'escalier, ai-je dit à Victor qui m'indiquait l'ascenseur.

– Pardon ?

– Arrêtez votre cinoche, Victor. Je sais que vous enseignez l'anglais au Brooklyn College.

Je me suis avancé vers la porte blindée, qu'il a ouverte avec sa clef.

Cette cage d'escalier était en fait l'issue de secours du bâtiment. Or, les pompiers détestent voir des verrous ou des cadenas dans ces zones-là. Boris avait dû leur dire : « Je vous comprends, les gars, mais trop de gens veulent ma peau. » Ou alors il démontait les portes avant chaque inspection.

J'ai suivi Victor jusqu'au rez-de-chaussée. Il a rouvert le vestibule puis le couloir, et nous avons retrouvé le restaurant derrière le rideau rouge. Bien que lourde en apparence, la sécurité révélait de sérieuses faiblesses : elle était trop manuelle et ne reposait que sur deux clefs – une pour l'ascenseur et une autre pour toutes les portes. Mon conseil, si Boris le sollicitait, serait d'installer des digicodes partout et de laisser ses écrans de contrôle bien en vue. Il disposait peut-être de quelques équipements complémentaires, comme un bouton d'alarme ou une chambre forte. Mais en matière de sécurité personnelle, rien ne remplace une extrême vigilance et un flingue de gros calibre.

Comme nous traversions le restaurant à moitié vide, j'ai confié à Victor :

– Quelqu'un cherche à tuer votre patron. Alors, ce n'est pas le moment de gober des mouches.

Il a hoché la tête.

– Vous êtes armé, au moins ?

Il a tapoté sa veste, au niveau de l'aisselle gauche.

– Vous devriez bosser votre prononciation, lui ai-je dit en guise d'au revoir.

Je suis passé au large du bar et de Veronika, pour sortir côté promenade. Il était presque minuit et les planches étaient quasi désertes. Si mon escorte m'avait filé, c'était maintenant qu'elle me sauterait dessus. Mais, à choisir, j'aurais préféré tomber sur Khalil : le cadre semblait parfait pour des retrouvailles intimes.

Je me suis attardé sur la promenade pendant une bonne minute, sans que personne ne s'intéresse à moi. Alors je suis retourné devant l'entrée principale du club, où stationnaient quelques taxis.

Tandis que la voiture jaune me ramenait sur le pont de Brooklyn, j'ai repensé aux craintes de Boris qui ne faisaient que renforcer les miennes. Il semblait désormais acquis que le Lion préparait un gros attentat – de quoi ravir ses financiers et obtenir une nouvelle ligne budgétaire – et que les deux dernières étapes avant le grand final se nommaient Boris Korsakov et John Corey.

Chapitre 39

Le taxi de Brighton Beach m'avait déposé dans mon parking souterrain et délesté de quarante dollars. Pas cher, pour une assurance vie.

Ni vu ni connu, j'avais regagné mes pénates par le monte-charge. Apparemment, mon absence était passée complètement inaperçue, et tant mieux car je ne voulais pas attirer d'ennuis à mes anges gardiens.

Le réveil affichait maintenant 7 heures et nous étions mercredi matin. Soixante-douze petites heures plus tôt, Kate et moi ouvrions les yeux au motel High Top du comté de Sullivan, excités comme des puces – *dixit* Kate – à l'idée de sauter d'un avion en vol. Si nous avions su à quel point ça allait être décoiffant…

Je n'avais rien prévu de particulier pour cette journée. Et le problème, quand on ne fait rien, c'est qu'on ne sait jamais quand ça se termine. Aussi ai-je commencé quelques exercices de gymnastique qui ne visaient pas tant à peaufiner ma plastique sculpturale qu'à me préparer au match de catch auquel Khalil allait me convier. Boris avait raison : le Lion cherchait toujours le contact direct avec ses cibles. Mais pour peu que vous parveniez à parer sa première attaque surprise – ce qu'avait fait Kate –, vous aviez vos chances.

Comme je me préparais à partir pour l'hôpital Bellevue, Paresi m'a appelé sur mon Nextel.

– Où étais-tu hier soir ? a-t-il lancé d'emblée.

Nous y étions enfin. L'instant de vérité.

– Je rendais visite à Kate. Pourquoi ?

– Et après ?

L'instant de vérité.

– Après, on m'a reconduit chez moi.

Paresi a marqué une pause. Le temps de reprendre son souffle.

– Le gars qui surveillait ton hall, Ramos, il a essayé de te joindre sur ton fixe et sur ton portable. Il a même demandé au portier de te sonner par l'Interphone. Mais tu ne répondais pas !

Il était vraiment temps de passer aux aveux.

– J'ai dû m'écrouler de fatigue aux alentours de 22 heures. Qu'est-ce qu'il voulait, Ramos ?

– Rien de particulier. Juste s'assurer que tout allait bien.

Paresi n'avait donc aucune preuve de ma sortie, ce qui m'autorisait à monter sur mes grands chevaux :

– Vous êtes gentils, les copains, mais je ne suis pas une balance de la mafia qu'il faut surveiller vingt-quatre heures sur vingt-quatre !

– Tu es menacé de mort, John. Et tu as accepté de…

– Je n'ai jamais accepté de dormir avec mes gorilles, que je sache.

Un nouveau silence.

– Entendu, John. En tout cas, pour ce soir, on sait déjà où tu seras.

Je me suis gardé de lui demander où.

– Mais tout d'abord, un petit point d'intendance. Gabe et sa famille ont été inhumés hier, dans l'intimité. Il y aura une cérémonie officielle, si possible la semaine prochaine. Ça dépendra des événements.

Et du nombre exact de collègues à enterrer…

– OK, ai-je répondu.

– Sinon, comment va Kate ?

– Suffisamment bien pour sortir, mais Walsh la retient là-bas, et je t'avoue qu'on l'a un peu mauvaise.

– Dis-toi qu'elle est plus en sécurité à l'hôpital que chez vous, John.

– À ce propos, il faudrait faire enregistrer d'urgence un faux certificat de décès dans le comté de Sullivan, et demander au centre médical des Catskill de modifier ses dossiers en conséquence.

– Tu crois vraiment que Khalil & Co se donneraient autant de mal pour…

– Je pense que Khalil est un perfectionniste qui a le souci du travail bien fait, oui.

– D'accord. Je m'en occupe. Et à part ça, tu n'as rien à nous raconter ? Pas de découvertes ou de révélations particulières ?

Si je voulais leur parler de Boris, c'était maintenant ou jamais, mais je n'avais pas fini de peser le pour et le contre. Boris réclamait une semaine de tranquillité pour supprimer le Lion si celui-ci montrait son museau. Cette perspective ne me choquait pas outre mesure, mais pourquoi lui ferais-je une telle fleur ?

– John ?

– Attends, je réfléchis.

D'un autre côté, la nuit aidant, Boris avait peut-être recouvré sa lucidité, et je ne serais pas étonné qu'il m'appelle dans l'heure pour réclamer une protection. Et, là, je serais bien obligé de parler de lui à mes chefs.

– John ?

Quoique, si j'étais lui, en cas de flippe, je sauterais dans le premier avion pour Moscou (option avec madame) ou pour la Côte d'Azur (option sans).

– John !

– Non, Vince, je ne vois rien. Et toi, sais-tu si les Op-spé ont remarqué quoi que ce soit autour des planques de terroristes ?

– Non, rien.

– On en cherche de nouvelles, au moins ?

– Nous faisons le tour des agences immobilières pour qu'elles nous signalent les locations suspectes. Mais ça prend un temps fou, pour un résultat très incertain.

– Tu m'étonnes. Personnellement, à la place des potes new-yorkais de Khalil, je louerais un bureau ou un studio en vis-à-vis de mon immeuble. Je fixerais à la fenêtre une minicaméra braquée sur l'entrée, reliée à un moniteur que je regarderais tranquillement à l'intérieur.

– C'est pas bête, a convenu Paresi. Mais ta rue est remplie de tours. Il doit y avoir des milliers de fenêtres en face des tiennes.

– Je sais. J'y habite. Tu devrais mettre des hommes là-dessus, capitaine.

– Et toi, tu devrais éviter de sortir sur ton balcon.

– Ne me dis pas ça ! J'allais justement t'inviter à y prendre l'apéro !

Parfois, Paresi appréciait mon humour noir. Mais pas tous les jours, en tout cas, pas aujourd'hui.

– Nous sommes à flux tendu, John. Mais je vais demander au FBI régional et au 1er district de nous prêter quelques supplétifs.

– Tu n'as qu'à alléger temporairement la surveillance des diplomates onusiens. Le dossier Khalil est mille fois plus urgent.

– Facile à dire. Tu n'as pas idée de la quantité de dénonciations, de rumeurs et de menaces que nous recevons ces temps-ci. On est obligés de tout vérifier.

– Et s'il s'agissait de diversions ?

– Va savoir. De toi à moi, John, je n'aurais jamais cru que nous puissions être débordés comme ça. Nous ne savons plus où donner de la tête.

– Le monde a changé, capitaine.

– Mais bon, au moins on ne dégraisse plus. Ce serait triste de ne plus te voir tous les jours.

Très drôle.

– À part ça, pas de nouvelles des portables de Kate et de Gabe ?

– Non, aucune. On a désactivé les deux lignes, mais l'unité d'analyse des communications (UAC) continue de guetter le signal de chaque appareil, au cas où le voleur les rallumerait pour consulter le répertoire.

– Et la surveillance des quartiers musulmans, ça donne quoi ?

– Rien, jusqu'ici.

– Je suppose que tu as annulé tous les congés en cours, et que les collègues enchaînent les heures sup ?

– Évidemment. Au cas où tu en douterais encore, je te certifie que l'ATTF, le FBI et le NYPD sont sur le pied de guerre. Toi, en revanche, tu n'es plus sur l'enquête. Repos d'office.

– Pourquoi tu me poses toutes ces questions, alors ?

– Justement : c'est moi qui les pose, pas toi.

Hou là ! Moi qui hésitais encore à lui parler de Boris, soudain je n'hésitais plus du tout. Puisque je n'étais plus sur l'enquête, ils pouvaient tous se gratter.

– John ?

– Oui, oui… je comprends.

D'un ton plus amène, il m'a dit :

– Nous aimerions que tu te concentres sur les événements d'il y a trois ans, et que tu te remémores tous les détails qui pourraient se révéler utiles.

– Mon chauffeur m'attend, capitaine. Autre chose ?

– Oui, je t'appelais pour t'annoncer que tu vas draguer les fonds, ce soir.

– Super. Je t'écoute.

– Vers 22 heures, tu quitteras l'immeuble et tu remonteras ta rue jusqu'à Central Park.

– Et si je me faisais agresser ?

– Ha ! ha ! Nous avons choisi le parc parce que c'est un

lieu familier. Nous y avons tous pratiqué des exercices de surveillance et de contre-surveillance.

– Exact. Même que je m'étais perdu, une fois.

– À 22 heures, donc, le chef de groupe te retrouvera dans le hall et te remettra un itinéraire comportant plusieurs haltes. Tu te connecteras avec les équipes postées dans la rue, et la balade commencera.

– OK. Mais je te préviens : pas question d'emmener un défilé de majorettes ou de piétiner derrière une fanfare.

– Ne t'inquiète pas. Tu seras couvert, pas couvé.

– Et vous avez pensé à prévenir le commissariat de Central Park ?

– Affirmatif. Ils savent ce qu'on prépare et on restera en liaison avec eux.

Avec leur police montée, leurs agents en civil et leur flotte de véhicules, sérigraphiés ou non, les flics de Central Park étaient très présents la nuit. Voire trop.

– Je ne veux pas les voir sur mon chemin, capitaine.

– C'est noté. Chacune de tes escales sera protégée par une brigade d'intervention équipée de lunettes de vision nocturne et de fusils.

– N'oublie pas de leur dire comment je suis habillé…

– Tu verras, tous tes arrêts sont au bord de l'eau. Le pavillon Kerbs, le lac du Belvédère, et peut-être ensuite le Réservoir. Ainsi Khalil pourra moins facilement s'enfuir, et nous aurons moins de terrain à couvrir. Autrement dit, tu seras en partie protégé par la flotte. (Il a pouffé :) Tu sais nager ?

– Non. Mais je sais marcher sur l'eau. Et je suis censé faire quoi, à chacune de ces haltes, à part rouler des hanches pour attirer un Lion ?

– Eh bien, essaie de te mettre dans la peau d'un type endeuillé. Tu viens de perdre ta femme et tu te promènes pour t'aérer l'esprit, mais son visage te hante. Alors tu t'assois sur un banc, tu te prends la tête entre les mains, ou bien tu sors une bouteille – sans alcool, hein ? – et tu fais semblant d'être pompette. Je suis persuadé que c'est dans tes cordes.

– Je pourrais même être tenté de me jeter dans le lac.

– Oui, sans doute. Il faut juste éviter de courir. Tu marcheras lentement, selon le trajet préétabli et en suivant les instructions dans ton oreillette. Mais le chef de groupe te redira tout ça dans le hall.

– OK.

– Et surtout, ne t'attends pas à ce que Khalil surgisse dans la minute. Comme tu le dis toi-même, il a sûrement des guetteurs cachés dans des voitures ou dans une garçonnière. Ceux-ci voudront peut-être connaître ta destination avant de le prévenir, et on ignore combien de temps il lui faudra pour rappliquer. Quoi qu'il en soit, les gars de la contre-surveillance verront bien si tu es suivi, et tout individu au comportement suspect sera interpellé. Enfin, n'oublie pas que le moment clef de l'opération est la sortie de l'immeuble. Elle ne doit être ni trop rapide ni trop lente. Il faut qu'ils te remarquent, mais ça doit rester naturel.

– Naturellement…

– Bon. Pas d'autres questions ?

– Aucune.

Il a donc repris son violon :

– En te dévouant, tu rends service à ton pays, John, et ton courage t'honore. La soirée promet d'être longue, mais tu ne seras pas seul, à aucun moment. Tom, moi-même, l'ensemble de la Force et toute l'équipe des Op-spé serons derrière toi, sinon physiquement, du moins par nos pensées et nos prières.

– Et d'où les réciteras-tu, ces prières ?

– Je serai chez moi, à côté du téléphone. J'habite à côté et je peux être là en un clin d'œil.

– Dans ce cas, je t'attendrai pour prendre la pose au-dessus du Lion mort.

– Oui, enfin… on préférerait l'attraper vivant.

– Je te faisais marcher. Et Tom ?

– Pareil. Il attendra les nouvelles.

– Et ta femme, elle est toujours en ville ?

– Non, j'ai suivi ton conseil.

– Super.

J'aurais également pu m'enquérir de la copine de Tom, mais je la savais hors de danger. C'était une teigne, or les teignes se font rarement attaquer par d'autres teignes. Enfin, je suppose. N'importe comment, je me voyais mal en débattre avec Paresi.

Puisque celui-ci avait terminé son laïus, j'ai dit :

– Allez, je file à l'hôpital.

– Tu salueras Kate pour moi. Et on se rappelle avant ce soir.

Après avoir raccroché, j'ai bravé les recommandations du capitaine en sortant sur le balcon. Comme le soulignait Paresi, des milliers de fenêtres avaient vue sur mon immeuble, et une douzaine de toits dominaient mon perchoir. Le moyen le plus simple d'éliminer John Corey serait de me flinguer depuis l'un de ces toits, ou de ces appartements. Et pas besoin d'un tireur d'élite : même une gâchette moyenne mettrait dans le mille, à une distance aussi réduite.

Mais si je devais mourir ainsi, ce serait déjà fait.

Au bout de ma rue, j'apercevais le parc. Trois cents hectares de pelouses, de bois, de mares et de lacs, truffés de recoins sombres la nuit. L'endroit parfait pour tendre une souricière. Un peu trop parfait, même. Khalil n'était pas idiot, et il savait flairer le danger.

Mais, comme je le dis souvent, ventre affamé n'a pas d'oreilles, et à cette heure-ci le Lion devait avoir les crocs.

Chapitre 40

Je suis descendu de l'ascenseur. Alfred était de service.

– Bonjour, Alfred. Vous allez bien ? Cette clef que vous m'avez prêtée, celle du monte-charge. Je n'arrive pas à remettre la main dessus.

– Ah ...

– Je finirai bien par la retrouver, mais si dans l'intervalle vous souhaitiez changer la serrure...

J'ai glissé trois billets de vingt sur le comptoir.

– Bien, monsieur. Il se trouve que j'ai un double. Mais si l'autre clef était définitivement perdue, je ferais appel à un serrurier, en effet.

– Elle n'a pas pu aller loin. Je vous la rapporte au plus vite. Et vous garderez cet argent.

– Merci, monsieur.

– Et ça reste entre nous, d'accord ?

Mais vraiment entre nous !

– Bien sûr, monsieur. Motus.

Le planton du hall avait changé de visage et de sexe : une inconnue assise dans un fauteuil, le *Times* sur les genoux et un sac de shopping Bloomingdale's à ses pieds. Je suis allé me présenter, et elle a fait de même :

– Kiera Liantonio, Opérations spéciales.

Jolie, élégante, vingt-six ans à tout casser. Trop jeune, en tout cas, pour être inspectrice au NYPD.

– FBI ? ai-je avancé.

Elle a levé un sourcil.

– Ça se voit tant que ça ?

– J'en ai peur.

Encore une gamine prise au berceau, comme la petite Lisa Sims. Ce genre de mission de surveillance devait rapporter des points à la fin de l'année de stage, et on n'allait quand même pas confier la vie de John Corey à des professionnels !

– Je m'absente pour deux ou trois heures, ai-je annoncé. Si vous voulez souffler un peu…

Pendant qu'elle hochait la tête, j'ai jeté un œil à sa tenue. Demander à une fliquette si elle porte un gilet pare-balles, c'est un peu comme lui demander si elle est enceinte : ça peut être mal pris. Alors il faut ruser :

– Pourquoi vous ne portez pas de gilet ?

– Si, si, je l'ai.

– Bon. Très bien.

Vous voyez ?

De prime abord, Mlle Liantonio semblait très sûre d'elle, comme je l'étais moi-même à la sortie de l'Académie. Vous tenez une forme insolente, les cours sont encore frais, votre pétard vous obéit et votre plaque impose le respect… Tout cela laisse peu de place au doute. Il faut toujours du temps pour s'apercevoir qu'on ne sait rien.

– Mon épouse est du Bureau, elle aussi.

– C'est ce qu'on m'a dit.

– On vous a expliqué où elle se trouvait, et pourquoi ?

– Aussi.

– Dans ce cas, j'ajouterai simplement qu'elle n'a pas besoin d'une camarade de chambre. Alors, faites attention à vous. Le suspect est redoutable.

Elle a acquiescé sans un mot.

J'ai quitté l'immeuble, et patienté sous l'auvent en compagnie de mon garde armé – toujours Ed Regan – jusqu'à ce que le 4 × 4 des Autoroutes s'arrête devant l'entrée. Nous sommes montés à bord et le chauffeur a remis les gaz. Lui aussi était nouveau, un Ahmed quelque chose. Sur trente-cinq mille policiers new-yorkais, il doit y avoir cinquante Moyen-Orientaux, et il fallait que ça tombe sur moi. Mais j'ai vite vu que cet Ahmed était un gars équilibré et plein d'humour. Or, Dieu sait si les musulmans en avaient besoin, d'humour, dans le NYPD post-11 septembre. « Je vous kidnappe », a-t-il grincé d'un air sinistre, et lorsque Regan lui a demandé, de manière tout à fait sérieuse, ce qu'était pour lui un « Arabe modéré », il a répondu du tac au tac :

– Un Arabe à court de munitions.

J'en avais quelques-unes en rayon, moi aussi, mais je ne voulais choquer personne.

Bon, allez, juste une :

– Comment aveugle-t-on un Arabe ? ai-je lancé.

– On lui met un pare-brise sous le nez.

Zut, il la connaissait.

En attendant, musulman ou pas, Ahmed conduisait mille fois mieux qu'un taxi pakistanais. Ses trajectoires étaient parfois fantaisistes, mais c'était pour vérifier si nous avions des méchants à nos trousses – sachant qu'un second véhicule nous suivait déjà à cet effet. La précaution n'était pas superflue, car si l'ennemi découvrait que je fréquentais assidûment l'hôpital Bellevue, il en déduirait soit que je suivais un lourd traitement psychiatrique, soit que je rendais visite à un(e) patient(e). Les deux seraient malvenus.

Cela étant, et sans vouloir insulter personne, la plupart de nos amis immigrés seraient bien incapables de filer une voiture, même attachés à son pare-chocs.

Nous avons atteint la clinique sans le moindre incident, et j'ai promis à mes deux protecteurs de les appeler pour le retour.

Kate se portait comme un charme, mais elle tournait en rond. Et ce n'était pas le moment de lui dire qu'il valait mieux moisir à l'hôpital que six pieds sous terre. Elle avait besoin de compassion.

– Considère ça comme une mission corsée, mais à ta portée.

– Sors-moi de là, John !

– Parles-en à ton geôlier.

J'ai vu que le 26, Fed' lui avait prêté un ordinateur portable.

– Je rédige mon rapport, a-t-elle expliqué.

– Super. Tu peux rédiger le mien, sur ta lancée ? Les faits sont les mêmes.

Elle a changé de sujet :

– Mes parents veulent nous accueillir dès que je serai en état de voyager.

– Oh non… Je n'ai pas envie d'aller dans le Montana.

– Dans le Minnesota, John ! Là où on s'est mariés.

– Ça ne change rien.

– On en reparlera. Alors, ta soirée ?

– Quelle soirée ?

– Hier soir. Tu as réussi à t'occuper ?

– Oui, oui. J'ai feuilleté notre album de mariage.

– Et ce soir, tu prévois quoi ?

– Je pense lancer des avions en papier depuis le balcon.

– Tom ne t'aurait pas demandé de te promener pour attirer Khalil, par hasard ?

Cette question fine méritait une réponse nuancée.

– Paresi a évoqué l'idée. Mais ce serait vraiment en dernier ressort, si les méthodes normales ne donnaient rien.

Elle m'a considéré d'un air sévère.

– Rien ne t'oblige à accepter, John. Aucun contrat ne prévoit une telle chose.

– Tu oublies que nous avons un contentieux personnel avec l'animal.

Elle a soupiré.

– Attends au moins que je sois sortie. Que je puisse participer.

Kate était une grande fille, et elle avait déjà de longues années de maison. Je pouvais donc y aller franco.

– Pourquoi es-tu consignée ici, à ton avis ? Ils te gardent à l'abri le temps que Khalil me trouve, ou inversement.

Un silence renfrogné.

– Et vous avez un plan valable ? a-t-elle demandé.

Eh bien, le principe général tenait la route, les équipes de surveillance aussi, et ma performance serait, comme toujours, irréprochable. Néanmoins, je gardais à l'esprit ces mots d'un vétéran de l'armée : « Aussi brillants soient-ils, les plans de bataille survivent rarement au premier contact avec l'ennemi. »

– John ?

– Il s'agit d'une opération classique de surveillance et de contre-surveillance, avec une brigade d'intervention pour le cas où une simple arrestation se révélerait impossible.

(Et je ferais tout pour qu'elle le soit.)

– Je vois. Et vous commencez quand ?

Je ne voulais pas lui pourrir son sommeil, alors j'ai menti :

– Je te l'ai dit : quand nous aurons épuisé toutes les autres solutions.

– Mais tu me préviendras, hein ?

– Oui, mon cœur.

Puis elle a déclaré :

– Si je suis toujours là dimanche, je prends un avocat !

– C'est ça. Et moi une pizza aux *pepperoni*. Ne joue pas avec ta carrière, Kate.

Ces mentions culinaires sont venues nous rappeler qu'il était midi, et mon épouse m'a prié de rester à déjeuner. Bonne pâte, j'ai attrapé le menu.

– Je crois que je vais me laisser tenter par la terrine du maton aux yeux pochés et son coulis d'indic…

Elle a enfin souri, pour mon plus grand bonheur.

Le repas n'était pas si mauvais, et nous avons surtout parlé de l'enquête.

– La police d'État n'a pas retrouvé mon arme et mon téléphone ?

– Non, pas encore.

– Ça me rend malade de penser que Khalil pourrait te tuer avec mon flingue.

– Aucun risque. C'est moi qui vais le tuer avec le mien.

En fait, je souhaitais le tailler avec mon couteau. Ou l'affronter à mains nues. Mais passons.

– Si jamais il te contacte, chéri, tu lui transmettras un message de ma part.

– Impossible. Tu es morte.

– Eh bien… Eh bien, quand on l'aura chopé, je veux qu'il me voie vivante. Je veux l'interroger, je veux qu'on le fouille au corps…

L'agent spécial Kate Mayfield était en colère, ce qui me paraissait plutôt sain. J'observais toutefois que ses fantasmes punitifs avaient baissé d'un cran : voici quelques jours, elle voulait Khalil mort ; à présent elle ne lui souhaitait plus qu'humiliations et prison à vie. Je l'aurais bien aidée à réaliser ses rêves, mais pour ma part j'étais resté bloqué sur le plan A – tuer.

J'ai néanmoins répondu :

– Oui, ce serait un spectacle plaisant.

Puis elle a demandé :

– Tu as parlé de Boris à Tom ?

Si je répondais oui, elle vérifierait auprès du boss. Alors j'ai répondu non.

– Mais pourquoi ? s'est-elle étonnée.

La coquine savait mener un interrogatoire. Ne pouvant ni finasser ni cracher le morceau, j'ai opté pour l'ultime refuge des maris et fiancés coupables :

– Fais-moi confiance, Kate.

– Ça veut dire quoi, ça ?

– Fais-moi confiance.

Elle m'a fixé d'un regard torve.

– Tu vas finir en taule ou à la morgue, avec tes conneries.

– Mais non, fais-moi confiance.

– Et alors tu as appelé Dick Kearns, comme chaque fois que tu court-circuites le FBI ?

Je suis resté muet.

– Bon. Parle-moi de Boris, alors.

J'ai pris une grande inspiration et lui ai raconté ma soirée au Svetlana. J'ai omis un détail mineur – Veronika –, mais il y avait déjà tellement à dire...

– Boris m'a convaincu de lui accorder une semaine, et maintenant je te demande la même chose, Kate. Il t'adresse ses meilleures pensées, d'ailleurs.

Cela faisait énormément d'informations à digérer d'un coup, mais Kate est une rapide. Après deux secondes de calcul, elle a répondu :

– Non, mais t'es pas dingue ?

– Je ne vois pas le rapport.

Elle s'est murée dans le silence. Pour finalement lâcher :

– Je n'ai rien entendu, John Corey.

Je l'ai remerciée d'un hochement de tête.

– Mais je veux que tu appelles Tom.

J'ai quitté mon fauteuil et me suis penché en avant. Elle s'est accrochée à ma nuque pour un long baiser fiévreux.

– Je sais que vous allez chercher Khalil cette nuit, et je te supplie d'être prudent. Nous sommes faits pour vivre très longtemps ensemble, alors pas de bêtises, d'accord ?

– T'inquiète. Dans quarante ans, on en rira encore. (Je lui ai pressé la main.) À plus, mon amour.

De retour à la maison, j'ai passé le reste de l'après-midi à remplir de la paperasse. Paresi m'a téléphoné, comme convenu, mais la substance de son appel se réduisait à :

– Tout le monde est prêt et impatient d'en découdre.

– Évitons de nous emballer, ai-je répondu.

– Tu as raison, John. Mais je crois que les collègues sont heureux de sentir qu'on reprend l'initiative, au lieu d'attendre bêtement que le ciel nous tombe sur la tête.

– Eh oui, capitaine : la meilleure défense, c'est l'attaque.

Il ne m'avait pas échappé que Tom Walsh observait à mon égard un silence de moine. Sans doute gardait-il ses distances au cas où cette opération serait un fiasco. Mais à tous les coups une voiture l'attendait au pied de son immeuble, le moteur en marche, pour nous l'amener illico en cas de succès.

– Si nous attrapons Khalil ce soir, ai-je dit à Paresi, Tom et son photographe nous feront sûrement l'honneur de leur présence.

Il s'est retenu de rire.

– Bonne chance et bonne chasse, John.

À 17 heures, j'ai nettoyé mon Glock et rempli trois chargeurs de neuf millimètres, puis j'ai préparé mon arme personnelle, un vieux Smith & Wesson Police Special .38. Un semi-automatique comme le Glock étant toujours susceptible de s'enrayer – même si cela ne m'était jamais arrivé –, il est sage de le compléter par un flingue basique, un qui ne risquera pas de faire « clic, clic » quand on voudra entendre « bang, bang ».

Là-dessus, en retournant ma penderie à la recherche de vêtements pour le soir, j'ai retrouvé le vieux poignard Ka-Bar de l'oncle Ernie, celui qu'il avait rapporté de sa guerre dans le Pacifique. D'après Ernie, ce couteau n'était pas n'importe quel couteau, car il avait fait le couler le sang. Il était baptisé.

Tout en l'affûtant sur la pierre à aiguiser de la cuisine, j'ai cru toucher du doigt ce que ressentaient les guerriers d'autrefois à la veille d'une bataille, ou les soldats d'hier lorsqu'ils apprêtaient leurs baïonnettes. Par ce rituel, on affilait moins le tranchant d'une lame que celui de son âme. On communiait avec tous les hommes qui avaient connu le combat et la mort, et qui avaient guetté, chacun seul face à ses pensées et à ses peurs, le signal annonçant la rencontre de l'ennemi, et la rencontre de soi.

Chapitre 41

À 22 heures précises, je suis descendu dans le hall où m'attendait le chef de groupe des Op-spé, l'agent spécial Bob Stark. Je le connaissais. Un FBI, mais bien.

J'avais revêtu un pantalon clair, des chaussures de footing blanches et un tee-shirt en Nylon blanc, ainsi qu'un coupe-vent et une casquette beiges pour me préserver de la bruine. J'avais l'air d'un touriste et j'espérais bien ne croiser aucune connaissance – hormis le Libyen, évidemment. Par-dessus tout, j'espérais que Khalil et ses potes ne devineraient pas que j'étais habillé dans ces tons clairs pour rester visible dans le noir.

Stark m'a détaillé le programme de la soirée, et je lui ai piqué une carte du parc au cas où je me paumerais. Puis nous avons testé mon appareillage, et vérifié que le GPS fonctionnait.

Côté protection, je portais mon gilet pare-balles et mes deux flingues : le Glock sur la hanche droite et le Smith à gauche, la crosse tournée vers l'avant. Stark aura également vu à ma ceinture le poignard de l'oncle Ernie, mais il n'a pas fait de commentaire. Quant à l'inévitable paire de menottes qui complétait mon attirail, je doutais qu'elle me serve ce soir.

Stark m'a aussi proposé une bombe lacrymogène, mais j'avais laissé mon sac à main là-haut.

– Bon, John, je crois qu'on est prêts. Je serai dans le fourgon de commandement. Mon nom de code est SO Un, et toi tu seras Marcheur.

– Non, Chasseur.

– Ça n'a… OK, va pour Chasseur. Comme tu le sais, tu es branché sur un canal ouvert, si bien que tout le monde t'entend : la surveillance, la contre-surveillance et la brigade d'intervention. Pour ne pas surcharger la ligne, les équipes et moi communiquerons par téléphone cellulaire, et je te relaierai les infos utiles. Mais en cas d'urgence, chaque agent pourra te parler directement.

– Pigé.

– Bonne chasse, inspecteur.

– Juste une chose, Bob : il fait moche et il est déjà tard, alors pense à me prévenir si le FBI plie bagage.

Il m'a regardé de travers.

– Est-ce bien le moment de se moquer de ses amis fédéraux ?

– Tu as raison. J'attendrai demain.

Sur ce, l'opération a commencé. J'ai ouvert la porte et me suis avancé sous les spots de l'auvent. Je suis resté planté quelques instants sur le trottoir, à feindre un mélange de douleur et d'indécision. Si mes guetteurs loupaient ce moment, ma sortie ne servirait à rien.

La 72e Rue est une artère à double sens très empruntée : difficile de voir si on m'épiait d'une voiture ou du trottoir. Mais l'équipe de surveillance était là pour ça, et j'ai déduit du silence de Stark qu'elle n'avait rien repéré. De toute façon, j'étais persuadé, comme je l'avais expliqué à Paresi, que les complices de Khalil louaient un appartement dans ma rue, avec une caméra braquée en permanence sur l'entrée de mon immeuble. C'était une technique courante, car très discrète, qui avait pour seul inconvénient d'exiger quelques moyens : du fric, bien sûr, pour la location des locaux et le matériel, et des gars prêts à rester nuit et jour devant l'image fixe d'une porte.

J'ai tourné vers la droite et me suis mis en marche vers Central Park. Si tout fonctionnait comme prévu, Abdul était en train de prévenir Amin qui préviendrait Asad. Puis Abdul s'efforcerait de me suivre jusqu'à l'arrivée de Khalil – ce qui pouvait être long, si le Lion ne créchait pas dans l'Upper East Side. Sauf si, bien sûr, cette planque était sa tanière. Khalil et Corey voisins ? Bonjour le quartier…

En dépit du crachin, je n'étais pas le seul piéton, et soudain la voix de Bob Stark m'a vibré dans l'oreille :

– SO Un pour Chasseur. Tu me reçois ?

– Chasseur cinq sur cinq, ai-je répondu dans le micro caché sous ma chemise.

– Rien noté d'anormal, Chasseur. *A priori*, tu es seul.

– OK. Je vais quand même m'arrêter à l'entrée du parc, pour voir si quelqu'un me tourne autour.

– Accordé. À l'intérieur, tu apercevras deux de nos agents. Un homme et une femme.

Il m'a décrit leurs déguisements.

– Reçu, Bob. Mais quand je serai au cœur du parc, j'aime autant que vous gardiez vos distances. Il ne faudrait pas effrayer mes suiveurs.

– Ne t'inquiète pas, on connaît notre boulot.

– Je sais. C'est juste pour te dire que je sais me défendre tout seul.

– Tant mieux. La prochaine fois, on restera à la maison.

– Ne te vexe pas, Bob.

– Reçu.

À New York, personne ne s'étonnera de voir un type causer tout seul dans la rue – sauf peut-être d'autres fêlés. Après avoir traversé la 5e Avenue, j'ai fait halte devant le muret de pierre qui délimite le parc. Quelques vendeurs ambulants stationnaient à l'entrée, et comme je voulais moi aussi m'y attarder, j'ai joint l'utile à l'agréable en m'offrant un hot dog au chili. J'en ai même acheté deux. Des fois que ce serait mon dernier repas.

Ma pitance à la main, je me suis installé sur un banc mouillé. J'ai tâché de prendre un visage de veuf éploré, ce qui n'a rien d'évident quand on a deux belles saucisses fumantes dans les mains.

Enfin, mon dîner englouti, j'ai pénétré dans le parc. J'ai vite reconnu les deux collègues annoncés par Stark, assis sur un banc comme deux amants – et non comme mari et femme, car ils se tenaient la main et se parlaient. OK, Kate, je retire. Quoi qu'il en soit, ils n'ont pas eu un regard pour moi, et j'ai senti qu'ils avaient du métier.

À mesure que je m'enfonçais dans le parc, l'ambiance changeait, et j'avais presque l'impression de retourner au Manhattan des origines, quand l'île n'était que forêts, prairies et rocailles. Je dis presque, car tout autour du rectangle de verdure scintillaient les lumières des gratte-ciel, et les chemins pavés étaient bordés de lampadaires. J'ai remonté l'un d'eux vers le nord pour gagner ma première destination, le pavillon Kerbs.

La bruine avait dispersé la foule et les pelouses étaient désertes, ce qui nous arrangeait bien. Un panneau m'a aiguillé sur un autre sentier, et je suis arrivé au pavillon qui dominait la mare. J'ai cherché des yeux l'équipe de surveillance, mais à part le petit couple qui me suivait à cinquante mètres, toujours main dans la main, je ne reconnaissais personne parmi les quelques badauds de passage, et aucun ne semblait attiré par ma personne.

– SO Un pour Chasseur. Toujours seul, apparemment.

– Reçu.

Le pavillon Kerbs abritait une collection de bateaux miniatures pour ados attardés. Je me suis arrêté sur la dalle de pierre séparant le musée de la mare, le regard glissant sur l'eau. Sur la rive opposée se tenait embusquée une brigade d'intervention, des tireurs d'élite capables de shooter le chewing-gum d'un gars sans même lui rayer les dents. Mais je ne voyais pas une ombre, pas un reflet, pas une loupiote. Rien. Je me suis installé sur un banc pour refaire ma tête d'enterrement, ce qui est tout de suite plus facile quand on a le cul mouillé et que la nuit fraîchit.

Dix minutes plus tard, alors que j'allais décaniller, Stark a émis :

– Quelqu'un s'approche par le nord.

– Reçu.

J'ai dégainé mon Glock et l'ai posé sur mes cuisses.

Des pas sur ma droite.

Une silhouette masculine a débouché au coin du pavillon, sous le halo d'un réverbère. Le gus m'a considéré un instant, puis il est descendu sur la dalle pour venir à ma rencontre. Il portait un long manteau noir trop chaud pour la saison ainsi qu'un gros sac style SDF. Ses traits se sont dessinés peu à peu, et ce n'était pas Asad Khalil.

Un de ses copains, peut-être ?

Il s'est assis sur le banc voisin et m'a lancé :

– Comment ça va ?

– Ma femme est morte et je vais me jeter dans la mare, ai-je renvoyé.

– Ah ouais ? Bah ! c'est pas la fin du monde.

Stark s'est alarmé :

– À qui parles-tu ?

– Aucune idée. Ne quitte pas. Vous vous appelez comment, monsieur ?

– Moi ? Skip. Et vous ?

– Tom Walsh. (Dans mon micro :) Il s'appelle Skip.

– Mais c'est qui, ce Skip ?

– À qui vous parlez comme ça ? a tiqué le gars.

– À moi-même. Ça ne vous arrive jamais ?

– Traitez-moi de fou, tant que vous y êtes !

– Qui est cet homme, Chasseur ?

J'ai demandé à Skip :

– Êtes-vous un terroriste arabe ?

– Ouais, bien sûr.

– Il dit qu'il est un terroriste arabe, ai-je murmuré, la bouche en coin.

– À quoi tu joues, John ? Débarrasse-toi de ce type.

– *Roger !* (À Skip :) Vous devez partir, maintenant.
– Pourquoi je devrais partir ? Qui dit ça ?
– La voix dans ma tête.
– Hmm. Vous pourriez pas me dépanner d'un ou deux dollars ?
J'ai avisé Stark :
– Je lui file quelques billets, mais dès qu'il m'aura lâché la grappe vous lui demanderez ses papiers. Je veux récupérer mon fric.
Des rires épars ont fusé dans mon oreillette.
Skip est revenu à la charge :
– Mais à qui tu parles, bonhomme ?
– À des extraterrestres.
J'ai sorti deux dollars de ma poche, mais le temps que je relève la tête Skip avait mis les voiles.
J'ai décidé de l'imiter.
– Chasseur pour SO Un. Suis de nouveau mobile.
– Reçu.
Je me suis dirigé vers un autre plan d'eau, le lac Belvédère, cinq cents mètres au nord-ouest du pavillon Kerbs. J'ai traversé le bois du Ramble, lieu parfait pour un guet-apens. Il n'y avait pas un chat, mais la nuit induit parfois d'étranges sensations. Comme si des dizaines de paires d'yeux étaient braqués sur moi…
Parvenu au lac, Stark m'a demandé d'en faire le tour, et j'ai obtempéré. En pure perte. Revenu à mon point de départ, je me suis laissé choir sur un banc trempé.
– Chasseur au repos, ai-je signalé.
– Nous voyons ça. Personne ne t'a suivi. Mais reste assis.
Quinze ou vingt minutes plus tard, Stark a repris la parole :
– Nous pensons que c'est cuit, John. Si tu avais de la compagnie, nous l'aurions déjà découvert. Annulons le Réservoir.
– Oh non ! Je m'amuse trop !
Il m'a semblé entendre encore quelques gloussements dans l'écouteur.

– Comme tu veux, Chasseur.

Je me suis relevé.

– Chasseur mobile. Où est-ce que je vais ?

– Contourne la Grande Pelouse, vers l'ouest.

– Reçu.

Je me suis engagé sur un chemin courbe qui longeait un boqueteau. Personne dans les parages, excepté un cycliste qui arrivait dans mon dos. J'ai posé la main sur le Smith & Wesson.

Mon oreillette a grésillé :

– Je suis le mec à vélo, Chasseur.

– *Roger !*

Il m'a doublé puis a continué sa route.

Un peu plus loin, sur la gauche, un type promenait son chien au milieu des arbres. Le cabot reniflait partout, comme toujours quand on voudrait qu'ils fassent leur crotte, et son maître déblatérait dans un téléphone portable. J'imaginais son discours : « Et pourquoi ce serait toujours à moi de le sortir quand il pleut ? C'est ton clébard, pas le mien ! » J'avais connu ça, moi aussi. Je les ai dépassés, et après une vingtaine de mètres j'ai jeté un œil par-dessus mon épaule. Ils n'avaient pas quitté leur bois, et ni l'un ni l'autre n'avait un profil de terroriste.

Voyant apparaître les immeubles de Central Park Ouest derrière la Grande Pelouse, je me suis représenté Vince Paresi dans son appartement douillet, un ballon de rouge à la main, incapable de se rappeler pourquoi il était d'astreinte ce soir. En fait, le capitaine possédait une console radio à son domicile, ce qui lui permettait de capter toutes nos fréquences – dont la mienne ce soir. À tout hasard, j'ai chantonné :

– J'aperçois tes fenêtres, capitaine. Fais coucou si tu m'entends…

Les copains ont pouffé, mais nulle réponse du chef.

Il était environ 23 h 30 et la pluie persistait. La température chutait, mes fringues étaient gorgées de flotte, et une seule chose aurait pu me remonter le moral : croiser Asad Khalil. Et lui trancher la gorge avant que les Op-spé puissent accourir.

J'ai traversé la 86e Rue qui coupait le jardin dans le sens de la largeur, et sur ma droite j'ai deviné les lumières du commissariat de Central Park, campé au centre de son territoire. Pour les flics épris de grand air, c'était une affectation de rêve. Sauf l'hiver, où le rêve tourne au cauchemar glacé. Le job parfait n'existe pas.

Un peu plus haut, j'apercevais le Réservoir, un grand plan d'eau de près d'un kilomètre de diamètre. Il était entouré d'une piste de jogging sur laquelle deux personnes couraient de front. Malgré l'heure. Malgré la pluie.

– Chasseur, a repris Stark. Nos hommes postés au Réservoir ne signalent qu'une poignée de joggeurs, et personne ne t'a suivi. Je pense qu'on peut remballer.

– Je crois que je vais plutôt courir un peu.

Les autres se sont esclaffés. On voyait que ce n'étaient pas eux qui cherchaient à se faire agresser.

Sitôt sur la piste, je me suis élancé dans le sens inverse des aiguilles d'une montre, conformément à la règle. Mes chaussures et chaussettes inondées chuintaient à chaque foulée. Le circuit fait environ deux kilomètres et demi, et après cinq minutes d'efforts c'est devenu assez agréable, ce qui doit être pris comme une alerte très sérieuse. Tous les zombies du jogging ont commencé comme ça.

Je n'espérais plus guère croiser le Lion ce soir, mais sait-on jamais ? Si ses affidés me voyaient en ce moment, ils lui téléphoneraient *fissa* : « Magne-toi, Khalil, sinon ta cible va claquer d'une pneumonie ou d'un infarctus ! »

J'ai mis une vingtaine de minutes à réaliser un tour complet – mention assez bien –, et cela m'a tellement ravigoté que j'ai dit à Stark :

– Allez, un petit deuxième.

– Pas question, Chasseur. J'ai déjà eu un mal fou à dissuader nos tireurs de t'abattre.

– Allez, juste un dernier !

– C'est terminé, John. La surveillance et la contre-surveillance n'ont rien remarqué de spécial. Maintenant, tous au lit.

– D'accord, ai-je soupiré. Mais alors je rentre par le parc.

J'ai annoncé mon itinéraire et pris le chemin du retour. Aux abords de l'obélisque égyptien datant de 1500 avant Jésus-Christ, j'ai eu cette pensée profonde : « Putain, c'est vachement vieux. » J'étais à la fois épuisé, déçu et galvanisé. Paresi avait raison : nous allions de l'avant, et ça changeait tout.

– Chasseur pour SO Un. Vous êtes toujours là ?

Pas de réponse.

– SO Un ? Hé ! ho !

– Je crois que tout le monde est parti, Chasseur.

– C'est une blague ?

– Oui, c'est une blague. Allez, dépêche-toi. Les gars en ont leur claque.

Je n'aime pas que les autres plaisantent avec des sujets graves.

– Tu pourrais me rendre un service, Bob ? Appelle l'hôpital Bellevue pour que ma femme sache que je suis rentré sain et sauf. Ils ne prendront pas le message si c'est moi qui appelle.

– Entendu.

Certes, l'ennemi pouvait encore surgir sur les derniers mètres de ma balade. Mais les risques étaient très minces. Soit Khalil n'avait rien su de mon escapade dans le parc, soit il avait subodoré un traquenard. Quoi qu'il en soit, j'étais prêt à remettre ça le lendemain soir, et aussi longtemps que Walsh et Paresi seraient prêts à renouveler l'opération. C'était soit ça, soit attendre qu'il nous tende son propre piège.

Je me suis arrêté quelques secondes devant la statue d'Alice au pays des merveilles. Le Chapelier fou me faisait penser à Tom Walsh. Puis je suis ressorti sur la 5e Avenue et j'ai enfilé ma rue. Les trottoirs s'étaient vidés, et la pluie redoublait.

– Demain soir nous choisirons un autre site, a indiqué Stark.

– Merci, les gars, ai-je lancé à la cantonade. Bon boulot.

Huit ou neuf voix ont agréé le compliment.

Enfin j'ai poussé la porte de mon immeuble, et là sur qui suis-je tombé ?

Lisa Sims !

– Salut, John. Comment ça s'est passé ?

– Un bon galop d'essai, disons.

– J'ai appris, pour ta femme. C'est horrible.

– Rassure-toi, elle va bien.

Lisa a sorti un objet de sa poche. Un jeton argenté du casino Taj Mahal.

– Tiens, John. Un porte-bonheur.

J'ai souri.

– Merci, ma belle.

– À voir ta tête, tu as besoin d'une bonne nuit de sommeil.

– Moi, oui. Toi, tu gardes les yeux grands ouverts, d'accord ?

– T'inquiète. Mais, bon, en cas d'insomnie… tu sais où me trouver.

Y avait-il un sous-entendu, où n'étais-je qu'un vieux lubrique en manque ?

J'ai pris l'ascenseur et regagné mon appart, le Glock au poing. J'avais laissé toutes les lampes allumées, et toutes l'étaient encore. Après une brève inspection des pièces, j'ai fermé la porte à double tour. Le verrou était robuste, sans plus, et il suffirait d'un ou deux coups de bélier pour emporter et le verrou et la serrure.

Non, je ne flippais pas. Je m'efforçais juste d'envisager le pire. Les méchants pouvaient faire preuve de finesse et d'intelligence, mais parfois le plus judicieux c'est encore la force brute. Une attaque surprise, frontale et violente, et l'on me verrait tomber du trente-quatrième étage, sans parachute. « Adieu, Corey ! » *Splatch.*

Cette vision d'horreur appelait un petit remontant en même temps qu'elle m'incitait à la sobriété. Je ne me suis donc servi qu'un demi-verre. J'allais vraiment le tuer, ce fumier.

J'ai repoussé le canapé contre la porte d'entrée, puis j'ai passé des fringues propres et me suis carré dans mon fauteuil. J'ai déniché à la télé un vieux western avec John Wayne, et dans les scènes de fusillade j'ai pointé mon Smith & Wesson sur l'écran pour filer un coup de main au Duke.

Vers 2 heures du matin, je me suis dirigé vers mon plumard. Ayant vécu ici avec trois femmes différentes, je savais combien le verrou de la chambre était costaud. Pour la toute première fois, c'était moi qui allais le tourner.

Je ne supportais pas de devoir vivre ainsi, comme une bête traquée. Cela contrariait mes instincts belliqueux.

Dans un sommeil agité, j'ai rêvé que Khalil et moi entrions dans un immense stade par deux côtés opposés. Les gradins étaient vides, et quelques projecteurs brillaient. Nous nous rapprochions l'un de l'autre, tantôt éclairés, tantôt cachés, jusqu'à la flaque lumineuse au centre de la pelouse. Là, nous avons tous deux hoché la tête, puis il a brandi un couteau. La lame était nappée de sang – celui de Kate –, et il l'a passée sur sa langue. J'ai sorti mon poignard Ka-Bar, nous avons fait un pas l'un vers l'autre, et soudain la lumière s'est éteinte. J'entendais respirer le Lion, je percevais son odeur. « Je t'ai gardé pour la fin », a-t-il murmuré. Alors j'ai lancé mon poignard à l'aveugle, et senti gicler du sang sur mon torse, sans savoir si c'était le mien, le sien, ou un mélange des deux.

Je me suis réveillé en nage, le souffle court.

Assis dans le noir de la chambre, j'ai ressuscité son visage.

– Et moi je te garde pour moi, raclure.

Chapitre 42

Jeudi matin, le ciel avait recouvré une teinte azurée, ce qui laissait présager une capture rapide de Khalil. Ou allais-je un peu vite en besogne ?

J'ai discuté avec Paresi de l'opération de la veille. Elle s'était bien déroulée et nous avions été parfaits – surtout moi. Un seul bémol, peut-être : le Lion ne s'était pas montré, et il faudrait attendre qu'il le fasse pour voir ce que nous valions vraiment.

Paresi avait obtenu des renforts pour passer au crible les appartements d'en face. Cela prendrait une bonne dizaine de jours – sauf si on faisait mouche avant.

Puis le capitaine m'a demandé :

– Tu serais partant pour une nouvelle promenade ce soir ?

– Je suis prêt à tout pour ne pas rester enfermé.

– Très bien. Alors on va innover. Tu vas venir au 26, Fed' pour 18 heures, mais en taxi. Avec de la chance, un taxi libyen te suivra. En tout état de cause, nous allons supposer que l'ennemi surveille le 26, Fed'.

– Tu veux dire que nous serions épiés ? C'est légal, ça ?

– Figure-toi que oui. Mais bref. Tu viens ici pour 18 heures, et vers 21 heures tu quitteras l'immeuble pour te rendre à pied sur le site de Ground Zero. Le quartier est très calme après la tombée de la nuit, et tu erreras comme une âme en peine, à méditer sur la vie, la mort… Puis, de là, tu mettras le cap sur

Battery Park. On jouera le morceau à l'oreille, en fonction des circonstances.

– OK, ça me va. Et toi, tu seras où ?

– Je resterai au 26, Fed'. Prêt à vous rejoindre.

– Et Tom ?

– Idem.

– Pour demain soir, j'aimerais choisir le programme moi-même.

– Ce sera le début du week-end, John. Nous ne pourrons pas réunir l'effectif.

Logique, mais frustrant.

– Je comprends la difficulté, Vince, mais il faut bien qu'on l'attrape, ce salaud !

– En fait, une partie de l'équipe sera réquisitionnée pour ratisser les appartements de la 72e Rue.

– Très bien, mais…

– Et il reste toujours la possibilité que Khalil se pointe spontanément.

– Justement. Je tiens à être disponible.

– Tu le seras aussi bien en restant chez toi. Il compte peut-être te rendre visite samedi ou dimanche.

À quoi bon discuter ? Au pire, en cas de bougeotte irrépressible, je pourrais toujours m'esquiver par le monte-charge, pour défier le Lion sans oreillette ni cavalerie.

– Voyons déjà ce qui se passe ce soir, a conclu Paresi. Si Khalil est toujours en ville, il finira bien par se montrer.

– Il est en ville, capitaine. Interdiction d'en douter.

J'ai ensuite appelé Kate, qui a récriminé :

– Une infirmière est venue me trouver à 1 heure du mat'. J'ai cru que tu étais mort !

– Je n'aurais jamais laissé un tel message, mon amour.

– Ce n'est pas drôle, John.

– Désolé, mais je ne peux pas te contacter directement après minuit.

– Maintenant, si. Tom vient de me faire parvenir un nouveau téléphone portable.

– Super.

– Alors, hier soir ? Tu étais où, cette fois ?

– J'ai zoné dans Central Park. En veuf inconsolable tenté de se jeter à la flotte.

Elle n'a pas commenté. L'idée devait lui plaire.

– Mais j'étais couvert par les Op-spé. Peut-être même un peu trop. Je crains que Khalil et ses poteaux aient compris notre manège.

– À mon avis, il suit son propre plan.

– Sans doute.

– Et ce soir, tu rempiles ?

– Ouaip. D'abord le 26, Fed', puis Ground Zero, puis Battery Park. Et si je tiens encore debout, je ferai la tournée des bars à chicha.

– Vraiment ? Je paierais cher pour voir John Corey boire le thé avec des Arabes.

– Que veux-tu, poupée, il faut bien que quelqu'un se tape le sale boulot !

Elle a marqué un silence, avant de déclarer :

– C'est assez perturbant de se dire qu'il peut y avoir des cellules actives dans cette ville. J'entends par là de vraies cellules terroristes, avec des gens compétents et dangereux.

Jusqu'ici, les lascars que nous connaissions étaient si bêtes et si empotés que nous nous bornions à les surveiller, dans le vague espoir qu'ils nous conduisent à de vrais méchants. Mais jamais Khalil n'aurait fait appel à des bras cassés.

Et Kate d'ajouter :

– Ce serait génial si toute cette affaire nous permettait de démanteler un réseau terroriste. D'où l'importance de capturer Khalil vivant.

Sauf que Khalil ne parlerait jamais, à moins que la CIA ne l'emmène à l'étranger pour un interrogatoire « renforcé ». Et quand bien même il ferait des aveux, nous n'en connaîtrions jamais la teneur. Sans compter que je suis contre l'usage de la torture. Il fallait lui trancher la gorge, point barre.

Non que je prône le meurtre de sang-froid, attention. En fait, il faudrait que Khalil me mette le dos au mur. Que ce soit sa vie ou la mienne. Et j'étais assez optimiste sur ce point, car je doutais que lui-même prévoie de me « capturer vivant ».

– John ?

– Tu as raison, ma chatte.

Pour prolonger la séquence déontologie, Kate m'a demandé :

– Tu as parlé de Boris à Tom ?

– Je prépare une note.

– Appelle-le, John.

– Mais… j'ai l'impression qu'il m'évite.

– Et alors ? Il a le téléphone.

– Laisse-moi régler ça à ma manière, OK ?

– D'accord, je n'insiste pas. Tu crois qu'ils sont menacés, lui, Vince et George ?

– Je ne sais pas. Il en pense quoi, lui ?

– Il n'exclut rien. Mais il n'a pas l'air très inquiet.

– Les cimetières sont remplis de gens comme lui. Dis-lui que tu veux un flingue.

– Pour quoi faire ? Il y a en permanence un flic devant ma porte.

– Même les flics font des pauses pipi, Kate. Demande un flingue, et si Tom refuse je t'en apporte un. Ils ne les recomptent pas à la sortie.

– D'accord.

– Bien. Je ne viendrai pas cet après-midi. J'ai rendez-vous au 26, Fed' à 18 heures.

– Pas de problème. (Elle m'a dicté son nouveau numéro de portable.) Rappelle-moi ce soir avec de bonnes nouvelles.

De fait, si elles étaient mauvaises, je n'en serais pas le messager.

J'ai entamé l'après-midi en planchant sur mon rapport d'incident, puis j'ai décidé d'ébaucher un mémoire complet sur cette affaire, en partant des événements d'il y a trois ans. J'y mettrais tout : les infos que je savais confidentielles, mes réflexions, mes théories, y compris sur le rôle ambigu de la CIA. J'ignorais à qui ce document serait destiné. À la postérité, peut-être. Aux gens qui hériteraient du dossier si je cassais ma pipe.

En retranscrivant, dans la partie intitulée « Khalil II », ma récente entrevue avec Boris Korsakov, j'ai songé que le Russe ne m'avait pas rappelé depuis l'autre soir. Déjà mort ? Je l'aurais entendu aux infos, ou par des voies officielles. Sans doute n'avait-il tout simplement rien à me dire, ou alors il s'était sauvé. La fuite serait un choix pertinent, quoique peu digne d'un ex-chevalier du KGB. J'avais appris, voilà longtemps, que la première cause de décès chez les mâles dominants était l'orgueil. Au moins, j'étais prévenu. Mais lui ? Il avait le droit de savoir.

J'ai attrapé mon Nextel. Avec un peu de chance, il reconnaîtrait mon numéro. Et avec beaucoup de malchance, j'entendrais : « Khalil à l'appareil. »

– Bonjour, monsieur Corey.

Ouf ! C'était Boris.

– Bonjour, monsieur Korsakov. Puis-je vous demander où vous êtes ?

– Là où vous m'avez laissé.

– Vraiment ? Ce n'est pas un yodleur suisse que j'entends derrière vous ?

– Pas du tout ! s'est-il esclaffé. Ce sont les chœurs de l'Armée rouge qui chantent *Kalinka.*

– Vous voulez bien leur dire de baisser d'un ton ?

– Un instant.

Les cosaques ont fermé leur clapet.

– Alors, Boris ? Vous en êtes où ?

– Rien de neuf. Et vous ?

– Pareil. Où est Mme Korsakov ?

– À Moscou.

– La veinarde ! Écoutez, j'ai repensé à votre refus d'être protégé et…

– Vous m'aviez promis une semaine.

– Je ne vous ai rien promis de tel, Boris. Ou, si c'est le cas, j'ai repris mes esprits, et j'espère que vous aussi.

– Mais nous étions d'accord. Pourquoi tout gâcher ?

– Voyons, Boris. Ça vous apportera quoi, de rester cloîtré dans votre bureau ?

– Un peu de sécurité, le temps que vous arrêtiez Khalil. Ou la possibilité de me défendre, s'il vient m'attaquer.

– Il ne va pas se pointer s'il sait que vous vous barricadez. Au contraire, il comprendra que vous êtes au courant de son retour.

– Ce n'est pas la première fois que je passe plusieurs jours d'affilée dans mon appartement professionnel lorsque ma femme est à l'étranger, vous savez.

– Ah bon ? Et vous vous occupez comment ?

– Venez, et vous verrez.

Il a ponctué d'un rire gras. Les hommes sont des porcs.

– Écoutez, Boris. Vous ne pourrez ni attraper ni éliminer Khalil par vos propres moyens. Vous avez besoin de mon aide. Pour cela, je dois placer votre établissement sous surveillance et préparer la souricière. Je ne vous demande rien d'extravagant : vous quittez votre camp retranché, vous dormez à votre domicile, vous flânez sur la promenade et vous vaquez à vos activités habituelles. Des hommes vous escorteront discrètement pour vous protéger et neutraliser Khalil s'il tente quoi que ce soit. J'ai fait ça des milliers de fois, sans jamais perdre quiconque.

Même pas moi.

Un silence songeur.

– Bon. Je vais étudier votre offre.

Je n'en croyais pas un mot. Alors j'ai lancé tout de go :

– Pourquoi voulez-vous tuer Khalil ?

– Je n'ai jamais dit ça, John.

– Quel est votre but, alors ?

– Je viens de vous l'expliquer. Attendre que vous l'appréhendiez. Ou le cueillir s'il s'aventure ici.

– Pour le livrer à la police ou au FBI ?

– Oui, voilà.

– Mais si vous faites ça, il va se mettre à table. Et le bortsch promet d'être amer.

– Je ne suis pas sûr de vous suivre…

– Alors je vais tâcher d'être plus clair. Quand on l'interrogera sur les événements d'il y a trois ans, et sur la complicité active ou passive de son ancien instructeur, je doute qu'il confirme votre version des faits.

Un blanc.

– Vous saviez pertinemment qu'il venait ici pour supprimer des pilotes de l'US Air Force, Boris, et c'est même à ça que vous l'avez préparé. Mais vous avez pipeauté la CIA, et elle vous a cru.

– Mais non, elle ne m'a pas cru. Elle a fait semblant, parce que ça l'arrangeait.

– Soit. Admettons que la CIA ait décidé de fermer les yeux. Ce n'est pas ça qui empêchera Khalil de vous dénoncer au FBI. Il va vous enfoncer, Boris, et vous allez passer un sale quart d'heure. Au mieux, le département de la Justice saisira tous vos avoirs et vous paiera un aller simple pour Moscou. Au pire, vous serez poursuivi pour complicité d'assassinat.

Un nouveau silence.

– Non, ils ne le permettront pas.

– Qui donc ?

– Mes amis de Langley.

– Ah bon ? Vous avez eu de leurs nouvelles, récemment ?

– Je ne peux pas vous le dire.

– Essayez quand même.

– Vous perdez votre temps.

– OK. Je vais immédiatement déployer une équipe autour de votre club et de votre appartement.

Je ne décidais pas cela de gaieté de cœur, car je ne voulais partager Khalil avec personne. Mais je ne pouvais renoncer à l'opportunité d'un second piège, avec un second appât. De toute façon, j'étais légalement – voire moralement – tenu de parler du Russe à Walsh. Alors, pourquoi attendre davantage ?

– Je peux vous poser une question ? a demandé Boris.

– Mais je vous en prie.

– Pourquoi étiez-vous seul, l'autre soir ?

– Eh bien, j'étais en route pour Coney Island, quand tout à coup, par je ne sais quelle étrange association d'idées, je me suis dit que Boris Korsakov vivait peut-être à Little Odessa.

– C'est amusant.

– Trêve de plaisanterie, Boris. Le dispositif de surveillance sera opérationnel d'ici une heure, et vous serez suivi dès que vous mettrez le nez dehors. Aussi je vous conseille vivement de coopérer avec vos protecteurs, et d'en accepter quelques-uns dans votre établissement. Ai-je été clair, cette fois ?

– Vous êtes venu seul parce que vous voulez le tuer. De vos propres mains.

– Je ne me souviens pas d'avoir dit ça.

– Je vous assure que si, John. À la rigueur, vous accepteriez que je l'élimine moi-même, mais l'essentiel, c'est qu'il soit mort. Et c'est là que nous nous rejoignons.

– Vous avez passé trop de temps au KGB, Boris.

– Suffisamment, en tout cas, pour savoir résoudre un problème. Je ne vous demande aucun engagement verbal, John, car nous nous sommes compris. Je vous demande juste de renouer avec l'état d'esprit qui vous a amené jusqu'à moi avant-hier soir – à l'insu de vos supérieurs.

– L'ennui, Boris, c'est que j'ai changé d'avis.

– Taratata… Vous avez juste du mal à assumer vos pulsions.

– Et je vous dois combien, docteur Freud ?

– Nous ne sommes pas tombés de la dernière pluie, John. Ni vous ni moi. Lorsque j'étais à Langley, on m'a touché deux mots sur votre attitude face à Khalil la dernière fois. Puis je vous ai rencontré en chair et en os, vous m'avez confié certaines choses, et j'ai déduit de tout cela que vous aviez des raisons très personnelles de souhaiter la mort d'Asad Khalil. Or il se trouve que ce jeune homme nous en souhaite autant. Alors pourquoi ne pas régler ça entre nous, comme des grands, en revenant au pacte sur lequel nous nous sommes quittés l'autre soir ?

Après tout, qu'est-ce que je risquais ? De me voir confisquer la mise à mort du Lion ? Je m'en remettrais.

– D'accord, Boris. Mais j'avais dit une semaine. Jusqu'à mardi, donc.

– Parfait. Vous avez fait le bon choix.

– J'espère que vous serez toujours de cet avis quand vous découvrirez Khalil dans votre bureau.

– Permettez-moi d'insister sur un dernier point, John. Comme je le suggérais avant-hier, je ne serais pas surpris si Khalil s'en prenait à votre amie, Mlle Mayfield.

– Ne vous inquiétez pas pour ça. Dites-moi plutôt ce que Khalil fomente pour le second volet de sa mission.

– Eh bien, je reste convaincu qu'il doit un attentat à ceux qui lui ont payé le voyage. Pour autant, je peux vous garantir que le Khalil d'il y a trois ans ne connaissait rien aux explosifs, ni aux armes chimiques ou biologiques.

– Pourquoi ? Vous n'aviez pas eu le temps de boucler le programme ?

– Ce n'est pas mon domaine.

– Et en trois ans, il aura eu le temps d'apprendre.

– Certes. Mais pas de moi.

– En d'autres termes, si les New-Yorkais se mettent à cracher du sang et à pisser vert, vous n'y serez pour rien.

– Exactement. Et si une grosse explosion…

– Pas votre faute. J'ai bien compris. Mais ce qui m'intéresse, moi, c'est de savoir où Khalil va frapper, quel genre de cible. Il ne vous aurait pas confié quelque chose du style : « Quand je vois toutes ces moukères dans les grands magasins, j'ai des envies de massacre » ?

– Hmm... Vaste question. Il a toujours honni le matérialisme des Américains, c'est vrai. Alors, oui, pourquoi pas un grand magasin ? Mais l'impact serait assez faible, non ?

– Vous plaisantez ? Vous avez vu la concentration de femmes pomponnées sur la 5e Avenue ?

Il a émis un rire joyeux.

– Désolé, John. J'aimerais vous aider à deviner ses desseins, mais cet homme avait tellement de bêtes noires... C'était une sorte de puritain doublé d'un ascète. Capable, tout comme son leader Kadhafi, de se retirer de longues semaines dans le désert pour prier. Il rejetait le confort matériel et ne possédait rien, à part des vêtements et des armes.

– Un peu austère, le garçon.

– Et assez ennuyeux, je dois dire. Mais ce qu'il haïssait par-dessus tout, c'était l'Amérique, qu'il jugeait corrompue, décadente et faible.

– Qu'est ce qu'il a contre la décadence ?

– Moi aussi, il m'accusait d'être décadent. Vous voyez un peu !

Là, Khalil n'avait pas forcément tort.

– Une nuit au Svetlana lui remettrait peut-être les idées en place...

– Oui, John, ça lui ferait sûrement le plus grand bien. Tenez, je viens de me souvenir d'une de ses expressions favorites : « Les Américains aiment tellement l'or qu'ils en ont oublié l'acier. »

Là aussi, il y avait probablement une part de vérité.

– J'aurais une dernière question à vous poser concernant Khalil et la CIA. Vous n'êtes pas obligé de me répondre, mais si vous refusez je me réserve le droit de rompre notre accord.

– Je vous écoute, a marmonné Boris.

– La CIA s'est-elle, à un moment ou à un autre, compromise avec Khalil ?

Un temps d'arrêt.

– Je doute que vous ayez vraiment envie de connaître la réponse.

– La preuve que si : je vous le demande.

Il a poussé un long soupir.

– Vous savez, John, mes amis de Langley ne m'ont pas livré beaucoup d'informations pendant mon débriefing. Ils posaient des questions, et je leur répondais. Mais un enquêteur aguerri comme vous sait bien que les questions peuvent être instructives en soi…

– Et que vous ont-elles appris, ces questions ?

– Eh bien, j'ai surtout vu que la CIA et le KGB avaient beaucoup de points communs.

– Mais encore ?

Je l'ai entendu aspirer dans un verre, puis allumer une cigarette.

– J'ignore s'il existait – ou s'il existe – une quelconque entente entre Khalil et la CIA. Mais je vais vous faire une réponse plus large. Lorsqu'un pays est attaqué, le peuple se range derrière ses dirigeants, comme vous l'avez vu après le 11 septembre. Mais quand ce même pays vit en paix, ou qu'il n'a pas connu d'attentat majeur depuis, mettons, deux ans, les citoyens redeviennent critiques vis-à-vis de leurs élus. Parfois, ils vont même jusqu'à contester les méthodes employées contre l'adversaire, pour peu qu'ils aient le sentiment qu'on rogne leurs libertés individuelles. Face à cela, que peut faire un gouvernement ? Rendre le pouvoir au peuple ? Non, la meilleure solution, c'est une nouvelle attaque.

Je comprenais parfaitement ce qu'il me racontait là, mais je ne perdais pas de vue que Boris venait du KGB. Étant eux-mêmes des manipulateurs de première, ces types-là se plaisaient à voir des complots partout. Sans le vouloir, j'avais réveillé sa fibre *X-Files*.

– Allô ? Vous êtes toujours là, John ?

– Pardon, je prenais des notes pour un scénario.

– Vous n'avez rien d'autre à me demander ?

– Pas dans l'immédiat, non.

– Merci pour ce coup de fil, alors, et pour cette semaine de sursis.

– Mais je vous en prie. Et n'oubliez pas de me prévenir si vous tuez Khalil dans un geste de légitime défense.

– Je vous appellerai juste après avoir eu mon avocat, promis.

– Vous êtes un véritable Américain, Boris !

– Merci. En tout cas, John, quoi que Khalil vous réserve, ce sera sûrement très vilain.

– Vous non plus, il ne vous ménagera pas, Boris. Et à mon humble avis, vous serez fixé avant moi.

J'ai raccroché et suis sorti sur le balcon en emportant une bière. Boris n'était pas le seul à penser qu'une nouvelle attaque en arrangerait certains à Washington. Mais, n'en déplaise aux conspirationnistes, on peut tirer parti d'un attentat sans en être l'instigateur.

À part ça, je ne concevais aucune fierté de mon alliance avec Boris Korsakov, ex-tueur du KGB. Mais dans ce métier, on est parfois contraint de s'acoquiner avec des salauds. Les ennemis de mes ennemis sont mes amis, comme disent les Arabes, et en agissant ainsi je doublais nos chances de neutraliser Khalil avant qu'il fasse tout sauter – ou qu'il me zigouille. Le reste était secondaire, et j'aurais bien le temps, la crise passée, de m'expliquer devant Tom Walsh.

J'ai terminé ma bière en contemplant les façades des immeubles. Si Khalil m'observait, il devait brûler d'envie de me tirer une balle dans la tête. Mais je connaissais sa psychologie, sa philosophie, son esthétique du meurtre. Il y aurait forcément rencontre, et contact physique.

C'est quand tu veux, mon gars.

Chapitre 43

À 17 h 30, j'ai pris le taxi pour le 26, Federal Plaza.

J'ai passé quelques heures derrière mon bureau à lire mes mails, à parcourir les notes de service et à écouter mes messages. Pas une ligne, pas une phrase ne concernait Asad Khalil, ce qui semblait confirmer le caractère ultrasensible, donc ultra-cadenassé, de l'affaire. Quant à mes autres dossiers, ils avaient été redistribués au sein de l'équipe – tout comme ceux de Kate –, au point que je me demandais si nous faisions encore vraiment partie de cette boîte.

Tom Walsh était toujours invisible, et son soutien me faisait chaud au cœur. Si je l'avais croisé, je lui aurais sûrement parlé de Boris. Mais tant pis pour lui. Les absents ont toujours tort.

À 20 heures, nous avons calé les détails de l'opération avec Stark et Paresi, et à 21 heures je quittais le 26, Fed', accoutré peu ou prou comme la veille, à ceci près que je portais ce soir-là une casquette des Yankees, comme pour souffler son texte à Khalil – « Crève, Yankee ! ».

Il m'a suffi de quelques minutes pour atteindre Ground Zero. La plate-forme d'observation était fermée, et la chute des Twin Towers avait ravagé les abords, de sorte que je devais être le seul clampin à la ronde. J'ai fait le tour du site, un grand carré d'environ cinq cents mètres de côté, en m'arrêtant régulièrement pour plonger le regard dans le cratère. Tout en bas, partiellement éclairés par des projecteurs de stade, des engins côtoyaient des piles de matériaux. Il n'y avait presque plus de gravats, mais je savais que des restes humains continuaient d'affleurer de temps à autre.

Les salauds.

Côté Liberty Street, une longue rampe de terre descendait dans la fosse, présentement fermée par un portail. Derrière le grillage, une caravane offrait un abri confortable aux deux flics de la police portuaire chargés de garder cet unique point d'accès. Jugeant peu probable de surprendre Khalil ici, j'ai continué jusqu'à West Street, la rue qui séparait le World Trade Center du World Financial Center. Elle était complètement défoncée et barrée à la circulation. Un vrai champ de bataille, au sens propre du terme.

De l'autre côté de la cavité s'étirait la plate-forme d'observation, illuminée pour rien. Connaissant Khalil, il n'aurait pas résisté à l'envie de visiter cette attraction. Je l'imaginais, perché derrière la rambarde, réprimant un sourire d'aise…

La voix de Stark m'a tiré de ma rêverie :

– Tu es seul, Chasseur.

– Reçu.

J'ai marché jusqu'à Battery Park, huit cents mètres plus au sud. La nuit, ces jardins sont calmes sans être tout à fait désertés. On y vient admirer les flots, la statue de la Liberté, ou se payer une balade en ferry jusqu'à Staten Island. Bref, un lieu parfait pour les amoureux fauchés – j'étais passé par là. Sur un banc, main dans la main, j'ai reconnu le faux couple des Op-spé. J'espérais que ces deux-là s'appréciaient un minimum.

– Ça s'engage mal, ai-je déclaré dans mon micro.

– Il est encore tôt, m'a répondu Stark. Allons nous perdre dans des rues sombres, et nous reviendrons un peu plus tard.

Amusant, ce « nous » dans la bouche d'un homme assis. En vérité, seule une moitié de l'équipe de surveillance déambulait avec moi. L'autre était cantonnée dans des voitures banalisées, à l'image de la brigade d'intervention qui se déplaçait en fourgon, pour ne pas effrayer les passants.

M'aventurant sur les mornes artères du quartier financier, j'ai téléphoné à Kate.

– J'attendais ton coup de fil, chéri. Où en êtes-vous ?

– J'enjambe des courtiers ivres morts.

– Sois prudent, d'accord ?

– Je t'aime.

Vivre avec quelqu'un du métier présente certains avantages. On s'inquiète pour l'autre, mais c'est de l'inquiétude informée. Pas besoin de bavasser pendant des plombes.

J'ai poussé jusqu'aux rues tout aussi vides du bas Manhattan, avant de regagner Battery Park, puis Ground Zero. Mais rien à faire, personne ne me suivait. Vers minuit, Stark a sifflé le match nul et j'ai repris le taxi. Sur le trajet, j'ai rappelé Kate :

– Encore chou blanc, ma belle. Je suis dans un tacos et je rentre à la maison.

– Tant mieux. Je ne veux pas que tu recommences, John. Je ne supporterai pas une troisième soirée d'angoisse.

Qu'est-ce que je racontais comme sottises sur les mariages entre collègues ?

– Rassure-toi, Kate. Ce week-end, on fait relâche. Dors bien, et on se voit demain.

De retour dans mon immeuble, j'ai bavardé avec les deux plantons du hall, salué le portier de nuit, pris l'ascenseur, sorti mon Glock, etc.

Dans mon appartement sans terroriste, je me suis versé un scotch avant de m'écrouler dans mon fauteuil inclinable. Renonçant à barricader la porte – cette nuit, je restais disponible pour Khalil –, j'ai orienté mon siège vers l'entrée, posé mon Glock sur mes genoux, et sombré dans un demi-sommeil mouvementé.

J'ai fait un de ces cauchemars fébriles où une même scène se répète à l'infini. On enfonçait ma porte, et certaines fois je butais les silhouettes qui envahissaient l'appart, d'autres fois je ne retrouvais plus mon flingue, une autre fois encore il s'enrayait au bout de mon bras.

C'était quoi, ces conneries ? Rendez-moi mes rêves érotiques !

Le vendredi matin, le soleil inondait le salon par les vitres du balcon. Encore une belle journée pour tuer Khalil.

Qui a vu *Psychose* sait combien la douche est un moment dangereux. Vous êtes nu, sans défense, et le bruit de l'eau couvre tous les autres. Aussi ai-je pris un bain, avec mon Glock étanche.

Puis on m'a conduit à Bellevue, où Kate avait mal dormi et décidé de rentrer le jour même.

– Je refuse de passer le week-end dans cette chambre ! bouillait-elle.

Mais je n'avais aucune envie de la récupérer si tôt. J'ai donc finassé :

– Je te propose un deal, mon amour. S'il ne s'est toujours rien passé lundi, on prend l'avion pour… là où habitent tes parents.

– Le Minnesota.

– C'est ça. Mais d'ici là, tu devras prendre ton mal en patience.

Elle n'a pas protesté.

Je ne comptais pas réellement séjourner à Meuh-les-Prés, Minnesota. Je me contenterais de déposer Kate chez ses vieux avant de retourner à New York. Après tout, son père possédait un joli petit arsenal, et sa folle de mère, férue de ball-trap, maniait le fusil comme personne. Et puis, autant que je sache, Khalil ignorait que mon épouse était toujours parmi nous.

– Au fait, tu as demandé un pistolet à Tom ?

– Oui. Mais les patients n'ont pas le droit d'être armés.

– Tu parles d'une règle stupide ! Que les criminels soient interdits de mitraille, je veux bien, mais pourquoi en priver les autres ?

– Je t'en prie, John…

J'ai dégainé mon revolver pour le glisser sous son oreiller.

– Tiens, tu dormiras mieux avec MM. Smith et Wesson.

Elle a accepté d'un hochement de tête.

Je lui ai posé l'ordinateur portable sur les genoux.

– Tiens. Consulte donc le site du légiste de Sullivan.

Intriguée, elle a pianoté sur Google, cliqué sur le bon lien, et découvert que Katherine Mayfield Corey avait expiré au centre médical régional des Catskill. Cause du décès : homicide.

Elle s'est figée quelques instants.

– En gros, tu es en train de me dire que j'ai tort de me plaindre.

J'ai haussé les épaules :

– Tu es mieux ici qu'en bas.

Comprendre : à la morgue.

– D'accord, a-t-elle capitulé. Lundi, dernier carat.

Je suis resté à déjeuner – tripes de maquereau à l'oseille – et Kate m'a demandé si une nouvelle promenade était prévue pour le lundi soir.

– On ne m'a rien dit, ai-je répondu.

– Crois-moi, John, vous perdez votre temps.

– Tu as une meilleure idée ?

– Non. Mais ça m'étonnerait que Khalil tombe dans un piège aussi grossier.

– Pourquoi, grossier ? Les mecs sont hyper discrets. En plus, ça motive les troupes et les patrons sont contents. Et puis, on ne sait jamais.

Elle m'a pris la main.

– Khalil suit son propre plan, John, et vos gesticulations ne suffiront pas à l'en distraire. C'est lui qui va t'attirer dans un guet-apens.

– Mais j'espère bien !

– Ne dis pas ça.

– Moi aussi, je sais renifler un piège.

– Je sais, John. Mais tu vas t'y précipiter en pensant le retourner à ton avantage. Tu es tellement orgueilleux…

C'est mon côté mâle dominant, femme.

Elle a formé un V avec ses doigts :

– Lundi, deux billets pour Minneapolis. L'air de la campagne nous fera du bien.

Ben voyons... Devais-je lui rappeler ce qui était arrivé la dernière fois que nous avions tâté de la cambrousse ?

Je me suis relevé.

– Je file, ma belle.

– D'accord. Je m'occupe de réserver le voyage.

– Super.

Je savais d'ores et déjà que je n'irais pas à Minneapolis. Pour que j'accepte, il fallait que Khalil meure d'ici à lundi. Mais s'il mourait d'ici à lundi, nous pouvions reprendre une vie normale. À New York, donc.

– N'oublie pas que tu as un revolver sous ton oreiller, mon cœur.

– Oui, cela devrait améliorer la qualité du service.

– À ce soir, Kate.

– Tu peux prendre ta soirée, tu sais.

– Tu es sûre ?

– On se voit demain matin, de toute façon.

– Bon, d'accord. Je te rappelle dans la journée.

– Et ne t'avise pas de quitter l'immeuble en douce pour défier Khalil en solo.

Les épouses sont des médiums. Ou alors je devenais prévisible.

– Je ne suis pas suicidaire, Kate.

– Non, je sais bien. Mais on s'appelle toutes les heures, OK ?

– Si tu veux.

L'après-midi, j'ai écrit, réfléchi, et fait un peu d'exercice. Un esprit sain dans un corps sain. Le plus dur, c'est l'esprit.

J'avais avalé ma dernière boîte de chili, et mes placards ne contenaient plus que des liquides. J'ai donc contacté le planton du hall pour commander une pizza aux *pepperoni*, ce qui est excellent pour l'âme. Il était 18 heures.

Une heure plus tard, le garde m'a rappelé par l'Interphone :

– Votre pizza arrive.

J'ai entrebâillé la porte puis reculé au fond de l'entrée, mon Glock au poing. S'il y avait des anchois, je tuais le livreur.

L'ascenseur est arrivé. Il y a eu trois tocs à la porte et elle s'est ouverte sur… Vince Paresi, un carton plat sur les bras ! J'aurais dû sortir l'appareil photo plutôt que le flingue.

Il a remarqué l'arme, mais sans faire de commentaire.

– Je me suis dit que tu apprécierais un peu de compagnie…

Je soupçonnais une idée de Kate. Ou de Walsh. Ou même de lui, Paresi. « Corey n'écoute jamais, il risque de prendre la tangente. » En tout cas, j'étais flatté.

– C'est chic de ta part, Vince.

– Tiens, prends la pizza.

En le débarrassant, j'ai remarqué une bouteille de vin sous son bras.

– Dînons en terrasse, ai-je lancé.

– Tu dois éviter le balcon.

– J'aime vivre dangereusement.

J'ai fait coulisser la porte vitrée et posé la pizza sur le guéridon du balcon. Puis j'ai apporté un tire-bouchon, deux verres à pied, du scotch et des serviettes en papier.

– Viens, ai-je dit au capitaine qui restait planté dans le living.

Nous nous sommes assis de part et d'autre de la petite table métallique pour partager ma pizza et son pinard dans la brise de fin de journée. Sous nos pieds, le vendredi soir électrisait la rue.

Le vin n'était pas mauvais, la pizza non plus, mais la conversation restait guindée. Le regard de Paresi ripait sans cesse vers les immeubles. Il allait finir par me vexer.

– Ces ordures pourraient facilement nous abattre.

– Ne dis pas de bêtises, Vince. Tu veux encore du vin ?

– On serait mieux à l'intérieur.

J'ai reposé la bouteille.

– Tu sais, si Khalil avait l'intention de me tirer comme un lapin, ce serait déjà fait. Il a d'autres ambitions pour moi.

– Je pensais surtout à ma pomme, a avoué Paresi.

Mais comme il refusait de passer pour un trouillard, il est resté sur sa chaise et a sorti deux cigares. Nous les avons allumés, puis il a vidé la bouteille dans son verre en disant :

– Tout à l'heure, l'UAC a capté le signal du Nextel de Kate. Sept ou huit secondes, pas plus. Le temps qu'il faut pour chercher un numéro dans le répertoire.

– Et il venait d'où, ce signal ?

– D'une antenne relais située entre la 33e et la 34e.

– Vous avez dépêché des unités sur place ?

– Bien sûr. Mais je pense que l'appareil se trouvait dans un véhicule en mouvement.

– Un taxi de la compagnie des Sables ? Au moins, on sait que le téléphone de Kate est revenu à Manhattan.

– Ainsi que Khalil, *a priori*. (Il a considéré la rue en contrebas.) Il est ici, John. Tout près.

– Il va peut-être t'appeler.

– Moi ? Il pensera d'abord à toi. Et si cela se produit, je veux être prévenu dans les cinq secondes.

J'ai reporté mon attention sur les fenêtres d'en face, persuadé que derrière l'une d'elles on nous observait.

– Ça donne quoi, le porte-à-porte ?

– C'est un travail de fourmi. Certains immeubles n'ont même pas de gardien ou de portier pour nous aiguiller un peu.

– Et en cherchant « Planque de terroristes » sur les boîtes aux lettres, vous ne trouvez rien ?

– Une fois sur deux, les occupants font les morts. Même dans les locaux professionnels.

– Il n'y a qu'à enfoncer les portes.

– Mais, bon, ça avance. On a déjà vérifié la moitié des appartements, et quatre-vingts pour cent des bureaux. Tu crois vraiment qu'ils s'installeraient dans ta rue ?

– C'est ce que je ferais, à leur place.

Paresi a bâillé.

– Dommage que le signal du Nextel ne soit pas venu de ce trottoir-là, a-t-il dit. On aurait su à quoi s'en tenir.

– Ils ne sont pas débiles à ce point.

– Oh ! ce n'est pas dit.

– Détrompe-toi, capitaine. C'est fini, le terrorisme de branquignols. Ils n'ont peut-être pas nos moyens technologiques, mais ils les connaissent, et ils savent les contourner.

Paresi a haussé les épaules, sceptique.

– Ne les sous-estime pas, Vince. Et encore moins Khalil.

– Il est comment, le cigare ?

– Meilleur que le vin, mais pas aussi bon que la pizza.

– Et ton scotch ?

– Il est plus âgé que les gamins que tu postes dans mon hall.

Il a souri.

– Nous sommes en sous-effectif, John. Notamment le week-end.

Et nous risquions d'être encore moins nombreux d'ici à lundi…

Là-dessus, Kate a téléphoné. Elle semblait ravie de me surprendre à la maison avec un homme.

– Vous avez bu ? a-t-elle demandé d'un ton complice.

– On est en train.

– Bonne nuit, John. Je t'aime.

– Je t'aime aussi.

Vince et moi avons éclusé une demi-bouteille de scotch, et il est reparti avant minuit. Avait-il une escorte ? Les vrais mecs ne posent pas ce genre de question, et ils y répondent encore moins.

Peu après, ayant constaté qu'il ne suffisait pas de tenter le diable pour qu'il se manifeste, j'ai quitté mon dangereux balcon puis je me suis mis au lit.

La nuit fut paisible, mais j'avais un étrange pressentiment. Comme souvent lorsqu'il ne se passe rien, je sentais qu'il allait se passer quelque chose.

Chapitre 44

Samedi. Pluies fines prévues en journée et grosses averses demain. Temps correct pour tuer un terroriste libyen.

J'ai convoqué mes chauffeurs et filé à Bellevue sur le coup de 10 heures. Kate avait la pêche, car elle sortait bientôt.

– Tom a accepté de te relâcher ? ai-je demandé.

– Oui, à condition que j'aille chez mes parents.

– Et il sait que tu comptes m'emmener ?

– Ça ne lui pose aucun problème.

Tiens donc.

– Tu es sûre ?

– Oui, oui. Je l'ai convaincu qu'il abusait de toi.

– Quoi ? Mais je suis consentant !

– Eh bien, pas moi. Nous avons eu un échange assez vif. Je lui ai dit que, primo, il ne pouvait pas me retenir ici contre mon gré et que, deuzio, Washington verrait sans doute d'un très mauvais œil que l'on transforme un simple agent sous contrat en appât vivant. S'il t'arrivait quoi que ce soit…

– Mais je me suis porté volontaire !

– Sans m'avoir consultée !

La mémoire peut jouer des tours, mais il me semble que ma vie privée et professionnelle était plus simple pendant mes années de célibat.

– De toute façon, a poursuivi Kate, Tom ne croit pas à ces opérations. Elles monopolisent des moyens humains et logistiques qui seraient plus utiles ailleurs. Si un attentat survenait en ville, et que l'on découvre que la moitié de nos équipes de surveillance étaient occupées à escorter un flic, Tom devrait de sérieuses explications à sa hiérarchie. Alors, oui, l'idée de nous voir partir à Minneapolis lundi lui plaît assez. Je pense même qu'il serait prêt à nous payer le billet.

Kate est une fille brillante, bien plus douée que moi pour manœuvrer le Walsh. Mais elle se trompait sur les motivations du boss. S'il m'exilait, c'était uniquement pour laisser Khalil à ses petits protégés du FBI. Et ne pas avoir à poser avec moi au-dessus de la dépouille du Lion.

– Ne te fâche pas, John. Je fais ça pour nous.

– L'intention est louable. J'ai juste du mal à reconnaître l'intrépide et enthousiaste Kate Mayfield.

– Je viens de frôler la mort, John ! Ça fait réfléchir, tu sais.

– Oui, je sais. Moi aussi, j'ai failli mourir d'hémorragie. Et ça ne m'a pas rendu moins combatif.

Elle m'a pris la main.

– Si tu m'aimes, ne risque pas ta vie.

– Bien sûr que je t'aime, Kate. Mais je ne veux pas qu'on passe le restant de nos jours à regarder par-dessus notre épaule !

– Des centaines de personnes recherchent Asad Khalil de par le monde. Elles finiront par l'avoir, avec ou sans ton aide.

Kate avait visiblement un petit passage à vide. Mais ça ne durait jamais longtemps. Après deux jours chez sa mère, on la retrouverait à Bay Bridge, forçant des portes à coups de talon.

– Nous avons deux réservations sur un vol de lundi soir, a-t-elle annoncé.

Et pire encore :

– J'ai aussi appelé tes parents pour leur dire que nous viendrions les voir en Floride, juste après Minneapolis. En fait, nous partons deux mois. J'ai obtenu du rab.

J'étais sonné. Il n'y a pas d'autre mot.

– Deux mois ?! Avec tes parents… puis les miens ?!

– Ce n'est pas merveilleux ?

– Passe-moi le flingue.

Elle m'a caressé la main.

– Cette affaire te bouffe, John. Tu as besoin de t'aérer la tête. Je serais bien rentrée demain, mais les médecins m'interdisent de voyager avant lundi et Tom refuse que je passe le dimanche à la maison. Les voisins et le personnel de l'immeuble pourraient me repérer, avec le risque que cela revienne aux oreilles de ceux qui me croient morte.

Tu parles ! Il avait surtout peur que je la désintoxique. Diviser pour mieux régner.

Tom Walsh est un connard.

Avant que je puisse protester, Kate a enfoncé le clou :

– Donc, nous partons lundi, et c'est irrévocable. Exécution, inspecteur ! (Puis, après l'humour, le miel :) Je t'aime, John. Dis-toi que je fais ça pour te remercier de m'avoir sauvé la vie.

J'avais dû louper une étape du raisonnement. Quoi qu'il en soit, Walsh et Paresi allaient m'entendre.

– OK, ai-je répondu. Lundi, Indianapolis.

– Minneapolis !

– C'est ça. Allez, je dois filer.

– Comment ça, tu dois filer ? On peut au moins déjeuner ensemble. Au dessert, il y a des dates de sortie anticipées, sauce belle-maman.

Celle-là, elle avait dû passer la matinée dessus. J'ai souri, mais ça devait manquer de conviction.

– Ne boude pas, John. Dans une semaine, tu seras un nouvel homme.

Personnellement, j'aimais assez l'actuel, même si j'étais le seul.

Ce fut un repas sans saveur. J'ai malgré tout réussi à me dérider un brin, et à me réjouir pour Kate.

Au moment de se dire au revoir, elle m'a confié :

– Ça me soulage de savoir que vous n'avez rien de programmé ce soir.

– Moi aussi.

– Avant notre départ, tu penseras quand même à parler de Boris à Tom.

– Oui, m'dame.

– Et essaie de boucler les bagages pour lundi matin, qu'on ait un peu de temps devant nous.

– Pour… ? Ah oui. Oui…

Enfin un plan acceptable !

– À tout à l'heure, chéri.

– À tout'.

Ainsi, il me restait moins de quarante-huit heures avant d'être chassé de New York. Uppercut du patron, puis direct de l'épouse : la combinaison était imparable, et très dure à encaisser.

De retour dans mes quartiers, j'ai appelé Paresi pour me plaindre et lui demander de monter au créneau. Échouant sur sa boîte vocale, j'ai exprimé en termes pondérés ma consternation tant professionnelle que personnelle, avant d'égrener menaces décousues et prédictions apocalyptiques. En général, cela suffit pour que les chefs reconsidèrent leurs intérêts, tant professionnels que personnels.

Puis j'ai essayé de joindre Tom Walsh, mais nous étions samedi et le patron n'était là pour personne – en tout cas pas pour moi. J'ai expliqué sur son répondeur pourquoi il fallait poursuivre l'opération – ou tout au moins me réintégrer au 26, Fed' –, et là encore je me suis trouvé subtil et convaincant, jusqu'à ce que je m'entende lâcher : « Et à l'avenir j'apprécierais que tu me parles en face au lieu de t'abriter derrière ma femme. » Pour rectifier le tir et atténuer l'acidité du propos, j'ai ajouté : « Appelle-moi, qu'on s'explique d'homme à homme. »

Oups.

Si Walsh avait décroché – et qu'il eût admis que ma place était ici, à New York –, je lui aurais sans doute parlé de Boris. Mais bon, au plus tard je le ferais mardi, à l'expiration du délai accordé au Ruskof. Perché sur un tas de fumier, au milieu des poules et des vaches.

Alors que je me préparais pour ma visite vespérale à Bellevue, le téléphone fixe a sonné. L'identificateur d'appel indiquait « numéro masqué ».

Aucun collègue ne m'appelait sur cette ligne, pas même Walsh ni Paresi, et le nouveau portable de Kate n'avait nulle raison d'avancer « masqué ». Il s'agissait peut-être de mes parents, ou des siens. Mais eux non plus n'apparaissaient jamais comme « masqués ». Juste « indésirables ».

Intrigué, j'ai décroché.

– Corey.

Au silence qui a suivi, j'ai compris qui c'était.

– Coucou, Corey ! a lancé une voix aux intonations étrangères.

Je n'ai rien répondu.

– Allô ? Corey ? Ici Asad Khalil.

– Je savais tu m'appellerais, ai-je répondu avec nonchalance.

– Je m'en doute. J'ai trouvé ton numéro dans le téléphone cellulaire de ta femme. Toutes mes condoléances, au fait.

– Comment oses-tu ?

– Ainsi que pour ton copain Haytham.

– Et sa fille et sa femme, ordure ! Tu vas pourrir en enfer, et plus vite que tu ne le crois.

– Non, Corey. C'est toi qui vas brûler en enfer. Moi, j'irai au paradis.

Nouveau silence. En fond sonore, des moteurs et des Klaxons.

– Je t'avais dit que je reviendrais. Je ne suis pas parfait, Corey, et parfois je manque à ma parole, mais quand je promets de tuer quelqu'un, je ne me dédis jamais.

J'attendais qu'il en vienne au fait.

– Tu étais plus bavard il y a trois ans, Corey. C'est d'avoir perdu ta femme qui te rend moins loquace ? Et moins arrogant, peut-être ? Et moins insolent ?

Je le laissais dégoiser. L'unité d'analyse des communications n'écoutait pas cette ligne, mais elle tenait le registre des appels entrants et sortants et pouvait établir le numéro de n'importe quel correspondant.

Comme s'il lisait dans mes pensées, Khalil a déclaré :

– Je suis en voiture et mon téléphone va bientôt passer par la fenêtre. Je dispose de plusieurs appareils, Corey. Alors ne compte pas là-dessus pour me débusquer.

– Je te trouverai quand même, raclure. Et je te crèverai. Promis.

– Non, tu n'as ni l'intelligence ni le courage pour ça. C'est moi qui vais te trouver, et te punir.

– Tu parles d'un exploit ! Je ne me cache pas, moi. Tu sais où je vis, où je bosse, et si tu avais un minimum de cran tu aurais déjà tenté quelque chose. Mais tu préfères assassiner des femmes sans défense, des hommes qui ne t'ont rien fait, des compatriotes qui avaient confiance en toi. Tu n'es qu'un lâche, Khalil. Une poule mouillée.

J'ai cru qu'il avait raccroché, mais les bruits de circulation persistaient.

Puis il a dit :

– Et quand on a sauté de l'avion, j'avais l'air d'une poule mouillée ? C'est toi qui t'es décomposé, Corey.

– Parce que tu n'as pas vu ta tête quand je t'ai tiré dessus ! Je parie que tu as sali ton froc.

– Je t'avais dit que je tuerais cette putain. Et tu l'as vue mourir, les yeux terrifiés et la gorge béante. Et j'ai goûté son sang, tu sais.

J'ai pris une grande inspiration.

– Assez de bla-bla, Khalil. Il faut qu'on se voie.

– Malheureusement, je vais manquer de temps. Mais promis, je reviens bientôt. Et là, je te réglerai ton compte.

– Pourquoi tu te sauves comme ça ?

– Je ne me sauve pas. J'ai terminé ma mission. Il ne reste plus que toi, mais tu peux attendre.

– Tu as peur de moi, Khalil ?

– Ne t'avise pas de me provoquer comme la dernière fois. C'est parce que tu m'as insulté que ta femme est morte. Et que tu vas mourir, toi aussi.

– Mais pourquoi attendre ? Finissons-en maintenant. Je viendrai seul et...

– Ne me prends pas pour un idiot. C'est moi qui déciderai du lieu et de la date. À un moment où tu seras bel et bien seul.

– Alors tu te serais donné tout ce mal pour finalement m'annoncer que tu t'en vas ?

– Ou que je suis déjà parti. Mais qui sait ? Je suis peut-être tout près de toi, et sur le point de changer d'avis.

Le petit merdeux commençait à se contredire. D'un côté, je pouvais me détendre parce qu'il avait quitté les États-Unis ; de l'autre, je devais trembler car il rôdait dans les parages.

– Tu aurais dû m'éliminer tant que tu en avais la possibilité, espèce de débile.

– C'est toi qui es débile de croire que je pourrais te tuer de manière aussi expéditive, Corey. Je t'ai mitonné une fin bien plus intéressante. Veux-tu savoir laquelle ?

– Si ça peut t'ôter un poids...

– En fait, a-t-il ricané, c'est toi qui vas te retrouver légèrement délesté. Pour commencer, je vais te couper les testicules. Puis je t'arracherai la peau du visage, comme on pèle une tomate. C'est une pratique assez courante chez les talibans afghans, tu as peut-être vu des photos ? L'infidèle est toujours vivant, mais il n'a plus de peau sur la figure. Juste deux yeux ronds dans un crâne sanguinolent. Bien entendu, n'ayant plus de traits, sa tête n'exprime plus rien. Mais il peut quand même se voir dans le miroir qu'on lui tend. Puis on jette ses bourses et la peau de son visage aux chiens, et on le laisse libre de se suicider. Crois-moi, ils se suicident tous, ou bien ils demandent qu'on les achève. Voilà ce qui t'attend, Corey. Pour notre prochaine rencontre. Et j'ai hâte d'y être. Alors d'ici là tu...

– Minute, Khalil. Je tiens tout de même à te rappeler que ta mère était une salope qui se tapait ton connard de grand dirigeant, et que c'est ce même grand dirigeant qui a fait dessouder ton papa pour continuer à tringler maman.

Il a soufflé dans le micro, comme si je l'avais froissé.

– À bientôt, Corey.

Et la ligne a fait « bip ».

Voilà ce que j'appelle un échange franc, sans détour. Les psychopathes ne tournent jamais autour du pot, et c'est ce qui me plaît chez eux. Il ne restait plus qu'à croiser les doigts pour que mes injures fassent rappliquer Khalil.

J'étais supposé informer Walsh et Paresi toutes affaires cessantes, mais mes doigts ont préféré composer le numéro du cellulaire de Boris. Si le Russe était encore en vie, je l'informerais que j'avais eu son sale gosse au bout du fil, et je lui conseillerais de veiller toute la nuit. J'étais même prêt à lui tenir la main dans son night-club si c'était le seul moyen d'épingler Khalil avant qu'on m'envoie chez les culs-terreux. Comme il ne décrochait pas, j'ai laissé un message très bref :

– Ici Corey. Notre ami libyen vient de me joindre. Rappelez-moi dare-dare.

J'ai ensuite contacté le Svetlana, des fois qu'un disque annoncerait la fermeture des lieux suite au décès du proprio. Je suis tombé sur un type au fort accent russe, et derrière lui la salle bourdonnait de voix et de musique. Au regret de ne pouvoir me passer M. Korsakov, l'employé s'est offert pour prendre un message.

– Dites-lui de rappeler M. Corey. C'est très important.

Apparemment, Boris Korsakov était toujours de ce monde. Tant mieux, car j'inclinais à penser que son sort préfigurait le mien. Mais comment savoir, au fond, lequel de nous deux Khalil maudissait le plus ? Et dans quel ordre il envisageait de nous trucider ?

À Bellevue, Kate était tout sourire, assise dans le second fauteuil de sa chambre sinistre. Sur la chaîne History, un documentaire comparait Saddam Hussein à Hitler, son grand modèle. Il fallait quand même être un peu secoué pour s'identifier à ce nabot.

Nous regardions la télé, donc, mais pour ma part seulement d'un œil.

À la vérité, Kate et moi avions bel et bien vu les photos évoquées par Khalil. Des combattants antitalibans écorchés du crâne jusqu'au cou, comme dans une série B d'horreur. La CIA nous avait tous réunis au 290, Broadway pour nous montrer quel genre d'énergumènes tenaient l'Afghanistan, et je ne vous cache pas que ces images étaient à vomir. Puis nous étions descendus à la cantine, car c'était l'heure du déjeuner. Humour typiquement CIA.

Ainsi, Khalil semblait avoir passé tout ou partie de ces trois dernières années chez les talibans. Les pauvres…

J'aurais aimé parler de tout cela à Kate, mais je craignais sa réaction.

Au fait, ma caille, j'ai eu le Lion avant de venir, et il souhaite me rencontrer pour me châtrer et me dépiauter. Comment ça, tu n'es pas d'accord ? Mais si je me débine, je perds la face !

Quant aux cinq secondes imparties pour en référer à mes supérieurs, elles avaient expiré depuis longtemps. De toute manière, Khalil ne m'avait rien appris d'utile, sinon qu'il jalousait mes couilles et ma belle gueule. Il prétendait quitter – ou avoir quitté – New York, mais c'était sûrement du pipeau. Sauf que Walsh risquait d'y croire. Alors, silence.

À propos de silence, j'étais toujours sans nouvelles de Boris…

– John ?

– Oui, Kate ?

– Ça ne va pas te bloquer ?

Elle avait ôté son pansement pour me montrer ses dix centimètres de cicatrice violette.

– Non, je trouve ça sexy.

– Arrête. C'est immonde.

Et moi, m'aimerait-elle encore si je perdais mon visage ? Oui, certainement. D'autant qu'elle n'aurait plus à pester contre mes poils de barbe dans le lavabo. Pour les bijoux de famille, en revanche, elle risquait de tiquer.

– C'est la beauté intérieure qui compte, chérie. Une touche de fond de teint, et on ne verra plus rien.

Je suis resté pour le dîner et Kate a édicté une règle : plus un mot sur le boulot. Nous allions dès maintenant commencer à décompresser, en nous projetant dans des activités de détente comme la cueillette de fruits rouges ou le canoë sur un lac infesté de moustiques.

– Ton père va encore nous soûler avec ses souvenirs du FBI, ai-je soupiré.

– Je lui en toucherai deux mots.

– Et il ne boit même pas…

– Tu sais bien que mes parents réprouvent l'alcool.

– Et alors ? Ça n'empêche rien.

– S'il te plaît, John… Tu as reçu l'ordre de me suivre dans le Minnesota, alors prends-en ton parti.

Je n'ai pas insisté, préférant ramener mes pensées vers Khalil.

À aucun moment le Lion ne m'avait demandé où je créchais. Il devait connaître mon adresse, et je doutais qu'il rentre au bled avant de s'être occupé de moi. En somme, il me suffisait de l'attendre. Non pas dans le Montana, dans le Michigan ou dans le Minnesota, mais ici, à New York.

Chapitre 45

Le dimanche matin, mes gardes ont proposé de m'accompagner à la messe. Compte tenu que j'avais failli me faire assassiner dans le ciel sept jours plus tôt, j'ai examiné leur offre avec le plus grand sérieux. Mais l'office de la cathédrale Saint-Patrick était retransmis à la télé, alors pourquoi quitter ma robe de chambre ?

Puis, à midi, j'ai réédité mon pèlerinage à Bellevue.

Kate était toute jouasse, telle une détenue à la veille de la quille. J'étais loin de partager sa gaieté, mais elle a fait comme si. Pour elle, le bonheur était aussi contagieux que la camée syphilitique de la chambre voisine : un bisou, et tu l'as.

– Tu as fait tes bagages ?

– Tout est fin prêt, ai-je menti.

– Super. À part ça, rien de neuf ?

– Pas que je sache. Rien non plus du côté de Tom ?

– Non. Je crois qu'il est parti en week-end.

Quoi ? Le responsable de la Force fédérale d'action antiterroriste se permettait de quitter la ville alors même que le pire terroriste du moment s'y trouvait ?

– Il a raison, ai-je dit. Les catastrophes n'arrivent jamais le week-end.

Dimanche oblige, l'étage grouillait d'aumôniers venus donner la communion et dispenser la parole du Seigneur à ceux qui en avaient le plus besoin – assassins, violeurs, dealers et autres brebis encore récupérables, ce qui excluait les politiciens –, et le clou de cette matinée fut sans conteste la visite du prêtre catholique, un blanc-bec qui se faisait appeler « père Brad » alors qu'il n'avait pas vingt ans. Comme il restait planté entre mon fauteuil et la porte, j'ai considéré la fenêtre. Survivrais-je à un saut de dix-neuf étages ?

Par chance, le père Brad était un chouette gamin, et il a vu à ma tête d'Irlandais que je cotisais chez lui. Aussi, lorsque Kate lui a déclaré qu'elle était méthodiste, j'ai lancé, pour rire :

– Il ne t'a pas demandé quel était ton mode de contraception, chérie.

Le prêtre a rigolé tandis que Kate frisait l'évanouissement. Puis il fut ravi d'apprendre que ma femme n'était pas une criminelle, et que, cerise sur le gâteau, j'étais allé à Saint-Patrick le matin même. Je n'avais rien dit de tel mais peut-être glissé un ou deux mots le laissant accroire.

Je lui aurais bien déballé mon stock de blagues sur le pape, mais il avait encore plusieurs âmes mal barrées sur le feu. Alors il nous a bénis et, chose curieuse, j'en ai éprouvé un grand plaisir. Était-ce le signe que Dieu m'aiderait à occire Khalil ?

Le curé reparti, Kate m'a longuement et vertement tancé. Mais l'Esprit saint vivait en moi, alors j'ai gardé le sourire. En pensant au bloody mary que j'allais me servir en rentrant.

Nous avons ensuite évoqué la journée du lendemain.

– Normalement, a expliqué Kate, une voiture me prend ici à 16 heures. Et j'aurai besoin d'une heure pour faire mes valises.

Donc, deux heures. Ou trois.

– Après, a-t-elle ajouté, nous pourrons faire un câlin.

Comment ça, un « câlin » ? J'avais cru comprendre qu'on baiserait !

– Le câlin d'abord, ai-je exigé.

– Bon. Si tu veux.

J'ai salué cette concession d'une petite danse victorieuse. Puis je suis resté pour le menu du dimanche, qui était somme toute correct, notamment le foie gras grillé aux trompettes du couloir de la mort.

Hélas, ce tête-à-tête s'est terminé sur une note aigre-douce :

– Tu es un homme courageux, John, et je sais que tu n'as pas envie de refiler cette affaire à d'autres. Mais s'il t'arrivait malheur, je serais anéantie. Alors pense à moi. À nous.

Moi aussi, s'il m'arrivait malheur, je serais passablement anéanti, mais j'ai préféré abonder dans son sens :

– Nous avons de longues années devant nous, ma chatte.

Sauf si l'ennui me foudroyait à la table des Mayfield.

J'ai laissé Kate de bonne humeur – la sienne, pas la mienne – et je suis descendu retrouver mon chauffeur, un pioupiou du FBI nommé Preston Tyler, ou Tyler Preston. Il était seul, puisque le Bureau et les terroristes aiment se reposer le dimanche, et je me demandais s'il avait vraiment l'âge de conduire un véhicule non agricole.

Sur la route, il m'a demandé :

– Vous avez eu le capitaine Paresi ?

– Non, pourquoi ?

– Il n'osait pas vous téléphoner à l'hôpital, mais il devait vous envoyer un SMS.

– Ah…

J'ai sorti mon Nextel, et, oui, j'avais bien reçu un texto. Il avait dû me parvenir pendant la bénédiction du père Brad, et j'aurais pris la vibration pour… Enfin, bref.

« Du nouveau, disait Paresi. Rappelle-moi TTU. »

Pour une fois, j'ai obéi.

– Dis-moi tout, Vince.

– Eh bien, il se pourrait qu'on ait trouvé la planque. Ou l'une d'elles, en tout cas.

– Où ça ?

– Là où nous pensions : en face de chez toi.

Nous ? Gonflé, le capitaine.

– Ce matin, à 10 h 18, le centre de commandement a reçu un appel anonyme. Un homme disait avoir noté un étrange micmac au 320 de la 72e Est. « Des types louches, je cite, qui vont et viennent à n'importe quelle heure du jour et de la nuit. »

Cette description pouvait s'appliquer à la moitié des immeubles de l'île, mais, bon, pourquoi pas.

– Où es-tu ? a demandé Paresi.

– À cinq minutes de chez moi.

– Parfait. Je t'attends sur place. Appartement 2712.

J'ai raccroché et dit au jeune Preston :

– Arrêtez-moi au 320 de la 72e Est.

– C'est où, ça ?

Mamma mia ! J'aurais aussi bien fait de prendre un taxi pakistanais. Ou même libyen.

– Entre la 1re et la 2e.

– Avenues ?

– Gagné.

Il a trouvé l'adresse, un immeuble d'avant-guerre d'une trentaine d'étages. J'étais passé devant des millions de fois sans jamais penser, bizarrement, qu'il pouvait abriter des terroristes.

Sitôt descendu de voiture, j'ai cherché mon balcon. Il était parfaitement visible, un peu plus à l'ouest entre les 2e et 3e Avenues. Un tireur perché au vingt-septième étage du 320 n'aurait aucune difficulté à dégommer un cocktail dans ma main.

J'ai pénétré dans le vestibule et le portier a débloqué la lourde. Quatre inspecteurs du NYPD occupaient le vieux hall aux tons désuets, au cas où les locataires terroristes referaient surface. Nous nous sommes montré nos badges, puis l'un d'eux a baragouiné dans sa radio et un autre m'a conduit par l'ascenseur jusqu'à l'appartement 2712. Il a sonné et le capitaine Paresi m'a ouvert en disant :

– Essuie-toi les pieds.

C'était ironique, bien sûr. Une odeur de poubelle flottait dans l'air, et j'apercevais d'ici des détritus sur la moquette.

Mais pas d'autres flics autour de Paresi.

– Comment va Kate ? a-t-il demandé tandis que je franchissais le seuil.

– Elle est fraîche comme un gardon.

– Tant mieux. Ce séjour à la campagne lui fera du bien. À toi aussi.

– Alors ? Qu'est-ce qu'on a ?

– Vois par toi-même. Un studio crasseux dans un bon immeuble d'un quartier en déclin. (Il a souri, fier de lui.) En fait, nous avions frappé ici à deux reprises, mais sans résultat. Le bail court depuis deux ans. Il est au nom d'Eastern Export Corporation, une société domiciliée à Beyrouth – la vraie Beyrouth, pas Bay Ridge.

– Et nous n'avions jamais vu nos clients habituels rôder autour de cet immeuble ?

– Non. Cette planque n'était pas sur notre liste.

– Et le portier, il en dit quoi ?

– Il nous a parlé de trois ou quatre gars au physique exotique qui sont apparus il y a deux ou trois semaines. Mais il les croise rarement, et on ne les entend pas.

– Le correspondant anonyme ne parlait pas de types louches et affairés ? Ça ne colle pas vraiment.

– Je te l'accorde, John.

J'ai embrassé la pièce du regard. Une kitchenette. Deux portes ouvertes, l'une sur la salle de bains et l'autre sur un placard vide. Les murs blancs étaient nus, et le mobilier se réduisait à trois fauteuils miteux et trois matelas à même le sol, recouverts de draps grisâtres. Plus deux lampadaires et un grand téléviseur posé sur un meuble bon marché.

Paresi a indiqué :

– Ils ont laissé de la bouffe, des serviettes et des affaires de toilette, mais pas de vêtements ni de bagages. Tout porte à croire qu'ils sont repartis.

– Pas de lait de chameau, dans le frigo ?

– Non, mais de la cuisine à dominante moyen-orientale.

– Donc, ces étrangers ne seraient pas norvégiens. Et la police scientifique, pourquoi n'est-elle pas là ?

– J'attends le mandat de perquisition, a avoué le capitaine. Nous sommes entrés avec la clef du concierge parce que nous soupçonnions la présence d'un cadavre, ou d'une personne mourante. C'était donc un cas de force majeure.

– Qui soupçonnait ça ?

– L'informateur anonyme et le concierge.

Aucun des deux n'avait émis de telles craintes, bien entendu, mais quand on s'introduit chez quelqu'un sans autorisation il faut bien se justifier. Quand bien même le titulaire du bail serait « Al-Qaida-direction des déchets », nous serions tenus de produire un mandat.

De prime abord, rien ne distinguait ce studio d'un banal repaire de drogués ou d'un dortoir pour clandestins. Si ce n'est que nous étions dans l'Upper East Side. Avec une vue magnifique sur mon balcon.

– Il y a une éponge humide dans l'évier, a ajouté Paresi. Combien de temps met une éponge à sécher ?

– Elle est de quelle couleur ?

– Bleue.

– Alors je dirai qu'elle est morte depuis six heures.

J'ai contourné le matelas pour ouvrir l'une des deux fenêtres. Nous étions suffisamment près de chez moi pour surveiller mon balcon, et pour braquer une petite caméra sur l'entrée de l'immeuble.

– Ici, a dit le capitaine.

Je l'ai rejoint à la seconde fenêtre. Le rebord blanc était couvert de poussière grise, sauf au milieu, où la saleté était brouillée.

– C'est ici qu'ils ont dû poser leur caméra, ai-je avancé.

– Et le câble devait courir jusqu'au téléviseur, a complété Paresi.

Nous nous sommes tournés vers l'écran LCD. Excepté le

cordon d'alimentation, aucun câble n'y était relié, mais il y avait bien une entrée vidéo.

Le *John Corey Show*. Télé-réalité brute.

– Donc, a résumé Paresi, si ces gars étaient ici pour t'espionner, ils t'auront vu quitter l'appartement pour les promenades et dîner avec moi sur ton balcon.

– En effet.

Ils m'auraient aussi vu monter plusieurs fois par jour dans un 4 × 4, pour une destination qui devait rester secrète. La contre-surveillance n'avait jamais repéré personne à nos basques, mais sait-on jamais… Rien que d'y penser, j'en avais la chair de poule.

– Récapitulons, a fait Paresi en se frottant le menton. Nous avons trois larrons au faciès étranger, amateurs de bouffe moyen-orientale, dont les fenêtres donnent sur ton immeuble. Dans le même temps, Asad Khalil cherche à te tuer. Peut-on raisonnablement en déduire que les occupants de cette turne sont des terroristes arabes ? Ou faut-il y voir une simple coïncidence ?

– Une coïncidence troublante, alors. Et en voici une deuxième : le tuyau nous est parvenu juste avant que les mecs décarrent, comme l'atteste l'éponge humide. J'en déduis que l'appel anonyme venait des complices de Khalil eux-mêmes.

– Bien vu, John. Le but étant de nous convaincre que le Lion et ses acolytes ont pris la poudre d'escampette.

– Tu remarqueras d'ailleurs qu'ils ont appelé directement l'ATTF, et non le NYPD ou le FBI local comme le ferait M. Tout-le-Monde.

– Quand je te dis que ce sont des neuneus…

– Ils ne sont pas toujours subtils, je te l'accorde. N'empêche qu'ils ont réussi à nous mettre le doute.

Paresi a hoché la tête :

– Tu as raison. Même si ça pue la comédie, nous sommes obligés d'envisager la possibilité d'un départ. D'une fuite de l'enfoiré.

Il était peut-être temps de révéler au capitaine que ledit enfoiré m'avait téléphoné, et qu'il avait, là aussi, évoqué son retour au bercail. Mais avais-je réellement envie de renforcer cette hypothèse ? Sans compter que j'aurais dû signaler cette conversation bien plus tôt – tout comme ma virée chez Boris. Non, ce n'était pas le moment de confesser mes fautes. J'encourais la suspension immédiate, et les vingt-quatre heures qu'il me restait avant l'exil seraient bêtement gâchées.

Je viderais mon sac depuis le Minnesota, lorsque la perspective de sanctions disciplinaires aurait un goût de délivrance.

– Au fait, Vince, je t'ai laissé un message, hier.

– Lequel ? Celui où tu te plaignais d'être chassé comme un paria ?

– Oui, celui-là.

Il m'a regardé droit dans les yeux.

– Je ne peux qu'approuver Walsh, John. Ce sera mieux pour nous, pour toi et pour Kate.

– Mais pas pour l'enquête, ni pour la guerre contre le terrorisme, ni pour le peuple américain.

– Je vois que tu as une très haute opinion de toi.

– Mais absolument. Pourquoi me faire venir ici, d'ailleurs, si tu n'as pas besoin de moi ?

– Je m'ennuyais tout seul, et comme tu habites le quartier…

J'ai montré mes paumes d'un air las.

– Bon, d'accord, je pars avec Kate. Mais restons en contact, OK ? Et je me tiendrai prêt à sauter dans le premier avion si vous découvrez quoi que ce soit.

Il a fait une moue bovine.

– J'en parlerai à Walsh. Fin de la discussion.

Nous avons continué d'inspecter l'appartement, les mains dans les poches pour ne pas déclencher l'ire des collègues de la scientifique. Et lorsque j'ai rappelé à Paresi que les empreintes et l'ADN de Khalil figuraient dans la base de données du FBI, depuis sa visite à l'ambassade américaine de Paris trois ans plus tôt, il m'a répondu :

– Vu l'état de ce studio, on devrait avoir assez d'ADN pour créer la vie et lui passer les menottes.

Hé ! pas mal, Vince. J'aurais aimé l'inventer, celle-là.

Blague à part, nos scientifiques adoraient les intérieurs crados, et je ne doutais pas qu'ils prouveraient la venue de Khalil entre ces murs.

– Je serais curieux de savoir comment ces énergumènes occupaient leurs jours et leurs nuits, a soupiré Paresi.

La question était purement rhétorique, et néanmoins excellente. Personnellement, dans un appartement cinq fois plus grand et mille fois plus douillet, avec un balcon sensass et un bar bien achalandé, je me sentais comme un ours en cage. Mais ces gens-ci ne recherchaient ni le confort ni les distractions. Ils étaient patients, concentrés, et investis d'une mission divine. Ça ne les rendait pas forcément invincibles – leur fanatisme bridait leur intellect et les faisait sous-estimer notre propre détermination –, mais sans doute étaient-ils plus coriaces que nous ne l'avions pensé.

J'ai répondu au capitaine :

– Ils priaient, ils récitaient le Coran, ils causaient politique et religion, tout en gardant les yeux rivés sur la télé.

– Et dans les moments de détente ?

– Pareil.

– Eh bien, ils auraient mieux fait d'organiser des concours de nettoyage, a maugréé Paresi avant de consulter sa montre. Mais combien de temps faut-il pour obtenir un mandat, bon sang ?

– On est dimanche, ai-je rappelé. Tu es allé à l'église ?

– J'étais en route quand les collègues m'ont appelé. Et toi ?

– Saint-Patrick. Sinon, tu sais où est Walsh ?

– Il passe le week-end dans le nord de l'État avec sa copine.

– Un stage de parachutisme ?

– Ce serait trop beau, a marmonné le capitaine. Mais, bon, il reste joignable.

Du moins, tant que son écran n'affichait pas « John Corey ».

Quelques minutes plus tard, notre camarade de l'ATTF Anne Markham est apparue avec un mandat de perquisition. Elle a considéré la pièce.

– Vous allez me lessiver cette porcherie avant l'arrivée des technos !

Une farceuse, elle aussi.

Là-dessus sont apparus deux FBI de l'équipe de collecte d'indices – ils voulaient en être, eux aussi –, puis les experts du NYPD ont débarqué et nous ont tous flanqué dehors.

Comme nous ressortions de l'immeuble, Paresi m'a glissé :

– Tu sais, John, il se peut très bien que Khalil soit reparti. Alors, ne culpabilise pas. Tu les as méritées, ces vacances.

– Je suis à peu près sûr qu'il s'agit d'une ruse, Vince. D'un numéro d'illusionnisme destiné à nous endormir.

– Ou alors, voyant qu'on ratissait les étages, ils se sont dit que ça devenait trop chaud. Nous avons une réunion de direction demain matin pour faire le point.

– Super. Je viens pour quelle heure ?

– Que je sache, tu n'es pas invité, John.

– Je vois. Ne baisse pas ta garde, alors.

Pour toute réponse, il m'a serré la main.

– Merci d'avoir fait l'appât, John. Bon voyage, profites-en, mes amitiés à Kate. On se tient au courant et on se revoit dans quelques mois.

Dans quelques mois ? Carrément ?

De retour à l'appart, j'ai emporté mon bloody mary dominical sur le balcon. J'aurais dû le savourer l'esprit tranquille, maintenant que les voyeurs s'étaient taillés. Mais je savais que les ruses grossières servaient souvent à en cacher des fines.

Se pouvait-il que Khalil ait réellement plié bagage ? Mission accomplie ? Avortée ? Suspendue ? Repoussée ?

Asad Khalil avait traversé la moitié du globe pour rayer les noms de sa liste noire, et pourtant le mien y figurait toujours

– comme celui de Boris, aux dernières nouvelles. Et *quid* du grand bouquet final que nous redoutions tous ? Ses copains avaient-ils d'ores et déjà empoisonné les eaux de la ville ? répandu de l'anthrax dans des lieux publics ? amorcé une bombe ?

Je n'avais jamais mieux compris le sens de l'expression « silence assourdissant ».

J'ai tourné la tête vers les vitres d'où l'on m'avait épié pendant quinze ou vingt jours. Les occupants de ce studio avaient vidé les lieux, mais pour aller où ? Où était passé le Lion ?

Faute de temps, j'étais contraint de lui laisser l'initiative.

Alors viens, connard ! Viens !

J'ai passé la fin de l'après-midi à préparer mes valises, ce qui a conféré à ce voyage un début de réalité.

Je sentais l'affaire m'échapper, et je voulais empoigner le téléphone pour continuer à creuser. Mais à quoi bon importuner des gens qui, de toute façon, en sauraient moins que moi sur Khalil, et qui n'auraient aucune envie d'être importunés un dimanche par un assigné à résidence qui s'ennuyait de sa femme ?

J'ai tout de même décidé d'appeler Tom Walsh, dans le vain espoir qu'il serait revenu à la raison ou qu'il aurait croisé la route d'un ours, ce qui me permettrait de pointer au bureau demain matin. Mais, tout en cherchant son nom dans le répertoire de mon téléphone, je me suis imaginé le boss dans un charmant petit gîte, essayant les fringues de sa poule pendant que celle-ci faisait la sieste, et j'ai eu peur de déranger. Alors j'ai opté pour le SMS : « La découverte d'une planque sur la 72e Est change la donne. Revoyons stratégie lundi matin. »

Ça sonnait plutôt bien. Si j'étais le patron, je serais séduit.

Une autre idée me titillait : filer au 26, Fed' interroger le Registre automatisé des affaires pour voir si le dossier Khalil avait évolué de quelque manière que ce soit – un peu moins de X, par exemple. Cela s'appelle aussi « prendre ses rêves pour des réalités ».

Au bout du compte, je suis resté à la maison, à attendre que le téléphone sonne.

Vers 17 heures, j'ai réessayé le portable de Boris. Personne n'a répondu, ni lui, ni Khalil, ni aucun inspecteur de la Crime. J'ai donc rappelé le standard du Svetlana pour laisser un nouveau message au Ruskof, sans omettre ce coup-ci de prononcer le mot « urgent ». J'imaginais Boris en compagnie d'une *devitsa* – « femme », si ma mémoire est bonne – qu'il régalait de champagne et d'anecdotes sur ses années KGB, avec les chœurs de l'Armée rouge en musique d'ambiance.

Dix minutes plus tard, le fixe a sonné. « Anonyme », disait l'écran, ce qui m'a incité à décrocher.

– Nous sommes impatients de vous accueillir ! a lancé une voix familière.

Un instant, monsieur Mayfield. Je place mon flingue dans ma bouche.

En fait, j'ai répondu :

– Mais Kate et moi sommes impatients d'arriver !

– Vous la trouvez comment ? a-t-il demandé. Elle va si bien qu'elle le dit ?

– Je l'ai rarement vue en aussi bonne forme.

Moi aussi, ça gaze, merci.

M. Mayfield m'a tenu la jambe un petit moment, mais j'ai réussi à m'en défaire.

Puis, une vingtaine de minutes plus tard, rebelote avec ma mère. À croire qu'ils s'étaient passé le mot.

– Il fait déjà chaud et humide en Floride, et ce sera encore pire quand vous serez là. Alors, prévois des vêtements légers. Côté crème solaire, nous avons tout ce qu'il faut – tu rosis tellement vite. Vous verrez, on mangera sain et équilibré. Beaucoup de poisson et de légumes.

J'ai attrapé mon Glock.

– Au fait, Johnny, vous aimez le bingo, ta femme et toi ?

J'ai introduit une balle dans la chambre.

– Dis-lui que j'ai refait le plein de scotch ! a gueulé mon père depuis le canapé.

J'ai reposé l'arme.

À 18 heures, j'ai appelé la voiture pour retourner à Bellevue.

VI

Brooklyn et Manhattan

Chapitre 46

Asad Khalil patientait dans un taxi, devant le Svetlana, lorsqu'il reçut un SMS. Il le lut et descendit du véhicule.

– Attendez-moi ici, Rachid.

Fausse moustache, lunettes, costume et cravate, Khalil franchit l'entrée principale de la boîte de nuit. Le maître d'hôtel lui demanda en russe :

– Vous avez réservé ?

L'ancien élève de Boris parvint à répondre dans la même langue :

– Je viens seulement boire un verre.

Dimitri, le maître d'hôtel, supposa que cet inconnu venait de quelque ancienne république soviétique d'Asie centrale. Un Kazakh, peut-être, ou un Ouzbek. Il n'aimait pas ces gens-là, et ne les acceptait jamais en salle. Mais leur refuser l'accès au bar était plus difficile. Il se poussa pour laisser entrer l'indésirable, avant de reporter son attention sur un groupe qui arrivait.

Asad Khalil longea un long couloir lumineux aux murs ornés de photos de banquets et de spectacles. Tout autour, des affichettes en russe et en anglais vous invitaient à réserver tout ou partie du club pour vos propres festivités professionnelles ou familiales. Sur plusieurs portraits de groupe, on reconnaissait Boris Korsakov, un sourire figé aux lèvres. *L'ancienne gloire du KGB est tombée bien bas*, pensa Khalil. *Et il a pris du poids.*

Le couloir débouchait sur un vaste restaurant. Le coin café

se trouvait tout au fond, avec des fauteuils, des tables basses et un long bar surélevé. En ce dimanche, à 18 heures, la salle n'était qu'à moitié pleine, et la scène dormait dans le noir.

Khalil se sentait en terrain connu, grâce aux images et aux indications reçues quelques jours plus tôt de Vladimir, un Tchétchène musulman et russophone qui, un mois plus tôt, avait reçu l'ordre de postuler dans cet établissement. Il se figea à l'orée de la salle pendant presque une minute, afin d'être repéré par le service de sécurité, puis il obliqua sur la gauche, écarta un rideau rouge et s'avança dans un petit couloir.

Presque aussitôt, des pas retentirent dans son dos. Un homme cria :

– Stop ! *Stoï !*

Sentant une main s'abattre sur son épaule, Khalil virevolta et planta un long couteau de cuisine dans la gorge du type. Il l'aida à s'affaisser contre le mur avant de reprendre sa lame, puis il trouva dans les poches du mourant un trousseau de clefs ainsi qu'un Colt .45 automatique et un téléphone cellulaire. Le vigile se noyait dans son sang, sans autre bruit que les gargouillis de sa gorge, car il avait le larynx tranché.

Le rideau rouge ne bougeait plus. Personne ne les avait suivis. Khalil hissa la victime sur son épaule et s'intéressa à la porte au fond du couloir. Il trouva la bonne clef sur le trousseau du gars, poussa le battant et pénétra dans un vestibule. Là, deux nouvelles issues : l'ascenseur et la porte blindée qui, selon son complice, protégeait un escalier. Dans son SMS, Vladimir expliquait que le garde du corps de Boris, un certain Victor, faisait le guet juste au-dessus, devant l'appartement privé, pendant que lui-même dressait la table pour le patron et une invitée attendue sous peu.

Khalil verrouilla la porte dans son dos, ouvrit celle de l'escalier, fit deux pas et laissa tomber le garde inerte sur les premières marches. Puis il referma derrière lui et trotta jusqu'au premier. Là-haut, le couteau serré dans son poing droit, il introduisit la clef dans la serrure de la porte blindée, ouvrit en un éclair et fit irruption sur le palier.

Victor bondit de sa chaise et plongea une main dans sa veste, mais Khalil était trop rapide. Il lui poignarda l'abdomen tout en le serrant contre lui pour l'empêcher de dégainer son arme. Puis il ressortit le couteau et le lui replanta dans le dos, la lame inclinée vers le bas, de manière à lui percer le diaphragme et à le réduire au silence.

Le garde du corps se débattait – sa force était impressionnante. Khalil lui creva le ventre de plus belle, en veillant à lui sectionner l'aorte abdominale. Il sentit palpiter le cœur du Russe, puis son souffle s'amenuiser en râles brefs, et son sang tiède lui couler sur les mains.

Victor redressa brusquement la tête. Il soutint un instant le regard de son agresseur, puis ses yeux s'écarquillèrent, son corps se convulsa, et il retomba en avant, mou comme une peluche. Khalil le reposa sur sa chaise et lui confisqua son arme, un Colt. 45 automatique qu'il fixa à sa ceinture avec celui du premier cerbère.

D'après sa montre, neuf petites minutes s'étaient écoulées depuis son arrivée au Svetlana.

Sans attendre, il composa le numéro de portable de Vladimir.

Boris était assis dans son fauteuil, avec un verre, une cigarette et le dernier numéro d'une gazette locale russophone. Il s'était payé une pleine page de publicité pour le Svetlana, mais le résultat le laissait sur sa faim, au sens presque littéral du terme : le texte et les photos vantaient surtout la salle de spectacle, au détriment du restaurant. *Trop de cuisse et pas assez de gigot*, pensa-t-il avec amusement.

Sa charmante invitée était attendue pour 18 h 30, dans à peine un quart d'heure, et le serveur, un petit nouveau, mettait un temps fou à dresser la table. Était-ce de manier du caviar et du champagne qui le rendait aussi nerveux ?

– C'est bientôt terminé ? émit Boris par-dessus son épaule, en russe.

– Presque, monsieur. Presque.

Boris ignorait que ce jeune homme discret était d'origine tchétchène, et que son nom, sa langue, ses manières n'étaient que des masques et des bâillons imposés par l'occupant russe. Le musulman Vladimir vouait une haine implacable au KGB et à son successeur, le FSB, qui avaient torturé et assassiné ses coreligionnaires par dizaines de milliers.

Vladimir darda les yeux sur la nuque de son patron. D'ici à quelques minutes, il y aurait un ex-KGB de moins sur cette terre.

Puis il sentit son portable vibrer dans sa poche. Le signal.

Au même instant, Boris reposa son journal.

– Disparais, lança le patron en se levant de son fauteuil. Je finirai moi-même.

Il s'aperçut alors que Vladimir était déjà à la porte, sans son chariot, la main posée sur le verrou.

– Qu'est-ce que tu fais ? aboya-t-il. Lâche ça et recule !

Vladimir débloqua la porte et s'écarta pour la laisser voler sur ses gonds. Khalil surgit dans l'appartement, un pistolet au poing. Sitôt son complice ressorti, il referma le verrou.

Malgré le grimage et les cheveux grisonnants, Boris le reconnut sans difficulté. Et remarqua les taches de sang frais sur sa chemise blanche.

Fier de son effet, Khalil se débarrassa de ses lunettes et de sa moustache postiche.

Il dit en russe :

– N'es-tu pas heureux de revoir ton élève préféré ?

– Ton russe est toujours aussi pourri que ton haleine, rétorqua Boris en anglais.

– Tu veux un conseil d'ami ? Attrape ton pistolet, et je me verrai contraint de t'infliger une mort rapide. Sinon, on peut bavarder un peu, mais ta fin sera plus douloureuse. Tu choisis.

Boris repassa au russe :

– *Yob vas.*

« Va te faire foutre. »

– Je vois que tu n'as rien perdu de ta morgue, sourit Khalil. Et que tes petits copains de la CIA t'ont bien laissé tomber.

– Ne crois pas ça.

– Où sont-il, alors ? C'est pour te remercier d'avoir fait la pute qu'ils t'ont parqué ici, au milieu d'autres putes ?

Les yeux de Boris fouillaient la pièce, cherchant une parade.

– Regarde-moi, dit Khalil. Tu sais bien que je vais te tuer.

– Alors qu'attends-tu pour le faire ?

– Je préfère que tu sois armé. Ce sera bien plus intéressant.

Boris inclina la tête.

– Combien de fois te l'ai-je répété, Khalil ? Tu traînes. Tu parles trop.

– J'aime parler à mes victimes.

– Je te garantis que ce n'est pas réciproque.

L'expression de Khalil s'assombrit.

– J'ai passé une année entière à subir tes sarcasmes sur mon pays et ma religion, à respirer ton alcool et ta fumée de cigarette. Mais aujourd'hui tu n'es plus rien, Boris. Le lucre t'a ramolli et tu n'as même pas vu que tu embauchais un Tchétchène. Oui, Vladimir est tchétchène, et il paierait cher pour que je le laisse t'égorger. Sache aussi que tes deux gorilles t'attendent sagement en enfer.

Le cerveau de Boris s'activait, fouetté par l'instinct de survie. Son invitée, Tanya, devait être escortée jusqu'à l'étage par un homme de confiance. Celui-ci remarquerait forcément quelque chose. Un cadavre, des traces de sang…

Mais Khalil lisait dans ses pensées comme dans un livre ouvert :

– Vladimir est en train de nettoyer mes saletés. Et il a dit au rez-de-chaussée de refouler ta visiteuse à ta demande. Pas de caviar ni de champagne ce soir, Boris. Et quand je t'aurai coupé les testicules, bonne chance pour forniquer !

Boris continuait de passer en revue ses options, et il comprit qu'elles se réduisaient à une seule : attraper son arme, ainsi que l'y exhortait Khalil. Il se ferait abattre, ou bien il abattrait Khalil. Une chance sur deux. Il observa son ancien disciple, guettant sur son visage cet infime instant de relâchement où l'on examine la pièce et où l'on pointe inconsciemment son arme vers les zones ou les choses que l'on juge dangereuses. Mais les yeux noirs de Khalil restaient fixes, tout comme son pistolet.

– Essaie, dit le Libyen. C'est la seule façon pour toi de mourir en homme, et non en chien. (Puis, en russe :) Courage, garçon ! Secoue-toi !

Boris gonfla ses poumons. Son flingue était caché sous sa veste, et il prévoyait de dégainer tout en se jetant sur le côté, pour faire feu après une roulade. Mais Khalil le connaissait par cœur :

– Non, évite la roulade latérale. Le mieux serait de reculer d'un pas et de basculer dans le fauteuil. Cela ne m'empêchera pas de t'atteindre à travers le dossier, mais le salto arrière te laissera le temps de sortir ton arme, et peut-être de tirer une balle ou deux. Mon analyse est-elle juste, maître ? Je mérite un bon point ?

Boris hocha la tête.

– C'est la seule solution, en effet.

– Vas-y, alors. Et n'espère pas me surprendre en plongeant à gauche ou à droite. Je te refroidirais avant que tu aies touché le sol.

Boris comprenait l'ardeur du Lion. Ce n'était pas tous les jours que l'on pouvait se venger des brimades d'un prof tyrannique. Mais il ne croyait guère à ces promesses de mort rapide. Khalil viserait une zone moins vitale que la tête ou la poitrine. Il tiendrait à le faire souffrir, et il l'achèverait par la torture ou, pire, le laisserait survivre à l'état de monstre. Sans yeux, sans langue, sans sexe…

– Tu te dépêches ? s'impatienta Khalil. Déjà que je t'ai soufflé la réponse ! Allez, maestro, démonstration !

Mais Boris avait décidé de lui tenir la dragée haute, et de faire durer le bla-bla jusqu'à ce que quelqu'un monte et sonne. Aux quelques notes de Tchaïkovski, l'attention de Khalil vacillerait une fraction de seconde, lui laissant le temps de dégainer.

Boris se racla la gorge et dit d'une voix posée :

– Cet établissement est surveillé par la police et le FBI, tu sais.

– Vraiment ? Dans ce cas, ils dorment. Parce que je n'ai rencontré personne.

– Tu ne ressortiras pas d'ici vivant.

– Tu me retires les mots de la bouche.

Khalil fit un pas en arrière pour coller son oreille à la porte.

– Quelqu'un arrive, murmura-t-il.

Boris retint son souffle et prépara son geste.

Puis Khalil dit :

– Ah non, j'ai dû rêver.

Et il éclata de rire.

Furieux, Boris l'abreuva d'injures en arabe avant de poursuivre en anglais :

– Petit intégriste de merde ! Sale suceur de bites kadhafistes ! T'es bien le fils de ta mère !

Khalil braqua le Glock de Mme Corey sur la poitrine de Boris. Le canon de l'arme tremblait.

Se sachant perdu, le Russe pria pour mourir à la première balle. Mais Khalil ne tira pas. De la main gauche, il sortit de sa veste son grand couteau de cuisine. Il fit glisser ses doigts jusqu'à la pointe et le dressa au-dessus de son épaule, tel un lanceur de sabres.

Boris tressaillit en voyant le couteau à la lame ensanglantée se planter dans le tapis, entre eux deux. Il devinait la suite.

– Puisque tu refuses d'utiliser ton arme, Boris, je te l'échange contre ce couteau. C'est une fleur que je te fais, bien que cela te condamne à une fin des plus douloureuses. Tu as manié des couteaux depuis la dernière fois ? Autres que des couteaux de table ?

Nouveau dilemme : sortir son flingue et prendre une balle qui ne serait pas forcément fatale, ou relever ce nouveau défi, au risque de finir en rondelles.

– Tu ne veux pas choisir ? Alors, je choisis pour toi.

Khalil écarta les jambes et joignit ses deux mains sur la crosse du Glock.

– Attends ! cria Boris.

Le Russe montra ses paumes puis écarta doucement le pan gauche de son veston, pour révéler le pistolet accroché à sa ceinture. Du bout des doigts, il le sortit de son fourreau et le fit glisser sur le tapis en direction de Khalil.

Le Lion ramassa le pistolet, un Browning semi-automatique. Il ôta le chargeur, le lança au fond de la pièce, puis jeta l'arme vide dans le bol de caviar qui trônait sur la table.

– Ne prends pas ça pour un manque de confiance, Boris, mais je voudrais être sûr que tu ne caches rien d'autre.

Boris souleva ses jambes de pantalon pour montrer ses chevilles, puis il retourna ses poches, ôta sa veste et tourna sur lui-même.

Khalil s'étonna :

– Ce n'est pas toi qui préconisais de porter toujours deux armes ?

– Même si j'avais un deuxième pétard, je préférerais te trancher la gorge.

Le Libyen sourit :

– C'est là que nous nous rejoignons, cher maître.

Khalil tira les deux Colt .45 de sa ceinture, les vida et les plongea dans le seau à champagne. Puis il posa le Glock sur une serviette en tissu, après avoir rempoché le chargeur.

Cela fait, il produisit un couteau de chasse et le planta dans le tapis, non loin du premier.

– Tu es prêt, Boris ?

Le Russe ôta cravate, chaussures et chaussettes, avant d'envelopper son bras gauche dans son veston.

Khalil imita tous ces gestes avec un sourire approbateur.

Ils se tenaient désormais à cinq mètres l'un de l'autre, les deux couteaux au centre, et pour la première fois Boris se sentit capable de gagner – à supposer que Khalil ne cache pas un quatrième pistolet.

Ils se regardèrent en chiens de faïence, à qui bondirait le premier.

C'est Boris qui ouvrit le bal en fonçant droit sur Khalil, raflant à la volée le couteau de cuisine.

Le Libyen plongea en avant, happa le poignard, roula sur la droite et se rétablit, ramassé comme un gladiateur.

Boris se retourna et harcela le Lion avec sa lame. Il se souvenait d'un élève impulsif et impatient, mais le Khalil d'aujourd'hui ne confondait plus vitesse et précipitation. Il avait appris à retenir ses attaques, et à maintenir sa défense. Alors Boris changea de tactique et recula de quelques pas. Khalil le suivit spontanément, mais pas jusqu'au bout. Boris se dit qu'il se méfiait, ou qu'il regrettait d'avoir entraîné dans ce jeu l'homme qui lui avait appris à se servir d'un couteau... Le Russe repartit en avant, Khalil recula, et ils se tournèrent autour quelques instants, au milieu du salon. Le Lion avait l'agilité et l'endurance de son jeune âge, mais Boris était plus épais, et sans doute plus puissant.

Même à trois mètres de distance, Khalil maintenait une garde haute, ce qui semblait dénoter de la peur, ou de la perplexité. Le Russe feinta une botte pour l'acculer et affaiblir ses appuis, mais là, contre toute attente, Khalil chargea. S'allongeant sous le couteau tendu de Boris, il piqua le Russe au flanc gauche, au niveau des premières côtes. Boris hurla et repoussa Khalil d'un coup de pied dans la tête. Après quoi chacun se replaça sur le cercle imaginaire.

– Excellent ! jubila Khalil.

Boris palpa sa blessure. La plaie était étroite, peut-être profonde, mais peu saignante.

– Rien de méchant, confirma le Lion en jaugeant la petite tache rouge sur la chemise blanche.

Malgré tout, Boris savait d'ores et déjà qu'il allait perdre. Il s'essoufflait et les prochains rounds allaient aggraver sa blessure. Il fallait se rendre à l'évidence : Khalil était trop fort. Non seulement il avait retenu les bases du combat à l'arme blanche, mais il avait appris de nouvelles astuces. Et puis il avait la volonté et le courage nécessaires pour affronter un homme armé d'une lame, que Boris n'était plus sûr d'avoir lui-même.

– C'est terminé, Asad. Tu as gagné.

Khali s'esclaffa.

– Ah bon ? Tu es mort ? Je peux m'en aller ?

– Asad...

– J'ai un deuxième match dans la soirée, Boris, et je comptais sur toi pour me mettre en jambes. Mais si tu jettes déjà l'éponge... Je suis déçu, Boris. Tu es trop faible, trop lent, trop effrayé.

La porte, pensa Boris. Fuir par la porte. C'était son ultime chance de salut. Il recommença à tourner autour de Khalil, pour l'écarter du passage, mais le Libyen ne bougea pas.

– Tu veux sortir, Boris ? Je n'ai rien contre, mais tu n'iras nulle part sans les clefs. Cela dit, si tu préfères que je t'étripe dans un espace réduit, je n'ai aucune raison de m'y opposer.

Boris lâcha un soupir et baissa son couteau.

– OK, Asad. Je suis vaincu. Mais pourquoi voudrais-tu me tuer ? Je t'ai tout appris...

– La ferme ! fit Khalil en acculant le Russe vers le fond de la salle. Tu dois encore me montrer comment désarmer l'agresseur. Souviens-toi, la dernière fois, tu m'avais projeté contre le mur. Et ça ne t'avait pas déplu, de m'envoyer ton genou entre les jambes, pas vrai ? Où tu vas comme ça, Boris ? Tu t'es chié dessus et tu essaies de cacher l'odeur ?

Dans un sursaut de colère, Boris dénoua la veste de son bras gauche et fouetta le poignard de Khalil. Le Lion se prit le talon dans le tapis, tomba à la renverse et lâcha son couteau.

Boris se jeta sur lui avant de comprendre qu'il s'agissait d'un piège. Khalil lui enfonça les pieds dans le ventre et le propulsa la tête la première dans une vitrine de porcelaines. Puis il ramassa son poignard, se remit sur ses jambes et regarda Boris se dégager des décombres du meuble. Le Russe se releva, le visage écorché, du sang jusque dans les yeux. Désarmé, il se frotta les paupières tout en longeant le mur d'un pas chancelant. Khalil le suivait, tel un fauve insatiable, quand soudain Boris empoigna un lampadaire et lança le socle d'acier vers la tempe du Lion, qui se baissa *in extremis*. Voyant qu'il avait manqué sa cible, Boris prolongea le mouvement en pivotant sur lui-même, et au deuxième passage le pied de lampe heurta de plein fouet le bras du Libyen, lui faisant lâcher le poignard.

Khalil tituba vers l'arrière. Boris se rua sur lui avec l'énergie du désespoir, mais le Lion n'avait pas dit son dernier mot. Il esquissa un pas sur la droite avant de bondir sur la gauche, en laissant traîner sa jambe pour crocheter les pieds de Boris. Celui-ci s'étala de tout son long et lâcha son lampadaire. Alors Khalil lui sauta sur le dos et lui fit une clef de cou. Boris tenta de se remettre à quatre pattes, mais l'autre se faisait le plus lourd possible et lui tirait la tête en arrière. Dans un dernier sursaut de révolte, le Russe se cabra, se dévissa les épaules et se retrouva sur le dos, sous un plafond sombre et flou. Sa plaie l'élançait et le sang trempait sa chemise. Il s'autorisa un bref répit, juste le temps de reprendre son souffle dans ce silence divin.

– Debout, fit Khalil.

Boris resta couché, les paupières closes, feignant l'épuisement total. Un premier coup de savate dans le flanc droit lui coupa la respiration, mais au deuxième il lança ses jambes sur le côté, fauchant celles de Khalil.

Boris se releva aussitôt, mais le Lion le suivit de près et lui shoota dans l'entrejambe. Le Russe se plia en deux, et Khalil l'envoya au tapis en lui bottant les fesses. Avant de lui sauter sur le dos et de l'étrangler d'un bras.

Les poumons vidés, la gorge écrasée, Boris guettait une nouvelle ouverture. Son esprit s'embrumait, mais plus la mort semblait proche, plus il avait soif de vivre. Il sentait le souffle chaud du Lion dans son cou. Puis il entendit son murmure :

– Je t'ai sous-estimé, Boris. Et je te présente mes excuses.

Boris ne pouvait plus émettre un son.

– Et je vous remercie, monsieur Korsakov, de m'avoir transmis votre savoir-faire. Êtes-vous fier de moi ?

Boris resta parfaitement immobile, pour ne pas éteindre la lueur d'espoir qu'il voyait poindre à l'horizon. Et si, en fin de compte, Khalil lui laissait la vie sauve ? Non par compassion – il n'en avait aucune. Ni par respect pour un valeureux adversaire – il n'était pas si chevaleresque. Mais peut-être estimerait-il avoir suffisamment humilié Boris en assassinant ses gardes du corps, en lui faisant mordre la poussière, en l'insultant copieusement… Boris tenait une place à part dans le parcours du Lion, et la plus belle manière pour le fauve de triompher de son ancien maître ne serait pas de le tuer, mais de laisser vivre un homme détruit.

– C'est vrai, dit Khalil, tu m'as beaucoup appris. Pour cette raison, je ne vais ni te mutiler ni t'infliger une mort douloureuse.

Sentant le Russe hocher la tête, il l'étrangla un peu plus fort.

– Mais tu m'as donné un mauvais conseil, Boris. Et ça, je ne te le pardonne pas.

Boris vit apparaître une forme floue. Un objet long et fin dans le poing de Khalil.

– Non ! cria-t-il.

Khalil lui introduisit le pic à glace dans une narine et l'enfonça jusqu'au cerveau.

Boris hurla derechef, mais d'un cri inhumain, animal.

Khalil ressortit l'aiguille enduite de sang et de matière grise pour la planter dans la seconde narine. Là encore, il poussa à fond, jusqu'à ce que le manche retrousse le nez de Boris et que la pointe lui transperce la boîte crânienne.

Là-dessus, il se releva et mit Boris sur le dos, sans ôter le pic. Après quelques secondes, il vit du sang d'un rouge sombre goutter du nez du Russe. Puis l'homme fut secoué de spasmes accompagnés d'un son aussi profond qu'étrange. Un peu comme la plainte du sirocco dans le Sahara.

Khalil récupéra ses couteaux et son Glock, replaça le chargeur dans la crosse. Il se déshabilla, fit un brin de toilette avec des serviettes de table et de l'eau minérale, puis il attrapa les vêtements que Vladimir avait dissimulés dans son chariot : une chemise sombre, un pantalon anthracite et un coupe-vent noir. Il les enfila en vitesse, se rechaussa, puis fourra une serviette dans sa poche.

Il envoya un SMS à Vladimir : « Terminé. »

Alors qu'il s'apprêtait à quitter l'appartement, il lui vint une idée. Il rebroussa chemin jusqu'à la glace sans tain du salon et scruta le restaurant. La salle s'était bien remplie depuis son arrivée. Ambiance familiale, beaucoup de jeunes enfants. Sur la scène, en contrebas, se trémoussaient trois femmes en robes moulantes, mais Khalil ne percevait que l'écho assourdi de la musique.

Il retourna auprès de Boris qui tressaillait encore. Il hissa le corps massif dans ses bras, le souleva dans les airs, prit trois pas d'élan et le balança à travers la vitre.

L'explosion du miroir fit place à un très bref silence, juste avant que le Russe s'écrase au pied de la scène, sous des lames de verre. Puis l'assistance hurla.

Satisfait, Khalil empoigna son Glock et quitta l'appartement. Il constata que Vladimir avait emporté le cadavre du cerbère et nettoyé les traces de sang. Il ouvrit l'ascenseur avec la clef et appuya sur la touche du sous-sol. Durant la descente, il enveloppa sa main armée dans la serviette de table puis la glissa dans la poche de son coupe-vent.

Vladimir l'accueillit en bas et le guida jusqu'à la sortie, en haut d'un escalier en béton. Ils aboutirent dans une ruelle jonchée de bennes à ordures et de sacs-poubelle. Les cadavres des deux gardes du corps étaient sans doute là.

– Dieu vous a béni, mon ami ! lui lança le jeune Tchétchène.

– Vous aussi, répondit Khalil en sortant la main de sa poche.

Vladimir tendit la sienne avant de remarquer la poupée de tissu autour de celle du Libyen.

Aussitôt, Khalil lui logea une balle dans le front.

Vladimir s'écroula au milieu des ordures. Le Lion lui jeta la serviette fumante sur le visage, rangea son arme, puis recouvrit le jeune cadavre avec des sacs-poubelle. Cela fait, il remonta la ruelle, ouvrit un portail en fer dont il avait la clef, et tourna sur Bridgewater Court.

Les clients du Svetlana se déversaient sur le trottoir avec force cris et pleurs. Khalil repéra son taxi au milieu de la foule : un homme s'acharnait sur la portière verrouillée, réclamant qu'on lui ouvre. Le Lion ne regrettait pas d'avoir défenestré Boris, mais ce petit plaisir risquait de créer des complications.

Khalil se faufila dans la cohue et martela le pare-brise du taxi.

– Rachid !

Le chauffeur débloqua les portes, et Khalil bouscula le client malchanceux. Il se glissa sur la banquette arrière et referma la portière tandis que la voiture s'arrachait du trottoir.

– Que s'est-il passé là-dedans ? demanda Rachid en arabe.

– Un incendie, répondit Khalil tout en regardant sa montre. À présent, nous allons prendre le tunnel Brooklyn-Battery. Faites vite, mais sans foncer.

Le Lion se renversa dans son siège et regarda par la vitre.

– Et maintenant, Corey, murmura-t-il pour lui-même.

Chapitre 47

Le taxi de Rachid s'engouffra dans le tunnel Brooklyn-Battery pour ressortir sur West Street, près du site du World Trade Center. Asad Khalil passa un coup de fil, conversa un bref instant, puis raccrocha et dit :

– Rector Street.

Une minute plus tard, Rachid tournait dans une rue étroite en sens unique. Sur le côté, près du grand parking de Battery Park, stationnait un semi-remorque.

Khalil fit stopper le taxi.

– Attendez-moi ici.

Il descendit et marcha jusqu'au camion.

Les flancs de la remorque indiquaient « Matériaux de construction Carlino » ; suivaient une adresse et un numéro de téléphone à Weehawken, dans le New Jersey. Cette entreprise existait, mais ce camion n'était pas le sien, et ce qu'il transportait n'avait rien à faire sur un chantier.

À l'approche de la cabine, Khalil croisa le regard d'un homme dans le rétroviseur de droite. Il leva son poing droit, comme convenu, et la porte du compartiment arrière s'ouvrit. Khalil posa la semelle sur le marchepied et grimpa à bord.

Cet espace sans vitres latérales était une couchette. Il s'y trouvait déjà un autre gars, un costaud coiffé en brosse portant un jean et un tee-shirt vert orné du logo de l'entreprise Carlino. À l'avant, le conducteur et le passager arboraient des casquettes de base-ball. Ces trois hommes étaient des musulmans bosniaques qui avaient combattu contre les chrétiens serbes. D'après le responsable new-yorkais d'Al-Qaida, tous disaient avoir perdu des proches dans les massacres de l'ex-Yougoslavie, et ils juraient avoir accepté cette mission non pour l'argent – une somme pourtant rondelette –, mais pour prendre part à la guerre sainte contre les infidèles. Khalil doutait de leur motivation, et il aurait préféré traiter avec des arabophones, mais cette partie de la mission – qui allait couronner son séjour par une orgie de feu et de mort – était pilotée par d'autres. Or ces « autres » pensaient que le faciès occidental de ces musulmans offrait de meilleurs gages de discrétion. Alors, soit.

Les types se présentèrent en quelques mots. Ils avaient tous des noms étranges, à consonance plus ou moins turque.

– Appelez-moi Malik, leur dit Khalil.

Malik, le prénom de son mentor libyen, signifiait « maître » – ou « ange », dans certains contextes. Mais ces trois Bosniaques n'en savaient rien, bien sûr.

– Nous avons été contrôlés à l'entrée du tunnel Holland, indiqua Edis, le conducteur.

Khalil ne réagit pas. Manifestement, ils avaient franchi l'obstacle, cela seul importait. Edis poursuivit néanmoins :

– Quand le policier m'a demandé mes papiers, je me suis dit que j'avais bien fait de passer mon permis poids lourd.

Khalil resta mutique.

– Puis les deux flics nous ont fait ouvrir la remorque. Ils ont vu les tas de sacs de ciment, et ça leur a suffi. Ces mecs sont de vraies feignasses.

– C'est nous qui sommes d'excellents bluffeurs ! rectifia Tarik, le passager de droite.

Bluffeurs ? Khalil ne connaissait pas ce terme, mais il avait bien compris que ces trois larrons cherchaient à se mettre en valeur. Pour gagner son estime, ou une prime, ou une nouvelle mission. Hélas pour eux, le Lion ne croyait que ce qu'il voyait, et ces Européens pétris de culture chrétienne étaient encore moins dignes de confiance que les Arabes installés en Occident. Il n'aurait donc aucun scrupule à les éliminer, aux aussi.

– Et que transportez-vous, au juste ? demanda le Lion.

– De l'engrais, répondit Tarik.

Les deux autres s'esclaffèrent avant de voir que « Malik » restait de marbre. Eux-mêmes n'aimaient guère travailler avec des Arabes, des rabat-joie qui ne buvaient pas, ne fumaient pas et maltraitaient les femmes.

– Que transportez-vous ? insista Khalil.

Tarik énuméra :

– Ammonitrate, nitrométhane, gasoil, explosif en gel Tovex. Le tout mélangé et réparti dans quatre-vingt-huit bidons de deux cents litres, munis pour la moitié d'entre eux de détonateurs électriques. Il nous a fallu deux ans pour amasser de tels volumes sans éveiller les soupçons.

– Et pourquoi seriez-vous à l'abri des soupçons ? Vous avez volé toutes ces substances ?

– Rien n'a été volé, certifia Edis. Ces produits sont licites. Ils nous ont été revendus à prix d'or, et toujours en petites quantités, par des professionnels qui en font un usage régulier. Ce qui est illégal, c'est de les associer.

Les trois Bosniaques échangèrent un petit sourire, sans oser davantage.

– Ou de faire sauter la mixture avec des détonateurs, compléta Edis.

Là, même Khalil concéda un rictus, ce qui poussa Edis à en rajouter :

– Mais dans tout ça, le plus onéreux, c'est encore le gasoil. Sans déconner, les Arabes vont ruiner ce pays avec un pétrole aussi cher !

Ils gloussèrent de plus belle.

Une bande d'idiots, se dit Khalil. Mais des idiots utiles qui semblaient avoir accompli leur tâche. Il les mit cependant en garde :

– Le FBI a des méthodes particulières, vous savez. Lorsque les fédéraux repèrent un truc louche, ils préfèrent attendre avant d'intervenir. Pour recueillir un maximum d'éléments et arrêter un maximum de gens. Ils peuvent passer des années entières à préparer un coup de filet, et n'intervenir que quelques heures avant le déclenchement d'une opération criminelle.

Cet exposé jeta un froid dans le camion. Puis Tarik observa :

– S'ils nous avaient espionnés, on aurait déjà eu de leurs nouvelles. Ils sauraient que nous pouvons faire sauter ce camion d'une seconde à l'autre.

Khalil hocha la tête. L'argument se tenait.

Edis reprit :

– Depuis le 11 septembre, certains produits chimiques sont plus difficiles à obtenir. Il faut fournir toutes sortes de justificatifs. Mais avec un peu de patience, et en frappant aux bonnes portes, on arrive à trouver de quoi fabriquer une grosse bombe. La preuve.

– Grosse comment ? demanda Khalil.

Tarik, qui semblait être le scientifique du trio, répondit :

– Cette remorque renferme vingt tonnes d'explosif. Pour vous donner un ordre de grandeur, sachez qu'avec seulement deux tonnes la camionnette piégée d'Oklahoma City a creusé un cratère profond de trois mètres et large de dix. Elle a détruit ou endommagé trois cents bâtiments, et tué cent soixante-huit personnes.

Khalil hocha la tête, bien qu'il n'eût jamais entendu parler de cet attentat.

– Ce que nous avons là représente l'équivalent de vingt-deux mille tonnes de TNT, continua Tarik. Si l'explosion avait lieu en plein centre de Manhattan, elle détruirait tout dans un rayon de deux kilomètres, et on l'entendrait à cent cinquante bornes à la ronde.

Cette image laissa Khalil rêveur. Il aurait aimé que l'attaque se déroule là, au beau milieu des gratte-ciel surpeuplés. Les commanditaires avaient cependant choisi une autre option :

un peu moins de morts, mais une charge symbolique écrasante. On allait remuer le couteau dans la plaie, ajouter de l'horreur à l'horreur, afin que les Américains ravalent une fois pour toutes leur maudite arrogance. Jusqu'à la dernière miette, jusqu'au dernier débris.

Bojan, le voisin de Khalil, alluma une cigarette.

– Éteignez ça tout de suite ! ordonna le Lion.

– Rassurez-vous, ça ne risque rien. Les bidons sont hermétiques et…

– Je ne supporte pas cette odeur. Éteignez-moi ça !

Il était prêt à leur dire qu'il venait d'expédier un fumeur dans l'au-delà, mais ce ne fut pas nécessaire. Bojan écrasa sa cigarette d'un coup de talon.

– Et comment déclenche-t-on cette bombe ? demanda Khalil à Tarik.

– C'est électrique. J'ai placé cinquante détonateurs sur les fûts, ce qui est plus que suffisant, et ils sont reliés à une simple batterie de douze volts. La fermeture du circuit sera commandée par un minuteur électronique, que j'ai déjà programmé.

Khalil préférait les commandes manuelles, comme en Afghanistan, pour faire sauter les convois ennemis, ou comme sur les ceintures d'explosifs des kamikazes. À ses yeux, la solution la plus fiable eût été de laisser un martyr dans ce camion, mais, encore une fois, la décision ne lui appartenait pas. Lui était venu aux États-Unis se battre en moudjahid, avec un couteau et un pistolet ; et s'il avait accepté de coordonner la phase finale de cette opération – qui coïnciderait avec le point d'orgue de sa propre mission –, c'était uniquement pour solder sa dette vis-à-vis de ses bienfaiteurs.

Il consulta sa montre et dit :

– J'ai à faire, les amis. Je vous contacte vers 22 heures, et d'ici là vous déplacez ce camion toutes les demi-heures. Si un policier vous demande d'ouvrir la remorque, vous obtempérez, comme dans le tunnel. Mais s'il se montre plus fouineur, il faudra le tuer.

Les trois hommes acquiescèrent d'un air grave.
– Êtes-vous tous armés ? Edis ? Bojan ? Tarik ?
Chacun montra un revolver muni d'un silencieux.
– Parfait. Comprenez bien qu'on ne vous paie pas pour acheter des produits chimiques ou pour conduire un camion. On vous paie pour liquider tous ceux qui pourraient compromettre cette opération. Ce soir, je vous aiderai à supprimer les gardiens, et ensuite je vous libérerai.
En fait de libération, il allait les assassiner. Mais, visiblement, ils ne se doutaient de rien. Ces petits mercenaires à la manque devaient se croire invincibles, avec leurs pistolets et leurs quelques années d'armée. Ils ne pouvaient pas savoir que le Lion avait maté des soldats autrement plus redoutables en Afghanistan.
Khalil aurait aimé leur souhaiter bonne chance dans la langue du Prophète, mais ces minables et lui n'avaient que l'anglais pour se comprendre.
– Au nom d'Allah, le Tout Miséricordieux, le Très Miséricordieux, que vous soyez bénis, vous et votre djihad. Et puisse Dieu nous guider ce soir.
Un rien perplexes, les Bosniaques marmonnèrent :
– Va en paix.
Puis Tarik rouvrit la portière et le Lion disparut.
– Va au diable ! cracha Bojan.
Les trois hommes pouffèrent.
– Ce mec est flippant, fit Edis.
Et personne ne le démentit.

VII

Manhattan

Chapitre 48

Bellevue. Cet endroit va me manquer.

J'apportais des fringues, du maquillage et des breloques pour que ma femme resplendisse le lendemain lors de sa sortie en fauteuil roulant – puis qu'elle illumine, en femme debout, le hall de notre immeuble.

Hélas, l'imminence du départ la rendait anxieuse : il va y avoir une tuile, ils vont changer d'avis…

Alors je l'ai rassurée :

– Tu as un flingue. Il ne peut rien t'arriver.

Elle a soupiré.

– Et pour l'affaire ? Rien de nouveau ?

Eh bien, si, nous venions de découvrir que des terroristes avaient filmé nos allées et venues pendant deux ou trois semaines. Mais je n'étais pas sûr que ça l'apaise, alors j'ai répondu :

– Non, rien.

– Tu as eu Tom ou Vince au téléphone ?

– Non plus.

– À propos, mes parents prévoyaient de t'appeler aujourd'hui.

– C'est fait. Je ne te l'ai pas dit ? Ton père veut savoir pourquoi je n'ai pas buté le terroriste qui t'a agressée.

– Il exagère. Je lui ai déjà expliqué cent fois.

– Je lui expliquerai moi-même, si tu veux.

Avec un peu de bol, je réussirais même à décapiter Khalil

avant de prendre l'avion, et j'emporterais sa tête dans mon bagage à main. « Tenez, monsieur Mayfield. Il n'égorgera plus personne. Vous m'offrez un verre ? »

– Ta mère aussi devait t'appeler.

– C'est fait.

– Et alors ?

– Je ne mange pas assez de poisson.

– Elle m'a demandé pourquoi je n'étais toujours pas enceinte. Que veux-tu que je lui réponde ?

– Tu ne manges pas assez de poisson.

Là-dessus, nous avons regardé la télé. Un documentaire de la chaîne History examinait la possibilité qu'un météorite atomise la Terre. Si cela se produisait ce soir, j'échapperais au Minnesota. Allô, Dieu ?

Puis 21 heures ont sonné, et nous nous sommes embrassés.

– Bonne soirée, John. Demain, tâche de venir en avance, pour remplir la paperasse. Tu te rends compte ? C'est la dernière fois qu'on se dit au revoir ici.

– Essaie de leur piquer des fiches cuisine. Bonne nuit, mon amour.

C'était Mindy Jacobs qui gardait la porte de la chambre.

– Kate sort demain, lui ai-je annoncé.

– C'est plutôt une bonne nouvelle, non ?

– Certes. Mais si vous êtes un tant soit peu superstitieuse…

– Pigé. Je ne laisserai entrer aucune tête inconnue – ni toubib, ni infirmière, ni brancardier – sans avoir reçu le feu vert d'un de mes référents habituels.

– Parfait.

Je lui ai souhaité une bonne soirée et j'ai repris l'ascenseur.

J'avais toujours pour *escort boy* Preston Tyler, qui tirait une très longue journée. Il m'a informé que je n'aurais plus de chauffeur jusqu'au lendemain matin, mais que le dispositif de surveillance restait en place.

– Génial, ai-je murmuré.

Je n'ai trouvé aucun message sur le répondeur de la maison. Je n'avais pas davantage de mails, et mon portable restait muet. Où étaient donc passés les gens ?

Tous décimés à l'anthrax ? Au gaz innervant ?

J'ai pensé rappeler Boris avant d'avoir une idée encore plus sioux : une nouvelle visite à l'improviste. Je pourrais passer la nuit sur le canapé du Russe, à attendre Khalil. Sauf que le Lion risquait de se pointer ici, et je ne voulais pas le manquer.

Alors j'ai coupé la poire en deux. S'il ne se produisait rien dans la demi-heure, je filais au Svetlana.

À 22 h 15, alors que je me farcissais un second documentaire de History sur divers scénarios de fin de monde – séismes géants, super volcans, météorites encore, sursauts gamma, ensevelissement des grandes villes par les prospectus –, mon Nextel a vibré.

Paresi m'écrivait : « Urgent et confidentiel. RV site WTC, caravane PP. TTU. »

J'ai lu et relu ce texto. Tenait-on enfin quelque chose ?

J'ignorais ce que le capitaine entendait par « confidentiel », mais je comprenais « entre flics ». Il avait dû comprendre qu'on ne pouvait rien tirer de Walsh.

« Vingt minutes », ai-je répondu avant de composer le numéro du parking.

Dieu merci, Gomp était de service.

– Bonsoir, Gomp. Tom Walsh à l'appareil.

– Salut, Tom. Ça gaze ?

– Du tonnerre. Dites, j'aurais besoin de retourner à l'angle de Lex et de la 68e.

– Pas de problème.

– Attendez-moi devant le monte-charge.

– Le monte-charge ?

– C'est ça. Dans deux minutes. Mais motus, d'accord ? Cinquante dollars.

– Adjugé.

Le Glock en poche et le poignard de l'oncle Ernie à la ceinture, j'ai endossé un coupe-vent bleu et quitté l'appartement. En chemin vers le monte-charge, j'ai réalisé que mon gilet pare-balles était resté dans ma valise. Contrairement à mon flingue, à ma plaque ou à la lunette des chiottes que, paraît-il, je laisse systématiquement relevée, ce gilet n'avait rien d'une seconde nature. Mais comme l'heure tournait, j'ai renoncé à faire demi-tour. J'ai pénétré dans la cabine, appuyé sur la touche « 1 » et gagné le sous-sol.

À l'ouverture des portes, j'ai trouvé Gomp au volant d'un superbe 4 × 4 BMW. Encore une chance qu'il n'ait pas piqué ma jeep verte. J'ai toqué à sa vitre.

– Vous pourriez m'aider à sortir un truc du monte-charge ?

– Bien sûr.

Il est descendu et s'est dirigé vers la cabine tandis que je sautais derrière le volant.

– Hé ! Tom ! Mais qu'est-ce que… ?

J'ai enfoncé l'accélérateur, avalé la rampe et viré à droite sur la 72e. Tout en franchissant le feu vert de la 3e Avenue, j'ai scruté le rétroviseur. Le trafic était clairsemé en cette nuit bruineuse, et je ne voyais aucune paire de phares soutenir mon allure. C'était presque trop facile.

Le moyen de locomotion le plus rapide dans l'île est sans conteste le métro, mais la station la plus proche du World Trade Center était fermée depuis le 11 septembre, et il n'y en avait pas d'autres à moins de cinq ou dix minutes de Liberty Street, là où m'attendait Paresi. Alors autant prendre la bagnole. Surtout quand c'est une BMW.

Ça roulait bien, et il m'a fallu peu de temps pour traverser Central Park et atteindre l'Hudson. J'ai suivi les quais vers le sud, et un quart d'heure plus tard je longeais les ombres des deux centres ravagés, le Financial et le Trade. J'ai tourné à gauche derrière les décombres de la passerelle qui enjambait naguère West Street au niveau de Liberty, et après quelques mètres je me suis rangé près de la clôture de Ground Zero. Je pensais trouver quelques voitures du NYPD, banalisées ou non, mais je n'apercevais que celle de la police portuaire. Une chaîne cadenassée fermait le portail, assez lâche toutefois pour que je m'insinue entre les deux pans grillagés. Sitôt dans l'enclos, je suis allé frapper à la porte de la caravane. N'obtenant pas de réponse, j'ai tourné la poignée, sorti mon badge et poussé la porte.

– Agent fédéral ! Il y a quelqu'un ?

Les deux bureaux installés à l'avant de la roulotte étaient vacants. Une cafetière chauffait sur le comptoir de la kitchenette, tandis que le téléviseur dormait. Au fond, un bref couloir desservait les chiottes ainsi qu'une pièce où on pouvait sans doute piquer un roupillon.

– Il y a quelqu'un ? ai-je répété plus fort.

Toujours rien.

Puis j'ai reçu un nouveau texto : « Sommes dans la fosse. Et toi ? »

J'ai renvoyé : « Caravane PP. 1 minute. »

Je suis ressorti pour descendre la grande rampe de terre. La cavité s'étendait sur plus de six hectares, et sans la douzaine de projecteurs montés çà et là sur des portiques ou sur des restes de fondations c'eût été le noir complet. Il y avait là des pelleteuses, des camions bennes, deux ou trois grues. Quelques préfabriqués, aussi, et un gros semi-remorque au beau milieu de la friche.

Je me suis arrêté à mi-pente. Les zones éclairées semblaient désertes.

« Où ? » ai-je écrit à Paresi.

« Au centre, le semi. »

Tournant mon regard vers le camion, environ deux cents mètres au loin, j'ai vu passer une silhouette.

Je me suis remis en marche, de plus en plus intrigué. Pourquoi Paresi m'avait-il convoqué ici ? Les deux vigiles de la police portuaire étaient-ils à ses côtés ? Et pourquoi m'envoyait-il des SMS, au lieu de me téléphoner ?

Le crachin avait cessé, mais dès le bas de la rampe le sol devenait boueux, et je regrettais d'être venu en mocassins. Dans la terre couraient des traces de pneus toutes fraîches qui semblaient mener au semi-remorque. Je les ai donc suivies.

Sous mes pieds alternaient ténèbres et flaques de lumière crue. À cinquante mètres du camion, je déchiffrai l'inscription sur son flanc : « Matériaux de construction Carlino ». Mais toujours aucun signe de Paresi ni des deux flics.

J'ai fait halte, en proie à un étrange pressentiment. Ces projecteurs de stade, ces ombres…

J'ai ôté la bride de mon étui et continué d'un pas méfiant.

Nouvelle vibration du Nextel.

« Je suis sur ta gauche. »

J'ai stoppé et tourné la tête. À une dizaine de mètres, quelque chose bougeait dans la pénombre. Une forme, oscillant sous le câble d'une grue. En plissant les yeux, j'ai discerné un corps humain. Puis j'ai reconnu le visage.

Celui de Vince Paresi.

Alors que je dégainais mon Glock et posais un genou à terre, un cri perçant a fusé dans mon dos, du haut d'un camion benne, et je ne m'étais pas complètement retourné qu'une ombre surgie de nulle part m'aplatissait face contre terre, expulsant l'air de mes bronches et le Glock de ma main. J'ai tenté de rattraper mon arme, mais j'ai reçu un coup derrière le crâne et vu un pied repousser mon flingue.

Dieu sait comment, j'ai réussi à me relever d'un bond, et malgré mon tournis j'ai fixé l'assaillant, planté à trois mètres de moi.

Le Lion portait des habits sombres et tenait un pistolet contre sa cuisse. Je pouvais lui sauter dessus en deux secondes, et lui m'abattre en une seule.

– Comme on se retrouve, cher Corey…

Il voulait papoter, bien sûr. Alors j'ai répondu :

– Va te faire foutre !

– C'est la deuxième fois qu'on me dit ça ce soir, s'est-il extasié. Mais ton prédécesseur me l'a dit en russe.

Je voyais très bien de qui il parlait. Et si Khalil se tenait là, devant moi, c'était que Boris avait perdu la partie. Tout comme… Vince Paresi.

Une rage brûlante m'a saisi, mais je ne devais pas y céder.

– Je sais que tu es venu seul, Corey, et je le suis aussi. C'est rien que nous deux, ce soir. Comme tu le voulais. Comme il se doit.

J'ai hoché la tête, et il m'a imité.

– Je t'ai gardé pour la fin.

– Et moi, je t'ai gardé pour moi.

Il a eu un sourire sinistre.

– Je n'ai pas senti de gilet pare-balles en te bousculant à l'instant. Mais de toute façon, je n'ai pas l'intention de te tirer dans le cœur. Étant donné que ce pistolet appartenait à Mme Corey, je pensais plutôt te pulvériser les parties génitales.

Visiblement, son laïus ne faisait que commencer, ce qui me laissait le temps d'échafauder une contre-attaque. Mais mon Glock gisait, hors d'atteinte, et mes coups d'œil obliques ne dénichaient aucun objet utile. En plus, la plate-forme d'observation était fermée, et nous étions trop loin de la rue pour qu'un éventuel passant nous distingue.

– Regarde-moi, a grogné Khalil. Personne ne volera à ton secours. Ils sont tous morts. Les deux policiers comme ton supérieur direct. (Il a brandi un téléphone portable, le même que le mien.) Le dernier message de ton capitaine est le suivant : « Asad Khalil a gagné. »

J'ai ressenti une nouvelle bouffée de haine. *Enculé de barbare psychopathe dégénéré…*

Puis Khalil a posé une question intéressante :

– À aucun moment tu n'as pensé qu'il pouvait s'agir d'un traquenard ?

Si, cela m'avait sans doute effleuré, mais dans un coin de

cervelle si reculé que j'avais préféré y laisser cette pensée. Au fond, je ne voulais pas savoir qui me convoquait ici.

– J'ai rêvé de cette rencontre, a confié le Lion. Pas toi ?

De nouveau, j'ai hoché la tête.

– Nous étions destinés à nous revoir, Corey. Mais, comme tu le sais, le destin aime qu'on le force un peu. Et mon destin à moi, c'est de te dépecer le visage.

Présumant qu'il avait apporté son propre couteau, j'ai répliqué :

– Essaie un peu, connard. Pose ce flingue et montre-moi.

Mais il a ignoré l'invite.

– Alors, Corey ? Ça te fait quoi de me retrouver ici, à l'endroit même où trois mille de tes compatriotes ont perdu la vie ?

– Il y avait trois cents musulmans dans le lot, ai-je rappelé pour mémoire.

Là non plus, pas de réaction.

– Toi aussi, Corey, je te verrais bien mourir sur ce site. J'espère que le décor est à ton goût ?

Savait-il que Kate et moi avions failli périr dans l'une des Twin Towers ? Si j'avais réchappé au 11 septembre, ce n'était pas pour crever ici ce soir.

– Mais je ne vais pas te tuer, Corey, sauf si tu m'y obliges. Je veux juste t'ôter ta virilité et ton visage, comme promis.

Comme je ne répondais rien, il a sorti un gros couteau de boucher.

– Je vais me servir de ceci. Tu sentiras tout, et verras ta peau se décoller de ton crâne.

Il me narguait, un rituel chez les tueurs pervers. C'est souvent dans cette phase-là, lorsqu'ils expriment leurs fantasmes, que leur vigilance décline. Sauf que, pervers ou pas, Khalil était un pro.

– Tu as un deuxième pistolet ? s'est-il enquis.

Oui, j'en possédais un deuxième, mais je l'avais prêté à Kate. Et ce n'étaient pas ses oignons.

– Je n'ai pas eu cette impression, a-t-il dit, mais par acquit de conscience…

Il a glissé son couteau dans sa ceinture, ainsi que le Glock de Kate. Puis il est resté là, à me fixer dans le blanc des yeux, les mains à hauteur des hanches, les jambes fléchies et légèrement écartées. Tenait-il cette posture de Boris ? Ou avait-il regardé trop de westerns ?

J'ai vite obtenu ma réponse :

– Allez, cow-boy, voyons qui dégaine le plus vite.

Si j'avais un pétard, crevure, la dernière chose que tu verrais serait le feu au bout de mon canon.

Comme je restais immobile, Khalil s'est énervé :

– Soit tu n'es pas armé, soit tu es un lâche.

Visiblement, il n'avait pas remarqué le poignard Ka-Bar dans mes reins.

– Je ne t'entends pas, Khalil. Rapproche-toi.

Il a ressorti son couteau.

– Un jour, a-t-il raconté tout en s'avançant, j'ai dépiauté le torse d'un homme. On voyait ses côtes, ses poumons, son cœur qui palpitait…

Les traits du Lion étaient les mêmes que sur l'avis de recherche, avec ces petits yeux noirs et profonds séparés par un nez aquilin. Il venait sur moi à pas lents, sa large lame dressée.

Me voyant reculer, il a souri jusqu'aux oreilles. Il prenait vraiment son panard.

Il s'est mis à fendre la nuit avec son couteau, tout en réduisant la distance entre nous.

– Si tu détales, je te tire dans les pattes, Corey, puis je te taille en pièces.

– Mais je ne vais nulle part, Khalil.

– Alors cesse de reculer. Sois un homme.

– Pose ton joujou, si tu veux un combat loyal.

Il a lancé son couteau en l'air, avant de le rattraper par le manche. Il s'amusait comme un petit fou, et il était bien le seul. Histoire de le ramener sur terre, j'ai déclaré :

– Ta mère était une pute.

Comme prévu, il a chargé, en hurlant je ne sais quoi.

J'ai pris mes jambes à mon cou puis fait semblant de glisser dans la boue. J'ai sorti mon poignard et pivoté sur les genoux alors que le Lion arrivait sur moi, ce qui m'a permis de le piquer à l'aine. Poussant un cri de surprise, il a fait machine arrière tandis que je bondissais sur lui, décidé à l'égorger avant qu'il puisse reprendre son flingue. Puis ses semelles ont ripé et il est tombé sur le dos. J'ai plongé, atterri sur sa poitrine, et senti son couteau me labourer l'omoplate. Comme il relevait le bras pour m'asséner un deuxième coup, j'ai réussi à lui bloquer le poignet. Et là, plutôt que de porter sa main libre sur le Glock, il a eu la présence d'esprit d'attraper mon poing, celui qui tenait le Ka-Bar.

Pressés l'un contre l'autre, les membres neutralisés, que nous restait-il ? Nos dents. Khalil m'a planté les siennes dans la joue, écrabouillant le nerf maxillaire. Malgré l'éclair de douleur dans ma tête et sa main sur mon poing, j'ai réussi à repousser son front avec le manche de mon poignard. Dès que ses crocs eurent lâché prise, j'ai tourné le poignet pour lui faire goûter le bout le plus piquant de mon arme. Mais il a réussi à repousser mon bras, et à l'éloigner de son visage.

Nouveau blocage. C'était dorénavant à qui faiblirait le premier, sortirait une botte secrète, ou tenterait le tout pour le tout.

Khalil paraissait en grande forme et ne montrait aucun signe de fatigue. Il cherchait à m'envoyer son genou dans les burnes, mais ses cuisses restaient entravées par le poids de mon corps. Et ma figure n'était plus à portée de ses dents.

J'ignorais quelle partie de l'aine j'avais touchée – les couilles ? la cuisse ? le bas-ventre ? –, mais la blessure n'était pas assez franche pour amoindrir ses forces. De mon côté, j'avais le dos mouillé de sang, mais je me sentais entier et vaillant.

Nous nous sommes dévisagés.

– Tu vas mourir, Khalil.

– Toi d'abord, Corey.

Il avait toujours sa voix grave. J'avais dû rater ses noisettes.

Je me suis bientôt rendu compte que j'étais le seul à m'essouffler. En d'autres termes, le Lion n'avait plus qu'à attendre mon forfait. Je devais réagir.

Je lui ai flanqué un coup de boule qui m'a fait aussi mal qu'à lui, et il a riposté en essayant de me mordre à nouveau – pile ce que j'espérais. J'ai attrapé entre mes mâchoires son long nez busqué, et j'ai croqué de toutes mes forces. Le cartilage a craqué sous mes dents ; le sang a giclé sur ma langue. Il a poussé un cri de tous les diables, et c'est à peine s'il a remarqué que je relâchais son pif. Je lui ai recraché son sang dans l'œil gauche, avant de lui grignoter la paupière avec les dents.

– Je vais te bouffer le visage, Khalil.

Il m'a mollardé à la gueule puis m'a mangé un bout de menton.

Un homme au supplice ou aux abois se découvre des réserves de puissance – grâce à l'adrénaline. Khalil réussit à se cambrer sous mon poids, cherchant à me faire basculer sur le côté. Déséquilibré, j'ai lâché sa main droite. Il m'a aussitôt replanté son couteau dans le dos, et il aurait continué si je n'avais pas soudain relâché tous mes muscles. Ses trémoussements ne rencontrant plus aucune résistance, il a roulé d'un coup et s'est retrouvé face contre terre, avec moi sur son dos. Il a voulu s'esquiver, mais je l'ai plaqué au sol. L'empoignant par les cheveux, je lui ai tiré la tête en arrière, et je lui ai tranché la gorge avant de repousser son visage dans la gadoue.

Il n'a pas fait un bruit, n'a pas esquissé un geste, mais mon petit doigt me disait que ce n'était pas terminé. Et alors j'ai vu son bras glisser sous son ventre. Il cherchait son flingue, pardi.

J'ai raflé le Glock de sa ceinture et bondi en arrière.

Je suis resté planté derrière lui, pantelant, sans le quitter des yeux. Les projecteurs m'éblouissaient et mes pieds trempaient dans la boue. Plus gênant encore, la zone humide dans mon dos s'étendait rapidement, à cause du second coup de poignard. La tête me tournait, mes jambes flageolaient, et je tombai à genoux.

C'est donc à genoux que j'ai vu Khalil se relever avec lenteur. Il s'est frotté le visage puis s'est retourné, pour marcher dans ma direction.

Sur sa face boueuse, je voyais la plaie à sa gorge. Il saignait trop peu pour que la jugulaire ou la carotide aient été sectionnées.

Il a ramassé son couteau et j'ai failli m'évanouir en me relevant trop vite. J'ai respiré à fond et gardé les bras ballants, pour maîtriser mon débit cardiaque.

Khalil se rapprochait toujours, son couteau brandi devant lui.

– Ton visage…, a-t-il gémi.

N'ayant décidément aucune envie d'être défiguré, ni de jouer avec des couteaux, j'ai braqué le Glock de Kate sur le Lion. Mon bras tremblait et j'étais à deux doigts de tomber dans les vapes.

– Lâche cette lame, Khalil.

Le Glock était couvert de boue, et je craignais qu'il ne soit HS.

– Lâche ce couteau, ai-je insisté.

Je disais ça, mais au fond de moi je ne voulais pas que le Lion se rende. Je voulais qu'il mérite cette balle.

Après quelques pas de plus, ses jambes se sont dérobées sous lui et il est tombé sur les rotules. J'aurais pu attendre qu'il s'éteigne, mais je commençais à retrouver les sensations de ma précédente hémorragie. Et si je n'achevais pas rapidement Khalil, je risquais de mourir avant lui. J'ai donc pointé le museau du Glock sur son front, l'index crispé sur la détente.

Pour finalement le rabaisser. Rien à faire, je ne pouvais pas flinguer un homme aussi froidement.

Khalil a réussi à se relever et à reprendre sa marche de zombie, le couteau en avant.

Alors j'ai fondu sur lui. Écartant son arme de mon bras gauche, je lui ai planté mon Ka-Bar sous le menton, jusqu'à l'os du palais. Puis j'ai lâché le poignard et me suis reculé.

Khalil a tenté de parler, ou de crier, mais le couteau devait lui traverser la langue. Alors il a juste gémi, dans un filet de bave rouge. Il avait un œil noyé de sang – celui dont j'avais arraché la paupière –, mais l'autre me fixait, écarquillé, brûlant. Fiché sous sa mâchoire, le poignard de l'oncle Ernie lui faisait une sorte de barbichette.

– Ma femme est vivante, Khalil. Moi aussi, je suis vivant. Et toi, tu es en train de mourir.

Il a secoué la tête. Une matière verdâtre lui coulait du nez et de la bouche – des mucosités, peut-être, ou alors cet homme venait de l'espace.

Oui, Asad Khalil mourait. Mais il prenait son temps, et moi-même je n'étais pas au mieux. Cela devenait une sorte de concours de volonté, à qui survivrait le plus longtemps.

Moi, au moins, je tenais encore debout.

Comme s'il prenait enfin conscience du problème, Khalil a tâté le manche du Ka-Bar. Et comme je n'autorise personne à toucher au poignard de l'oncle Ernie, j'ai fait un pas en avant pour lui coller une droite.

Il est tombé comme une planche et, puisqu'il ne se relèverait plus, je me suis agenouillé. J'ai rampé jusqu'à Khalil et me suis adossé contre son torse, afin de maintenir mes plaies plus hautes que mon cœur. Je sentais sa poitrine se gonfler et se dégonfler sous mes épaules.

J'ai levé les yeux au ciel et la bruine m'a rafraîchi les joues. Puis j'ai sorti mon cellulaire de ma poche et composé le 911.

– Dix-treize, ai-je au dit au standardiste, ce qui signifie « policier en danger ».

J'ai indiqué mon nom, mon numéro de badge, et remis une louche de jargon pour être parfaitement crédible.

– J'ai besoin d'un bus rapido. Sur le site du WTC, près du semi-remorque au nom de l'entreprise Carlino… Ouais, ça urge pas mal.

J'ai ensuite fermé les yeux et tâché de maîtriser mon pouls. Je pouvais encore m'en sortir, mais ce serait ric-rac.

Dans les cinq minutes, j'ai entendu des sirènes surgir dans Church Street. Puis le Lion a rendu son dernier soupir. Alors j'ai tourné la tête vers Vince Paresi, suspendu à sa grue.

– C'est fini, capitaine. On a gagné.

Chapitre 49

Je ne voulais pas entendre parler de l'hôpital le plus proche. Je voulais être conduit à Bellevue, et à Bellevue on m'a conduit.

Le dos pansé, une perf de sérum physiologique dans chaque bras, j'avais une pêche d'enfer. On remet ça quand vous voulez, les gars.

En réalité, je divaguais, et la dernière chose dont je me souvienne est d'avoir dit au personnel que ma femme se trouvait ici, dans le quartier de sécurité. Après ça, rideau.

Le soleil inondait la pièce, et au cordon du store pendait un lion en peluche. Je n'avais pas l'impression de rêver, et cette chambre m'était familière.

Une pression sur ma main m'a fait tourner la tête. Kate se tenait debout à côté de mon lit, vêtue du corsage blanc et de la jupe bleue que je lui avais apportés la veille. Mais il m'a fallu quelques secondes pour reconstituer tout cela.

– Comment te sens-tu, bel homme ?

Dans le doute, j'ai répondu :

– Pas mal. Tu verrais l'autre !

Elle s'est forcée à sourire.

– Ça va aller, John.

– Super.

Mais oublie le Minnesota.

Visiblement émue, Kate m'a embrassé sur la joue. Tout près de l'endroit où Khalil m'avait mordu. *Aïe !*

En passant la main sur mon visage, j'ai découvert deux pansements. Un sur le nerf maxillaire, donc, et un second sur le menton. Un vrai cannibale, ce Khalil.

Dans un brusque accès de panique, je me suis palpé les roubignoles. Une, deux.

J'ai de nouveau vérifié. Une, deux.

– Un problème ? s'est étonnée Kate.

– C'est bon. Tout est en place.

J'ai attrapé la télécommande, et redressé le lit. Comme mon corps était hérissé de tuyaux et de fils, j'ai scruté les moniteurs. Mes scores semblaient corrects. Alors, gagné par l'euphorie de ceux qui ont tutoyé la Faucheuse, j'ai déclaré :

– Je veux sortir d'ici.

– Le médecin voulait te garder trois ou quatre jours, a répondu Kate. Mais j'ai obtenu une semaine.

Très drôle.

– Tu as beaucoup saigné, alors ils t'ont refait les niveaux. À part ça, j'ai signalé au neurologue que tu étais déjà atteint avant l'accident, pour éviter qu'il s'affole devant tes résultats d'examens.

– Super, ai-je répondu en laissant retomber ma tête contre l'oreiller.

Malgré les antidouleurs, je sentais très distinctement les deux plaies dans mon dos. À vrai dire, j'avais mal partout. La barbe.

J'ai fixé le plafond quelques instants, avant de lâcher :

– Khalil est mort.

– Je sais, a répondu Kate.

– Vince Paresi aussi. Tué par Khalil.

– Je sais, John.

Elle était en larmes, et j'avoue que moi-même j'avais une petite boule dans la gorge. J'ignorais comment le Lion avait supprimé Vince, mais j'espérais que son calvaire avait été bref.

Kate a pris une chaise et m'a caressé la main, longuement, sans un mot.

Puis elle a indiqué :

– Tom est là-bas, sur la scène de crime. Il va passer.

– Je refuse les visiteurs répondant à ce prénom.

– Il souhaite te voir, John. Et te féliciter.

– Pas de photos, je te dis.

Elle s'est mordu la lèvre.

– Quand tu te sentiras prêt, tu me raconteras ce qui s'est passé. Je veux savoir.

J'aurais pu m'en ouvrir sur-le-champ, mais je savais que la moitié du département de la Justice allait défiler dans cette chambre, m'obligeant à débiter vingt fois le même récit. Vingt et une, en comptant Walsh. Alors j'ai répondu :

– On parlera de tout ça à la maison. Et tu m'aiderais à rédiger mon rapport d'incident.

– C'est ça. J'atténuerai la gloriole.

J'ai concédé un sourire, puis mon ventre a gargouillé.

– Il y a quoi, au petit déj' ?

– La gelée du geôlier.

– Et à boire ? Du nectar multirécidiviste ?

Elle m'a broyé la main et s'est relevée pour m'embrasser sur le front, à l'endroit précis où ma caboche avait heurté celle de Khalil. *Aïe !*

– J'ai hâte que tu rentres, John.

– Et moi donc. Où sont mes vêtements ?

– Sous scellés, je suppose.

– Et mon flingue ?

– Tom m'a dit qu'on l'avait retrouvé là-bas. Ainsi que le mien, d'ailleurs.

– Tant mieux.

« Et le poignard de l'oncle Ernie ? » allais-je demander. Mais la réponse allait de soi. Ce couteau devait se trouver tout en bas, dans une salle d'autopsie, entre les doigts d'un légiste indécis – fallait-il l'extraire avant ou après l'ouverture de la boîte crânienne du Lion ?

Kate s'est rassise et nous avons bavardé de choses et d'autres. Nous sommes convenus de rester quelques semaines à la maison, afin que je me remette tranquillement. J'ai exprimé mon dépit de ne pouvoir visiter nos parents dans un futur proche, et elle savait que je me payais sa fiole, mais on ne frappe pas les infirmes. Puis j'ai ajouté que le toubib des urgences m'interdisait le parachutisme pendant cinq ans.

Le petit déjeuner nous a été servi vers 7 h 30. Visiblement, j'étais soumis à un régime liquide, mais très différent de mon régime liquide habituel, alors que Kate avait le droit de s'enfiler pancakes et saucisses.

– Un peu de thé fumé à bout portant, mon amour ?

En fait, ce jeu était beaucoup moins drôle quand c'était à moi de garder le lit.

Pendant que Kate dévorait, j'ai laissé mon esprit vaguer vers Vince Paresi, et même vers Boris, cette attachante crapule. Nous avions cru qu'il serait de taille à dominer Asad Khalil, mais nous nous étions fourvoyés. Et quelle folie d'avoir voulu garder le Lion pour moi tout seul ! OK, j'avais réussi mon coup, mais d'extrême justesse, et à quel prix !

– Pas de nouvelles de Boris ? ai-je demandé à Kate.

Elle a secoué la tête.

– Non, pourquoi ?

– Je crois que Khalil l'a tué.

Elle s'est abstenue de tout commentaire, mais elle devait penser – comme moi, désormais – que j'aurais dû parler de Boris à Walsh dès le départ. Si on avait placé le Russe sous protection, et son night-club sous surveillance, non seulement Boris serait encore de ce monde, mais une capture de Khalil à Brighton Beach m'aurait épargné une belle frayeur à Ground Zero – et quelques jours d'hosto.

Et le capitaine Vince Paresi serait toujours parmi nous.

Dans ce métier, vos choix et vos actes sont rarement anodins.

Ils vous engagent à vie, et il faut les assumer. Pour autant, je n'avais pas l'intention de me complaire dans le remords. J'aurais peut-être pu sauver Boris, Paresi, et même Gabe et sa famille. Mais les salauds dans cette histoire, les assassins, c'étaient Asad Khalil et sa clique, ainsi que tous ceux qui, de par le monde, s'employaient à semer la mort.

– Et les flics qui gardaient le chantier ? Rien de neuf à leur sujet ?

– Tom m'a dit qu'ils étaient deux, un homme et une femme, mais ils restent introuvables. Tu tiens vraiment à parler de tout ça maintenant ?

J'ai haussé les épaules. Je planais à mille mètres, au pays des pilules roses, alors tout me convenait. Néanmoins, sur le plancher des vaches, quelque chose me turlupinait. Et j'essayais de mettre le doigt dessus.

Que Khalil eût éliminé ces deux flics semblait plus que probable. Comme ils étaient là pour défendre un site, et non leur propre peau, il était facile de les prendre par surprise. Mais s'ils avaient péri, où étaient les cadavres ? Les complices de Khalil auraient pu s'en débarrasser – et accrocher Paresi à la grue –, sauf que le Lion était tout seul à mon arrivée sur Ground Zero la veille au soir. Avait-il préalablement congédié ses copains, ou les avait-il supprimés, comme à son habitude ?

Cette question de l'entourage en a ravivé une autre, celle d'un gros attentat. La planque mise au jour dans un immeuble de ma rue prouvait que Khalil jouissait d'importantes ressources, tant humaines que matérielles. Mais comment était-il censé renvoyer l'ascenseur ?

– À quoi tu penses ? a lancé Kate.

– Au bouquet final de Khalil.

Elle a eu une moue songeuse, et vaguement sceptique.

– S'il avait prévu un gros attentat, et je dis bien si, alors il y a de fortes chances pour que ses desseins soient morts avec lui. Tu ne crois pas ?

Possible, mais pas sûr. J'inclinais même à croire que plus le projet était ambitieux, plus il mobilisait d'acteurs, et moins Khalil était un rouage indispensable. En gros, si Al-Qaida projetait de faire sauter une voiture piégée ou de diffuser de l'anthrax avec un avion épandeur, l'opération ne pouvait reposer sur les seules épaules de Khalil. Autrement dit, elle lui survivrait.

– Nous avons joué à nous faire peur, a jugé Kate.

– Boris aussi prédisait un attentat.

– Peut-être, John. Mais je préférerais que tu arrêtes d'y penser et que tu te reposes.

Là-dessus, une infirmière est venue m'apporter une nouvelle dose d'antalgiques. Lors de mon précédent séjour à l'hôpital, avec mon coffre perforé qui laissait passer la lumière, j'avais développé une puissante aversion pour ces bonbons, ce qui obligeait Dom Fanelli à me fournir un antidouleur alternatif, un breuvage inodore et incolore distillé en Pologne. Mais là, je n'ai pas discuté. J'ai fourré les pilules dans ma bouche, avalé un peu d'eau, et recraché le tout sitôt la nana repartie.

– Mais qu'est-ce qui te prend ? s'est étonnée Kate.

– Qui ne souffre pas ne pense pas droit, ai-je inventé pour l'occasion.

En fait, j'aurais dû demander directement à Khalil ce qu'il mijotait. Non pas à la fin, pendant que je lui faisais des misères avec mon canif, mais au tout début, quand il me voyait déjà mourir en banane épluchée. « Je suis content que tu me poses cette question, Corey, et je vais te répondre, puisque les morts savent rester muets comme des tombes. Ouarf ! Ouarf ! »

J'ai redressé mon lit de quelques degrés, jusqu'à ce que mes points de suture protestent. Maintenant, je pouvais réfléchir.

Un autre détail m'avait fait tiquer sur la boue de Ground Zero, mais lequel ?

Ah oui ! Les traces de pneus. Celles du gros semi-remorque. Elles étaient toutes fraîches, ce camion était donc arrivé le jour même, et assez tard. Mais depuis quand livrait-on les zones sécurisées le dimanche ? En général, on voyait des routiers dormir dans leur cabine, le long de la clôture extérieure, en attendant la réouverture des grilles.

Pour quelle raison les deux gardiens auraient-ils admis ce camion un dimanche soir ? Parce qu'ils étaient morts, peut-être.

La deuxième anomalie, c'était le nom de l'entreprise peint sur la remorque : « Matériaux de construction Carlino ». Les ouvriers n'en étaient pas encore à couler des dalles de béton, et pour livrer des armatures ou des barres d'acier on utilisait plutôt un camion plateau.

Et, enfin, pourquoi Khalil m'avait-il attiré là-bas, à Ground Zero ? Pour le symbole, disait-il, mais je n'étais guère convaincu. Notre contentieux datait d'avant le 11 septembre, et à vrai dire je ne voyais pas bien le rapport entre ces attentats de masse et sa vendetta personnelle. Sauf si, bien sûr…

– Putain de merde ! ai-je fait en redressant le buste.

Kate a sursauté.

– Ça ne va pas, chéri ?

– Non, ça ne va pas.

– Qu'est-ce qu'il y a ?

– Une minute, s'il te plaît.

J'étais quasi certain de savoir ce que contenait ce camion, et je savais aussi que ce contenu n'avait pas encore explosé, car nous n'étions qu'à cinq petits kilomètres du site. Nous aurions entendu et ressenti la déflagration.

– Qui appelles-tu ? a demandé Kate en me voyant empoigner le combiné de la chambre.

– Le centre de commandement. Ou alors Walsh. Oui, il doit être encore là-bas.

– Mais…

Je suis tombé sur la messagerie. Soit le boss ne reconnaissait pas le numéro, soit il voyait « Bellevue » et se disait qu'il avait une chance sur deux de tomber sur un type qu'il ne pouvait pas encadrer.

J'allais contacter le centre de commandement lorsqu'une bouffée délirante m'a fait débrancher tous mes tuyaux et électrodes. Kate a sauté sur le bouton d'appel des infirmières, mais je lui ai repris l'objet des mains et me suis glissé hors du lit.

– Allons-y.

– Comment ça, allons-y ?

Je l'ai entraînée vers la porte.

– Tu vas me sortir d'ici.

– Non, John, a-t-elle protesté en dégageant son bras.

– Fais-moi confiance. Je t'expliquerai en route. S'il te plaît.

Elle m'a dévisagé. Et compris que c'était sérieux.

– Attends-moi. Je vais te chercher des vêtements.

J'ai regardé ma montre, mais elle n'était plus à mon poignet.

– Tu as l'heure, chérie ?

– Il est 8 h 05. Attends-moi et…

– À 8 h 46, heure à laquelle le premier avion a percuté la tour nord, une énorme bombe va péter à Ground Zero.

Elle a paru terrifiée. Non par la bombe, mais par moi.

Pour hâter le mouvement, j'ai menti :

– C'est Khalil qui me l'a dit, quand il me croyait à sa merci.

– Oh, mon Dieu…

– Allez, en route. Tu as ton téléphone portable ?

Elle a attrapé son sac et nous nous sommes rués dans le couloir.

J'ai pris un air détaché pour ne pas inquiéter les plantons stationnés devant les portes, et nous avons atteint le premier barrage de sécurité sans encombre. Là, un costaud de la pénitentiaire nous a cherché querelle – à cause de mon pyjama vert et de mes chaussons en papier, je parie –, mais Kate a brandi sa carte du FBI et l'a vite remis à sa place.

Cet obstacle levé, nous avons atteint les ascenseurs.

– Et où va-t-on, alors ?

– À Ground Zero. Passe-moi ton portable.

J'ai contacté Walsh. Qui a décroché, puisqu'il était toujours là pour Kate. Imaginez sa déception lorsqu'il a reconnu ma voix.

– Tiens, John… Ça me fait plaisir de t'entendre. J'allais justement…

– Écoute-moi, Tom.

– La mort de Vince est un véritable…

Nous avons été coupés par l'ascenseur.

– Dès qu'on sera en bas, ai-je dit à Kate, réquisitionne une ambulance.

Elle a acquiescé de la tête.

Arrivée dans le hall, Kate a foncé vers la sortie de la 1re Avenue, et je l'ai suivie tout en rappelant Walsh.

Le boss a décroché, et repris son baratin comme si je venais de relâcher la touche « pause » :

– Kate m'a dit que tu te reposais confortablement, et je veux juste que tu saches…

– Ferme-la et écoute-moi, Tom !

L'injonction était suffisamment brutale pour porter ses fruits. D'une voix posée mais ferme, j'ai articulé :

– Au moment où il était persuadé d'avoir le dessus, Asad Khalil m'a parlé d'une bombe sur le site du World Trade Center.

– Hein ?

Des engins de chantier faisaient du raffut derrière Walsh.

– Tu es toujours là, Tom ?

– Je t'écoute.

– Je pense que la bombe est cachée dans le gros semi-remorque. Celui des « Matériaux de construction Carlino ». Tu l'aperçois ?

– Oui, je suis… juste à côté.

– À ta place, je ne m'éterniserais pas. Mais avant de déguerpir, rameute le déminage et fais évacuer le quartier. C'est un très gros camion, Tom.

Alors que je posais le pied dehors, un vigile m'a apostrophé :

– Hep, vous ! Où vous allez comme ça ?

Walsh m'a demandé dans l'oreille :

– Tu es sûr de ce que tu dis, John ?

La réponse était non, mais j'ai répondu oui.

Le vigile me parlait, au mépris de mes gestes agacés. Et je ne voyais plus Kate.

– La remorque est verrouillée, a indiqué Walsh.

Je me demandais d'où il tenait ça, vu qu'il avait d'ores et déjà dû atteindre le nord de Harlem.

– Ce n'est pas très étonnant, Tom. Mais à mon avis…

J'avais à présent deux vigiles sur le dos, et ils tenaient à me ramener dans le hall.

– J'attends une ambulance ! ai-je pesté avant de reprendre le boss. À mon avis, Tom, la bombe doit exploser à 8 h 46.

Il n'a pas demandé d'où je sortais cet horaire : toute l'Amérique savait à quoi ça correspondait. Puis j'ai cru l'avoir reperdu, car il ne disait plus rien. Mais ce n'était qu'un silence désemparé.

– Cela nous laisse à peine trente et une minutes, John. Nous n'aurons jamais le temps d'évacuer le secteur.

– Essaie quand même. Fais d'abord évacuer le site et boucler le périmètre. Mais avant toute chose, appelle le déminage.

En raccrochant, je me suis aperçu que les deux molosses étaient agrippés à mes bras.

– J'ai le choléra, ai-je déclaré.

Ils m'ont lâché, et l'un des deux a actionné sa radio.

Là-dessus Kate a refait surface, sur le siège passager d'une ambulance. Je lui ai ouvert la portière.

– Allez, descends.

– Pas question. Je t'accompagne.

L'un des vigiles est venu prévenir la conductrice de l'ambulance :

– Cet homme a le choléra, vous savez.

Kate perdait patience :

– Monte, John ! Et magne-toi, ou je file là-bas sans toi !

Elle ne plaisantait pas, alors j'ai couru à l'arrière et sauté à bord.

– Ground Zero, a ordonné Kate. Liberty Street. Sirène et gyrophares.

L'ambulancière, une jeune Noire, a lancé le son et lumières. Elle a demandé :

– Pourquoi on part sans personnel médical ? Et pourquoi on emmène un patient à Ground Zero ?

Kate a répondu :

– C'est très compliqué, Jeena. Et extrêmement urgent.

Jeena savait zigzaguer et griller les feux rouges. J'estimais notre temps de parcours à cinq ou six minutes.

– Quelle heure est-il ? ai-je demandé à Kate.

– 8 h 21.

Plus que vingt-cinq minutes.

– Le deuxième avion s'était encastré à 9 h 03, et le quartier est un peu plus fréquenté à cette heure-ci, alors peut-être que…

– Restons sur l'hypothèse de 8 h 46.

– Tu as raison.

– Je peux savoir de quoi vous parlez ? a demandé Jeena.

J'ai répondu :

– Dès que vous nous aurez déposés sur Liberty Street, vous ferez demi-tour et prendrez le large.

– J'ai pourtant l'impression qu'une ambulance pourrait vous être utile, là-bas.

– Possible, mais…

J'ai essayé d'imaginer la puissance de cette bombe. Dans notre métier, le mètre étalon est l'attentat d'Oklahoma City : on avait vu quels dégâts pouvait provoquer une fourgonnette contenant deux tonnes d'explosif. Si ce semi-remorque était proportionnellement tout aussi rempli, et avec des substances analogues, il raserait facilement quinze ou vingt pâtés d'immeubles, soit grosso modo tout le bas de Manhattan – de l'Hudson à l'East River, et du quartier financier jusqu'à Battery Park. Combien de personnes habitaient ou travaillaient dans cette zone ? Deux cent cinquante mille, peut-être. Jamais nous ne pourrions évacuer autant de monde à temps.

Putain de merde.

– Rangez-vous, Jeena, ai-je dit. Je vais prendre le volant.

– Celui qui me piquera mon ambulance n'est pas né ! a-t-elle répliqué.

Kate s'est tournée vers moi, agenouillé comme un toutou derrière les deux sièges.

– Pourquoi va-t-on là-bas, au fait ? Tu crois qu'on sera utiles ?

Non, je ne le croyais pas, mais quelle importance ? J'ai vu par le pare-brise que nous roulions sur Broadway. Nous allions bientôt passer devant le 290 et le 26, Fed', ce qui signifiait que nous étions déjà dans la zone critique.

J'ai regardé l'heure sur le téléphone de Kate : 8 h 25.

J'ai rappelé Walsh.

– Où en est-on ? lui ai-je demandé.

– Eh bien, nous avons congédié tous les ouvriers, renvoyé la police scientifique, fermé la plate-forme d'observation et vidé les rues. Et comme nous n'avons aucun moyen d'évacuer un aussi grand périmètre, nous demandons aux gens de se réfugier sous terre.

– Où sont les démineurs ?

– Je vois leurs fourgons descendre à l'instant dans la fosse.

– Parce que tu es toujours là-bas ! me suis-je récrié.

– Et où veux-tu que je sois ?

– Tu sais, Tom, si ce machin explose, il va pulvériser…

– Je suis très occupé, John. Alors, si tu voulais bien…

– Tu as fait déverrouiller les portes de la remorque ?

– Oui, John. Mais le déminage m'a interdit de les ouvrir. Et maintenant je…

– Nous arrivons dans un instant.

– Qui ça, nous ?

– Tiens, je viens d'apercevoir ton bureau…

– Tu veux dire que Kate est avec toi ?

Il ne voulait pas que Kate se fasse pulvériser comme son mari.

– Nous sommes là dans deux minutes, Tom.

– Non, sauvez-vous ! C'est un ordre, John ! Je te laisse, les démineurs sont là.

Et il a raccroché.

– Il est 8 h 26, a annoncé Kate. Alors, où est Tom ?

– Toujours sur place.

– Il vous reste vingt minutes, a observé Jeena.

– Garez-vous, lui a dit Kate. Quittez la voiture et descendez dans le métro.

Mais Jeena tenait à remplir son rôle jusqu'au bout. Un peu plus loin, à hauteur de Murray Street, des voitures de patrouille bloquaient Broadway. À la vue de nos gyrophares, l'une d'elles s'est reculée pour nous laisser le passage.

Les rues autour de Ground Zero étaient pratiquement désertes. Des véhicules de police roulaient au pas, leurs haut-parleurs exhortant les gens à fuir le sud de Manhattan en métro, ou à s'éloigner des vitres et à se réfugier dans les caves.

Ce qu'ils proposaient là n'était qu'un piètre pis-aller. Sans être expert en bombes, je savais qu'une explosion en surface aspirerait l'air des sous-sols. Sans parler des ruptures de conduites et de câbles, des chutes de débris, des effondrements de bâtiments – encore une fois.

J'ai prié le ciel pour que cette journée ne déclasse pas celle de 2001.

Jeena a braqué à droite sur Barclay puis à gauche sur West Street, et deux minutes plus tard nous stoppions en haut de la rampe de Ground Zero. Kate a ouvert sa portière.

– Faites demi-tour, Jeena, et partez le plus loin possible.

J'allais descendre, moi aussi, mais l'ambulance s'est engagée sur la rampe.

– Ça ferait une sacrée trotte, a commenté Jeena.

Je suis revenu glisser mon visage entre les deux appuie-tête.

– C'est là, ai-je indiqué. Le gros semi-remorque, au milieu.

Tandis que nous dévalions la pente, j'ai repéré un fourgon de déminage, deux types en combinaisons renforcées – qui ne leur seraient d'aucun secours –, et notre supérieur Tom Walsh. Il n'y avait personne d'autre. À part trois idiots qui déboulaient en ambulance.

Autour du camion, un ruban jaune délimitait la scène de crime de la veille. J'ai reconnu la grue de Paresi.

Les démineurs tenaient compagnie à Walsh derrière le cul de la remorque, mais les portes étaient toujours fermées.

Allons, messieurs, pressons ! 8 h 46 du matin, pas du soir.

J'avais espéré que la bombe serait déjà désamorcée – et elle l'était peut-être. Ou, encore mieux, que les démineurs ne trouveraient rien de plus que des matériaux de construction. Je devrais alors de sérieuses explications à mon chef et à ma femme, mais je les fournirais de bon cœur, en sablant le champagne.

– Qu'est-ce qu'ils attendent comme ça ? a maugréé Kate.

– C'est peut-être la pause-café. Ou alors ils ont terminé.

Au pied de la rampe, l'ambulance a un peu patiné dans la boue, mais en moins d'une minute nous franchissions le ruban jaune et freinions à côté du semi.

Kate et moi avons sauté de voiture.

– Sauvez-vous, Jeena ! a crié Kate. Disparaissez !

L'ambulance a chassé de l'arrière et tracé vers la rampe.

Tom s'entretenait avec les démineurs, et je les sentais un peu tendus. Ce n'était pas fini du tout.

Sur le téléphone de Kate, j'ai vu les minutes passer de 31 à 32.

Les trois hommes parlaient à mi-voix, comme s'ils craignaient que le bruit ne déclenche l'engin explosif.

Par définition, les démineurs sont des maboules. Non seulement ils sont volontaires pour ce job, mais ils pratiquent un humour très spécial. Quoi qu'il en soit, ils font preuve d'un sang-froid à toute épreuve, et Tom Walsh paraissait un peu pâlot à côté d'eux. Mais, bon, le boss avait le mérite d'être resté, et rien que pour ça j'étais prêt à lui décerner les Couilles de bronze.

Se tournant vers nous, il a considéré mon pyjama d'un air apitoyé, avant d'ordonner à Kate :

– Grimpe dans ce fourgon blindé et mets les gaz ! Exécution !

– Je ne repartirai qu'avec vous deux, a-t-elle rétorqué.

Nous n'avions pas le temps d'ergoter, alors Tom nous a briefés :

– Nous venons de renvoyer la première équipe, suite à la réaction positive du chien de détection. Et Dutch et Bobby ici présents décèlent des odeurs d'ammonitrate, de gasoil et d'autres joyeusetés. Donc, il y a bien une bombe.

Pendant que nous parlions, Bobby promenait une lampe torche dans l'entrebâillement des portes.

– Et si on essayait de la désamorcer ? ai-je lancé.

La réponse est venue de Dutch, le plus âgé des deux maboules :

– Nous craignons que les portes du camion soient piégées, et que leur ouverture déclenche la bombe. Nous pourrions utiliser le robot, mais il est lent et vous nous avez fixé un ultimatum. Alors le robot, ce sera Bobby.

Perché sur le pare-chocs arrière, ledit Bobby s'est retourné :

– La porte n'a pas l'air piégée. Mais tant qu'elle n'est pas ouverte, on ne peut jurer de rien. À vous de décider, messieurs.

Dutch et Walsh se sont regardés, puis le premier a consulté sa montre.

– Si l'explosion est programmée pour 8 h 46, cela nous laisse dix minutes pour neutraliser le système, ou pour remonter dans le fourgon et nous planquer dans la chambre forte d'une banque, par exemple.

Tom Walsh a balayé du regard les gratte-ciel alentour. Nous savions tous qu'ils étaient pleins de monde, malgré les ordres d'évacuation.

– Nous tablons sur un rayon de déflagration de plus ou moins deux kilomètres, a expliqué Dutch, selon ce qu'il y a exactement dans cette remorque. Si le détonateur est tout simple, il me suffira de quelques secondes pour le neutraliser, en coupant un fil ou en débranchant la source d'alimentation.

– Et sinon ? ai-je demandé.

– S'il est équipé d'un coupe-circuit, ou couplé à une seconde batterie, ou relié à je ne sais quel montage tordu, eh bien… si j'avais le temps, je pourrais essayer différentes choses. Mais là, je n'aurai d'autre choix que de sectionner les fils au hasard.

Et ils passent un diplôme pour ça ?

– Le système pourrait aussi être commandé à distance, grâce à un téléphone portable faisant office de détonateur. Mais la première étape, c'est de décider si on ouvre cette fichue porte.

– De toute façon, a ajouté Bobby, c'est un peu tard pour s'enfuir.

– Il faut ouvrir, a plaidé Kate en regardant le boss.

Mais celui-ci contemplait sa montre.

Pour l'aider à trancher, j'ai déclaré :

– À mon avis, c'est dans cette remorque que le Lion a planqué les corps des deux policiers de la police portuaire. Auquel cas les portes ont déjà été ouvertes. Du reste, Khalil n'a jamais été porté sur les explosifs, et je l'imagine mal manipuler ce genre de mécanisme.

Tom m'a fixé, puis a fixé Dutch.

– Ouvrez la porte, a-t-il dit.

– Vas-y, Bobby, a fait Dutch.

Tandis que le premier agrippait le battant gauche, le second s'est bouché les oreilles. Comme si c'était le moment de rigoler.

La porte a pivoté vers l'extérieur sans le moindre incident. Ou alors je venais de monter au ciel. Mais non : Walsh était toujours là.

Dutch a sauté dans la remorque, et Bobby lui a fait la courte échelle devant une pile de sacs de ciment. Parvenu au sommet, il s'est couché à plat ventre avant d'allumer sa lampe torche.

L'espace d'une seconde, j'ai cru qu'il allait dire : « Je ne vois que du ciment. » Mais sa réaction fut tout autre :

– Seigneur Jésus !

Merde.

– Qu'est-ce qu'on a, Dutch ? a demandé son collègue.

– Eh bien, d'abord, cinq cadavres. Deux policiers, un homme et une femme, et trois types en tenue civile.

Bobby s'est signé, ce qui devait lui arriver souvent.

– Ensuite, a repris Dutch, je vois quatre-vingts ou quatre-vingt-dix bidons de deux cents litres reliés à des câbles électriques.

Alors Bobby lui a demandé :

– Tu crois qu'il s'agit d'une bombe ?

Walsh et moi avons échangé un regard consterné. Puis Kate m'a pris la main, ainsi que celle de Tom. Mouais. On réglerait ça au paradis.

Dutch a annoncé une mauvaise nouvelle :

– Je ne vois ni alim', ni minuterie, ni commutateur.

Ils sont forcément là, Dutch. Cherche bien.

Dutch a tendu la main à Bobby pour le hisser à l'intérieur de la remorque, puis au sommet du mur de sacs.

– Essaie de suivre les fils avec ta lampe, Bobby.

– Quatre minutes ! a lancé Walsh, histoire de participer.

– Descendons, a dit Dutch.

Les deux hommes ont basculé de l'autre côté des sacs de ciment.

Je devais éviter de tirer sur mes points de suture, mais d'ici à quatre minutes ce serait le cadet de mes soucis. Alors j'ai grimpé dans la remorque, et Kate et Walsh m'ont suivi. Nous nous sommes entraidés pour escalader la pile de sacs, puis nous avons pointé la tête dans l'obscurité de la remorque.

Tom avait pris une lampe. Sous nos mentons, entassés entre le stock de ciment et les premiers bidons, gisaient cinq cadavres dont l'odeur commençait à percer sous les effluves chimiques. Les trois civils étaient jeunes, baraqués, et chacun semblait avoir reçu une balle dans la tête. Eux aussi avaient dû fricoter avec Khalil, d'une manière ou d'une autre.

Tom promenait le faisceau de sa lampe sur les bidons. Des câbles étaient fichés au centre des couvercles.

– L'enfoiré ! a grogné Kate.

Dutch et Bobby marchaient de fût en fût, en gardant les pieds sur les bords, afin d'inspecter les interstices à l'aide de leurs torches.

– On peut faire quelque chose ? leur a demandé Tom.

Aucun des deux n'a répondu, et j'ai senti comme une légère tension dans l'air. Je n'osais plus regarder le portable de Kate. Dans deux minutes, l'éternité…

– C'est là, a dit Dutch.

Cool.

– Pas très accessible, a fait l'autre.

Moins cool.

Dutch s'est couché sur les bidons, tout au fond dans le coin droit, et Bobby s'est accroupi pour l'éclairer.

– Je vois la batterie de douze volts… mais ni minuterie ni commutateur.

– Ils pourraient être n'importe où, a répondu Bobby.

– Eh bien, débranchez la batterie ! ai-je suggéré.

– C'est ce que j'essaie de faire, a marmonné Dutch, merci pour le tuyau. Mais c'est très étroit… Et cette pince ne vaut rien… J'espère qu'il n'y a pas une deuxième batterie planquée quelque part…

Nous étions donc là, Kate, Tom et moi, couchés sur un tas de sacs, à guetter une remarque positive du démineur Dutch. Pourquoi étais-je revenu ici ? Et pourquoi avais-je laissé Kate m'accompagner ?

J'ai regardé ma femme.

– Désolé, mon amour.

– Ce n'est rien, John.

Après tout, je lui avais sauvé la vie, alors j'avais bien droit à une erreur fatale.

Avec un calme admirable, Walsh a déclaré, les yeux sur son téléphone :

– Il est à présent 8 h 45.

Mais personne n'a relevé.

Dans le silence lugubre de la remorque, nous entendions la pince frotter sur la borne de la batterie.

– Je l'ai, a fait Dutch.

– Ce n'est pas le bon, a répondu Bobby.

Et ils ont éclaté de rire.

J'ai fermé les yeux, et quelques secondes plus tard j'ai discerné les cloches de la chapelle Saint-Paul, celles qui carillonnaient tous les matins à 8 h 46.

Remerciements

Comme pour tous mes autres romans, j'ai consulté bon nombre d'amis, de connaissances et de spécialistes pour obtenir des précisions techniques ou des données factuelles introuvables dans les livres ou sur Internet.

En tout premier lieu, je tiens à remercier ma merveilleuse épouse, Sandy Dillingham DeMille, pour ses relectures critiques, ses excellentes suggestions, et son indéfectible bonne humeur. Quelle que soit l'heure où je rentre de mon bureau d'écrivain, je suis toujours accueilli avec un cocktail et un sourire.

L'un de ces sourires a eu pour fruit un certain James Nelson DeMille, aujourd'hui âgé de trois ans, qui m'a récemment demandé si je vivais dans le bureau en question. Cela m'a fait réfléchir, et j'y vois une charmante invite à travailler davantage à la maison.

La série des John Corey ne pourrait exister sans l'aide de l'inspecteur Kenny Hieb, retraité du NYPD et ancien agent de la Joint Terrorism Task Force. La vie de Corey est largement calquée sur la sienne, et son expertise technique et procédurale m'est aussi précieuse que son amitié.

Mon autre conseiller spécial sur ce livre comme sur d'autres fut mon ami John Kennedy, ex-commissaire adjoint de la police du comté de Nassau, aujourd'hui médiateur du travail et membre du barreau de New York.

Lorsque réalité et liberté littéraire se télescopent, la liberté l'emporte souvent. Il en découle que les éventuelles erreurs ou omissions relatives aux pratiques de la police ou de la justice sont entièrement de mon fait.

Comme pour la plupart de mes romans précédents, je remercie l'ancien commandant de bord Thomas Block, aujourd'hui chroniqueur dans plusieurs publications d'aéronautique, qui a écrit six romans sous son propre nom et cosigné avec moi *Mayday, Mayday !*. Nous sommes amis depuis l'école primaire, et il fut un temps où chacun terminait les phrases de l'autre. Aujourd'hui, c'est à peine si nous réussissons à garder le fil de nos propres pensées, mais ses connaissances techniques et son savoir-faire littéraire continuent de m'éclairer. J'en profite pour saluer et remercier son adorable épouse, Sharon Block, pour ses relectures minutieuses, ses idées judicieuses et ses encouragements.

La boîte de nuit russe décrite dans ce livre est inspirée d'un établissement bien réel que m'ont fait découvrir deux couples d'habitués. Merci donc à Tom et Joanne Eschmann et à Carol et Mike Sheintul de nous avoir guidés, ma femme et moi, dans le Tatiana de Brighton Beach. Les connaissances linguistiques, culturelles et culinaires de Mike ont enchanté cette soirée et rassasié mon imagination.

Je n'aurais jamais pu composer les scènes d'hôpital et d'ambulance de ce roman sans les lumières de trois personnes : Robert Kurrle, ex-médecin aéronaval, Ashley Atiyeh, infirmière urgentiste, et Bob Whiting, ancien capitaine de la brigade des pompiers de Glenwood, dans l'État de New York. Aucune erreur ou invraisemblance d'ordre médical ne saurait leur être imputée.

La scène de parachutisme m'a donné du fil à retordre. J'ai déjà sauté d'un avion en vol, une seule et unique fois, et j'ai réussi à refouler tout souvenir de cette expérience traumatisante. Il m'a donc fallu solliciter l'avis d'un sauteur accompli, que j'ai trouvé en la personne de Bill Jackson. Bill a fait partie douze ans durant de l'équipe des Golden Knights (dans l'U.S. Army) et il a été champion du monde de vol relatif. Il compte plus de 12 000 sauts à son actif, soit 11 999 de plus que moi, et je le remercie de m'avoir dévoilé les secrets de ce sport exigeant.

Je n'aurais jamais pu écrire ce livre sans l'implication et le dévouement de mes assistantes Dianne Francis et Patricia Chichester. Elles ont lu, commenté, soupesé la totalité de mon texte, jusqu'à la dernière virgule. Elles ont abattu un énorme travail de vérification et m'ont libéré de toutes les tracasseries qui empêchent un écrivain d'écrire. C'est un don du ciel que d'avoir de telles collaboratrices à ses côtés.

Enfin, un grand merci aux officiers de police et autres agents du contre-terrorisme qui m'ont aidé dans mes recherches mais préfèrent garder l'anonymat.

Composition PCA
44400 – Rezé

Impression réalisée par
Corlet Imprimeur
14110 Condé-sur-Noireau
pour le compte des Éditions Michel Lafon

IMPRIM'VERT®

Imprimé en France

Dépôt légal : janvier 2012
N° d'impression : 142839
ISBN 13 : 978-2-7499-1566-1
LAF 1485